长篇悬疑推理小说

蜥蜴

杨涛 著

中国工人出版社

目录

Contents

序　章　/ 3

第一章　/ 9

第二章　/ 24

第三章　/ 37

第四章　/ 46

第五章　/ 57

第六章　/ 73

第七章　/ 87

第八章　/ 103

第九章　/ 119

第十章　/ 134

第十一章　/ 152

第十二章 / 172

第十三章 / 199

第十四章 / 217

第十五章 / 231

第十六章 / 245

第十七章 / 262

第十八章 / 275

第十九章 / 290

第二十章 / 305

第二十一章 / 320

第二十二章 / 333

尾　声 / 344

“在我和世界之间
你是日历，是罗盘
是暗中滑行的光线”

——北岛《一束》

序　章

那个雾霾弥漫的早晨，方睿与父亲方荣轩进行了一番谈话，不料这竟成了“诀别”。

每天早晨搭乘父亲的小轿车上班，是方睿最惬意的事情。父亲总是看似不经意地抛出各种问题，各种有趣的信息，促使方睿去思索、去探寻，然后二人你一言我一语地交流，甚至争辩，不同的观点在狭小的汽车空间里碰撞，爆出思想的火花。那种感觉，有时就像儿时看到绚烂的烟火，令方睿兴奋。他很是享受那个过程，便也期待每一个不同的早晨。

然而今天，方睿一反往日的欢快，就像只斗败的公鸡，蔫蔫地钻入父亲方荣轩的汽车。

昨夜的噩梦依然浸淫在方睿的脑际，他的头颅里好似插满了不锈钢毫针，像针灸般隐隐胀痛，全身也似抽筋拔骨般无力。

在梦中，方睿感到一股令人窒息的浓雾向他压来。迷雾中父亲突然出现，满腹狐疑地逼视着他。方睿刚要问个明白，父亲却消失得无影无踪了。他疯狂地追逐父亲的身影，进入了崇山峻岭。他飘飘忽忽如太空行走般跳跃在一个巨大的陡坡之上。那里沟壑纵横、怪石嶙峋，而岩石的颜色却绚烂多彩。方睿跳跃着，又似徜徉着。多彩的岩石开始幻化，渐渐地，渐渐地，多彩凝聚，归于黄绿。此时陡坡之上忽然出现了父亲模糊不清的身影，父亲转身欲走的瞬间，猝然变成了一只周身覆盖角质鳞片的有些老态的蜥蜴。老蜥蜴慢慢爬行，似劳累、似踌躇。当它回头望向方睿的那个刹那，陡坡之上又突然出现了一只壮年的蜥蜴。壮年蜥蜴四肢抓地有力，紧紧追赶老蜥蜴，老蜥蜴则加快了笨拙的步伐逃遁。方睿在惊诧之余，发现自己也变成了一只周身覆盖角质鳞片的蜥蜴。他莫名其妙地尾随而上。他仅仅尾行了几米，就见前方陡坡骤然崩塌，老蜥蜴迅即跌入万丈谷底。正当方睿惊愕之时，前方壮年蜥蜴掉转头，凶恶地扑来。方睿恐惧异常，频频倒退，乍然间脚下的岩石爆裂，方睿向万丈深渊坠落，那只壮年蜥蜴向方睿伸出前爪，似推又似拉。山谷间回荡着壮年蜥蜴与方睿的不同哀叫……方睿被闹铃惊醒，全身汗毛直立，大汗淋漓。

“怎么了？怎么像霜打的茄子？”方荣轩的汽车驶出小区，平稳地进入街道。

方睿抿了抿嘴，不知从何说起。这雾霾的天气让方睿对这个早晨没有一丝好感，他既懊恼又不知所措。

“世界末日了？”父亲有些不解地瞥了一眼方睿。

“您知道，我妈妈生前最怕蜥蜴，我也就很讨厌蜥蜴。可是昨晚梦里您和我都变成了蜥蜴，还……还卷入了蜥蜴间的残杀……”

汽车在雾霾笼罩的街道上前行。噩梦的点滴细节在车内游荡，加重了方睿残败的心绪。

方睿描述完那噩梦，眼神迷离，无力地靠着车门等待着父亲的回应。他丝毫没有注意到父亲听完他的讲述后，眉心一蹙，那双握着方向盘的手紧了一下。

“哦……蜥蜴？”方荣轩的声音透出少有的低沉，含混间似有惴惴之意。

而后车内陷入了片刻的沉默。

方荣轩这么轻描淡写的回答和静静的沉默，令方睿有些焦虑，他不满地斜视了一眼父亲。

“这……这不过就是个梦嘛。”方荣轩尽量放松地把握着方向盘，表情渐趋平静，目视前方。

“可这个梦您不觉得太诡异吗？”

其实方睿自己都不知道想要什么答案，但他期待父亲能给他满意的答案。他侧脸看着父亲，企图从父亲脸上细微的变化中寻找到答案。他不知自己已经错过了时机。

“再怎么诡异，也不过就是个梦。那不是真实的世界，只是无意识的欲望。”方荣轩依然握紧方向盘，令汽车平稳地前行。

“无意识的欲望？”方睿不明就里地盯着父亲。

“这不是我说的。查查出处，你就不会被这梦纠缠了。”

“我的欲望就是变成一只蜥蜴？”

方荣轩莞尔一笑：“蜥蜴又如何？那是恐龙时代唯一存活下来的爬行动物，有些艺术家还借它来表达生命轮回再生呢！”

方睿如堕雾中。今天他的思维完全处在静默状态，跟不上父亲的节拍。

方荣轩看出了方睿的窘态：“回去再查查出处。”

“梦境有时不就是一种预兆吗？”方睿的思绪继续沿着自己的轨迹奔跑。

话音刚落，车子突然向右偏了一下。一辆白色丰田小轿车从左拐车道强行并入直行车道，斜着切到了方荣轩的前方，差一点就剐上他们的汽车。

方睿恼怒地向前车吼道：“急着投胎啊！”

“你今天太刻薄了。”父亲凝眉注视着前方。

方睿说：“本来今天……”他想说“本来今天本公子心情就不好，还有人进行挑衅”，但是他突然意识到父亲一向教他待人谦和，这种言语超出了父亲待人接物的底线。

方荣轩突然严肃起来：“一个小小的梦境，就让你失了分寸，你需要清醒清醒。”

“我……”方睿正欲因自己的不文明向父亲表示歉意，却见那辆白色丰田车又突然靠向非机动车道，野蛮地冲上了路基，吓得行人纷纷躲避。

方睿陡然又愤怒无比：“你看看，这种人是什么素质。文明的北京啊，已经被这种人搞得文明殆尽了。”

“人有见识，就不轻易发怒，宽容人的过失，便是自己的荣耀。这个道理你不懂吗？看来，你真的需要清醒清醒了。”方荣轩已然面沉似水。

在方睿的记忆里，这样的早晨几乎没有过。以往无论方睿失了什么分寸，父亲都会面带微笑地规劝，即便对他稍稍的一点讥讽也是笑颜拂面的。

“你今天还是提前下车步行上班，清醒一下头脑吧。”方荣轩一反常态地下了逐客令。

“我下车？”方睿诧异地看着父亲。

“对。”方荣轩口气坚决。

汽车戛然停下，前方直行和左拐两条车道一溜排着几辆小轿车等待着红灯。

路口，一个熟悉得不能再熟悉的路口，是他们每天必经的路口。方睿知道，直行过了这个慈仁街北口的十字路口，再走两个小的街区就到自己的单位——锐达集团公司了，而再向前三个大街区就到了父亲的光电技术研究院。平时方睿是很愿意与父亲同车上班的，只有这条路拥堵严重，方睿又为了赶时间时，才会不得已主动在此下车，选择走这个路口前方五十米处的一条小胡同，沿着这条狭窄的胡同抄近路也可以赶到锐达集团公司大楼。

然而今天这个路口并不十分拥堵，方睿也不赶时间，他没想要下车步行，但是父亲的逐客令显然是不容置疑的。方睿侧头看了看父亲，忽然感觉父亲的轮廓有些模糊，就如同昨夜梦里的父亲，让他看不清晰、触碰不到。

“下车吧。”方荣轩依旧面沉似水。

方睿看着父亲，他突然感到眼前的父亲极其陌生。

辩驳似乎是没有用的。

方睿赌气打开车门，下了车。他头也没回气鼓鼓地向前走。当他快要走到路口时，信号灯变成直行绿灯。直行车道的汽车鱼贯前行。他踏上斑马线时，方荣轩的汽车已然行驶到了十字路口的正中心。突然，右侧街道一前一后冲出两辆闯红灯的汽车，前边的大货车咆哮着冲向路口中心，随后发出沉闷的撞击声。方荣轩的汽车霎时被这咆哮的大货车撞飞出十多米远，而后重重地侧翻在对向直行车道上的一辆躲避不及的汽车旁。另一辆闯红灯的丰田越野汽车重重地刹车。天空回荡着刺耳的刹车声和目击者的惊叫声。瞬时这个路口的人、车，一切的一切似乎都凝固了。

方睿僵在那儿，似乎没了呼吸。

肇事的大货车发出沉闷的轰鸣声，然后笨拙地重新启动起来。

“那车要逃跑。”一个声音贯入方睿的耳中。

方睿似乎被电击了一下，清醒了过来。他拔腿向着已经启动的大货车追去。

大货车加大油门试图逃跑。方睿疯狂地追赶，还有六米、五米、四米、三米……方睿大喊：“站住，你个浑蛋！”他拼尽全力追至大货车驾驶门后的两米多处，直盯货车的宽大后视镜。他一定要看清这个企图逃跑的司机是什么样的嘴脸。宽大的后视镜里显现的居然是自己的脸，准确地说，是一张与方睿完完全全一样的脸，那张脸正诧异地看着奔跑的方睿。方睿怀疑自己的眼睛出了问题，他迅速地眨了一下眼，再次盯看，此时卡车后视镜里的那张与方睿完全一样的脸突然向方睿发出一阵狞笑。

方睿顿时魂飞魄散，再也无力追赶了，他瘫软在马路上。大货车喷着浓烟骄傲地遁逃了。

路口处嘈杂一片，人们纷纷围拢过去想探个究竟。方荣轩的汽车侧翻在地，玻璃粉碎。汽车的零部件散落一地，狼藉一片。

方睿被路口的嘈杂声惊醒，他强打精神跌跌撞撞地跑到小轿车旁。此时已经有人将满身是血的方荣轩抬出汽车，平放在马路上等待救护车。方睿冲到父亲身旁声嘶力竭地呼喊："爸爸，爸爸，你醒醒！"方荣轩头部血流不止，嘴唇微动。

"他在说话。"旁边有人大喊。

方睿伏在父亲嘴边，试图听清他要说什么。方荣轩的嘴唇微动几下后就不再动了。方睿听那微弱含混的声音，以及根据口型判断父亲是说，电脑。此时方睿方才想起父亲每天携带的手提电脑就在汽车的后座上。那里存有父亲工作用的重要资料。

方睿迅速去找手提电脑，汽车里没有，汽车底下没有，马路上散落的零部件中依然没有。

第一章

救护车响着警笛冲进慈仁医院，又稳又准地停在了医院主楼大门前。早已等候在那儿的几名医护人员动作麻利地将浑身是血的方荣轩抬上担架车。方睿随着医护人员推着担架车一溜小跑将父亲送进手术室。

手术室大门关闭，门楣上方的灯箱迅速亮起“手术中”三个字。方睿看着那三个字有如芒刺在眼一般地疼痛。他瘫坐在地上。走廊里偶尔有医护人员或病人好奇地瞥他一眼便匆匆而过。

一种淡淡的清香混杂着消毒水气味飘落到方睿身边。同时一双纤细柔软的手摸着方睿的头。

“方睿，你怎么了？”那声音熟悉而柔美。

“发生什么事了？”白衣女孩蹲下身扶着方睿的双肩，声音和纤细的手都有些打战。

“景瑶……我爸爸他……他被汽车撞了……”

“啊……刚才进入手术室的是方叔叔啊。”

方睿像个孩子一样悲伤又委屈地望着景瑶。景瑶从方睿悲戚的神态中感觉到了一种心痛。她还是第一次看到快乐、健康、阳光的方睿显得如此颓败，如此无神，像灵魂出窍了一般。她觉得自己应该像母亲一样去抚慰这个大男孩，她动情地将方睿的头揽进自己的怀里。

方睿似乎意识到了自己的失态，他轻轻地推开景瑶，努力恢复平静。

景瑶搀扶方睿坐到了走廊的椅子上。此时景瑶才注意到方睿的额头和脖颈处有斑斑的血迹，但细看并无划伤。她猜想是方睿在抢救他父亲时不小心抹到自己脸上的。景瑶清晰地记得她和方睿第一次见面时，他的脸上也是如此血迹斑斑，但是那时的方睿尽管是真的受了伤，却不似现在这般神思恍惚。

那还是八个月前盛夏七月的一个周六。早晨的天气多云，身为资深驴友的方睿感觉这天气没什么大碍，于是照例出发去爬野山了。不承想，下午天气却变了脸，多云转雷阵雨，时间不长又成了暴雨，天空中一个闪电接着一个闪电，一个响雷接着一个响雷，倾盆大雨从天而降。方睿在下山途中不小心从山坡滑落，弄得鼻青脸肿，身上血迹斑斑，胳膊也严重摔伤，要不是有一棵大树挡住了他滚落的身躯，或许他的小命就没了。方睿拖着受伤的身体回到市区，直接到慈仁医院进行治疗，接待他的护士正是景瑶。

第一次见面，方睿被景瑶清纯脱俗的气质深深地吸引住了。一向不喜欢跟女孩耍贫嘴套近乎的方睿，破天荒地口若悬河般给景瑶讲述各种山间奇花异草和爬山时所见的奇闻怪事。那些滔滔不绝的言辞中也不乏方睿的夸大，不过，那来自大自然的芬芳气息，对于长年累月工作在弥漫着消毒水气味的大楼里、生活在钢筋混凝土丛林的大城市中、从未爬过野山的景瑶来说，真的是新奇无比。而方睿竟然将自己受伤的经过描绘成了一次快乐的梦幻之旅。方睿的这种乐观的心态，着实令景瑶油然起敬，因为景瑶知道其实方睿伤得不轻。

这次受伤的两周之后，方睿所在的锐达集团总部的体检地点也选在了慈仁医院，方睿与景瑶也再次见面。二人就像老熟人似的谈天说地。方睿的学识、风趣及俊朗清秀的外形深深地吸引住了景瑶。而景瑶清纯脱俗的气质与伶俐娇俏的外形，再加上几分不谙世事的言谈举止，令方睿突生无限的爱怜。恋爱的花蕾从此便在方睿与景瑶的生活中盛开。

只要有空闲，方睿都会与景瑶相约在一个十字路口，而那个十字路口就是离慈仁医院一千米远的慈仁街北口。

以往二人欢乐时光的起点，今天竟然成了方睿的悲伤之地，这种天降横祸让景瑶不知所措。她想安慰方睿，但又不知从何说起，她的内心就像揣了个受困的兔子，上蹿下跳的，烦躁不已。她只能搂着方睿，心中默默祈祷，祈求天佑方叔叔，让他脱离险境。

此时走廊尽头传来嘈杂之声，四个男人向方睿这边走来。

“方睿，你父亲怎么样了？”走在最前边的高瘦男子，未到近前就已经迫不及待询问方睿了。

方睿闻声望去，原来是父亲最要好的朋友韦建成。他和父亲既是大学同学又是光电技术研究院的同事。

方睿见到韦建成似乎内心有了更多地依靠，精神也迅速恢复了许多。他迎上去叫了一声“韦叔叔”，鼻子开始发酸，眼泪在眼眶内打转。

“男儿有泪不轻弹”，方睿脑海突然迸出这句父亲曾经的教诲。方睿咬了咬牙，生生地将眼泪憋了回去。

韦建成拍着方睿的肩头：“孩子，我知道事情的经过了，你父亲他……”韦建成似乎说不下去了，有些哽咽。

方睿指了指手术室：“还在手术。”

韦建成道：“相信荣轩吉人自有天相。”

“我是光电技术研究院的王文胜。”一个高个中年男人主动伸过手来，方睿礼貌地伸手与对方相握。

“方睿，这位是研究院的王副院长，”韦建成向方睿介绍着身边的三个男子，“这位是研究院保卫处刘处长，这位是保卫处的李洁干事。”

方睿跟另外两个男人一一握手。

王副院长问方睿：“听说肇事车辆逃逸了？”

方睿点了点头。

王副院长连忙安慰道：“方睿，你放心，交管部门定会查个水落石出，相信法律会公正地处罚这个逃逸司机的。”

方睿只能又尴尬地点了点头。

王副院长望着手术室表情凝重地继续说：“这个时候我们也不希望方研究员有什么事。”

方睿听此言内心紧了一下，一股酸涩的情绪涌到嗓子眼，几乎使他呕吐。

王副院长转回头看着方睿，欲言又止：“你父亲的……”

方睿盯着王副院长，不知他要说什么。

刘处长似乎看出王副院长的为难，抢着说：“我们是想把你父亲的手提电脑暂时保管起来，那台电脑是院里配给方研究员工作用的，涉及机密，希望你交给我们。”

方睿为难了：“这……”

刘处长又说：“无论你父亲如何，这台电脑时刻都要在安全的保管范围内。你知道你父亲工作的特殊性，希望你理解，也希望你配合我们。另外，这段时间你父亲的一切起居由我们研究院保卫处接管，你不得插手。”

“你什么意思？”方睿对刘处长的态度有些不满。

王副院长迅速打圆场：“方睿啊，刘处长为人直爽，说话不会拐弯，还望你理解。这台电脑的保管工作无论是对于你父亲还是对于刘处长都是各自职责所在，它的确是必须要被妥善保管的。你父亲还在手术，按理电脑在你手里你也会保管好，不过毕竟你不是研究院的人，根据保密原则还是把这台电脑尽快交到我们手里吧。还有就是……我们最近正好要和你父亲核实一些情况，所以才由院方接管你父亲的起居。”

“为什么？”方睿感到事态有点不对劲。

王副院长有些为难：“这个……暂时还不便说。”

刘处长又催促道：“你还是先把手提电脑给我吧。”

“对不起，电脑不在我手里。”

刘处长声音一下子高了起来：“你说什么？”

王副院长面容一紧：“方睿啊，这个玩笑开不得。”

韦建成也忙跟着劝说道：“是啊，孩子，这个玩笑真的开不得。”

方睿只能认真地回答道：“我真的没有开玩笑，电脑的确不在我手里，出车祸后我找过，但没找到……”

刘处长的眉头即刻拧成了一团。他使劲地咬着嘴唇，自言自语地嘀咕：“怕什么就来什么。”

“你说的是真的？”王副院长似乎不太相信地盯着方睿。方睿有些理亏地点点头。

李洁对着王副院长说：“看来，我们保卫处推测的不假啊。”

刘处长瞪了李洁一眼：“就你话多。”

李洁怏怏地向后退了退不敢再说话了。

王副院长与刘处长躲到一边窃窃私语，二人表情都异常凝重。韦建成看了看二人又看了看手术室，一副忧虑的神情。

方睿看着他们各自的神态，内心突然惶恐起来。他悄悄靠近韦建成紧张地询问：“韦叔叔，这是怎么回事？这时候他们要找我爸爸核实什么情况？

还有这台电脑……真的那么重要吗？”

韦建成点了点头，然后将方睿向旁边拉了拉，低声耳语道：“院里怀疑有人出卖科技情报，你父亲和我们这个项目组其他研究员都要配合保卫处的调查。”

方睿吃惊地“啊”了一声。

韦建成安慰地拍了拍方睿的肩头说：“荣轩现在还在手术，一切事情还悬而未决，我们也只能静等……要相信你父亲。”说完，他便转身退到楼道的椅子上坐下，开始闭目静候手术结果。

王副院长和刘处长私语完了，将李洁唤到身边耳语了几句后，李洁便匆匆离去了。二人找了两个最靠近手术室的椅子坐下静静地注视着手术室，似乎生怕对手术室的动静有一丝一毫的遗漏。二人如此状态让方睿颇感不适，他的内心充满不满、不安、焦虑和疑惑。

景瑶拉了拉方睿，想让方睿坐下休息。但是此时方睿整个身子像是灌了铅，戳在那儿不动，眼睛死死地瞪着手术室。

“嘿，怎么回事，方睿，你在这干吗呢？”声音从后边传来，接着一只手就有些粗暴地扯了一下方睿。

方睿回头一看原来是发小铁哥们儿韦灿。

“叔叔您也在这儿，出什么事了？”此时韦灿也看到了坐在角落的韦建成。韦灿看着叔叔韦建成和方睿都愁眉锁眼，预感到一定是出了什么事。

方睿说：“我爸爸他，他……出车祸了！”

“啊，现在方叔叔怎么样了？”韦灿急切地问。

“还在手术。”

韦灿顺着方睿的眼神，看着手术室门楣上刺眼的“手术中”三个字，竟一时语塞不知怎么安慰方睿了。

“方睿你……别太着急，方叔叔应该没事。”憋了半天，韦灿说出这样一句话。方睿理解地向韦灿苦笑了下。方睿深知自己的这个发小铁哥们儿没事时说出话来一套一套的，而真有事时他又什么都说不出来了。

十几分钟之后，韦灿心神不宁地向远处的大厅方向张望，显然他自己有事想走又觉得不妥。他手中的一份化验单已经被他攥得皱皱巴巴。韦建成看着韦灿那副左顾右盼的神色有些不高兴地沉着脸咳了一声。韦灿觉得有些理亏不敢再张望了。景瑶瞥见了韦灿手中的化验单，问：“韦灿，你这是准备交费化验吧？”

韦灿尴尬地笑了笑：“啊，没事，不急……”

方睿此时意识到韦灿是不好意思离开，便说道：“韦灿，我爸的手术还不知什么时候结束，你还是先忙去吧。”

“齐琪的妈妈突发心脏病，这会儿在急诊室……我先去交费，完了我再回来看方叔叔。”

方睿点头，推了他一把，示意他快走。

韦灿极不好意思地转身跑向医院大厅。

在韦灿看来今天这个日子真的晦气。自己铁哥们儿的家庭出现重大变故，他无论如何都应该守护在这里，但是这一天又恰逢是自己女朋友齐琪的姐姐的生日，而这个生日又是未来岳母大人突发急病的起因。

齐琪的姐姐齐妙本是北京大学的一名硕士研究生，也是个资深驴友，逢周末都会与同为数学研究领域的博士生石川一同爬山探险。共同的研究领域，共同的兴趣爱好，使这对年轻人相爱相亲，也使齐妙母亲欢喜异常，幸福满满。而就在八个月之前，正好是方睿去登山遇暴雨摔伤到慈仁医院治疗的那天，齐妙和石川也去登山了，与方睿不同的是，二人之后便失去了联络。警方启动进山营救计划之后，按照目击农民提供的线索，在一段雄踞峰顶的长几公里的破败长城上搜寻了两日仍未能见到二人的踪迹。尽管齐琪母亲对搜救队哀求、痛骂、指责，各种情绪无不显露其极，但96小时后搜救队仍无结果，只好宣布大规模搜救失败，而后又进行了96小时的小规模搜救，仍然无果。齐妙和石川这一对恋人很可能已经永远离开了人世，齐琪母亲因此陷入悲痛之中。今天是齐妙的生日，睹物思人，齐琪母亲想起自己乖巧伶俐、品貌出众的女儿，怎能不伤心欲绝。身心俱疲的老人在这样的特殊日子病倒是在所难免的，不巧的是齐琪的父亲齐天海正为一个大的投标项目在海外出差，韦灿就成了齐家的主心骨。韦灿本想全身心地为齐家多操劳些，万没想到吃喝不分的铁哥们儿家也将面临巨大的变故，这怎能不让他陷入分身乏术的窘境中呢？

手术室门口的指示灯熄灭，旋即手术室的门被打开。几名护士推着担架床匆匆出来，方睿等人迅速迎上去，但见担架床上的方荣轩双目紧闭，脸色惨白，如死人一般没有声息。方睿冲到跟前痛呼："爸爸……爸爸。"但第二声"爸爸"轻微得几乎听不到了。方睿泪如泉涌，泣不成声，他不敢直视父亲了。其他几个人见此情形也惊愕异常。韦建成急切地问道："护士，病人怎么样了？"一个护士冷冷地道："问医生吧，你们赶快让开，我们要立刻送病人到重症监护室，让开。"几个护士强行将方睿等人拨开，担架床快速地被推进了不远处的重症监护室。韦建成、王副院长、刘处长三人不约而同地走向手术室门口。

手术室的大门再次被推开，一个瘦小的中年医生严肃而又显疲惫地走出，身后紧跟着一位颧骨少肉尖突，戴着金丝眼镜的年轻医生。那年轻医生有些谄媚地对中年医生说："师父，您看我对这个病人的病情判断得对吧？"中年医生不苟言笑，只是微微点头表示认同。年轻医生面露喜色迅速接过中年医生递给他的医用手术帽。

“张主任，侯大夫。”景瑶抢先一步迎上了两位医生，方睿踉跄着也冲到两位医生面前。

中年医生愣了一下，瞥了一眼身穿护士服的景瑶，并没有停下脚步。

年轻医生则惊讶地问：“景瑶，你，你怎么在这儿？”

中年医生又瞥了一眼方睿等人，边走边问：“你们是病人家属？”

年轻医生对中年医生说：“张主任，这就是我跟您说过的普外科的护士景瑶。”

被唤作张主任的中年医生停下脚步颇为认真地打量着景瑶。

“嗯，不错，的确不错。”张主任面露欣赏之色，然后艳羡地看了一眼身旁年轻医生侯进勇。

“你的眼光不错。”

侯进勇听闻此言有些沾沾自喜。

景瑶听二人谈话先是一愣，有些茫然，不知所云，旋即似乎想起什么，迅速地说：“侯大夫，我没答应你调到你们科室呀。”

张主任和侯进勇相视一笑，那种笑，意味深长，景瑶这种涉世未深的女生是完全无法理解的。但是一旁的方睿似乎明白了一二，心中顿涌无限醋意与愤懑。他做了一个深呼吸，平复了一下心绪，抢前一步说道：“大夫，啊，张主任，您刚刚抢救的病人是我的父亲，我想问问他现在怎么样了？”

张主任收拢了刚才的笑意，威严、冷淡再次笼罩在了他的身上。

“大夫，我们是电子技术研究院的，我们需要了解病人的病情。”紧随其后的韦建成严肃而又着急地询问。

“大夫，我是研究院的王文胜，我代表电子技术研究院来看望病人，我们的确需要尽快了解病人的情况。”王副院长上前主动伸出手来准备与张主任握手。

“哦，那就到我办公室吧，这里不是谈话的地方，对不起，我刚做完手术，不适合握手。”张主任很勉强地笑笑。

一行人跟随张主任走进医生办公室。

阅片灯上的X光片异常清晰。张主任用一根金属棒指指点点地说着：“你们看，这儿有多发脑挫裂伤，病人的蛛网膜下腔出血，右额部硬膜外严重血肿，剧烈冲击造成了病人多发性颅骨骨折，伤势是很严重的。”

方睿闻听至此，腿一软，险些摔倒，旁边的景瑶眼疾手快扶住了他。

“严重到什么程度？”韦建成盯着张主任问。

“这个……”张主任欲言又止。

侯进勇似乎看出了老师的意思，迅速回答道：“对于病人的情况，手术刚刚结束，一切不好下定论，我们还需观察一阵再下结论。”

对于侯进勇的表述，张主任显然很满意，他坐回座位上接过侯进勇递过来的茶水，轻轻地抿了起来。看得出，他已经不想再说话了。

韦建成、王文胜和刘处长三人相互对视一下，都觉得此时的场面颇为尴尬。走吧，病情不完全了解，有些不甘；不走吧，主治大夫的态度如同冰冷的手术刀在轻轻地刻划着大家焦急的心。

“大夫，那我父亲……”方睿还是想问个明白，被韦建成伸手挡了一下。韦建成使劲地摇头，制止方睿继续问话。显然，继续发问不但没有结果，可能还会招致主治大夫更大的反感。方睿死死地盯着两个大夫，不满情绪涌上心来。

景瑶凑到桌前忽闪着那双天真的大眼睛说：“张主任，我知道您是咱们院里最好的大夫，根据您的经验，这病人的颅脑损伤究竟到了什么程度，是中度还是重度，还需要二次、三次手术吗？手术后能恢复到什么程度……”

侯进勇拦住了景瑶的追问：“景瑶，我刚才不是说了吗，要术后观察，这会儿我师父很累了，不想再说话了，回头我慢慢给你解释行吗？”

“可是现在病人家属很关心病人病情啊。”

张主任放下茶杯微笑着说：“好了，小侯，你也不用拦景护士了，景护士说得也有道理。”

张主任长出一口气似乎很无奈地说：“好吧，既然如此，我就简单说一下病人情况吧。”他顿了顿接着说，“病人的颅脑损伤程度可以定性为第四个等级——特重级。”

“啊！”大家几乎同时发出了惊叹。

“目前，病人术后生命体征恢复不明显，还处在深度昏迷中，如果过段时间病人血压、呼吸、脉搏的数值出现某些波动说明颅内还有血肿，还需要再进行手术。”

景瑶急切地说：“那就是说病人在进行二次、三次手术后就会从特重级降到重级或者中度级，甚至是轻度级，是吧？”

张主任苦笑道：“但愿如你所愿吧。”旋即转向方睿等人严肃地说道，“治病救人是我们的天职，我会尽全力，但是你们作为病人家属和单位领导也要做最坏的打算。”

“最坏病人会是什么情况？”王副院长问道。

“嗯……”张主任迟疑片刻，“病人可能会呈现植物状态。”

“植物状态？”

“也就是我们常说的植物人。”

＊＊＊＊＊

保卫处干事李洁此时的心情也很糟糕。

方荣轩发生车祸之后，保卫处的第一反应就是要确保方荣轩手提电脑的安全，但是在医院里听方睿说电脑丢失了，李洁便带着拿到手提电脑的重大使命赶到交通执法队。可得到的结果却让他猝不及防。

他望着摊放在桌上有些烧焦的监控摄像头和定格在早晨六点零三分慈仁街北口的监控画面一脸的茫然。他不相信这个结果，他的目光在烧焦的摄像头和监控画面之间切换了多次，确认这是不可能改变的事实后，彻底蒙了。

那个几乎被烧焦的监控摄像头是刚刚被交通执法队的工作人员从慈仁街北口的监控杆上取回来的，而且这个取回的过程是李洁全程参与的。因为李洁在执法队发现慈仁街北口的监控录像六点零三分后的画面都无法读取了，他才坚持要去现场看看那个监控摄像头。他幻想能从那里找到他想要的答案，但是现在是什么都没有，他不知道如何向王副院长和刘处长汇报调查结果。

他迅速请求交通执法队进行技术分析。执法队的曾泰队长也感到事情有些棘手，他立刻向交通管理局总部请求技术人员支持，同时命令手下人沿着卡车逃逸方向查找其他路口的监控画面。毕竟查找逃逸车辆才是交通执法队的工作重点。交通执法队的监控室内弥漫着一股紧张的情绪，工作人员在连续调取逃逸车辆的路径监控画面。

李洁正焦急地等待着交管局技术人员的到来，一阵手机振动从裤兜里传遍李洁的全身。本就因为焦急而神经紧张的李洁被这一振，感觉神经都有些痉挛了。他慌乱地掏出手机，屏幕上果然显示的是刘处长的来电。手机刚一接通，刘处长严肃的声音就传进了李洁的耳中。

“李洁，你的事办得怎么样了？”

“有点麻烦，处长。”

“什么？调取监控画面能有什么麻烦？”

“麻烦的是我们想要的监控画面没有。”

“没有？什么意思？”

“我一句两句跟您说不清，等我……”

“算了，啰里啰唆，你不用说了，我现在就赶过去。”

手机挂断，李洁有点发蒙，他不知道刘处长在医院里受了窝脖子气。

李洁看着已然黑屏的手机顿感郁闷。“曾队长，技术分析师怎么还没来？”李洁还是想争取在刘处长到来之前得到一个满意的答案，也好对自己的办事不力有些弥补。

“应该快到了吧。”话音刚落，门被打开，一个微胖戴着黑边眼镜的三十多岁的男人走进监控室。

“哎哟，安伟你可来了。”曾队长与来人握了握手转身向李洁介绍，“这位是我们总局技术部安伟工程师，这是电子技术研究院保卫处的李洁。”

双方简单寒暄之后，安伟开始用随身携带的万能表对监控摄像头进行检测，随后他又调取慈仁街北口的监控画面进行分析研究。李洁和曾队长焦急地注视着安伟的举动，监控室里弥漫的紧张情绪几乎让人窒息。

安伟最后看了一眼监控摄像头，抬起头长出了一口气。

李洁看出安伟应该有结果了，赶忙问：“怎么样，安工，有结果了吗？”

安伟点头。

曾队长麻利地递过一杯水：“先喝口水，不急，慢慢说。”

安伟大口地喝光了一大杯水，显然他刚才也是精神高度集中。

“按我分析……”话刚开了个头，门再次被打开，警员小李进来叫了一声“队长”把安伟的话打断了。

曾队长恼怒道：“没看我这正忙着呢吗？出去！有什么事一会儿再说。”

小李赶紧解释道：“对不起，队长，是电子技术研究院的刘处长来了。”

“啊，这么快。”李洁脱口而出。

曾队长一听马上说：“快把刘处长请进来。”

不一会儿小李和刘处长一前一后进入监控室。

曾队长迎上前："刘处长，你这真的是来得早不如来得巧啊。"

李洁迅速接过话："是啊，处长，您来得正好，交管局技术处的安工程师刚做完技术分析，我正准备听完后立刻回去给您汇报呢。"

刘处长没有理会李洁，径直与曾队长和安伟握手寒暄。

曾队长又说："安伟，正好刘处长也到了，你说说结果吧。"

安伟清了一下嗓子接着说："监控画面定格在六点零三分，这种情况叫图像冻结，有些摄像机是自带这个功能的，是为了捕捉实时画面，而我们这种道路监控是没有这个功能的，显然是有电脑黑客入侵到交通指挥系统进行了数据更改。但是有一个问题，既然能够入侵交通指挥系统，为什么又把摄像头破坏掉，我就不太明白了，感觉，这有点多此一举，就像把一辆汽车的发动机破坏了，车已经走不了，可是这个贼又把四个轱辘卸掉，这逻辑上有点不通。"

李洁问道："那摄像头会不会是自己正巧电路短路烧坏的？"

安伟摇摇头："不像，我刚才仔细看过这个监控摄像头，它应该是外部破坏造成的烧毁。"

"外部破坏？"

安伟解释道："据我所知，有人能够利用超强脉冲光波对摄像头进行干扰破坏。"

刘处长一头雾水地问："超强脉冲光波？什么意思？"

"有一种叫固体激光器或者光纤激光器的东西，它是利用锁模作为一种新的压缩脉宽达到皮秒甚至百皮秒量级形成超短脉冲技术，一股一直闪动的超短脉冲光，轻者可以让摄像头的感光调节和光圈全部失效，重者，当功率超大到一定够量值，就可以使摄像头失效或者烧毁。"

大家都似懂非懂地看着安伟。

安伟看出大家的茫然简要地解释了一下："通俗地说，就是有高手破坏了摄像头，使我们无法看到六点零三分之后这个路口的现场情况。"

刘处长眉头紧锁自语道："看来事情比我们想象的要复杂得多啊。"

第二章

慈仁医院的重症监护室里，方荣轩被颅内压检测仪、脑电图仪、脑血流图仪、经颅多普勒仪等仪器包围着，各种管线几乎布满全身。方睿隔着巨大的玻璃窗，望着依然处在深度昏迷的父亲，内心翻江倒海。他守在监护室外，一夜未眠。他曾不停地问着自己，这是真的吗？这会不会又是一个诡异的梦境？直到韦灿二次赶回向他询问父亲术后情况时，他才清醒地意识到这不是梦境，是现实，是他不愿意看到的残酷现实。他想着昨天晚上他所做的噩梦，开始回忆最近几日他与父亲的点点滴滴。他不知道自己是想寻找什么答案还是单纯地害怕自己忘记了父亲的容貌。

不知为什么“黑洞”一词突然蹦进他的脑海里。那是四天前，方睿重温美国科幻大片《星际穿越》后兴奋地向父亲炫耀他从相关报道中了解的电影拍摄花絮。克里斯托弗·诺兰导演为了拍摄好电影曾向美国加州理工学院的教授基普·索恩取经，索恩教授则表示，《星际穿越》是第一部准确描述黑洞的好莱坞影片，符合爱因斯坦的广义相对论方程式。由此牵扯出“黑洞”一词，父亲便向他讲述了与“黑洞”有关的故事。

“黑洞”一词的命名者——美国的物理学家约翰·阿奇博尔德·惠勒曾在 1981 年访问中国，当时他观赏舞剧《凤鸣岐山》，看到姜子牙手中指挥一切的“无”字旗上文字的含义是“Nothing”时，他很兴奋，这不就是他所倡导的“质朴性原理”吗？更让他吃惊的是，翻译告诉他，老子《道德经》中说：“天下万物生于有，有生于无。”惠勒听后感慨地说：“现代物理学大厦就建立在一无所有上，从一无所有导出了现在的所有，没想到的是，近代西方历经数代花费大量物力、财力找到的结论，在中国的远古早已有了思想的先驱。”述说到此时，方睿询问父亲，难道惠勒的物理学质朴性原理与老子的思想有着一致性？父亲极其肯定地说当然有。父亲说：“道的创生能力，自然包含着天地万物的创生和作为‘常道’的各种具体的事物法则的创生两个方面。”说到两个方面，父亲突然感慨起来强调说，“万事万物都有两个方面。惠勒曾讲的‘如果你在一天中没有发现任何奇怪的事情那就是一个好日子’是有些道理的。”说到此父亲脸上突然显得有一丝凝重。当时方睿还开玩笑地说：“那就是说，在一天中如果发现奇怪的事情就是一个坏日子了？”当时父亲不置可否。

现在回想这些细节：当日父亲突然变得感慨且凝重；昨晚的奇怪梦境；今早父亲反常的态度和发生的车祸；手提电脑不翼而飞；研究院丢失的科技情报……难道说这一切都有关联吗？方睿不敢往下想了，他最不敢想的就是那个该死的跟自己长相一模一样的逃逸司机。方睿双手狠劲挠着头，他仿佛坠入了“黑洞”，自己被诸多诡异迹象所吞噬，无法逃脱。

“方睿，方睿。”一旁的韦灿看着有些抓狂的方睿连忙安慰他，“你不要太难过，方叔叔会没事的，不是还有二次、三次手术呢吗？”

方睿看着既为他担心又笨嘴拙舌的韦灿，不知如何向他表述自己现在的心绪，也不知如何向他描述刚才回想起的一幕幕似有关联的过往。不能说，绝对不能说。这些事情没有一件能说得清，也没有一件是对方睿父子有利的。方睿想到此，强打精神：“没事，韦灿，我相信我爸爸没事，什么事都没有。”他既是对韦灿说，也是在对自己说。

韦灿听了后鼓励地拍了拍方睿的肩。

站在几米外重症监护室门口的是保卫处的另一名干事甘鹏，他接听完一通电话后走过来。

“什么事？”方睿看出他有事要说，没好气地问道。

自从父亲手术后进入重症监护室，研究院的刘处长和王副院长便匆匆离去，而就在王副院长临走之前，这个叫甘鹏的就赶来守护在监护室门口了。王副院长美其名曰是为方荣轩研究员派遣的看护人员，但方睿预感到这个看护有监视的意思，所以对院里的做法极其不悦。

“方睿，王副院长让你去交通执法队协助调查车祸事件，这里的事你不用操心，会由我和李洁轮流负责。”甘鹏平静地说。

果然研究院在派人轮流监视父亲。方睿内心想着，表情上努力让自己显得不急不躁、不恼不怒。突然的变故让方睿骤然间成熟了许多，他知道今后的日子里他要肩负起很多，他必须成熟起来。

“好吧，我现在就去。”方睿转身对韦灿说：“韦灿，如果你要没什么事就先帮我照看会儿父亲。”

“我今天都已经向单位请假了，就是为了看护方叔叔。你就走你的吧，快点协助交通队抓住那个逃逸的浑蛋，这个浑蛋别让我抓住，让我抓住我一定先揍他个满脸开花。”

方睿闻听此言又莫名其妙地内心紧了一下，苦笑了笑，不敢多说，转身快速走了。

* * * * *

对于交通执法队的办事效率，王副院长还是基本满意的。

虽然昨天慈仁街北口早晨六点零三分之后的监控画面没有了，车祸现场的一切情况不得而知，安伟工程师做出的技术分析又留下了巨大的谜团，但是在警方十多个小时的不懈努力下，终于从几十个路口监控画面中寻到了大货车逃逸的轨迹。

事件是悲中有喜。当警方发现大货车逃逸到郊外一段没有监控摄像的盲区后，迅速出动几组警力进行现场排查搜寻。

功夫不负有心人。几个小时之后其中一组警力在一片极其偏僻的树林深处找到了那辆逃逸的大货车。但人去车空，显然是被丢弃在此。

交通执法队的曾队长不敢懈怠，双线出击，派一组警员调查寻找车辆所有者，又派另一组警员与当地派出所取得联系寻找附近目击证人。

又过了几个小时之后，两组人员都取得了进展。第一组弄清了这辆大货车是河北省地界一家私人水泥搅拌场的。在车祸的前一天车辆丢失，他们向当地派出所报了案，当地派出所还没有查找到这辆丢失的车辆。当然他们也不会那么容易找到这辆大货车，因为此时丢弃在树林里的这辆车已经被人挂上了伪造的号牌。

第二组警员在当地派出所的协助下，走访几十个村民，终于找寻到一位目击证人。这位证人六十多岁，名叫苗健，他几乎每天早晨都会来这片偏僻的树林遛弯和演练太极拳。而昨天早晨苗健练完太极拳刚走到树林边缘，就见林边土路上驶过来一辆大货车。由于这条土路高于这片树林两米多，是20世纪50年代修筑的防洪堤坝，道路狭窄且坑洼不平，故大货车开得缓慢。也因此能够看到大货车前脸瘪了一大块，保险杆颤颤巍巍，几乎要脱落，显然是遭受过撞击。出于好奇，苗健就多看了一眼司机。待大货车驶过之后，苗健没有看大货车驶向何处便自顾回村里了。今天早晨他照旧来到这片树林遛弯、练太极拳时看到了树林深处停放着的这辆大货车。他回到村子里正在犹豫是不是要报警时，市区交通执法队和派出所的警员就来寻访了。

热心的苗健向警员详细描述了这两个早晨的所见所闻，并爽快地跟随交通执法队的警员来到了交通队。

老人极其热心地向交通管理局技术部的软件技术员高伟警员描述大货车司机的相貌。高伟警员利用UG绘制人像技术，边听老人描述边进行电脑操作。老人也饶有兴致地注视着电脑屏幕上导入的光栅图，一个类似圆柱面的曲面出现，接着高伟很快就描出眉骨、颧骨、鼻子的大致特征。老人见此，兴致更加高昂，对眉骨、颧骨、鼻子的特征指指点点，高伟也不断地修改调整。

隔壁的小型会议室里，王副院长和刘处长正在向交通执法队的曾队长询问调查情况。

“据我们调查，当时是上班早高峰，出车祸后现场一片混乱，实在不好查找偷拿手提电脑的人。”曾队长无奈地说，“本来可以根据监控查找，谁想到……唉！”

“好在我们还有这位苗老先生，找到这个逃逸司机或许能对查找手提电脑有些帮助。”王副院长安慰着曾队长。

曾队长恨恨地说：“等高伟描绘出这个司机相貌来，我就迅速发布协查通报，全力稽查。我就不信我逮不到他。我最恨逃逸的司机。”

刘处长忧心忡忡地说：“问题是这个逃逸司机并不一定知道谁拿了手提电脑。”

王副院长一听此言，刚才还颇为期许的目光立刻就显得有些心灰意冷了。“难道说，咱们就不查找这个人了吗？”

“当然要查，咱们还要看看他是意外相撞还是故意所为，要是故意所为就跟我们保卫处怀疑的一致了，也就可以从这个人身上解开我们的疑惑，抓到内鬼。而要是意外事故，这个手提电脑的查找就要再撒更大的网。”刘处长说。

王副院长点头："好吧，我们现在先循着蛛丝马迹，走一步说一步吧。"

曾队长接过话说："查找手提电脑是你的事，找逃逸者是我的事。"

王副院长和气地说："是，是，大家都有各自职责，我们的工作还需你们的帮助。"

曾队长回道："好说，好说，我们尽力而为。"

大门被推开，警员小李带着方睿走进会议室。

曾队长看了看方睿："你就是伤者的家属啊？"

方睿点头："我叫方睿，出事的是我父亲。"

"听说你当时在现场？你看到那个大货车司机长什么样了吗？"

"这个……"

曾队长说："没看见也没事，我们找到目击者了，他这会儿正在隔壁配合我们技术人员描绘那个司机的相貌呢，一会儿你也看一下。放心，我们交通队一定帮你找到这个肇事逃逸者，给你一个满意的交代。"

方睿有些尴尬，一时语塞。

"不如我们现在就到隔壁看看描绘到什么程度了，兴许从苗老先生的谈话中还能得到什么信息？"刘处长看着曾队长说。

曾队长点头："对，对，我们现在就去看看。"

大家都起身向外走，方睿却没动。

刘处长瞥了一眼方睿："还愣着干什么啊，你不想看看那个司机长什么样吗？"

方睿极不情愿地点了点头。

刘处长看着方睿的怪异神态想说什么，停住了，向方睿招了一下手随王副院长、曾队长走出会议室。

一踏进技术分析室就看见苗健老先生正对着电脑屏幕兴奋异常地指指点点，电脑屏幕上的人像也在他的指指点点中不断细化。

曾队长看了看说："看来还得有段时间才能出大致的轮廓啊。"

高伟边操作电脑边说："是啊，曾队长，没那么快。"

曾队长倒了杯水递给苗健："苗老先生您先喝口水，不急，慢慢来。"

苗健接过水杯："嗨，我不是想快点说清这个人长什么样，你们好找人啊。再说了，我出来工夫也不短了，也不能耽误时间长了，我家里还有个九十岁的老妈等着我照顾呢。"

王副院长忙说："那真是辛苦您了。"

苗健挥挥手："没事，没事。"

苗健喝了口水扫视了一下几个来人。他的目光突然停留在了站在远处的方睿身上。

苗健放下水杯站起身走到方睿近前，上下打量着方睿。

方睿的心几乎要跳出来了，他猜想这时自己的脸色一定非常难看。他努力保持平静向苗老先生笑笑。

苗健双手一击，有些激动地说："你不就是那个司机吗？"

此言一出，屋内如同响了一颗炸雷。大家都目瞪口呆地看着方睿和苗健。

苗健看着大家怀疑的目光极其肯定地说："错不了，我看得真真的，我这眼睛一向好使。小伙子承认了吧，坦白从宽，抗拒从严啊。"

曾队长疑惑地说："苗老先生，这个人不是让你来跟他对质的，他是……他是车祸受害者的家属。那逃逸的司机撞的是他父亲，他怎么可能是大货车司机？再说了，他当时就在现场，是他亲自把父亲送到医院的，您这是……"

王副院长也赶忙说："是啊，老先生您真的弄错了。"

苗健有些疑惑："错了？不会呀，我看见的那个司机就是他啊。"

"您真的没看错？"

"你们不相信我的眼睛是吧？我可是练家子出身，我练太极拳三十多年了，眼不花，耳不聋。"

刘处长走过来安抚道："老先生您别急，我们相信您说的，现在只有一种解释，就是您看到的那个大货车司机长得和方睿很像。"

苗健迟疑地眨了眨眼睛，又上下打量了一番方睿："那……那这也太像了啊。"

王副院长说："既然这样，曾队长你看是不是就先请苗老先生回家，这个人像图也就不用再描绘了，你们就按照方睿这个脸来查找这个司机，如何？"

曾队长觉得在理："好吧，就照王副院长说的做吧。"转身对苗健说，"苗老先生，无论如何也要感谢您，改日我会再次登门感谢。"

"好说，好说。"

曾队长打开房门大声喊来小李，吩咐他将苗老先生送回家。大家也起身一起将苗健送到楼梯口。

苗健有些不好意思地说："曾队长，我有个小小的请求，不知可以不可以……"

"您说。"

"过几天你们交通队去看我时送我一面锦旗，行吧？"

曾队长应承着："行，行，这有什么不行的，好说。"

苗健有些羞赧："我们这个年龄的人做事不图钱不图利，就图一个认可。"

王副院长接过话："明白，明白，我们研究院会和交通队联合送您一面锦旗。"

苗健闻听此言脸上笑开了花，高兴地下了楼。

曾队长、王副院长和刘处长三人回到分析室，方睿依然呆站在那里像根木头。

技术员高伟仔细地看了看方睿，困惑地问曾队长："曾队长，真的按苗老头说的根据方睿的脸绘像？这老头……神经是不是有点问题？"

曾队长挠了挠头也有些拿不准了："是啊，我现在怎么觉得这老头有点神经兮兮的，尤其刚才在楼梯口说的，他主要就是想要面锦旗，这个有点……"

王副院长说："曾队长，他们那个年龄段的人对锦旗有些特殊偏爱。这个很正常，但是……"他好像不认识似的看着方睿，指着方睿的脸怀疑地说，"长相和他一样这事有可能，又不太可能。"

刘处长凑过来严肃地问道："方睿，你说实话，你当时在现场看到那个大货车司机长什么样了吗？你父亲的笔记本电脑到底怎么丢的？"

方睿的大脑如高速运转的计算机搜索处理各种信息，思考着该如何应答。

如果他如实说，他看到的司机确实很像自己，那遇到这么奇怪的事情，他为什么不在第一时间通知警方？要是及时报案，也不至于耗费警方那么多人力、物力来寻找线索。而警方如果相信逃逸司机长得跟自己一样，即使他有不在场的证据，不能被认定为疑犯，但若是按照他的样貌发布协查通报后，他走在大街上势必会被认为是疑犯，他也就会多次被警方拘押后又释放。那么这期间谁来看护还未脱离危险的父亲？而就算警方相信方睿不是逃逸者，那为什么会是一个长相跟他一样的人去撞父亲？这些疑点凭什么不让警方怀疑其中另有隐情？再加上父亲那台极其重要的手提电脑莫名丢失，倘若拿走的人是图财还好，如果这人是与撞人者为一伙，就更说明其中大有隐情。这种隐情对父亲有利还是有害呢？方睿在极短的时间内思索了这诸多的疑点，再加上自己的梦境和父亲的反常情绪，他感到这不是一场偶然发生的简单车祸。既然有这么多剪不断理还乱的头绪，那就让警方去梳理吧，而他决定自己要在看护好父亲的同时秘密查找这个与自己长得一模一样的人。

想到此，方睿说："当时我的确在现场，但是我没有追上大货车也就没有看到逃逸者长什么样。而那个笔记本电脑，在现场那么混乱的情况下，谁拿走了我真的不清楚。"

刘处长听完沉默片刻后无奈地说："好吧，方睿，你先到隔壁房间稍等，我和王副院长、曾队长交流一下情况。"

高伟也在曾队长的指示下随默默无语的方睿走出技术分析室，进入隔壁小型会议室。

方睿为了掩饰忐忑不安的情绪，背对高伟站在窗前反复互攥着双手，不知不觉中双手已经被攥得通红。他几乎能够听到心脏怦怦跳的声音，脑子里似乎什么都在想，又似乎什么都没想。窗外的高楼挡住了他的视线，也挡住了他似乎要崩溃的心绪。他努力使自己平静下来，就像在自我催眠一样，以至于刘处长走到他的跟前他全然不知。

"方睿。"刘处长的呼唤使方睿回过神来。他转过身后发现交管局的高伟不知什么时候已然离开房间，会议室内除了他以外还有不知何时进来的王副院长和刘处长二人。

刘处长示意方睿坐下。方睿慢慢地坐在了离他最近的椅子上。他猜测不出王副院长和刘处长要说些什么。

刘处长与王副院长相互对视了一下，而后看着方睿努力让严肃的表情放松下来。

王副院长缓缓地说道："方睿啊，你作为方研究员的家属，有几件事我们要跟你说清，也希望你尽量配合我们的工作，因为这关系到你父亲的清誉。毕竟你父亲是我们院里最受尊敬的研究员。”

方睿点头，神经再次紧张起来。他紧紧盯着王副院长生怕漏听了任何一个细节或是一句话。

“第一，你父亲目前的状况依然不妙。”

方睿闻听此言，心跳立刻加快了起来，手心也出了汗。

“我们刚刚跟慈仁医院的钱副院长电话沟通了，医院已经组织了专家会诊，看法基本是一致的，你父亲短时间内不会清醒过来，配合不了我们最近的调查工作，这就需要你来配合一下。第二，研究院最近丢失了科技情报……你父亲有较大嫌疑。”

方睿打了个冷战。

王副院长补充说道：“当然这需要调查取证。”

方睿急忙辩解：“我父亲不会做这种事。”

王副院长笑了笑，继续说：“所以这就需要你配合我们呀，配合我们弄清你父亲到底有没有出卖院里的科技情报。”

方睿点了点头：“好，我一定配合。”

王副院长又说道：“前段时间我们研究院在一家铁路建设公司委托下开发的最新 IGBT 核心芯片的技术被人泄密，致使这家铁路建设方在海外投标时失败，造成国家几十亿元的损失，而你父亲是审核小组其中一员。”

“其中一员，怎么能证明就是我父亲泄露的呢？”

“因为研究院事后调查所有研究员在院里使用的台式电脑后，发现你父亲的电脑有向外传输数据的痕迹，其他研究员的电脑没有，而现在你父亲牵头研发的一个新的 BD Ⅲ双模卫星导航系统 SOC 芯片技术的一期数据，也有向外传输痕迹。你父亲负责这个项目的一期技术数据审核以及二期数据研发。如果将一期、二期数据做矩阵整合，那么这项科技研发项目的最核心部分就完成了。如果这些数据也泄露了，我们的损失无法估量。另外研究院里的规定是，只有你父亲这种项目负责人级别的人，才允许携带笔记本电脑回家。而你父亲手中的笔记本电脑很可能就存有一期和二期全部数据。如果被人有预谋窃取，既使你父亲是清白的，他本人没有有意去跟人交易这些数据，我们研究院也难逃研发的科技项目数据泄露的厄运。因此，当务之急，第一是要找到你父亲的笔记本电脑；第二需要你配合我们登录你父亲工作邮箱，查找你父亲有没有通过邮件传递情报。当然如果没有，可以部分排除你父亲的嫌疑。另外，我们发现你父亲在院里工作用的电脑里，他亲自研发的SOC芯片二期数据的文件包被加了密码锁，既使你父亲的确是清白的，但他现在依然处于昏迷状态，我们院里也得不到二期数据，这个项目就处在停滞状态。时间长了我们就无法按时向甲方单位移交科研成果，那损失也是巨大的。所以还需要你根据你父亲的行为习惯，协助我们解开文件包的密码。方睿，不知我说的你听明白了吗？”

方睿点头：“明白，首先要找到邮箱密码，进入我父亲的邮箱以证明他的清白。这个应该很容易，用我父亲的手机号码就可以找回密码。”

王副院长笑道：“要是那么简单，这第一项工作就不麻烦你了，研究院自己就做了。”

方睿疑惑地问：“什么意思？”

王副院长解释道：“你父亲用的工作邮箱是我们研究院内部邮箱，由于我们的工作是具有高度保密性的，在设置这个邮箱时，我们后台做了技术处理，就是每个研究员的工作邮箱在不清楚密码的情况下，要想进入邮箱，需进行脸部识别验证，这样，这个邮箱的私密性就得到了保障，其他任何人，包括后台都无法轻易进入邮箱。而摆在我们面前的困难是，你父亲目前无法配合我们进行脸部识别，而时间不等人，技术破解邮箱有难度。所以我们双管齐下，希望你努力查找邮箱密码，我们研究院也会全力尝试技术破解邮箱。”

方睿彻底明白了：“好吧，我尽快找到父亲的邮箱密码，同时也尽力寻找另一个密码，打开文件包，把我父亲的心血交还给研究院。”

刘处长站起身说：“至于那个逃逸者，交通执法部门会继续追查，相信他们最后会给你一个满意的答案。”

方睿预感未来的日子不会轻松。

第三章

淅淅沥沥的小雨是从后半夜开始飘洒的，伴着忽大忽小的清风，那哗哗啦啦的雨声至上午犹在，它锲而不舍地灌入人的耳膜，格外惹人厌烦。慈仁医院正中心的一栋中西合璧的“宫殿式”建筑被现代化的高楼所包围，此时正完全笼罩在灰蒙蒙的雨雾中。

这栋建筑是在一座残破的清末贝勒府基础上建造的。建筑设计师是北京协和医院设计者美国著名建筑师查尔斯·柯立芝的忠实拥趸。故此，他在设计慈仁医院的这栋集科研与行政办公等功能为一身的大楼时就采用了歇山顶式屋顶，上铺绿琉璃筒瓦，所有梁、檐、斗拱处均配有彩绘。设计师还在整个建筑的四个角部各修建了一个巴洛克式圆形穹顶的角楼。大楼内部则采用西式回廊，配以落地玻璃等。从外观看，飞檐画角，龙凤卷云，完整体现了中西合璧“宫殿式”建筑的威武和庄严，但是此时在灰暗的雨雾中不禁给人阴郁肃穆之感。

方睿从医院正南方现代化的住院大楼走出，冒着烦人的小雨，一踏进这个中西合璧的“宫殿式”建筑就感觉到这灰蒙蒙、冷冰冰的小雨好像已经浸透了他的身体，使得血液都成灰冷的了。

今天是慈仁医院与研究院一起召开的一个会诊总结会。或许是因为车祸前后这段时间，父亲身上的诸多谜题需要尽快破解，这些日子研究院与慈仁医院的合作极其紧密，专程听取了院方的多次会诊，大的手术也做了两次，但父亲的状况依然不好。方睿度日如年，每日都在幻想父亲一夜之间神奇地清醒过来，甚至能坐在床上和他谈经说道、论古辩今，但是现实如同这小雨般冰冷烦人。

方睿进入慈仁医院的小型会议室后，发现与父亲有关联的人几乎都到了。慈仁医院的钱副院长、主治医生张主任、助手侯进勇、研究院王副院长、刘处长，还有父亲的好友韦建成研究员，他们每个人的脸色都如窗外淅淅沥沥的小雨一般阴冷。

王副院长见方睿落座便做了开场白："大家都到齐了，过多的客气寒暄话我这儿就不说了，今天我们研究院是来听取一下医院对方研究员的多日治疗的汇总，以便研究院和家属方睿做出对病人恢复的规划。"王副院长说完示意钱副院长讲话。

钱副院长直了直肥硕的身躯说："我们医院这段时间调集了最权威的医生做了最大努力，最终的治疗结果由主治医生张主任向你们汇报一下吧。"

张主任未开口说话，满脸愧疚地起身向方睿和研究院的几个人深深地鞠了一躬，这一下弄得王副院长等人有些不好意思。

王副院长忙说道："张主任，您这是做什么，您坐，您坐。"

张主任重新坐下，说道："鞠这个躬是表达我发自内心的歉意，因为尽管我们院里组织了包括我在内的很多专家会诊共同治疗方研究员，但是治疗结果不理想，这是我们作为医生最不想看到的。我们医生最大的心愿是每一个病人带着病痛来，带着健康走。"

钱副院长认可地点头。

张主任停顿片刻继续说："经过两次大手术后，病人体征表现很不好，归结起来有这些特征：第一，病人术后眼睛依然不能睁开，处在沉睡状态；第二，病人目前还无法正常饮食而且大小便还处于失禁状态；第三，病人肢体处于僵硬状态，对外界刺激没有任何意识反应；第四，我们观察脑电图，发现病人脑电图出现平坦的静息电位，偶尔有被动性的起伏，但变化不大。综合这些症状，我们专家会诊组认为病人确切处在植物状态，就是常说的植物人。”

大家闻听至此心情都异常沉重。方睿的眼泪不知什么时候已经流淌到嘴边，滴滴答答地掉在了胸前紧握的双手上。

王副院长说：“我以前听说有的植物人能够恢复过来。”

张主任接着说：“对，从神经外科专家的角度来说，像病人这种昏迷是一种呈现持续的病理性深度的意识性障碍，它和脑死亡是有区别的，它是暂时性的。这种状况有奇迹出现的可能，植物人醒来不是梦。”

“那我应该怎么做才能让我父亲醒来？”方睿紧跟了一句，他顿感眼前有一丝光亮。

张主任回答道：“唤醒植物人，需要家属帮患者做大量的工作，有的植物人昏迷半年不到就能够苏醒，当然也有昏迷长达数十年的，但是苏醒是有希望、有可能的。你们家属一定要抱着积极乐观的态度，每天要和患者说说话或用针灸等电疗措施刺激患者的感觉神经，持续不断地刺激就有苏醒的可能。”

方睿闻听至此长出了一口气。他在黑暗中寻觅到了一丝光明。

* * * * *

李洁带着圆满完成的任务，兴致勃勃地赶回研究院。

他奉刘处长之命在征得相关员工同意后，到银行去调取所有研究院的工作人员的银行账单。这个任务起初一点都没让李洁提起精神，在他看来这个跑腿打杂的工作既无聪明睿智的展现，又无劳动强度的比拼，对他个人办事能力的呈现毫无意义，但万万没有想到他居然会有重大的发现。

他抑制不住兴奋，脚下生风冲向三楼王副院长所在的办公室，由于走得太快差点在楼梯拐角处撞倒韦建成。

“小伙子，我们这些老头子可经不住你这么撞啊。”韦建成开玩笑地说。

李洁连忙躬身道歉，担心自己真把这位研究员撞坏。他深知在研究院里像他这种行政人员十个也顶不上一个韦建成这样的研究员，要真把韦研究员撞出个好歹，他刚刚调查账单取得的成绩就全部抵消了。

韦建成看着李洁惶恐的样子赶忙安慰说：“没事，没事，小伙子，下次走路看着点，这栋大楼里像我这样的糟老头儿可多着呢，走路一定要小心。”

李洁一再作揖表歉意：“对不起，韦老，实在对不起，我下次一定慢点儿。”

“去忙吧，没事。”韦建成说完自顾先走了。李洁看着韦建成稳健的背影，感觉韦研究员真的没事，才轻轻地又作了揖，转身向王副院长的办公室走去。

李洁敲了敲门，里面有人应答之后，他才轻手轻脚地推门进入。

屋里王副院长正在打越洋长途电话，沙发上坐着刘处长。刘处长见李洁进来招手示意他坐下。

“是，是，乔院长，方研究员的病症已经完全确定了……是，是，我明白，我会妥善处理的。”王副院长对着电话认真地听着，应答着。

李洁明白王副院长这是正在给远在英国进行学术访问的研究院一把手乔瑾瑜院长越洋汇报工作。乔院长一个月前到英国剑桥大学进行学术访问。他走后不久，院里就查出有科技情报被泄露事件。主管行政、保密工作的王副院长和保卫处的刘处长迅速指导秘密调查工作，工作刚刚有点头绪，就出现了方荣轩车祸事件。

王副院长放下电话，抬头见李洁坐在沙发上便问："怎么样，李洁，有什么发现吗？"

李洁赶忙站起身兴奋地说："有发现，而且是很大的发现。"

本来王副院长和刘处长还都很平静，听李洁一说都有些惊觉。

"还真有发现啊？！"王副院长迅速从办公桌后面绕过来示意李洁坐下说。

刘处长也挺直了身子催促："快点说说结果。"

李洁说："我从调取的银行账单中，发现其他人除了工资、奖金外没有额外收入，只有方荣轩研究员的账户在车祸前的两天有一笔三十万元资金转入，对方账户是一个叫'普克力'的公司。"

王副院长说："普克力公司？"

李洁接着说："我初步调查了一下，这个公司是一家从事技术咨询服务的公司，业务范围是给中小企业提供技术咨询服务，也就是说它负责把科技人士与企业对接，起的是一个中介作用。"

刘处长问："这个公司与境外的高铁建设公司或者航天类公司有业务往来吗？"

李洁回答说："目前查不到。这个公司好像只与我们境内中小规模公司有些业务往来，项目规模不大，资金也不多，只是范围很广，机械、化工、食品、服装甚至农业领域都有。"

王副院长疑惑地说："这么看来即便方研究员涉嫌外接私活挣外快，也没有证据证明他出卖我们的科技情报啊？"

刘处长却不这么认为："不然，我认为方研究员的嫌疑依然很大，目前没有找到证据不等于没有证据。"

* * * * *

方荣轩在第二次手术后不久被医院从重症监护室转到一个特需病房。房间很大，是普通四人病房的两倍多，且自带卫生间。这是医院为特殊病人准备的高标准病房。房间内虽然有两张病床，但是其中一张病床只是为陪护家属安置的。不仅如此，房间还拥有一个长沙发，既是供能够下床休息的病人休闲用，也是为探视人就座准备的。这些天研究院坚持安排甘鹏、李洁两个干事轮流看护，弄得方睿想夜间陪护父亲时只能在长沙发上睡觉，另一张病床要留给甘鹏或者李洁。当然，方睿清楚，如果不是父亲现在的特殊身份，这样的高标准病房是住不进来的。

自从昨天开了那个会诊总结会后，方睿低迷颓废的状态有了明显好转。张主任描述的唤醒植物人的方法深深地刻在了他的脑海里。他内心有了自己的规划，他坚信今后给父亲更多的感觉神经刺激，就一定能使父亲苏醒过来。

李洁、甘鹏可能是陪护时间长了，都显得有些劳累、懈怠。本来就讨厌他们这种监视性陪护的方睿，借机提出终止他们的陪护，但是在会诊总结会之前没有得到王副院长的批准。会诊总结会后，已经确定方荣轩的植物人状态，方睿提出出院的请求，决定回家慢慢唤醒父亲，最终取得了王副院长的同意。

一想到明天就将离开医院回家康复，方睿感觉轻松了许多。景瑶听说明天方荣轩要出院，特意与同事调班，赶到方睿家里为他收拾，做好出院的准备。有景瑶的帮忙，方睿感到欣慰许多。

一向不善言谈的甘鹏听说明天要办理出院，坚持今天要帮方睿为方荣轩擦洗身子。方睿讨厌研究院这个监视性陪护方案，但不讨厌甘鹏这个人。于是二人很默契地为方荣轩擦洗身子。刚刚擦洗完，甘鹏端着满盆的水正准备倒掉，门外有人敲门。

方睿忙说："请进。"

门被慢慢推开，一股荔枝的清甜果香味先行涌入病房，待房门完全被推开时，这种香水气息已经弥漫在整个房间里了，使刚刚为擦洗方荣轩忙了近一个小时的两个男人的轻微疲倦瞬间消失。二人惊讶地望向门口，只见门口站着一个更令二人惊讶的年轻女人。

这个女人外穿淡紫色外罩，内穿大V字领鹅黄色紧身衣，修长的脖颈下丰满酥胸如凝脂白玉高高耸起，纤细的腰肢映衬得酥胸更加凸凹有致，一双颀长匀称的秀腿被黑色镂空丝袜裹住尤显妖娆。这女人身材极其惊艳，配得上"魔鬼"二字。再看这女人长相神态更是惊艳无比。

她粉白的脸上一双带笑带俏又带着妖的大眼，如一潭清泉在晨曦中泛起涟漪般媚意荡漾。大小适宜的红唇微张，诱人忘我。这是一个使男人无法抗拒的、从骨子里散发着妖媚的女人。她的一颦一笑，一举手一投足都如磁场般散发着诱惑。

方睿、甘鹏看得有点呆，一时忘了谈话。

"请问这里是电子技术研究院方荣轩研究员的病房吗？"

"啊……是，是。"方睿最先清醒过来，回答道，"你是……他什么人？"话一出口，方睿都不知道为什么这么问。

"啊，我叫那媚，我是专程来看望方荣轩研究员的。"

"我怎么不认识你呀？也没听父亲说过你。"

甘鹏也清醒过来说："哦，这位是方研究员的儿子，方睿。"

"哦，幸会，幸会。"女人说着伸出纤纤玉手欲与方睿握手，方睿没有回应，他也说不清是不想握还是不敢握，还本能地把手向后缩了缩。

女人迅速伸出左手与自己的右手交会于身前轻轻一搓，瞬间消除了尴尬："哎呀，这病房环境不错啊。"女人自打圆场。

甘鹏似乎彻底清醒了，忙说："你请坐，有什么事坐下说。"边说边麻利地跑进卫生间将水倒掉，放下脸盆又走了出来。

女人自顾走到病床前，哀切又怜悯地看着昏睡着的方荣轩说道："这么好的人怎么遭此横祸？"

看完方荣轩，那女子转回身又从随身携带的挎包里掏出两张名片分别递给方睿和甘鹏。

"我叫那媚，是普克力技术咨询服务公司总经理。"女人微笑着说。

甘鹏招呼道："哦，那总，请坐，请坐。"

那媚轻摆腰肢缓缓地坐在沙发上，双腿自然交叉微微跷起。

方睿和甘鹏分别拿了一把椅子坐在那媚的两侧。

那媚介绍说："我们公司主要业务就是将高技术人才与中小企业'联姻'，真正做到让知识和技术转化成生产力，所以像方研究员这样的高端技术人士就是我们的客户，那些急需专利转化或者技术指导的中小企业也是我们的客户，把这两种客户联系在一起就是我们的工作。前些日子我们刚刚与方研究员鉴定了合作协议，结果……唉，竟然发生了这种事……我今天专程来看望方研究员，也希望他能够早日康复，能够继续我们的战略合作。"

方睿听完没有马上回应，而是想了想说："那总，首先我要感谢你来看望我父亲。"

那媚连忙说："这是应该的。"

方睿接着说："但是，我父亲现在状况不好，以前他跟你们公司签署的协议，我也没听他提起过。"

"我们有签订合同，我今天还特意带来了。"那媚从挎包取出一本合约递给方睿。

方睿迅速地浏览了一遍，末尾处的确是父亲的亲笔签名。在浏览中方睿一眼看到了定金三十万元字样，还没待方睿询问，那媚接着说："我们前两天按合同规定已经将三十万元定金打到了你父亲的银行卡上了。"

方睿异常吃惊地看着那媚："真的吗？"

"当然是真的，这是我们的信誉。"

虽然方睿知道父亲这张银行卡密码，但是他有很长时间没有替父亲取过钱了，他根本就不知道这里面多了三十万元巨款。

那媚接着说："尽管方研究员暂时不能为我们工作了，但是我相信他很快就会康复，我们的合作还将继续。"

甘鹏走过来，有些严肃地说："对不起，方睿，我很有必要看一眼这份合同。"

方睿迟疑着。

甘鹏毫无商量地伸手就将合约扯了过去。

方睿愣住了，他想起来父亲跟他说过研究院是不允许他们这些研究员外接私活儿的，而这白纸黑字的合约就是违规行为的佐证，往深层次想这更证明了父亲方荣轩有出卖科技情报的机会和嫌疑。他成了研究院的危险分子。

第四章

阳光从百叶窗的缝隙洒落，仿佛经过细心筛选，落入客厅一隅。尽管布艺沙发以及客厅正前方书柜装饰墙的众多藏书都一尘不染，茶几、餐厅的餐桌都被擦得光亮如镜，但是方睿还是有一种满屋灰尘飘浮不敢呼吸的憋闷感。他知道这是景瑶花费了两天的时间精心清扫收拾的成果。景瑶努力想让多日不住人的方家迅速恢复干净、温馨的宜居状态，但在方睿看来真的是物是人非。

自从方睿十三岁那年母亲病故，方睿父子便相依为命。就在这所房子里，方荣轩承担起生活上是方睿的“母亲”，学识和精神成长上是方睿的“人生导师”的双重身份。直到高中毕业考上大学后，方睿才逐渐承担起部分家务。大学三年级之后，方睿自觉有些学识了，便与父亲提议通过互相回答问题来决定谁做家务，就是父子二人每天交换出题，回答不上来者做一天家务，而问题范围不限，包罗万象，自然科学、社会科学、生活常识、文化艺术，甚至流行时尚皆可。这个提议一出颇得父亲赞赏与支持。但是令方睿预想不到的是父子二人胜败率为八比二，方睿只在流行时尚类的问题上赢得几次胜利。尽管如此，方睿依然是很享受的。一来，方睿从父亲的题目中学得了大量新知，使自己比同龄人懂得都多，这让他在同学面前很是自豪。二来，父亲即使赢了也会偷偷帮方睿做些遗漏的家务，使方睿感觉自己依然在父亲的呵护下享受着温馨感、安全感。可是现在完全不同了，父亲只能静静地躺在床上，没有了言语，没有了思想，父子之间的情感交流只能是单向的。今后的一切他都需要独自承担。尤其令方睿郁闷的是研究院对父亲的态度越发恶劣。昨天王副院长、刘处长和甘鹏三人陪同方睿、景瑶、韦灿一同将父亲接回家中后，王副院长和刘处长在卧室内悄悄地对方睿说："普克力公司事件加重了方荣轩出卖科技情报的嫌疑，而即使他真的没有出卖科技情报也有违反研究院工作条例的行为，也应受到相应的处罚。"最后王副院长严肃地叮嘱方睿尽快协助研究院破解父亲邮箱密码和电脑文件包密码，这既是一种排除嫌疑的途径，也是将功补过甚至是赎罪的机会。

时不我待。方睿要抓紧一切时间去破解父亲邮箱密码证明给研究院的人，他父亲是清白的。

家中的台式电脑已经被打开，光标就停留在电子邮箱登录界面的输入密码处。从昨天夜里到今天早晨，方睿输入了几十种密码，什么父亲的生日、身份证号码，父亲方荣轩的汉语全拼，包括大小写方式，父亲的手机号码、工作证编号，父亲的汽车牌号、发动机号等，只要方睿能想起来的就迅速输入，但结果都是电脑弹出密码与邮箱地址不符的对话框。有几次他看到这个对话框都产生了一种要把电脑砸得稀烂的愤怒。但是他短暂的愤怒后无意间瞥见躺在床上的父亲，便忆想父亲曾教诲过他的话："愚妄人的恼怒立时显露，通达人能忍辱藏羞。"他后来查找到这是《圣经》中的一句话，这句话的确使方睿学会了必要的克制和隐忍。当然这焦急烦躁的密码猜测过程中，也有让他哭笑不得的时候。那是昨晚临睡前最后一次输入密码，他居然输入了蜥蜴的中文全拼和英文单词。

他追忆以往的点滴细节试图猜出密码时又想起了那个奇怪的梦境。而在父亲住院期间他也曾无数次思考这个梦境，再加上父亲在车祸前说的那句："梦是无意识的欲望。"他清晰地回忆起父亲还让他查查出处。父亲住院治疗期间他查到了，这是出自奥地利的心理学家弗洛伊德的著作《梦的解析》中的一个论句。他了解到，弗洛伊德在论述中指出："梦，并不是空穴来风、不是毫无意义的、不是荒谬的，也不是一部分意识昏睡，而只有少部分乍睡少醒的产物。它完全是有意义的精神现象。实际上，是一种愿望的达成。它可以算作是一种清醒状态精神活动的延续，它是由高度错综复杂的智慧活动所产生的。"弗洛伊德还认为，"即使是内容痛苦的梦，也可以用欲望的满足来解释。这一类梦的解释，肯定会牵扯到很多我们不愿意讲出或者不愿意想到的事情。每个人都有一些隐私，不愿意告诉别人，甚至自己都不愿意承认。但是如果出现在梦里，就绝不仅仅是偶然事件的巧合。梦中唤起的痛苦感情，正是为了阻止我们提及或者讨论那些痛苦的事情。"车祸前一晚方睿正是做了一个痛苦的梦，一个关于他和他父亲的梦，一个关于奇怪的蜥蜴的梦。由此方睿在夜深人静时突然想起这些，就迅速将密码与蜥蜴联系起来了。知道密码错误后，他才如梦方醒，父亲的邮箱密码至少设置一年了，怎么可能先知先觉与自己的蜥蜴怪梦联系起来呢？所以他为自己的昏聩感到可笑又可气，他痛恨自己还不了解父亲。尽管没有根据这个梦境破解了密码，但是方睿还是感到这个梦与这场车祸之间有着若有似无的联系。

方睿再次环顾客厅，布艺沙发与茶几都向西南角落做了移动后，客厅正中拥有了足够的宽敞空间，这个空间是他即将实施对父亲的感觉神经刺激进而唤醒父亲的"复苏规划"的重要基地。他又用干净的毛巾将这块被赋予神圣使命的空间擦拭了一遍，然后回到卧室对躺在床上的父亲深情地说："爸爸，我会让您苏醒过来的，我们父子会继续我们的快乐生活的，您一定要配合我。"

门口有人敲门，方睿看了看手表估计就是他需要的货物送到了。

开门一看，果然是他预订的货物。送货小哥将货物放置在门厅处，方睿就让他离开了。他急不可耐地拆开包装，包装盒子里分别是：四根长 228 厘米、宽 10 厘米、厚 3 厘米两边带凹槽的三角状木架；四根长 240 厘米、宽 10 厘米、厚 3 厘米两个末端带三角状凹槽的木架；若干宽 10 厘米、厚 3 毫米，长短不一的有机玻璃薄板。拆完包装一切准备妥当，方睿回到卧室重新安顿一番父亲后，便开始了他的组装工作。

这是他在那天会诊总结会后就决定要做的事情。他牢记了当时在总结会上主治医生张主任所说的要用各种方法对病人的感觉神经进行刺激的康复建议。就在那次总结会的当天夜里，方睿熬了一个通宵画出图形，测算出精确的尺寸并在图形上标注清楚。第二天他带着图纸找到了一家玻璃制品厂和一家木材厂，让他们用最快的速度，依图纸要求做出这些材料。

经过两个多小时的紧张组装，一个底边长 240 厘米、棱长 228 厘米、高 160 厘米的以木质材料作为主框架，以有机玻璃薄板拼接作为外罩的金字塔模型就矗立在了客厅中央（见右图）。这种金字塔形的构造物，就是曾蜚声欧美各国的“金字塔能”。这是在一年前方睿与父亲谈论古老文明时，父亲向他讲述的。万万没有想到，方睿今天要把它用在父亲身上，他也期望这个“金字塔能”真

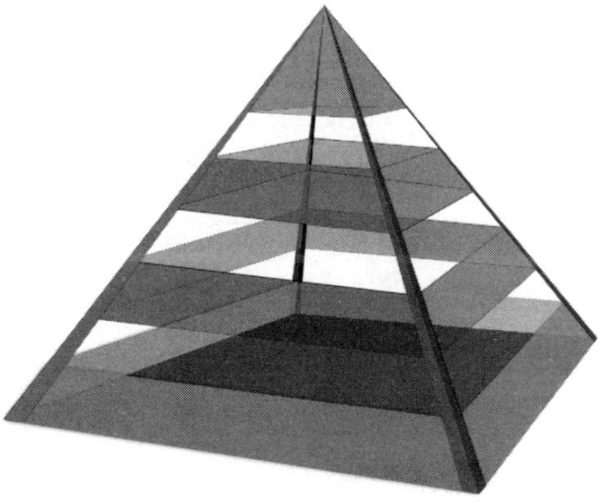

“金字塔能”模型

的有传说中的奇特功效。

有关金字塔能热度的兴起，据传可追溯至20世纪初，热衷于超自然科学的法国人安东尼·博维于1930年前往埃及，参观了吉萨金字塔群落。他进入“国王墓室”后，发现在类似于垃圾箱的罐子里竟放着猫和老鼠的尸体。当时他想这些动物大概是在金字塔内迷路无法走出而死亡，被丢弃在垃圾罐中的吧！可是，他随即又注意到有些奇怪的事，因为尽管墓室中非常潮湿，但尸体却未腐烂。这么说来，这些动物不就和木乃伊一样干透了吗？这预示着墓室具有能够使物质脱水之力。这与他一直在进行的“感觉辐射”的造型研究有着某种契合。他认为这种现象应该是和大金字塔的几何学图形有关。

此后的多次实验，更使他坚定了这种猜想。

原捷克斯洛伐克的一名无线电技师，放射学专家卡尔·德鲍尔也认同这种猜想，并不断地进行了多次实验。他认为，这种猜想原理甚至可以扩展应用到航空航天等领域。

最后，他得出一种假设，或称为一个定理：“金字塔能”来自太阳的宇宙微波，通过聚集于塔内的地球磁场，活跃了模型内的振荡波，这种特性不局限于胡夫金字塔模型，其他形状和大小的金字塔模型也能有同样效果。德鲍尔还说：“金字塔内部的空间形状与空间内所进行的自然、化学、生物进程有关。如果我们使用某种几何图形作外形，那么这种外形就会加速或延缓它内部空间里的自然进程。这项发明虽然采用金字塔形，但其他形状的结构空间也可产生这种作用。此外，也可用其他绝缘体来制造这种结构物。”为什么一定要用绝缘体呢？他解释说：“微波可以穿透绝缘体，活跃模型内的振荡波，而导体则不行。”

1970年，德鲍尔与他人合著的《在铁幕背后的惊人发现》一书问世后，在欧美国家掀起了一股实验“金字塔能”的热潮。有关“金字塔能”的论文和著作大量地发表出版。1973 年，在美国的华盛顿成立了专门收集各国研究“金字塔能”成果的征集机构。一些科学家的实验结果表明，把肉食、蔬菜、水果、牛奶等放在金字塔模型内，可保持长期新鲜不腐。把种子放在金字塔模型内，可加快其出芽。金字塔形温室里的农作物，成长快，产量高。

方睿对这种“金字塔能”的功效还不敢笃信，但是他想尝试。一个不敢尝试新鲜事物的人是懦弱的人，而他方睿要做一个刚毅果敢的人。他想，父亲现在的状况已经是最坏的情形了，那还有什么可惧怕的呢？

* * * * *

对于景瑶的频繁探问方荣轩病情，张主任自然忙得没时间搭理这个涉世不深的小护士。而侯进勇则不然，他本来就意欲追求景瑶，此时美人送上门来，自然是喜不自胜。他热情接待景瑶，努力展示出一副成熟稳健、才华横溢的好男人姿态。虽然他在知道景瑶与方睿正在恋爱时有些不悦，但是他深信他与景瑶是同一行业，有共同语言，一定能打败竞争对手，抱得美人归。再加上目前方睿家庭出现如此大的变故，他不相信这样一个好女孩会真的愿意进入那样一个破碎的家庭。所以，尽管他知道景瑶主动找他是为了方荣轩的康复，也没有表现出丝毫不悦，相反他极为积极主动地为景瑶答疑解惑。其实他知道像方荣轩这种情况已经完全定型，没有回天之术。他为何不借此机会拉近与景瑶的关系呢？他相信，现在正是自己与景瑶擦出爱情火花的最佳时机。侯进勇给景瑶讲了很多护士没学到过的医学知识，尤其昨天他谈到他正在潜心研究的“音乐疗法”时，他发现景瑶的眼睛里发出对知识渴求的光芒，这就更加激起了他的兴趣，一谈就是两个多小时。

音乐治疗是一种边缘学科，它是运用音乐特有的生理、心理效应治疗多种疾病。音乐通过它自身的曲调、节奏、旋律、力度、速度等因素作用于人体各部位时，会引起人体五脏六腑、肌肉、脑电波等的和谐共振，促进各器官节律趋于协调一致，从而能够改善各器官的紊乱状态，解除疾病，促进康复。同时，当音乐声波作用于大脑时，还会提高神经的兴奋性，促进人体分泌有利健康的生化物质。

侯进勇在讲述这些原理时，还特意让景瑶看了他多年收集的病例。景瑶感兴趣地凑到侯进勇身旁认真地看着 ipad 上的文字图片。侯进勇借机轻揽景瑶纤细的腰肢，体味这个女孩特有的柔美与体香。景瑶听得入神，全然不觉，直到手机铃响，才边接听同事的电话边向侯进勇告辞。

侯进勇看着轻跑出去的景瑶，刚刚燃起的悸动迅速衰退了。他猜测着景瑶会立刻告诉那个方睿，方睿可能就会实施音乐疗法试图唤醒方荣轩。一想到这儿，他暗自发笑，暗笑景瑶和方睿幼稚无比。其实他特意留下一点没有告诉景瑶，对音乐风格与人格类型、生物节律、病症、病因、体质以及患者的文化背景、职业、性格、爱好等诸因素综合考虑后，开列的音乐处方才可能有一定疗效。况且，他本身就不太相信音乐疗法能治愈植物人。但是无论怎样，他都决定借此机会追求景瑶。

*****

景瑶在收款台付完钱，背着几十张各种类型的音乐光碟走出音像店大门后，感觉到的不是沉重而是轻松，这轻松来自她对侯进勇大夫所讲的那套音乐疗法理论的笃信。

自从方荣轩车祸之后，景瑶就想尽办法帮助方睿看护方荣轩。后来她感到有研究院两位干事和方睿共同看护，她插不上手，再加上方睿本意不想更多拖累她，使得她就更无从下手。她见方睿日渐消瘦心疼不已，便下了班回到租住的房子，变着法为方睿准备各种美味。属于“北漂一族”的她其实不擅长做美食，于是她偷偷地花钱从家政服务公司雇了一个很会做饭的阿姨，让这位阿姨为方睿做美食。这位阿姨还给她讲解了食物的选材、腌制、煮熬、翻炒等各个环节。她现场用手机录制整个过程后，还整理成文字记录到本上。尽管她如此用心，方睿也对她送来的饭菜赞不绝口，但是她看到方睿不但没有容光焕发，反而是更加清瘦，疲惫不堪，此时她才意识到饮食上的补充与精神打击的煎熬相较之下，物质的力量根本就是不堪一击。人的精神状态才是生命焕发活力的最强动力。景瑶意识到这点后，开始改变帮助方睿的策略。她开始不厌其烦地找张主任和侯进勇大夫去更多地了解方荣轩的病情。昨天，她从侯进勇大夫那里听到了“音乐疗法”，如获至宝，下了夜班就跑到音像店大买一番，弄得音像店老板怀疑景瑶是倒卖音乐光碟的。

* * * * *

景瑶背着几十张音乐光碟一进门就看到了那个硕大的金字塔模型，她吓了一跳，还以为走错了门，但她立刻意识到没有走错，她透过有机玻璃薄板看到了方荣轩正南北向地躺在“金字塔”正中的一张有些低矮的担架床上，高度大概在底边三分之一处。看到此景，景瑶觉得有点毛骨悚然，正欲呼叫方睿，就见方睿从他父亲卧室走了出来。

“景瑶，你来了。”

景瑶忙问：“你这是干什么呀？怎么弄得跟埃及法老似的啊？”

方睿笑道：“我父亲是胡夫法老转世啊，要不为什么他那么聪明博学呢？”

“别瞎说，怪吓人的。”景瑶嘴里有些嗔怒，但是心里很高兴。因为自从方荣轩出车祸后，这是第一次听到方睿开玩笑，她隐约又看到了原来那个快乐阳光的方睿。

方睿注意到了景瑶拎着的一堆光碟：“你这是干吗？开音像店啊，不会是为了给我父亲治病帮我挣点钱吧？”

“哼，想法真俗，一点文化都没有，我这是音乐疗法的丹药。”景瑶似乎被方睿感染了也开起玩笑来。

“音乐疗法？”

“对啊，别忘了我是学医的，我要用我刚刚学到的医学知识唤醒方叔叔。”

方睿有些感动，他猜测景瑶不知向多少位大夫讨教了治愈植物人的方法才得到的这个音乐疗法。方睿想，这个音乐疗法无论有无疗效他都要支持景瑶。

方睿故意做出吃惊的表情：“哦，这么高深，音乐疗法。”

“高深谈不上，应该有效，这种案例多得很呢，你就瞧好吧。”景瑶边说边将光碟放置在角落的CD机旁，“哎，你还没回答我呢，你这是干什么？”她指了指金字塔模型，“该不会也是一种治疗方法吧？”

方睿点头：“是‘金字塔能’治疗法。”

“‘金字塔能’治疗法？没听说过。哪个大夫建议的？”

方睿有点犯愁，不知怎么回答。

景瑶接着说：“算了，你不用跟我讲，你用你的‘金字塔能’治疗法，我用我的音乐治疗法，咱们比比，看看谁的治疗法有效。”

方睿立刻点头答应：“可以，可以。”

“好了，你的‘金字塔能’是不是已经治疗完了，你把方叔叔弄到卧室去，该轮到我的音乐疗法了。”说完景瑶走到CD机旁将一张经典流行音乐放入其中。

* * * * *

用工作卡刷开闸机，穿过闸口的方睿恍如多年未来锐达集团总部上班了。父亲出车祸做完第一次手术后，方睿才想起向单位请假，一向爱兵如子的主管领导郑昊强听闻方睿家里出了如此大的变故，在震惊之余唏嘘不已。方睿为人谦虚，聪明好学，做事勤恳，能力出众，是郑昊强最为赏识的部下，再加上他对方荣轩研究员的学识与为人极其仰慕，故此接到方睿请假电话后，安慰的同时也批准了方睿无限期的休假，想让方睿安心处理好家中事宜。也正是有郑昊强这样宽宏仁爱的领导做后盾，方睿才踏踏实实地休了将近一个月的假。父亲已经在家安顿好了，白天看护方荣轩的保姆已在景瑶的帮助下精挑细选确定下来。景瑶的音乐疗法也在她下班后每天进行着，而方睿自己的“金字塔能”治疗法也在白天或晚上悄悄地进行着。韦灿来家中探望方荣轩时知晓了“金字塔能”，也极力支持方睿，使方睿增加了更多信心。因为韦灿的工作就跟电磁场有关，他对“金字塔能”的认可，使方睿就好像得到了专家的认可。尽管邮箱密码还没猜出，电脑文件包密码也没从父亲的各种笔记中找到，但车祸后的生活算是基本进入正轨了，他觉得再也没有理由不去上班了。所以正好趁景瑶下了夜班休息的一天，可以由她在家里交代保姆做的事情，方睿安心地重新报到上班了。

走出电梯，左拐，一扇钢化玻璃门上写着“技术部”三个字，这就是方睿所在的部门。方睿刷完工作卡，“咔嚓”一声，门开了，他推门进入宽敞又绵长的走廊。偶尔有工作人员从一个房间出来进入另一个房间。熟悉方睿的员工也没有表现出久违了的亲切表情，都只是微笑点头招呼句“来了”，极其平淡如水，就好像方睿从来没有休长假一样。方睿原以为二十多天没见，真心问暖的，假意嘘寒的，诸多同事问候会让他应接不暇，会让他无所适从，现在看来这种自作多情的担心真是愚笨至极。方睿边走边自嘲地想：“哎，你以为你方睿是谁，你就是一个集团公司技术推广部若干分区的负责人之一，可以说是个芝麻官。难道休二十多天假这个一亩三分地就没了阳光普照了？”方睿越想越觉得自己愚昧，觉得自己有点自大。唉，算了，以后别这么自作多情不就好了吗？方睿想着，加快脚步直奔走廊尽头的经理办公室，他要向一直对他照顾有加、如兄长般的主管领导郑昊强报个到，做好重新工作的准备。

方睿敲了敲门，里面传来一声：“请进。”

方睿笑容可掬地进入了经理办公室。

有些秃顶的郑昊强正俯身在办公桌下的抽屉中翻找什么东西。

方睿谦恭地说：“郑经理，我回来了……”话还没说完，郑昊强已经直起身看到了方睿，然后有些责怪地说：“方睿啊，前天我不是告诉你了吗，咱们部刚完成西北项目投产调试，都很辛苦，大家轮流休假调整几天，你可以借此机会在家好好看护你父亲，怎么又来上班了？你啊，真是太实在了，去吧，回家再休两天吧。”

方睿闻听此言汗毛直立，如芒刺在身，满身胀麻无比。郑昊强所说之事他毫无印象。难道……他脑海里立刻闪现出那张和自己长得一模一样逃逸的大货车司机的脸。

他似乎已如幽灵般渗入到方睿的生活中了。

第五章

如何从郑昊强的办公室走出来的，方睿都记不太清了。他恍恍惚惚地回到自己的办公室，像一堆烂泥一样瘫坐在椅子上。他眼前不断地浮现车祸当日，他从大货车反光镜中看到的那张和他的脸一模一样的脸，那张向他狞笑的脸。

“方主任，您怎么了？脸色这么难看，没休息好吧？”轻柔的女声把方睿从迷惘混沌状态中唤出。来人是他的助手常雨婷，这个女孩是去年刚刚招聘来的应届生，工作还不足一年。郑昊强看她人很有礼貌，清秀中又不乏聪明干练，便将她分配给了方睿。

“啊……没事……”方睿站起身假装收拾办公桌以掩饰自己的失态。

“要是真的不舒服，您还是回去休息吧，这里有我呢，反正咱们部这些天是调整期。”

方睿看着常雨婷那神态丝毫不像是二十多天没见面的状态。

“哎，雨婷，我记得思科电力公司技术售后方案……”方睿说到此故意停顿。

“我前几天给您了，您当时说二稿很好，您又有新的建议了吗？您说，我改。”常雨婷应对自如。

方睿觉得后脊梁有冷汗冒出。这个方案是在父亲车祸前两天，他提出修改建议让常雨婷回去改的。他当时给她的期限是一周，直到今天上班他还没有机会见到二稿方案，怎么可能有对二稿认可的意向。显然这些天有人代他做了这件事，而这个人在常雨婷眼里就是主管方睿，但方睿现在知道那个人不是他自己。

“啊，好，没事了，你忙去吧。”方睿急匆匆地要将常雨婷打发走，他需要静心理理头绪。

常雨婷有些疑惑地看着方睿，没敢再多问，就慢慢地出去了。

方睿胳膊肘戳在桌子上手捂着脸开始快速梳理头绪。难道那个和他长得一模一样的人来这里顶替他上班了？可能吗？这不会是做梦吧？方睿迅速从抽屉里找出一把裁纸刀，撸起袖子在自己的左胳膊上一划，血流了出来，疼得他差点喊出来。他又迅速拿出创可贴将那个伤口敷上，仰靠在椅背上定了定神。他现在确定自己所在的不是梦里，而是活生生的现实。他站起身走出办公室。

方睿离开技术部到集团总部大楼的一层中控室想看个究竟。他找到了集团保卫处干事闫建斌，谎称自己有个快递件找不到，想查看下监控。

闫建斌是韦灿单位一个女同事的男朋友，在一次朋友聚会上认识了方睿，得知二人同为锐达集团员工后，二人上班偶尔见到时都打个招呼问声好，算是比较熟悉。故此闫建斌也没有向方睿询问过多，就带着方睿来到中控室，调出最近两周的监控画面。方睿说了几句客气话把闫建斌打发走了，自己就和一个保安认真地查看监控画面。从画面中方睿清晰地看到在几天前一个长相、身高、体态，甚至走路姿势都完全和他一样的人，以他的名义来公司上班了。那人一进公司走廊就有很多职员纷纷跟他打招呼，很是被人关心。看到这些，方睿内心涌出欣慰与愤恨，欣慰的是他在这个部门里还是有些人缘的，愤恨的是被人关心问候的满足，自己没能感受到，反而让那个替代者感受了。方睿也看到这个替代者前天离开了之后，昨天一天就没有再来公司上班。至此，方睿不再抱任何幻想了，他完全确认那个和他长得一模一样的人曾顶替他来公司上过班。

“这个人要干什么？撞了父亲又来渗入我的生活。他是来惩罚我的吗？我方睿做错了什么？他是真实存在的人，还是魔鬼幽灵？”方睿有些错乱，有些不知所措，又有些发昏。

“如果他真实存在，我应该怎么办？我要告诉景瑶和韦灿吗？他们会相信吗？如果他们不信，会不会认为我是因父亲出现重大变故而精神错乱了？如果他们相信，那他们会做什么？怎么能找到这个鬼鬼祟祟的人呢？他们怎么确定哪个是我，哪个是替代者？这是不是太科幻又太恐怖了？他们将承受多大的心理压力呢？而且我应该告诉郑昊强和常雨婷吗？他们会相信吗？如果不信，他们就会认为我方睿有心理问题，经理就很可能停掉我的工作，把我送到心理医生甚至是送到精神病医院去接受治疗，那么我父亲怎么办？如果他们相信这个人真实存在，那么他们将同样会承受巨大无比的心理压力……不能说，绝对不能告诉任何人现在有这样一个替代者的存在。要查，要追查，要秘密地查找这个人。方睿相信自己有一天会与这个浑蛋狭路相逢，到时再彻底地抓住他，揭穿他，将他绳之以法。

方睿在办公室静坐了十多个小时，直至所有员工都下班走了，整个技术部如死一般寂静时，他才从失了魂的状态中缓过来。

* * * * *

夜色浓浓，雾霾如一张大网遮住天幕使天空灰蒙一片。璀璨的星光今晚还是没有，在初春的北京城它已是稀罕之物。而大街小巷车灯闪烁，高楼霓虹炫目光怪陆离，这些与暗淡的月光、灰蒙蒙的天幕形成了强烈的反差，让人不知道应该爱这个城市还是应该厌这个城市。

方睿疲惫不堪地回到家中。

“第一天上班，事情很多吧？你再不回来我就给你打电话了。”景瑶关切地问，“看你累的，饭菜在厨房的蒸锅里你自己拿吧，我得准备上夜班了。”

方睿有些内疚，此时他才记起今晚十点景瑶要上夜班，最晚九点她必须从这里出发否则就要迟到。方睿看了一眼手表发现已经八点五十五了。

“啊，对不起，景瑶，我有点事耽误了，你快走吧。”

“行，行，我马上走。”景瑶边收拾东西边说，“那个 CD 机你可以关了，我的音乐疗法可以暂停了，接下来是你的“金字塔能”疗法了，哎，用不用我先帮你把方叔叔推到‘金字塔’里？”

“不用，不用，我自己能行，你快走吧，不然迟到了。”方睿催促景瑶。大门“咣当”一声被随手带上，急速而清脆的高跟鞋声从楼道里逐渐消失。景瑶走了。

方睿此时听到了卧室里的 CD 机正播放黄品源的《你怎么舍得我难过》：“对你的思念是一天又一天，孤单的我还是没有改变，美丽的梦，何时才能出现……为什么留下这个结局让我承受，最爱你的人是我，你怎么舍得我难过……”歌曲播放至此，方睿不禁潸然泪下。一曲终了又响起孙楠的《拯救》：“灯火辉煌的街头，突然袭来了一阵寒流，遥远的温柔，解不了近愁……”方睿突然意识到那个不知在哪儿的假方睿，不正是潜伏在他的内心伤口上，成了解不了的近愁吗？怎么办？唯有挺起身，静下心，想方设法唤醒父亲，破解密码，查找假方睿，才能将他们父子拯救。思忖至此，方睿擦了擦未干的泪痕，走进卧室，将父亲推出，慢慢送入“金字塔能”，然后他将 CD 机重新搬出卧室放在客厅一角。这是景瑶前些天提出的，方睿在客厅，她在卧室，各自实施治疗方案互不干扰。现在方睿想，为什么不可以将两套方案同时进行，无论哪套方案起效都是治疗的成果，抑或是两套方案互相促进形成更大的疗效，也不是不可能的。

一切预料之外的成功，都是从不经意地努力开始的。

方睿决定扩大治疗力度。除了解决生理需求时将父亲推出“金字塔能”，其余时间都让父亲在“金字塔能”里静躺。他还延长了音乐疗法时间，只要父亲在“金字塔能”内静躺就同时播放音乐，而且扩展音乐选取的范围。除景瑶买的中国流行音乐、欧美流行音乐，还增加中国民俗音乐、美国乡村音乐以及古典音乐。因为他忆起父亲在所有音乐类型中最喜欢听古典音乐。父亲的书架上本身就放置了很多海顿、莫扎特、贝多芬、巴赫、格鲁克、柴可夫斯基的 CD 光碟。现在景瑶为父亲播放的大多是流行音乐，这些是景瑶所熟悉的、认为优美的能够产生有效刺激的音乐。而方睿现在静下心来想，既然做音乐疗法就应该尽量播放父亲原来更熟悉更喜欢的音乐。

想到此，方睿将 CD 机里的流行音乐退出，从几位古典音乐大师作品中首先选取了莫扎特专辑放入 CD 机。在这些古典音乐大师的音乐中父亲尤其欣赏莫扎特的音乐。记得有一次方睿在出题做家务的比赛中获胜后，父子二人交流了古典音乐和现代流行音乐的各自特色。当时方睿将自己最喜爱的美国流行乐巨星迈克尔·杰克逊的 *You Are Not Alone* 播放后向父亲提问，歌手是谁？歌曲的名字以及歌手获得的成就是什么？父亲不但说出歌手以及歌曲的名字，而且还知道，1985 年杰克逊与莱昂纳尔·里奇为援助非洲饥荒创作和演绎了 *We Are The World*。这张单曲为灾民带去了 5000 万美金救援。从 *We Are The World* 开始，人道主义主题开始反复出现在杰克逊的作品当中。正是这种人道主义精神，使杰克逊在 1998 年和 2003 年两次获得诺贝尔和平奖提名。方睿在惊叹父亲的博学之余，不甘认输，继续追问迈克尔·杰克逊的音乐成长历程以及音乐特色。父亲表示对这些不太熟知。方睿耍赖说有一项没答对就算失败。父亲饶有兴致地倾听了方睿对迈克尔·杰克逊这些方面的介绍。方睿借机想将父亲常听的古典音乐全部替换成迈克尔·杰克逊的音乐，试图拉父亲成为他的新粉丝。父亲表示欣赏他的音乐，但还是更喜欢听古典音乐，尤其是莫扎特的音乐，父亲当时向方睿讲述了莫扎特音乐的独到之处。

父亲说，莫扎特音乐与其说是“歌唱性”的不如说是“歌剧性”的。聆听莫扎特的钢琴奏鸣曲，也同样能够感受到歌剧的魅力。性格各异、无限丰富的主题完美地融为一个整体，这正是歌剧音乐的魅力所在。父亲说，贝多芬在他的经典作品里对乐思的使用是高度节制的，甚至可以基于一个主题构造整个乐章，比如他创作的《热情》。而莫扎特却不同，他从不吝惜他的乐思，他尽情挥洒，使得作品美妙的旋律招之即来，往往在呈示部中就出现了三四个主题，在展开部中更是常常引入新的主题。莫扎特在奏鸣曲式中使用的主题之丰富，在所有的作曲家中都是罕见的。如果说贝多芬通过双主题的对立斗争，着意表现人性中抗争和奋斗的一面的话，莫扎特则是通过多主题的表现手法，刻画人性中开朗乐观的一面，表现生活的丰富多彩……

铃声响起，一个电话打断了方睿的追忆。电话是韦灿打来的。

“哎，方睿，我跟我的那个初中同学，市公安局户籍处的付志刚联系上了，一切都说好了，你打算什么时候去？”电话里韦灿询问。

“这么快。”方睿在一个小时前回家的路上，想起韦灿曾说过市公安局有一个同学，他便给韦灿打电话看他能否联系一下这个同学，自己想抽空去市公安局咨询点事。

“你的事我当然要立刻去办啊。”韦灿诚恳地说。

方睿知道韦灿从来都不是一个浪漫幽默的人，他向来是直来直去，有一说一。

“那就明天吧，行吗？你忙你的，我明天可以直接去找这个付志刚，提你名字不就行了吗？”

“我明天不忙，我陪你一起去。”

“那……那好吧。”其实方睿本意不想让韦灿去。

“哎，你去户籍处干什么啊？”

“这个……明天去了你就知道了。”

“好吧，好吧，真神道，就这样吧，明天上午十点市局户籍处见。”韦灿的电话挂断了。

* * * * *

韦灿还是老样子，见人就喜欢动手动脚，他带着方睿走进市公安局户籍处办公室，见到身高一米八五虎背熊腰的付志刚就是一拳。当然他这一拳没有使多大劲，而付志刚那强健的胸肌反而使得韦灿的拳头似是打到硬物之上有轻微的胀疼感。韦灿抖了抖拳头，笑道：“哥们儿，你这功夫不减当年啊。”

付志刚笑笑：“腿不行了，上身力量还是要经常锻炼，要不然憋闷得慌。”

韦灿转身将付志刚与方睿进行了互相介绍。

付志刚请二人坐下，然后转身到屋子角落的饮水机旁为二人沏茶。此时方睿看到高大的付志刚走起路来左腿有些僵硬、不协调。

韦灿意识到自己的失误赶忙跑过去说道：“我来，我来。”

付志刚执拗地笑道：“你拉倒吧，我还连杯茶都沏不了，那不彻底成废人了。”

韦灿向方睿谈起过这个初中同学付志刚曾是个了不起的人物，荣获过个人一等功。

付志刚警察大学毕业后被分配到市公安局刑侦大队。因为他有近十年的武术基本功，再加上人高马大，所以执行任务时总是初生牛犊不怕虎地冲到最前边。工作第三年时，他有一次协助缉毒大队赴云南抓捕毒贩，与三名毒贩搏斗时从山上摔下，摔成重伤，左腿粉碎性骨折，病愈后左腿落下终身残疾。市局领导根据他的身体状况，为了照顾他，就安排他到了户籍处工作。

“哎，韦灿电话里说，你要向我咨询点事，什么事？”付志刚将茶水递给方睿问。

“啊，我想让你帮我查找个人。”方睿怯怯地说。

“好说，不知你要查找什么人？姓名、性别、年龄、住址、电话、长相，信息量越多查找越容易。”付志刚边说边站起身，“拿上你们的茶水，咱们到电子档案室边找边聊。”

韦灿也迅速站起身：“你还是那个急脾气，说干就干啊。”

“嗨，江山易改，禀性难移。”付志刚笑着说。

付志刚带上韦灿、方睿二人来到电子档案室门口。方睿看见那厚重的金属大门，心里有些忐忑。这是他平生第一次来公安局这种庄重森严的部门，再加上内心的秘密，他陡生了一点胆怯。

付志刚用工作卡刷卡并输入密码，咔嚓解锁，厚重的大门被推开。付志刚、韦灿和方睿三人走进电子档案室。

档案室里有一名年轻的女警官值守。付志刚与女警官解释了几句，女警官便引他们到一台比较大的电脑旁。

女警官落座，轻柔地问：“查什么？”

付志刚看着方睿：“你说相关信息吧，小冯就会帮你搜索查找。”

方睿怯怯地说：“别的信息没有，就是想找一个长得跟我很像的人。”

韦灿瞪大了眼睛：“啊？怎么个意思，方睿？”

付志刚倒很平静："韦灿，别这么大惊小怪的，自从咱们国家有人口贩子作案，这种寻找被拐走多年不见的兄弟姐妹的情况多了去了。"

韦灿："可……可我没听说你有失散的兄弟啊。"

方睿不敢看韦灿，不知怎么接他这句话。

付志刚没有理韦灿，对小冯说："查吧，这个哥们儿叫方睿，你先把他的档案调出来，然后根据他的照片搜索下。"转身又对方睿说，"你把手机号码和身份证号码告诉小冯，你的档案就出来了。"

方睿将自己的身份证号码及手机号码讲出，他的个人信息档案迅速弹出。小冯又将方睿的免冠照片复制粘贴到新的搜索窗口进行搜索，片刻之后，电脑屏幕上弹出的还是方睿本人的档案。

付志刚说："方睿，你要找的这个人面部与你有什么不同的地方吗？比如说脸上有痦子或者耳、鼻、嘴都相同，眼睛不同，你是大双眼皮，咱们可以找单眼皮的，或者比你脸胖，或者比你脸瘦，咱们按照这些把照片作修改，还可以再搜索查找。"

方睿极不好意思地说："哥们儿，真对不起，我就想找一个跟我长得一模一样的人。"

韦灿不解："哎，方睿你……"

付志刚笑道："行了韦灿，你今天怎么回事啊？失散多年的双胞胎也是有可能的呀，你别说话了，影响我们工作。"

小冯警官将照片中方睿的脸改瘦了一点然后重新复制粘贴搜索，片刻后还是弹出了方睿本人的档案。

付志刚说："那来个稍微胖点的。"

小冯警官又将照片中的方睿脸改胖了一点，然后再重新复制粘贴搜索，可还是弹出了方睿本人的档案。

付志刚摊了摊手："方睿，没办法，找不到……"

方睿点头道："谢谢，找不到就算了。"

既然找不到，方睿和韦灿便准备离开了。付志刚将二人送出市公安局大门，三人客气了几句，付志刚就转身回大院了。

韦灿这才大惑不解地追问："方睿，你真的有失散多年的双胞胎兄弟？我可从来没听你说过啊。你找他干吗？是因为你爸现在的状况吗？"

"以后有机会再跟你解释吧。"方睿现在还不想跟韦灿说出内情。

韦灿有些生气："嘿，你可以啊，怎么这么卖关子啊，你还拿我当哥们儿吗？"

韦灿盯着方睿片刻，见他还是没有想说的意思，就赌气地走向自己的汽车。

方睿依然不想现在就跟韦灿说清楚，他伸手拦了一辆出租车，也上车走了。

*****

对于采用音乐疗法和"金字塔能"疗法同时进行，景瑶是支持的。但是她对方睿大多时候播放古典音乐表示异议。在景瑶看来，流行音乐的演奏使用丰富的乐器，什么电贝斯、电吉他、长号、短号、定音鼓、单簧管、双簧管、萨克斯管，尤其萨克斯管演奏的经典曲目《回家》是景瑶最喜欢听的。众多乐器组合演奏的流行音乐，才更有节奏、力度，变化频率更强，共振性更好，对感觉神经刺激才更有效。景瑶认为古典音乐虽然很优美，有节律，但是演奏乐器单一，共振性不强。而方睿坚持认为还是应该播放父亲喜欢的音乐，不然父亲的内心深处不是在享受音乐，而是一种煎熬，这就好比是胎教，如果总是给孕妇播放强劲的摇滚乐，出生的宝宝就容易产生多动症。一时间二人意见相左，最后只好双方互相妥协，播放流行音乐与古典音乐时间基本相同。这样坚持了几天后，突然有一天景瑶下班回来就修改了时间分配方案，变为四分之一时间播放流行音乐，四分之三时间播放古典音乐，尤其更多地播放莫扎特的音乐。这种倒戈式的变化令方睿高兴但又不解，在他再三追问景瑶后，方知景瑶是从主治医生张主任那里得到音乐疗法的新知补充了。

原来景瑶在与方睿的争执中潜意识感到方睿的话有些道理，但是她同时还觉得自己的理解也没错。于是她就想再向侯进勇讨教一番。不巧的是，那几天正好侯进勇被他的师父张主任推荐去上海参加一个学术研讨会。景瑶等得有点着急，那天正好在楼道里碰到张主任，她就只好缠住张主任询问音乐疗法到底播什么类型音乐好。张主任禁不住景瑶的那份虔诚、执着，便讲了开列音乐处方要结合病人的文化背景及兴趣爱好等因素。张主任还特意强调莫扎特的《D 大调双钢琴奏鸣曲》已经成为世界上最知名的胎教音乐。以色列的医生甚至为了唤醒因中风陷入昏迷的以色列前总理沙龙，在沙龙的病房里播放的也是莫扎特的音乐。世界上很多医生验证莫扎特的音乐对阿尔茨海默病等许多疾病有神奇的治疗作用。甚至医学上出现了“莫扎特效应”一词，有些医生认为听莫扎特的音乐能够提高人的智商，改善人体机能和空间感知能力。听到张主任如此说，景瑶才如梦初醒，内心也对方睿多了一份佩服。

方睿听闻景瑶为唤醒父亲如此尽心竭力，内心无比欣慰与感激。

为了尽快破解父亲邮箱密码，方睿一有闲暇时间就拿着自己的笔记本电脑在“金字塔”旁边，边向父亲倾诉，边猜测邮箱密码。

“爸爸，我猜想您准是为了纪念妈妈而设置的邮箱密码，对吧？”说完方睿输入母亲名字的中文全拼，不对。再输入母亲的身份证号码，还是不对。他又试了母亲名字中文全拼再加上身份证号码，依然不对。

“爸爸，这次我又猜错了，您又给我出题测试我呢？您让我继续猜是吧？好，那我接着猜下一个，您难不倒我，我一定会猜出来的。”

方睿耐心细致地向父亲倾诉，试图在心灵上与父亲沟通。他相信父亲能感知到他的渴望，他的思念，他的踽踽独行。他相信父亲冥冥之中会给他以支持和帮助。

每天如此与父亲倾诉，虽然没有进展，但是方睿感觉就像从前一样与父亲在谈天说地，笑谈人生。

方睿听从郑昊强的建议在家休整了两天之后，又去上班了。他每天上班都小心翼翼地观察整个技术部的细微变化，努力查找那个假方睿留下的蛛丝马迹，可惜没有查到什么，这令他又欣慰又失望。其实他既想碰到这个人又有些害怕遇上，这种生活有点彷徨，有点迷茫。

这天，他将常雨婷做的思科电力公司技术售后方案二稿亲自修改完毕后，已过了下班时间一小时了。他匆匆往家赶。尽管景瑶昨晚刚上的夜班，今天会在中午就到家里协助保姆照顾父亲，但是他今天不知怎的有些不踏实，心里有点乱乱的，所以下了出租车便脚下生风地跑向家。

方睿打开房门，见屋内灯火通明，便喊了一声：“景瑶，我回来了。”话音刚落，景瑶从厨房冲了出来，蹿到方睿身前搂住他脖子使劲亲了一下，兴奋之情溢于言表。

方睿有些蒙了，瞪大眼睛看着景瑶。

景瑶欢快地拉着方睿向客厅边跑边说：“成了，成了，有疗效了，方叔叔动了。”

方睿闻听至此异常吃惊：“真的？”

景瑶兴奋地跑向CD机：“真的，当然是真的，你看着啊。”

景瑶令CD机重新播放莫扎特《D大调双钢琴奏鸣曲》第一乐章。

景瑶拉着方睿凑到方荣轩跟前说：“方叔叔，方睿下班回来了，您想跟他说什么就说，说不出来您就动动手也行，您动动手，方睿就全明白了，他是您儿子，他跟您心灵相通的。”然后方睿看到当音乐播放到某个高潮地方时，方荣轩的右手奇迹般动了几下。他简直不敢相信自己的眼睛，继续死死地盯住父亲，可父亲的手又不动了。

景瑶将音乐停掉，又从头开始播放第一乐章。

方睿疑惑地说：“为什么要停止啊？应当继续播放下去，父亲会很爱听的，爱听他可能就会继续动的啊。”

景瑶笑着说：“不，不，方叔叔就喜欢听这一部分，他就在听这一部分中某一段时动。”

CD 机又重新播放起了莫扎特《D 大调双钢琴奏鸣曲》第一乐章，音乐到了某个高潮地方，方荣轩真的又神奇地动了几下手。这一次方睿确信无疑了，他的眼泪抑制不住流了下来。

景瑶安慰道：“方睿别哭，你应该高兴，说明你们父子真的心灵相通，说明方叔叔真的怕你孤单，在陪着你。”

方睿使劲点头：“是，是，是这样，爸爸想跟我说话。”

这一段音乐结束，景瑶再次从开头播放《D 大调双钢琴奏鸣曲》第一乐章，方荣轩又再一次在某个高潮地方神奇地动了几下手。

方睿仔细看着父亲，他突然意识到父亲是想跟他说什么。

“爸爸您是想告诉我邮箱密码吗？”话音刚落，方荣轩的眼角居然流出了一滴眼泪。

方睿看到后激动地说：“爸爸，我猜对了是吗？爸爸我再猜，您是不是想告诉我邮箱密码跟莫扎特的这个音乐有关？”方荣轩的眼角再次流出了一滴眼泪。

景瑶兴奋异常：“方睿你猜对了，你猜对了！”

方睿又兴奋又激动，他扯过笔记本电脑在父亲邮箱登录页面下方的输入密码处输入莫扎特英文全拼 Mozart，电脑却弹出对话框，显示邮箱地址与密码不符。

景瑶着急地问："怎么不对啊？"

方睿再次输入密码 Mozart，电脑再次弹出邮箱地址与密码不符的对话框。

方睿做了个深呼吸："爸爸，我还是没猜对，没关系，再来，我再猜猜啊，您让我先想想啊。"

方睿闭上眼快速思索着。父亲的神奇反应，说明邮箱密码跟莫扎特《D 大调双钢琴奏鸣曲》第一乐章一定有关联。按照父亲的习惯，密码应该是英文字符加数字，那么是什么数字呢？莫扎特的生卒日期？方睿迅速查到莫扎特的生卒日期，他分别输入莫扎特英文全拼加字母 D 再加两个日期，但电脑两次都弹出提示框，显示不对。

方睿重新思索。父亲就在音乐的某个高潮部分手指颤动，那一定就跟这个部分有关联。突然，方睿忆起那次父亲与他交流古典音乐与流行音乐时，谈了很多关于莫扎特的音乐特色。尤其是父亲谈到莫扎特是一位喜欢数字游戏的天才，他懂得黄金分割，并将其有意识地运用到他的作品中。方睿大胆猜想父亲设置数字时就选取了这个《D 大调双钢琴奏鸣曲》第一乐章的黄金分割点，而这个黄金分割点正好处于音乐高潮部分。方睿迅速用电脑查找到莫扎特《D 大调双钢琴奏鸣曲》第一乐章钢琴谱，看到曲谱全长是 194 小节，那么它的黄金分割点应该是 194×0.618=119.892，也就是第 119 小节，方睿输入 MozartD194119，电脑依然显示不对。景瑶有些泄气，但是又不敢说话。方睿再次冷静思考，难道父亲用的是具体的钢琴谱？

方睿将五线谱中第 119 小节改成简谱。（见下图）

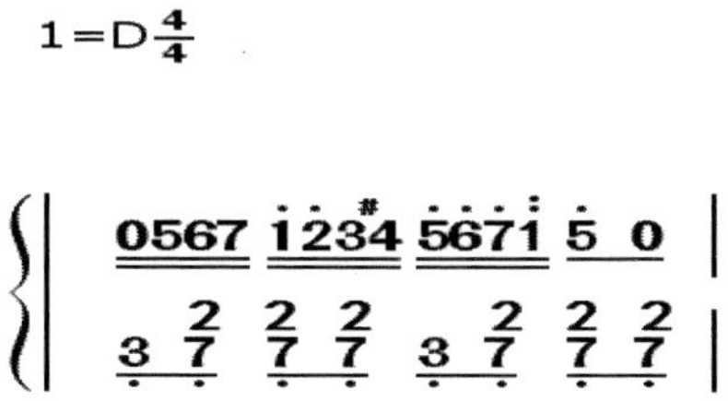

方睿输入 Mozart 05671234567150，按下回车键，奇迹出现了，父亲的邮箱真的被打开了！

方睿的眼泪唰唰地流个不止。一旁的景瑶兴奋异常地抱住方睿不断亲吻他的脸颊。

二人兴奋了片刻后开始查看父亲的邮箱内容。

方睿惊奇地发现，就在出车祸的前四天里父亲曾四次给自己的邮箱发送邮件。发件人是父亲自己，收件人还是父亲自己，而且内容极其简单且怪异。

第一天邮件内容是：

—— —— —— —— —— ——

一个较长线段与五组中间断开的短的线段。

父亲发送这种数学线段做什么？他是要度量什么吗？还是要说明什么运动轨迹？

第二天邮件内容是：

三可三各？

四个汉字加问号。

这是极其普通的四个汉字，但是又不是什么词语，这能表达什么意思呢？加上问号是说明父亲有什么不明白的信息？这信息是什么呢？

第三天邮件内容是：

阿门！

父亲不是任何宗教的信徒，为什么要发送这样一句话呢？他还用叹号，难道说父亲找到了某种生活的支撑点或者是某种人生理想？

第四封邮件来自车祸的前一天晚上，就是方睿做了那个奇怪噩梦的当夜。

——— —— —— —— —— ——+三可三各。+阿门！！！

这封邮件的内容是前三天的邮件内容大体相加，只是“三可三各”四个汉字后边由问号改为句号，而“阿门”后边一个叹号改为了三个叹号。

这三封邮件似乎风马牛不相及，为什么父亲要把它们强行连在一起呢？

方睿看着这些怪异邮件，如堕雾中，彻底地蒙了。

第六章

看着方荣轩邮箱里的怪异邮件，王副院长和刘处长也都蒙了。尽管从方荣轩的邮箱内没有查到向外发送科技情报的邮件，但是这四封怪异邮件又无疑是在告诉大家这是一种暗语，是有所指向的。

这些日子里，王副院长和刘处长都寝食难安，他们让方睿破解邮箱密码和文件包密码的同时，也组织研究院里政治可靠、技术过硬的电脑工程师进行技术破解密码。皇天不负有心人，昨天电脑工程师向他们汇报了三个消息，一个好消息、两个坏消息。好消息是历经二十多天的奋战，方荣轩的邮箱密码终于被技术破解了。但是同时又有两个坏消息如凉水泼头，让他们从头冷到脚。一是他们看到的这怪异邮件；二是电脑工程师同时发现方荣轩的电脑文件包是进行过特殊处理的，如果输入错误密码十次后，文件包内的文件会自动销毁，如果强行用技术破解，解开文件包的瞬间，文件也会自动销毁。显然方荣轩是不想让除他之外的任何人打开文件包。

看到这个结果，王副院长和刘处长不得不将希望寄托在了方睿身上。而今天早晨刚上班，方睿就打来电话。接听电话的那一刻，王副院长真的希望方睿是把两个密码都找到了，遗憾的是方睿只破解了邮箱密码。失望之余，王副院长和刘处长达成了一个共识，就是方睿这小子还是有两下子，他的努力没有白费。他破解了邮箱密码，这说明他为了证明父亲的清白，也算是尽心竭力了，同时也说明他还是有些头脑的。既然如此，还是要让他继续努力破解文件包密码。基于此，刘处长迅速派李洁将方睿接到了研究院。

方睿手提着自己的笔记本电脑进入王副院长办公室时，还是得到王副院长和刘处长的热烈欢迎的。

方睿打开笔记本电脑，把父亲的邮箱打开后，王副院长和刘处长都装作是第一次见到邮箱内容，都表现出了很吃惊的神态。他们二人并不打算告诉方睿这个邮箱已经技术破解了且他们已经看到了邮箱内容。

王副院长沉思片刻说："方睿，你怎么看你父亲的这个邮箱内容？"

方睿挺直身说道："从我父亲的邮箱内容可以看出，他没有向任何人发送过科技情报，这就说明我父亲是清白的。"

"但是这奇怪的邮件怎么解释？一个人好端端的为什么给自己发邮件，而且是这么怪异的邮件？这不可能是发着玩儿的吧？"

"每个人采用的记忆方式不同，我父亲给自己发邮件就是一种特殊的记忆方式。至于邮件内容，只要它不是科技情报就可以了。"

王副院长又说："对你父亲的邮件的解释，我觉得有两种可能。一种是这些怪异邮件是你父亲在提醒自己什么事，把这种事用暗语的形式表现出来。另一种可能就是你父亲与别人之间有什么事，他们是用暗语来沟通的，而第二种可能依然不能排除你父亲出卖科技情报的嫌疑。"

方睿有些不悦："你们不能用猜测做事实用吧，一切事情需要用证据说话，凭几个短语是不能妄加定论的。"

刘处长接过话："方睿你要清楚，出卖科技情报，以邮件形式传送并不是唯一形式。出卖者和接受者可以找一个地方秘密接头，然后将情报放入U盘进行传递。他们在传递中为了不暴露，可以用暗语设置接头时间、地点或者 U 盘的密码。”

方睿又转过身怒视刘处长：“那都是你的个人猜测。”

王副院长缓和气氛说：“方睿，我们理解你的心情。其实我和刘处长本意也都是想找出确凿的证据证明你父亲是清白的。但是现在还没有找到，你也要继续帮我们找。就拿这个邮箱来说吧，你帮我们破解了密码，邮箱里没有看到你父亲传递情报的邮件，但这并不能完全排除你父亲的嫌疑。而这些怪异邮件如果你能破解，是不是可以澄清你父亲的清白？另外那个文件包，你父亲做了加密处理，设置了比较恐怖的防火墙。”

方睿问道：“恐怖防火墙？什么意思？”

王副院长解释说：“你父亲设置了两种保护措施。一种是如果连续输入十次错误密码，这个文件包会自行焚毁。另外如果用技术破解，强行解开文件包，文件包在被解开的一瞬间，内部文件也会自行销毁。”

方睿吃惊异常。

王副院长接着说：“显然这个文件包在你父亲看来极其重要，他不想让除自己以外的任何人拿到。文件包里既有你父亲用心血换来的研究成果，也可能有证明你父亲是否清白的重要文件。”

刘处长走到方睿跟前动情地说：“方睿，我们保卫处真的想证明你父亲是清白的。”

王副院长也有些动情：“孩子，其实我更相信你父亲是不想让他的研究成果被泄露出去的。”

刘处长说：“我们猜测你父亲笔记本电脑里的其他文件很可能也是这样设置的防火墙。如果被人拿到，要么是被强行破解，你父亲的心血销毁、付诸东流，要么被人猜出密码破解开文件包，把你父亲的心血窃取走。”

王副院长补充说：“所以说，我们希望你尽快找到文件包密码，打开文件包，保护好你父亲的研究成果，同时完全证明你父亲的清白。”

方睿感觉到自己已经没有别的选择了。

王副院长和刘处长二人边说着鼓励的话，边将方睿送出。看着二人的态度，感到他们没有完全认定父亲就是出卖科技情报的人，方睿有些许的安慰。方睿内心是基本认同王副院长的话的。父亲发送这种怪异邮件就是在用暗语表达什么事，这或是给自己看的，也可能是为了展示给他人。父亲的这些邮件毫无规律，既有类似数学的线段，又有简单的汉语，还有宗教用语，它们指代什么意思呢？方睿想着想着走到一楼大厅拐角处，与另一边匆匆而来的人相撞，手提电脑差一点掉到地上。

方睿本能地捂住了手提电脑，心中有些不悦但没有发火。与他相撞之人迅速道歉：“哎哟，对不起，对不起，没撞坏吧？”

方睿见来人是个四十出头的中年人，也赶忙道歉：“是我不对，是我不对。”二人互相道歉中都感觉到似曾相识。方睿觉得这个人好像见过，中年男人也仔细打量方睿片刻后猜测地说：“哎，小兄弟，你是不是叫方睿啊？”

“你是不是宓老师啊？”方睿也想起了此人。

“对，我是宓潜，你真是方睿啊？”

方睿点头：“哎，宓老师，您……您也在研究院上班吗？”

“啊，我刚调来不久，在研究院后勤部，怎么你也在这上班吗？”

“不，不，我父亲在这里上班。”

“你父亲？是哪位研究员？”

“方荣轩。”

“哦，方研究员啊，听说过，那……那是你父亲啊？”

“对，怎么，您听别人怎么说我父亲的？”

“没有，没有，我刚来，好多人都不认识呢，只是听后勤部的人说起你父亲最近发生了车祸住院了。怎么样，老人出院了吗？”

方睿勉强笑笑：“出院了。”

宓潜连忙安慰道：“哦，对不起，我不该提起你的伤心事。”

宓潜又问道：“哎，你这是为你父亲办事吧？办完了？”

方睿点了点头。

“有车吗？要没车我送你啊。”

方睿忙摆手推辞：“不，不，有车。”正说着，李洁从外边走进来，向方睿喊道：“方睿，走吧，我在外边等你半天了。”走到近前奇怪地说，“怎么，宓大哥，你认识方睿？”

宓潜答道：“啊，我曾经教过他一年数学课。李洁，你这是打算送方睿？”

李洁点头：“对。”

宓潜想想说：“要不我送方睿吧，我们快十年没见了，叙叙旧如何？”

李洁愣了愣：“行吧，你们师生叙叙旧，不过你可不要告诉我们刘处长哦。”

李洁又问方睿：“方睿，让你老师送你行吗？”

方睿不知如何表态。

李洁一锤定音：“就这样吧，宓大哥本身工作就是后勤服务，就是接送专家学者。他送你没事！”

方睿只好点头同意，然后随宓潜向外走。

方睿与宓潜一路上叙旧攀谈，方睿感叹真的是人生多舛。他为宓潜老师的命运感到不平和惋惜。

方睿和韦灿上高中一年级时的数学老师就是宓潜。因为宓潜为人谦和幽默，教授数学课的方法又新颖别致，故此方睿所在班级中很多学生都很喜欢他。背地里学生们给宓潜起外号叫“老宓（秘）”，有些不怀好意的男生还叫他“老小秘”。宓潜在讲授数学教材内容之余，常给学生们出一些开发脑力的古怪数学谜题。当然大多数的谜题学生们都解不上来，但是这些谜题却激发了他们对数学的兴趣和对智力的挑战。而方睿在数学上因为得益于父亲方荣轩的教诲，偶尔能解答出两道题。

记得一天早上第一节数学课，宓潜讲完课给学生留完作业后，又出了一道数学谜题：“一个人必须带着一只狼、一只羊与一些卷心菜过河。他的船载他之外，只能再容纳狼、羊、卷心菜三者之一。如果这个人选择将卷心菜带过河，那么狼就会将羊吃掉。只有当这个人在场的时候，羊与卷心菜才是安全的。那么，这个人怎样才能将狼、羊与卷心菜带到对面的河岸呢？”后来方睿他们才知道这是8世纪英国数学家兼神学家阿尔昆留下的经典过河问题。经过思考，方睿、韦灿等几位同学解答出了这道题。当然，方睿是最快的，他在中午就解开了这个谜题，跑到办公室向宓潜求证答案是否正确。而韦灿与另两名男生则是在下午放学时才解出正确答案。第二天早晨一上课，宓潜就让方睿向全班同学讲述了这个答案：“首先他带着山羊过河，然后返回；接着他带着狼过河，然后带着山羊返回；之后他带卷心菜过去再返回来；最后将山羊带到对岸。”

无论解出与否，当时同学们都很喜欢宓潜出的这些有趣的数学谜题。而对那些偶然解答出来的同学，大家也都是钦佩有加。尤其一次宓潜给出的谜题，全班在第二天上课之前只有方睿一人解答出来，让方睿在班里享受了英雄般的礼遇。

这些有趣的数学谜题使学生们摆脱了“数学是枯燥的”这一固有观念，让学生们体会到了解题的快乐。遗憾的是在当时的应试教育环境下，宓潜所教的两个班的数学考试成绩在全年级八个班中总是处于中流。当然，这还不至于使宓潜脱离一线教师的岗位沦为教务处打杂的干事。促使学校不再让宓潜教课的原因是宓潜课余时间总是喜欢参加一些与数学紧密相关，但是与教学关系不大的诸如应用数学研讨会、数学建模竞赛等活动。参加这些活动虽然没有影响宓潜的正常教学工作，但是被校长知晓后，他简单粗暴地认为这是不务正业、好高骛远的表现，是学校教育所不能容忍的。校长认为，宓潜给学生布置的与考试无关的数学谜题，耽误了学生学习时间，影响了学生的正常学习，是学生成绩不好的主因。这个叫牛玉江的校长是体育老师出身，不喜欢读书看报，整天就是背着手，牛气哄哄地在校园溜达，看到一些让他感觉不顺眼的事就会“吹胡子瞪眼”胡乱训斥。学生们都讨厌他，都躲得远远的。北京方言里人们把这种头脑简单、做事粗暴的人称为“棒槌”，学生们背地里也就给这个校长起了外号叫“牛棒槌”。老师们也对他这种头脑简单、做事粗暴的风格嗤之以鼻。常有老教师向地区教委反映他的管理问题，但是因为他在地区教委有强大的后台，他这个校长的位置还是坐得稳稳的。宓潜的教学风格和行为，也是让这个校长看着不顺眼的事情之一，故此宓潜也就成了这位校长简单、粗暴式管理风格的牺牲品之一。所以，宓潜只教授了方睿他们一年数学课就被这个校长换岗到了教务处打杂，不允许他在一线讲课了。后来方睿高三毕业那年，听说校长越来越讨厌宓潜，就逼迫宓潜调离这个学校了。没想到他辗转多个单位，最近竟然沦落到来研究院后勤部做个后勤服务人员，一个接送专家、学者来研究院研讨科研项目的司机。

提及过往，方睿为宓潜老师感到愤愤不平。

宓潜笑着说：“这没什么啊，革命同志是块砖，哪里需要哪里搬，搬到花园不骄傲，搬到厕所不悲观。”

方睿一听也笑了：“宓老师，你还真有革命乐观主义精神啊。”

宓潜闻听此言竟然唱起了《少年壮志不言愁》，“几度风雨，几度春秋……”歌曲委婉深沉，荡气回肠，深深地感染了方睿，他也随宓潜哼唱了起来，哼唱之中内心平添了无限的激昂慷慨。不知不觉汽车就到了锐达集团大楼前，方睿与宓潜互留电话后下了别克商务车，走进集团大楼一层大厅后回身再次向宓潜挥手告别。宓潜也在大门外向方睿摆手告别，却又向他指了指，好像在提醒他什么事。方睿有些奇怪，然后就闻到了一股淡淡的柑橘味道的香水气息。一个轻柔的女声从身后飘来：“方先生，你好啊。”未转身去看，方睿已经猜到了是那媚。方睿又向宓潜摆了一下手才慢慢转回身。那媚站在方睿两米外，嘴角微翘，优雅地静等着方睿的回应。

“你好。”方睿礼貌地回应了一声，然后就向那媚左后方的闸口走去。

那媚随着方睿的脚步微转身躯不急不慌地接着说：“方先生不认为我是来找你的吗？”

“找我的？”方睿停下脚步，转身看着那媚。其实方睿已经猜到了那媚可能是来找他的。但是不知怎的，方睿见到这个女人就总是怯怯地想躲避，就像有人递给你一大簇鲜花，你正欲接过时，有人告诉你这花是罂粟，美丽之下有毒。

“我已经在这里恭候方先生一个多小时了。”

“哦，对不起，我早晨外出办事了。”方睿不得不回应了，“找我是不是因为我父亲曾经跟你们合作的事？那笔定金我打算等你来了退给你呢。你可能也知道了，我父亲短时间内恐怕跟你们合作不了。”

那媚始终保持微笑：“方先生，您觉得这里是说话的地方吗？”

“这……”方睿一时语塞。

“我知道去您的部门可能不妥，咱们可不可以找个地方坐下来谈谈？你们公司对面不是有一家星巴克吗？”

方睿看着那媚诚恳且不容置疑的神态，只好点头同意了。

* * * * *

或许是上午的缘故，此时的星巴克里人并不多，那媚特意找了一个靠窗的座位。二人隔桌而坐，那媚身上的香水味道袭满了方睿周身。此时方睿才发现刚才的柑橘气息只是一种前调，这会儿中调又飘散着菠萝花的柔和气息，那气味随着时间的延续越发芬芳。方睿与景瑶恋爱之后，曾经读过一些关于香水的文章，知道这种香水是温文气息的女子与人聚会时所常用的。显然那媚今天从装扮上是做了一些准备的。

那媚将点的那杯拿铁咖啡递到方睿近前，自己则取了卡布奇诺。此时方睿有些不自在，他感到这个女人很不简单。

“我已经知道方研究员的情况了，真的没想到这车祸会这么严重，还希望你照顾好方研究员……”那媚说到此时似乎有些动情地说不下去了。

“谢谢。”方睿停顿片刻接着说，“既然你已经完全清楚我父亲的情况，我是不是可以代表我父亲尽快与你们解除合约，定金也尽快退给你？”

那媚轻轻抿了一口咖啡，然后用随身携带的精致纸巾轻轻地沾了沾红润的嘴唇，唇上没有一点奶沫残留。

方睿观察着那媚，感觉这个女人优雅中透着老练。无论是医院里第一次见面、锐达集团大厅第二次见面，还是现在星巴克相对而坐，她都是一副宠辱不惊的神态。

方睿静等她的回应。

那媚眨了眨她那双大眼说：“当初是我同你父亲签的合约。尽管你父亲病重，但是人还在，要是解约也应由他本人来解，或者他手写一份委托书，委托你来解约才行啊！”

方睿暗自叫苦，好厉害的女人。“可是我父亲一向讲究无功不受禄，你不能难为我们吧。”

那媚笑了："方睿啊，我认为你理解有误。首先，你父亲现在只是暂时病重，说不定哪天就醒过来了。他醒过来跟我们说上几句科技概念，指明一点技术方向就值三十万元啊。就像霍金，他尽管全身瘫痪，不能言语，但是靠三个指头和表情，他传递出来的寥寥几句前沿科学理论，用金钱衡量是值几百万、几千万甚至上亿美金的。"

方睿暗暗赞叹这女人思维缜密。

那媚接着说："其次，就靠你父亲方荣轩这个名字放在我公司宣传册里，那些中小企业公司也是会上赶着跟我合作啊。这是无形的广告，你说你父亲的大名不值三十万元吗？"

方睿有些折服于这个女人，她有着让人无法拒绝的沟通技巧。

那媚又继续说："再退一步讲，如果你真的觉得这三十万元依然受之有愧，依然有亏欠我们的人情日后不好还的想法，咱们可以找一个折中的办法。"

"什么折中办法？"

"恕我直言，你虽然比不了你父亲的才学和名气，但你也是一个不错的技术人才。你可以跟我做短暂合作，以实现这三十万元定金的价值啊。"

方睿此时真的叹服于这个女人的才思敏捷、老辣刁钻，她拥有极其精明的商业头脑。她的"商业攻击战"真是步步为营。

方睿沉思片刻："这个，你容我想想吧！"

"可以啊。"

"今天我们先谈到这儿吧，可以吗？我今天还要到单位处理点事情。"方睿感觉有点招架不住，他需要静心思虑对策。

说完方睿起身告辞，那媚则微笑着将他送了出去。

二人始终没有察觉在星巴克对面的一家二楼快餐厅里，有一部高倍手机形摄像机，将他们二人谈话的全过程摄录下来了。

* * * * *

郑昊强决定，将锐达集团正在洽谈的非洲尼日利亚智能光伏电站的前期技术推广项目，分配给纪正和负责的第五分部。原由第五分部负责的西北智能光伏电站技术售后服务项目，交由方睿负责的第六分部接管。这个非洲项目有三家跨国公司参与竞争，除了中国锐达集团之外还有澳洲岛国的瑞莱卡公司和欧洲迪曼普斯公司。这是锐达集团打开西非的第一个亿元级项目，由于项目意义重大，原本计划是分配给做事稳妥的方睿的，但是方睿家中发生变故，郑昊强既是从全局考虑，也是从照顾方睿的生活来考虑，决定让第五分部和第六分部项目互换。

方睿对这个分配方案既感激又遗憾。遗憾的是，这个极重要的项目出于个人原因要拱手让人；感激的是，要是按原计划由方睿负责非洲项目，他就真的没法照顾父亲了。西北项目毕竟在国内，即便出差，也不会时间太久，且来往便利。

纪正和因为得到了梦寐以求的项目，所以极为积极主动地将西北项目所有资料、数据迅速移交给方睿的第六分部。第六分部的全体员工依方睿指示紧锣密鼓地将西北智能光伏电站项目进行熟悉、理顺。云中心管理以及大数据的存储、挖掘和分析，一切案头工作准备停当后，方睿作为负责人就要带着部分技术人员到西北进行实地交接、巡察，以求后续运维稳定。

可能要出差十几天，方睿内心真的有些忐忑不安。虽然“金字塔能”疗法和音乐疗法双管齐下，父亲有了一点疗效，帮助他解开了邮箱密码，但是毕竟父亲还是植物人，还要二十四小时有人在身边陪护。原来有景瑶和他，偶尔加上韦灿协助保姆照顾父亲，方睿还是很踏实的。现在他自己出差，只剩景瑶和韦灿就有些人单力薄了。还能有什么好办法呢？没有。科技再进步，有些事情还是需要人去做的。方睿觉得对于某些领域来说，人工智能发展到一定程度可以完全替代人的论调，就是扯淡。

方睿将出差的事情告诉景瑶和韦灿，二人几乎是同一句话：“你就放心地走吧。”韦灿还加了一句：“要是照顾不好方叔叔，你回来扇我大耳刮子。”是啊，还有什么不放心的，他相信，他不在的时候景瑶和韦灿会投入更多的精力帮他照顾父亲。至亲至爱的朋友就是自己的另一个化身。

方睿身背只装了些日用品的“小包袱”，放下了内心巨大的心理包袱，踏上了西北广袤的土地。不同位置的电站，方睿都亲临现场，然后将第一手巡察资料让常雨婷及时发送给集团总部的运维智能终端，通过视频、语音，与总部专家运维团队进行实时互动。工作是辛苦的，也是快乐的。在巡察不同位置的电站时，方睿领略了祖国山川的壮阔与美丽。尤其到了陕西，遇到了华纪羲，更让方睿感慨五千年中华文化的悠远绵长。

华纪羲是陕西分站的一个小负责人。因为同年同月生，二人便亲近了很多。方睿感到华纪羲的名字有些古怪，询问之后，方知华纪羲是陕西蓝田县人，而蓝田县是上古时期母系氏族时代的华胥国所在地。相传，中华上古人文祖神伏羲就出生在这里。华纪羲的母亲为了纪念这块有着深厚历史底蕴的沃土，便给儿子取了这个名字。

华纪羲为出生在蓝田而自豪，再加上他很善谈，一路上给方睿讲述了很多家乡的山川地貌及文化渊源。

中原大地之所以在中国古代成为经济文化中心，是源于洛水丰沛的水利资源对农田的灌溉。以后历代的发展使灌溉区更加广阔。而洛水又称为洛河，它的源头就是陕西蓝田县。历经几千年的积淀，洛河在中华文明的发展中具有极其重要的地位。洛河与黄河交汇中心地区被称为“河洛地区”，形成了河洛文化。它是中华民族的根文化。河洛文化具有正统性，作为中国传统文化主流的儒家文化，就源于河洛三代（夏、商、周）的礼乐文化。在儒学变革过程中，洛学兴起，理学形成，根植于河洛。河洛文化又具有源发性，其中一个重要特征是传说中的“河图洛书”就出于洛河流域。

华纪羲提到了“河图洛书”，这引起了方睿的注意。因为父亲曾经简单地向他讲述过“河图洛书”，但是当时他正上高中，学习任务重，也就简单一听，没有深究。现在他居然就站在“河图洛书”的发源地，这很难不引起方睿的兴趣。他想，回北京后一定要找些书籍查询一番。他现在记起父亲和韦建成叔叔都对“河图洛书”倍加推崇，说明它极具价值。

华纪羲见方睿对他介绍的河洛文化产生了兴趣，便提议带他到洛河源头看看。多日的舟车劳顿与紧张工作，方睿也觉得有些对不住常雨婷他们，于是宣布明天休息一天，有愿意的可以一起随他去洛河源头感受一下“中华文化源头”的魅力。

第二天华纪羲带着方睿、常雨婷还有另两位技术员早早出发赶往洛河源头。

洛河发源于秦岭深处，华山南麓，蓝田县东北的一个叫箭峪岭龙潭沟的地方，这里距著名的蓝田猿人遗址百里左右。

方睿等人中午时分赶到了这里。他们进入沟内，一路惊奇于流泉飞瀑，奇石遍布，古木参天，藤萝倒垂。行至一处崖壁，见上面刻有“周靖合到洛河源头一游”字样时，常雨婷不禁嗔怒：“哪里都有这种没素质的人。”

华纪羲笑道：“我们管这种人叫狗撒尿圈地盘。”

方睿也想谴责几句，突然发现这个刻字之人因为书法极差，再加上石头坚硬不易雕刻，他把有些左右结构的汉字写得分了家，“洛、河、源、游”四字的三点水与剩余的笔画距离较远，如果不熟悉汉字的外国人还会以为是“三、各、三、可、三、原、三、斿”。

“三、各、三、可”四个字就像一道耀眼的霞光闪到了方睿的眼。

父亲的怪异邮件有“三可三各”四个字，它与这“三各三可”只有顺序不同，这是巧合吗？无论“三可三各”“三各三可”都可以看作是“河”“洛”两字的拆解。汉字中将“河”“洛”这种汉字的偏旁（氵）称为三点水，书写时就像“三”字。如果真的如此，那父亲的邮件就是“河洛”，这和华纪羲介绍的河洛文化及“河图洛书”是否有渊源呢？

“河图洛书”，对，应该是与“河图洛书”有关更为准确，因为父亲很推崇啊。回到北京一定要去详查“河图洛书”。

想到此，方睿兴奋异常，说道：“让这个刻字人的名字如岩石风化一般慢慢消失吧。”

华纪羲惊奇地看着方睿：“方主任有感而发成诗人了。”

“对，有感而发。”方睿笑着大踏步地向前走。他要深刻感悟一下河洛文化。

然而方睿他们刚前进了不足一公里，电话铃就响了，是韦灿打来的。

电话里传出韦灿嗔怨的声音：“不够意思啊，哥们儿，要不是齐琪去你们集团公司办事，见到了你，我都不知道你已经回北京了，怎么也不跟我打声招呼啊……”

方睿听闻此言惊惧万分，那个假方睿又出现在集团大楼了！

第七章

齐琪一大早就随她的主管毛欣妍赶到锐达集团。这是她所在的华夏铁建集团下属电气化公司与锐达集团刚刚签署战略合作后的第一次业务接触。她与毛欣妍从商务车一下来就看到了“方睿”正好进入锐达集团大门。毛欣妍和齐琪都是走路脚下生风的女人。齐琪因为是助手再加上身高一米七二，有着一双运动员般的大长腿，所以她要快于毛欣妍几步？二人到了闸口时赶上了“方睿”。

“方睿，等一下。”齐琪叫住了“方睿”，“帮我们刷一下闸机。”

“方睿”愣了愣。

“哦，我们是来跟你们集团事业发展部谈事的，接我们的人还没到，我们不等了，直接去找他们。”

“方睿”似乎听明白了，站在闸口又刷了两次闸机，齐琪和毛欣妍都顺利通过。

前边电梯正好打开，有两位员工进入电梯后礼貌地按住开门键等待三人。齐琪在前，“方睿”随后，毛欣妍最后，三人快步跑进电梯。

电梯启动之后，齐琪才询问“方睿”：“听韦灿说你出差了，什么时候回来的？”

“方睿”微笑着答道：“啊，刚刚回来。”

齐琪注意到“方睿”看她的眼神很专注，她顿觉有些理亏。因为自从方荣轩车祸之后，她只随韦灿看过方荣轩两次，一次在医院，一次在方家，而去方家时，正好赶上方睿出差西北不在家。

“我前几天跟韦灿去你家看望方叔叔了。”齐琪忙跟他说。

“哦，谢谢。”“方睿”微笑着回答。

此时电梯到了七层，“方睿”很认真地向齐琪摆了摆手说：“回见。”然后走出了电梯。

齐琪内心有些埋怨韦灿，正是韦灿的自以为是，才使她今天见到“方睿”有些不好意思。

韦灿的观念是，哥们儿就是哥们儿，女朋友不宜掺和过多，所以尽管方睿与韦灿是吃喝不分的挚友，但是齐琪与方睿不是很熟，极少见面接触。而方睿女友景瑶与韦灿也不是很熟。至于景瑶与齐琪就更不熟悉，她们在彼此脑海里只是一个名字的印象。

方荣轩出车祸后正值锐达集团与齐琪他们公司商谈战略合作，所以齐琪工作比较忙。但是当时她还是想抽出时间去多看望方荣轩，毕竟方家出的事很大。当初她姐姐齐妙出事时，方睿是多次来家里慰问过的。可恨的是韦灿自以为是地强调，他韦灿代表她多尽点心就行了。这么一来，齐琪也就只看望了方荣轩两次。今天见“方睿”那么专注地望着她，回想起这些事，怎能不让她觉得有失礼节呢。

“韦灿，看我回去怎么收拾你。”齐琪这么想的，也是这么做的。

上午在锐达集团办完事，匆匆吃罢午餐，齐琪就赶到了华夏铁建集团下属的建工集团公司，见到韦灿就是一顿训斥，以解早晨见“方睿”时有些尴尬之恨。

韦灿听完训斥觉得方睿不够意思，回来也不打声招呼，于是他立刻拨通了方睿的电话。

方睿在电话里沉默了片刻，支吾着："啊，我是回集团办点急事，还要立刻回到西北，也就没跟你说，你还得帮我多费心照顾我父亲。我再过一两天办完事就彻底回北京了。"

韦灿听完解释说道："好吧，下不为例啊。"韦灿还想再问点什么，发现方睿已经把电话挂断了。

*****

挂断电话的方睿已经毫无心情欣赏洛河源头了，但是常雨婷等人正兴致盎然，他也就只好掩饰着内心的担心与慌乱，继续陪大家走下去。

从洛河源头回到陕西分站，方睿迅速调整了后几天的计划。他用两天时间处理完大电站的事情后，将琐碎小事交与常雨婷他们，第二天一早他就赶往机场，准备回北京了。

而恰在此时，那媚正在锐达集团大厅里再次拦下了"方睿"。

*****

经过三次与方睿的简单交谈，那媚感觉方睿虽然称不上是非凡睿智、能言善辩，但也不失心颖神慧、讷言敏行。他与不熟悉的人打交道时，防范意识很强，在处于下风时，又能巧妙退出。他绝不是一个乳臭未干的毛头小子。对于这样的人，她是有兴趣与其缠斗的，她相信掌控他只是时间问题。

那媚见"方睿"如她预料地按时进入了锐达集团大楼，便迎了上去。

然而出乎那媚的预料，"方睿"就像不认识她一样竟直奔向闸口。那媚有点嗔怒之余，又觉"方睿"是想变换态度来对付自己。她感觉有些恼怒，自己是被低估了。想到此，那媚紧走两步拦住"方睿"说："你不觉得这样是极不礼貌的吗？"

“方睿”则说：“我走我的路，不招谁，不惹谁，有何不礼貌？”

那媚刚想说“你明知道我是来找你，故意装疯卖傻”，转念一想，他就是想激怒自己吗？今天就让他见识见识自己的定力。

想到此，那媚面带桃花：“我们还是去星巴克坐下来再聊聊吧。”说完那媚自顾先走了，她料定“方睿”会规规矩矩跟她到星巴克的。

刚刚早上八点，星巴克里几乎没什么人，那媚照例选了一个靠窗的座位坐下。

没想到，“方睿”走到她跟前说：“我还是喜欢那边的座位。”他指了指一个僻静的角落。

那媚笑道：“你不觉得这里更加敞亮会令人心情愉悦，有助于我们交流吗？”

“方睿”笑道：“角落之处隐蔽安稳，利于窃窃私语。再说了，你是来找我的，是不是应该随我的意愿啊？”

“我们谈的事，光明正大，不用窃窃私语，再说了一男一女在角落里进行商业谈判不太合适吧。”

“你看那些电影、电视剧里特工接头时，凡是坐在靠窗位置的，大多会被一枪毙命。你看对面大楼前的那辆救护车，还真没准就是在抢救刚刚被枪击中的伤员呢。”“方睿”指了指对面正好刚开走的一辆120救护车，玩笑着说，“再说了，客随主便的道理，我想你是非常明白的。”

那媚此时意识到，今天的“方睿”似乎是个“导演”，强行让她按照他的原定剧本演下去。这样尽管让她有些恼怒，但是又似乎更说明这是方睿内心懦弱的表现，是惧怕自己而做的一种“垂死挣扎”。那自己不如就先让他得意一会儿。想到此，那媚笑笑，优雅地起身向角落走去。“方睿”则紧走两步，如英国绅士一般将一把椅子拉开请那媚坐下后，方坐到对面座位上。

看着这个举动，那媚的气消了许多。

面对桌上的一杯拿铁和一杯卡布奇诺，那媚故意没动。“方睿”将那杯拿铁轻轻地递到那媚跟前，自己则取了卡布奇诺。

那媚挑了挑眉：“上次可是我喝的卡布奇诺，你喝的拿铁。”

“方睿”不急不慌地说：“你看拿铁咖啡最顶端的奶沫只几毫米，远薄于卡布奇诺，女人喝起来不会有过多奶沫沾在唇上，可是卡布奇诺奶沫过多，喝起来会让女人有失优雅。另外，卡布奇诺杯中有美丽的牛奶拉花图案，女人怎忍下口破坏掉这极富艺术美的奶沫？这种残忍的事只有男人去做才合适些。”

那媚一时语塞，她不得不承认“方睿”的歪理不好辩驳。她想这或许也是他剧本中的一环，处处挑战自己的忍耐力。那就继续让他看看自己的定力，直至让他心服口服。

想到此，那媚一笑：“我就是想考验考验你如何应对突发的小变故。”

“方睿”笑笑：“那我及格了？”

“及格了。”

“方睿”夸张地表现出被表扬后的欣喜，但是接下来“方睿”不再说话了，只顾用咖啡勺蜻蜓点水般地沿着拉花图案画圈，拉花图案居然没有被破坏。那媚看着“方睿”不再说话，觉得这是他惧怕与自己交谈正事想逃避的表现。

想到此，那媚直奔主题：“我上次提的建议考虑得怎么样了？”

“方睿”抬起头看着那媚故意调侃地问：“你指的是哪件事啊？”

那媚心想，哦，又开始装疯卖傻。

“好，我就当你记性不好，我重说一遍。你总觉得那三十万元受之有愧，那就采用折中办法，你和我再签一份短期合作的合约，以实现三十万元的价值，倘若有一天，你父亲真的醒过来了，我再跟他重新谈合约。”

“方睿”向那媚夸张地笑了笑。

那媚看着“方睿”的鬼脸，不急不慌地等着他答复。

“方睿”沉思片刻说：“我昨晚跟我父亲交流了，他暂时不同意这种折中办法。”

那媚心里咯噔一下，脱口而出：“什么，你父亲醒了？”

“方睿”笑着说：“我没说他醒了，我是和他进行的心灵上的交流。”

那媚有一种被耍弄的感觉，但是她极力克制着自己。她意识到今天的“方睿”是有备而来，到现在的一切都是在完全按照他预设的剧情发展的。这小子三日不见当刮目相看啊。她为原来低估方睿而后悔，她觉得要么是这小子学了一点操纵术，今天跟自己放开手脚较量了；要么就是这小子聪明绝顶，以过硬的自身素质让自己猝不及防。如果今天选座位的行为是他本性使然，就说明这小子不喜欢别人过多接触他、触碰他的东西，如果一旦侵占他的空间、进入他的势力范围，他会本能地进行防御。如果不是本性使然，他就是有意使用操纵术中的搅局法，一开始就意在搅乱自己的布局。现在自己强行旧话重提，他就狡诈地摆了自己一道。无论是本能防御还是故意搅局，他都达到了预想效果，让自己措手不及。看来，今后跟这小子打交道不能再轻敌了，要倍加小心了。

那媚迅速调整有点慌乱的情绪：“嘿，我没发现你还蛮有幽默感的。既然你们父子心灵上交流了，不同意折中办法，那我也别再折磨你了，我就大幅利用你父亲的名义为公司进行宣传，以软性广告费形式，化解你受之有愧的心理，你看如何？”

“方睿”迟疑着：“这个……”

“怎么，你觉得你父亲名声重要啊？其实我也觉得你父亲名声更值钱。”

“方睿”说：“谈合作嘛，一般两三次都不易达成共识的，咱们再找共识点如何？”

“可以啊，我有的是耐心。”

“方睿”笑道：“那今天先聊到这儿，我还有些事，先告辞。”说完“方睿”起身谦恭地告辞了。

这样扳回了一局，那媚心理感觉舒服了许多。

* * * * *

上午十一点多，方睿一下飞机直接从首都机场打车赶往锐达集团总部。他迫不及待地要与假方睿交锋。一路上他设想了多种与假方睿撞面的可能，也设想了多种解决方案。

北京的交通实在无法形容，也无法预料。原以为最慢一个半小时也能到锐达集团总部，但是路上的几起小的剐蹭事故，使方睿历经两个半小时才赶到。他快速通过大厅闸口之后直接去找保卫处闫建斌，谎称属下常雨婷的一个快递件不知是谁拿错了，想要看看监控。闫建斌没有多问，照旧让方睿进入中控室了。调出监控后，方睿发现，那个假方睿八点二十八分进入大厅被那媚拦住，而后二人说了些什么便走出锐达集团。十点零五分那个假方睿重新回到锐达集团，进入大楼出了电梯，准备进入技术部时他拿出手机似乎有意避开监控探头，躲进了一个监控盲区。两分钟之后他从监控盲区出来，没有进入技术部，而是重新回到电梯里下了楼，匆匆离开锐达集团大楼了。方睿为没能碰到这个假方睿感到无比的失望，路上预设的所有方案全部泡汤。这次就算便宜他了，方睿想，只要他频繁出现，自己总会有抓到他的时候。不过令方睿好奇的是，那媚与这个假方睿相处了一个多小时，会谈些什么呢？这个假方睿会代自己同意那媚的邀请吗？如果他真的代自己同意那媚的邀请，那该怎么办？推翻了不承认？不行。因为方睿在自己部门的一些文件中，发现了常雨婷给假方睿审阅的文件需要签字的地方，假方睿也代他签了字，而且字体只有方睿才会发现是模仿的。这个人的确可怕。目前郑昊强、常雨婷、那媚这些跟假方睿接触过的人好像都没有发现异常。没关系，他相信这个假方睿早晚会暴露出来，而那媚与假方睿之间的进展，他要密切关注，以便自己应对自如。他想，或许假方睿能够帮助自己应付这个令人头疼的女人。总之，这个局很乱，也很可怕，他需要打起十二分的精神循着蛛丝马迹找到假方睿。而眼下还要赶快回家，看看多日不见的父亲，同时理理“河图洛书”的迷局。

于是，方睿出了锐达集团总部往家赶。

* * * * *

方睿一打开自家房门，一股浓浓的杧果混合着茉莉花香的奇怪气味就扑鼻而来。方睿异常诧异。保姆李阿姨迎了过来：“方先生回来了。”

“李阿姨，怎么好像有杧果味道？”方睿边问边走进客厅，一眼看到了“金字塔”内静躺的父亲，四周围放着五份被切开的杧果，杧果肉被切成若干个边长一厘米左右的正方形小方块，每个小方块上都插着一片白色茉莉花瓣，它们分别被摆放在父亲的头部上方、双肩两边和左右膝盖两边。方睿迅速将这五份杧果收拾起来扔进厨房垃圾桶，然后将几个窗户打开进行通风。

方睿边开窗边说：“李阿姨，您不知道，我父亲对杧果过敏，我们家里从来不买杧果，另外您不要再往‘金字塔’里随便放东西了。”

李阿姨很委屈地说：“方先生，这不是我要弄的。”

方睿愣住：“不是您要弄的？是景瑶要弄的，还是韦灿要弄的？”

李阿姨说：“都不是，你听我慢慢跟你说。”

方睿立刻意识到误会李阿姨了，赶忙拉李阿姨坐下说：“您别急，慢慢说。”

“大概上午九点多钟，来了一位先生说是研究院的，他说他找了一个偏方，能慢慢医治你爸爸的病。他就让我把这五个杧果切开，还不是完全切断，尾部那还得连着点，最麻烦的是，他让我把这杧果肉用小刀切成一厘米见方的小方块，然后再把这些茉莉花瓣插在小方块里，弄完了他再负责放进这个‘金字塔’里。你想啊，这杧果黏里吧唧的切开挖出硬核，再切成小方块，还得插上花瓣，五个呀，多不好弄啊，我弄了好长时间呢。弄完了出了厨房叫他时，就看见这位先生在你爸的书房好像翻什么东西，我就有点不高兴，说“你这个人怎么这么没礼貌啊，怎么能随便进人家书房呢”。他解释说跟你是老相识，没事随便看看。他把这些杧果放进‘金字塔’后就走了。他走了，我就琢磨不对劲，就想着哪天你回来要跟你说，这不正好今天你就回来了。”

“您问他叫什么了吗？”

“我问了，他说他叫什么潜？”

“宓潜。”

李阿姨忙说：“哎，对，对，是宓潜，四十出头的样子。”

方睿迅速走进书房查看，书房里还是很整洁的。父亲各种书籍也都整齐地码放完好，似乎没有被翻动的痕迹。方睿想，宓潜要么就是没有随便翻动书房的东西，要么就是他翻动东西后谨慎地恢复原样了。如果是后者，他为什么要这么做？他让李阿姨做的这些事，显然是拖延时间，他要找什么东西吗？他是王副院长和刘处长他们派来的吗？但宓潜不是保卫处的人。再者，王副院长、刘处长如果想从父亲这里找什么东西，他们完全可以名正言顺地进行检查，毕竟父亲现在还没有被完全排除出卖科技情报的嫌疑啊。那么宓潜是谁派来的？又和谁有关系呢？是同那媚或者假方睿一伙的吗？从时间点上看，他来我们家找东西时正好是那媚与假方睿见面说事的时刻。如此看来，他和这两人中的一个可能是一伙的。而从他找东西的目的来看，他也可能同车祸当天偷拿父亲手提电脑的人是一伙的。总之，这个宓潜大有来头。现在看来宓潜脱离教师行业后的身份值得怀疑，不排除他就是研究院里的内鬼，研究院上次科技情报的泄露或许跟宓潜有关。想到这儿，方睿顿感后脊梁发凉，现在围绕着他们父子又增加了一个新的谜团。

*****

方睿走到单元门口正好有人出来，他紧走两步趁着大门没完全关闭进入了单元楼内，他坐电梯直上五层，敲了502房间的门。

这里是韦建成的家。韦建成与方睿同住一个小区，只是韦家与方家一个住在小区的东南角，一个在西北角，相隔近一千米。晚饭之后方睿将父亲安顿好就匆匆赶到韦建成家。

方睿敲了四下房门，正在怀疑家里是否有人时，房门开了，韦建成笑着站在门口说："是方睿啊，快进来。"

方睿走进屋内才发现客厅里坐着齐琪父亲齐天海。

方睿忙打招呼："齐叔叔也在啊。"

齐天海坐在沙发那儿没动，平静地说："啊，来了会儿了，没事找老韦聊聊天。哎，方睿，你父亲现在好些了吗？"

方睿苦笑："还好吧。"

齐天海感叹："唉，真是人有旦夕祸福啊，你父亲出事时，我还在东南亚出差呢，这不今天刚回来。这刚刚听老韦说，才知道你父亲出事了，我还打算这一两天去看望你父亲呢。"

"谢谢齐叔叔。"

齐天海惭愧地摆摆手："好了，你们聊吧，我走了。"

韦建成将齐天海送出门返回客厅，为方睿倒了杯茶，问道："前些天听韦灿说你出差了？”

方睿接过茶答道：“是，出了几天差。”

“老方现在怎么样了？这段时间院里形势紧张，各个研究员之间都不敢随便走动了，你父亲出院之后，我只去过一次，真是有点对不住老方。”

“没事，韦叔叔。”

韦建成又问：“你的‘金字塔能’疗法我看到了，怎么样，有疗效吗？”

“这个……只是一种治疗尝试。”方睿刚想跟韦建成说治疗见了成效，想告诉他父亲还帮自己破解了邮箱密码，突然又想起破解邮箱密码后，王副院长、刘处长二人再三叮嘱方睿破解邮箱密码的事暂时不要告诉任何人，事情没弄清楚之前要做到一级保密。为此方睿及时叮嘱了景瑶，景瑶也表示绝对严守秘密。

“你有这份孝心，老方会感知到的。”韦建成说完有点伤心，使劲地咽了一下口水，止住了哽咽。屋内气氛突然就沉重了许多。

片刻，方睿笑着说：“没事，韦叔叔。”

韦建成忙说：“好了，先不提伤心事，你这大晚上的绝不是闲来无事找我喝茶的吧？”

“韦叔叔，我的确想请教您个问题。”

韦建成放松地向沙发背靠了靠说：“孩子，你说。”

方睿说：“我原来知道您和我爸爸都对‘河图洛书’有点研究，我想听您给我讲讲。”

韦建成奇怪地问：“你怎么突然对‘河图洛书’有兴趣啊？”

方睿迟疑了一下说：“我不是前几天出差了吗？我负责的西北项目中有一个电站负责人对‘河图洛书’产生了兴趣，他非得请求我帮他搞清楚‘河图洛书’，我是推不开了。”方睿为了掩饰说谎，假装脸上有些痒使劲地挠，由于用力不小，再加上说谎心慌，脸上开始发红，好在韦建成也似乎正好在想事就没有注意方睿的一举一动。

韦建成问道："他想了解到什么程度啊？"

"当然越详细越好。"

"'河图洛书'深奥无比，你父亲和我都没研究透。"

"哦，那您就说说呗，我能听懂多少就跟他说多少。"

"好吧，就先说一点粗浅的吧，要想把'河图洛书'说透可不是一朝一夕的事。"

韦建成喝了口茶接着说："传说在中国上古时代伏羲氏时期，有龙马从黄河出现，背负'河图 '。大禹治水时又有一神龟从洛水出现，背负'洛书'。伏羲根据这种'河图'创建成八卦。大禹依据'洛书'做成九畴，用以治水和治理国家。后来周文王又依据伏羲的八卦推演出《易经》六十四卦。'河图'与'洛书'是中国古代流传下来的两幅神秘图案，历来被认为是河洛文化的起源。《易经》和《洪范》两书，在哲学、政治学、军事学、伦理学、美学这些方面都对中华文化发展有着极其深远的影响，而'河图洛书'对这两部书的形成起着决定性作用，你说这'河图洛书'是不是有极大的研究价值？"

韦建成说到此似乎来了兴致，走到书房拿来一本厚厚的《易经》，打开其中一页让方睿看"河图洛书"。

韦建成继续说道："世界上最著名的同时也是流传最广的三大经书分别是《圣经》《古兰经》《易经》。而《易经》起源自'河图洛书'，是经过伏羲、周文王、孔子三位圣人逐渐完善而成的，经历了中国上古、中古、下古三个时代，是中华五千年文明发展史的源头。"

方睿问道："为什么叫《易经》呢？"

韦建成解释道："《易经》指夏代的《连山》、商代的《归藏》及周代的《周易》，这三部经卦书统称为易经。其中《连山》和《归藏》已失传，传世的只有《周易》一本。对于'易'字的解释很多，一种说法是'易'之为字，从日从月，阴阳具矣，易者，日月也；另一种说法是'易，飞鸟形象也'；还有一种说法是你父亲和我都最认同的，'易'即为蜥蜴的蜴简化写成'易'。"

方睿闻听"蜥蜴"二字心里咯噔了一下。

韦建成自顾讲着："蜥蜴因环境而改变自身颜色，根据这种善于变化的特色，取名蜴，简写成易。清代陈则震著的《周易浅谈》中则把'易'定义为两种。一称交易阴阳寒暑，上下四方之对待是也；二称变易，春夏秋冬，循环往来也。此外'易'历来又有'一名含三义'的说法。第一是'简单'的意思，也就是'易'虽然包罗万象，但有一个最简化的公式或者'模式'，一切事物和现象都可以装进这个'模式'里，都可以用这个'模式'来说明；第二是'变易'的意思，也就是变化之道，就是'辩证法'；第三是'不易'的意思，也就是'易'虽讲变化但这变化之道却是永恒不变的，也就是可以'以不变应万变'。但无论是什么样的解释，说《易经》是将阴阳之间相互作用，产生万物，'刚柔相推，变在其中'都是不错的。"

方睿赶忙为他续上一杯茶。

韦建成指着书中的"河图洛书"接着说："《易经》这么深奥都是'河图洛书'奠定的。'河图'是用10个黑白圆点来表示阴阳、五行、四象的。'河图'中的10个数，1、3、5、7、9为阳，2、4、6、8、10为阴，阳数相加为25，阴数相加为30，阴阳相加总共为55，所以古人说'天地之数五十有五'，以成变化而行鬼神也，即万物之数皆由天地之数化生而来。'河图'为四方形，分别是北方1个白点在内，6个黑点在外，表示玄武星象五行为水；东方3个白点在内，8个黑点在外，表示青龙星象，五行为木；南方2个黑点在内，7个白点在外，表示朱雀星象，五行为火；西方4个黑点在内，9个白点在外，表示白虎星象，五行为金；中央5个白点在内，10个黑点在外，表示时空夺点，五行为土。四象中，每象各统领七个星宿共28宿。按古人坐北朝南方位就是‘前朱雀、后玄武、左青龙、右白虎’，是风水象形之源。”

方睿将茶递给韦建成，韦建成一口喝下，方睿忙给他又续上一杯。

韦建成又指着“洛书”说：“将‘河图’四方的八个数旋转而排成八方而为八卦，每方一个数纳地支十二气象就是‘洛书’。你看它是中间藏5，上载9下履1，左为3，右为7，4、2为肩，8、6为足，九个数纵横交叉之和是15，尽显五行之妙。”

方睿仔细听着，却似懂非懂。

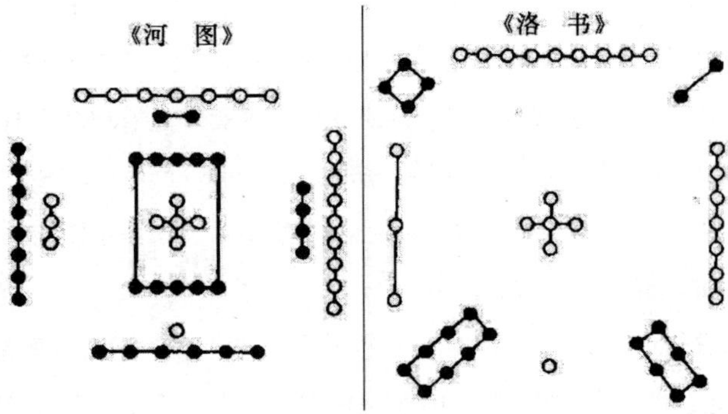

韦建成似乎看出他的窘境，笑着说：“‘河图洛书’很深奥，这么点时间你想搞明白是不可能的。”

方睿又问道：“‘河图洛书’的现实意义是什么啊？”

韦建成继续给他讲道：“从数学的发展角度来说，‘洛书’就是三阶幻方，‘河图’则是四阶幻方。从“河图洛书”推演出的八卦和六十四卦实际是最古老的二进制。2000 多年后的 1689 年，游历于意大利的德国人戈特弗里德·威廉·莱布尼茨结识到一位刚从中国回来的耶稣会传教士，他从这个传教士手中得到了中国的八卦图。通过对古老中国的《易经》和八卦进行研究，莱布尼茨惊奇地发现由阳（——）和阴（— —）两种符号组合而成的八卦图，把八种卦象颠来倒去排列组合，恰好组成了二进制 000 到 111 共八个基本序数。1700 年莱布尼茨成为法国巴黎皇家科学院成员，这时候他与牛顿已各自独立地创立了微积分。只不过牛顿研究微积分着重从运动学考虑，莱布尼茨则是侧重于从几何学来考虑的。1703 年，莱布尼茨在《皇家科学院记录》上发表题为《二进制算数的解说》的论文，这篇论文的副标题是‘关于只用 0 和 1 的二进制算术的用途以及伏羲氏所使用的古代中国数字的意义’。自此，二进制开始公之于众。由莱布尼茨率先提出二进制数的运算法则，对整个世界影响深远，称为计算机语言的雏形。直到今天，二进制数仍然左右着现代电脑的高速运算。莱布尼茨很可能是受八卦和《易经》影响，发明了计算机语言。你说‘河图洛书’的研究价值是不是巨大的？”

方睿使劲点头。

韦建成讲到此，眼睛里已经流露出一股炽热的光芒。

恰在此时，门外有人敲门。

韦建成正在兴头上，显得有些不耐烦，小声嘟囔：“这么晚了，谁啊？”

方睿赶忙起身说：“韦叔叔，我去开门吧？”

方睿打开房门，门外居然站着齐天海。

“哦，方睿还没走呢？”方睿注意到了齐天海见到方睿还在，是有些吃惊的。

“老韦，你说借给我的那本学术论著我忘了拿了，今晚我还想瞧两眼呢！”齐天海说着就走进客厅。

方睿注意到刚才还兴奋异常的韦建成此时有点冷淡。

“你等一下，我去书房拿。”

齐天海自顾坐到了沙发上，显然他没打算立刻走。方睿知趣地向书房喊道：“韦叔叔，今天太晚了，改天我再向您讨教啊！”

韦建成在书房里答道：“哈，好。”

方睿走出韦建成家，突然意识到，齐天海的家离这里很远，开车要半个多小时。他刚从海外回来就跑这么远来见韦建成，要么是二人关系极好，要么是二人有要事相谈。而齐天海折返的理由显得十分牵强。他们二人有什么秘密事要急于说清吗？想到此，方睿又觉自己可笑，是不是他们父子身边有着过多谜团，让他自己有点神经质了……

第八章

都市的夜晚，被霓虹灯渲染得斑驳陆离，街道上传来的隐隐车流声，让“万籁俱寂”这个词成了都市夜晚的奢望。如果说旷野郊外的夜晚可以用静谧来形容，那么大都市的夜晚只能用躁动来比喻了。躁动之夜必然难以入眠，此时方睿就是难以入眠。

韦建成向他讲述的那么多关于“河图洛书”以及《易经》的知识，让他内心实在无法平静。

从韦建成这里他才知道“河图洛书”与《易经》有着那么深的渊源，而《易经》居然又与蜥蜴有着密切关联。正是他做了一个怪异的有关蜥蜴的噩梦，才使得他第二天情绪颓废又躁动，与父亲发生了从来没有过的争执。现在细细回忆，那时似乎父亲的情绪也不淡定。尤其是尽管他们起了争执，父亲也没有必要让他下车反省啊。难道说当时他向父亲描述有关蜥蜴噩梦时，父亲有所触动？现在看来这一点很有可能。因为在他做噩梦之前，父亲向自己的邮箱发送了“三可三各”内容的邮件。“三可三各”指的是“河洛”应该确定无疑，而“河洛”又与蜥蜴有着密切联系，父亲听了怎能不有所触动呢？

蜥蜴属于冷血爬行类动物，其最显著的特点就是能变换自身颜色适应环境加以伪装，进行捕食或逃避危险。现在的假方睿不就像一只蜥蜴？他隐匿于环境中攻击了父亲，破坏了他们父子平静温馨的生活。父亲的邮件内容或许真的与假方睿的出现有所联系？要是果真如此的话，解读父亲邮件内容或许有助于找到假方睿。

方睿牢牢记住了韦建成所说的，根据“河图洛书”推演出的伏羲八卦及《易经》六十四卦，是用阴（— —）阳（——）符号表述的。父亲邮箱里的第一封邮件的内容不正是这种阴阳符号吗？

方睿记得父亲曾经也有一本厚厚的《易经》，只是很久不看，都不知父亲放到哪里了。方睿在书房的书架上逐本寻找，却没有找到。书架上大多是父亲工作时或日常生活消遣时看的书。方睿又跑到父亲卧室寻找一番，终于在父亲电脑桌最底层的抽屉里找到了那本《易经》，同时也找到了一本厚厚的笔记本。方睿急不可耐地翻开书，果然，《易经》将“——”称作阳爻，“— —”称为阴爻，代表易的变化交错。父亲第一天的邮件是“—— — — — — — — — — — —”，方睿猜测这是父亲将阴阳爻进行的横向排列，可能是为了书写方便，也可能是为了故意隐藏真实卦象。方睿想，既然是阴阳爻的符号，就按卦象常规排法将它重新排列，阳爻在上为一种，阳爻在下为另一种，两种卦象应该是䷖和䷗。方睿很快在《易经》里找到了这两种卦象。䷖叫剥卦，卦义是五阴在下方生，一阳在上方尽，阴盛阳衰，小人壮而君子病，内顺而外止，有顺从而停止行动的迹象，所以此时应顺从隐忍，不宜采取任何行动。䷗叫复卦，卦义是阳在下方，五阴在上，为阳气生于内长进于外，无所疾患，众阴欢迎刚健朋友复生返回，没有障碍。方睿知道父亲是唯物主义者，他绝不是用卦做占卜，必定是通过卦象表达某种意思。这两种卦象正好是一坏一好。阳爻在上的，简单地说就是小人当道，谨慎隐忍。而阳爻在下的，简单说就是正气恢复，无所阻挡。方睿结合第二天邮件中的“三可三各”再加上问号，猜测父亲应该是想要表达他认为有小人当道，而这个小人又跟“河洛”有关。既然是问号，显然当时父亲不确定，但是最后一天父亲又改为句号，应当确定就是与“河洛”二字有关。那么“河洛”二字又指代什么呢？他想，或许需要查找研究院所有员工中是否有人名字里含有“河洛”二字或“河洛”的谐音。总之，前两天邮件似乎还能完整表达一种意思，但是第三天邮件里的“阿门”指代什么呢？方睿迅速用电脑查找相关信息进行梳理。

阿门（Amen）是希伯来语，可见于《圣经》。在《旧约·圣经》中，“阿门”多被用来同意别人的话，不论是祈求或诅咒。另外，它也是宗教礼仪的闭幕词。而在《新约·圣经》中，“阿门”也被用在礼仪或经文上，通常被译为“实实在在、确确实实”的意思，用在祷告结尾，是请求上帝垂听我们的祷告。

方睿知道父亲不是基督信徒，父亲一定是要借“阿门”所隐含的意思来指代什么事。前边他似乎在说，有小人当道，小人确定是“河洛”，最后他又用“阿门”来强调是“河洛”吗？不太像。按照父亲的习惯是不会这样重复地做事的。“阿门”必然指代新的意思，也就是可能有结束的意思。是父亲做完一件事了？还是父亲把发现了小人是“河洛”作为一件大事而结束呢？这种逻辑似乎能把“—— —— —— —— —— ——”“三可三各”“阿门”这三个看似毫无关联的内容串联起来。是，应该是这样。而“三可三各”或者说是“河洛”这个小人可能是假方睿吗？他与父亲相识？不太可能，或者说根本就不可能。因为后来假方睿的几次出现，一直都是在围绕着自己做事，几乎没与父亲发生过交集。那么“三可三各”就是父亲身边的人，这种可能性最大。

* * * * *

对方荣轩邮件内容的初步解读，方睿如实向王副院长和刘处长汇报了。

二人听后，还是有些吃惊的。

自从看到方荣轩的那些奇怪邮件，研究院内部也秘密地进行了破解。根据第一天邮件中六组长短不一的线段形成了两种观点。一种和方睿解读的一样，认为是八卦中的卦象。至于是剥卦还是复卦大家认为概率各占 50%，感觉都能说得通。因为当时大家对“三可三各”有点摸不着头脑，但是对第三天邮件中的“阿门”似乎没有别的更新颖的解读，与方睿的解读是一样的。而如果说第一天邮件是复卦，有着正气恢复、没有障碍的意思，那么“阿门”代表着闭幕或结束，似乎逻辑上更能说得通。但是这个意思要是说得通的话，又似乎说明方荣轩完整地做完了一件事。这件事既可以代表他研究的二期数据结束，也可以代表他出卖科技情报的事顺利做完。如果是后者，那就是最糟糕最可怕的结果。另一种解读则是认为第一天邮件里的长短不一的线段只是一种表面的假象，实际这些线段是表示数字的“·——··—·—·”摩斯密码。这一种解读更倾向于这些邮件内容实际就是数字、就是密码的说法。至于“三可三各”和“阿门”则都是一种摩斯密码的变异表达。往好的方面思考，这些可能就是方荣轩设置的文件包密码。往坏处猜测，也可能是用来交易科技情报的密码。于是大家先将“三可三各”“阿门”改成英文或汉语拼音，然后再推演成摩斯密码。但是最终结果是毫无规律，毫无逻辑。

现在方睿则坚定地认为，父亲曾被小人陷害，而这个小人就是“三可三各”或者说是“河洛”。方睿认为找到这个人问题就迎刃而解了。

王副院长沉思很久后说：“方睿啊，你的推测不是没有道理，抓住这个人可能很多问题就得到答案了。但是这个小人不一定知道你父亲的文件包密码。一般人设置一个密码都不会完全记在脑子里不留备份，都一定要在隐蔽的地方留下备份，以防忘掉密码。这个备份可能是常规地记在某个书上或本上，也可能记在手机或电脑里。我更相信你父亲设计的这些怪异邮件就是他的文件包密码。”

方睿如梦初醒：“哦，这个我没有想到。”

刘处长接过话：“方睿，你看这样可不可以，一方面我们按照你的解读查找这个‘三可三各’，另一方面你重新考虑一下你父亲这些邮件所能代表的数字密码，咱们一起努力把它破解掉如何？”

方睿点了点头。

王副院长从抽屉里拿出两张写满研究院员工名字的表格递给方睿：“这是研究院所有员工的名单，你现在可以看。据我了解研究院员工里没有名字带‘三可三各’的，倒是有一个后勤的普通电工带‘河’字，他叫赵长河，但是我们感觉他跟你父亲没有关系。”

方睿快速地浏览了一遍名单，的确只有一个带“河”字的人。然后他一眼看到了名单中最后一个是宓潜。

“这个宓潜……”方睿故意停顿了一下，他想探听出那天宓潜进入他们家探望父亲，王副院长和刘处长是否知道。

刘处长说道：“我听李洁说，他曾是你老师，你应该认识他啊？”

方睿忙答道：“啊，认识，那天我从这里走时碰见他了。还是……”方睿想说那天还是宓潜送的他，又觉得出卖李洁不妥，就把话咽了回去。

王副院长说：“他前几天还跟我说，他有个偏方想送给你，可以用来治疗你父亲的病，跟我要的你家地址，他送去了吗？”

“啊，送了，送了，不过那个偏方不适合我父亲。”

方睿想了想又问：“我这个老师是什么时候来咱们院工作的？”

王副院长答道：“就是在你父亲出车祸后几天吧！是乔院长的一个朋友推荐来的，好像原来在一个培训学校教小学生奥数，现在他在我们研究院还处于试用期呢。他今天要是没有出外勤的话，你可以去后勤部找他叙叙旧。”

刘处长接过话：“他不是原来教过你数学吗？你在破解你父亲的邮件时，可以去咨询他。只不过详情不要告诉他，还要保密！他来我们院后，我们保卫处秘密调查过他的来历，很普通，应该没有问题。”

王副院长也应和道：“是啊，听说是个命运多舛的老师，是个值得同情的人。”

*****

从研究院出来的方睿有些失望。一来，从研究院员工名单中的确无法确认哪个是“三可三各”或者说“河洛”；二来，从宓潜进入研究院上班的时间以及他以前的工作经历来看，他跟父亲应该没有任何交集。怀疑他可能真的有点多虑了。回想宓潜在做他老师时做事就有别于常人，这次送的所谓偏方或许的确是好心。既然是好心也不好指责人家。而父亲这些怪异邮件自己可以编一个谎话或设计个解密游戏，让宓潜这个学数学的帮忙解一解，或许真能有所突破。

方睿刚走进锐达集团大厅，电话就响了，他一看是郑昊强，于是迅速接听了。

“方睿，你在哪儿呢？”电话里传来郑昊强很不高兴的声音。

“经理，我现在一楼大厅。”

“赶快到我这儿来。”电话随即被挂断。

方睿预感到有什么大事发生，忙快速跑向电梯。

进入技术部的走廊，远远地就看见常雨婷在方睿办公室的门口徘徊。看见方睿走过来，常雨婷快速迎上来。

“主任，经理今天很生气，可能有什么大事，你要小心啊。”常雨婷说着把已经准备好的笔记本和签字笔递给方睿。

方睿接过本和笔快速走进郑昊强办公室。

郑昊强冷着脸坐在办公桌后边似乎在等着方睿，旁边长沙发上坐着垂头丧气的纪正和以及负责华南区域的第三分部的主任郭平安。

方睿怯怯地坐下。尽管郑昊强平时与方睿的关系最好，但是方睿一直对郑昊强有着一种敬畏之心。今天见他少有地冷着脸，方睿大气都没敢出。

郑昊强严肃地说：“你们三个都到了，现在我们开个短会，我通报一下非洲项目的进展。这个项目整个集团各部门上下同心奋战了几个月。按照尼日利亚方面对项目初步的愿景，研发部精心设计了一套技术方案，交到我们技术部手里做前期推广，眼看就要进入实质签约阶段，却半路杀出个程咬金。原来远不被看好的澳洲岛国瑞莱卡公司调整了他们之前的技术方案，后来者居上，被尼日利亚方非常看好。他们现在有意放弃我们锐达，而改为与瑞莱卡合作。”

方睿疑惑地看向郑昊强，又看了看纪正和。纪正和一副羞愧的表情。

郑昊强有些激动地站了起来：“为什么会这样？啊？是因为泄密，知道吗？是泄密造成了我们现在的被动局面。如果最终这十几亿元的大订单真的就这么丢了，第五分部就是锐达集团的罪人。”

纪正和将头低得很深，似乎地上如果有个地洞他就一定会钻进去。

方睿感到今天郑昊强思绪有点混乱，语无伦次，于是爹着胆子问：“经理，您先别急，我和郭主任还没完全弄明白，您慢慢说。”

郑昊强在办公桌后转了一圈，意识到自己过于急躁。他做了三个深呼吸，然后继续说：“研发部的技术方案是在一级保密下送到我这儿的。我也是按照保密规定交到第五分部的。但是，仅仅过了十多天时间，我们在尼日利亚的内线就告诉我们，瑞莱卡公司在二轮谈判的前一天递给甲方的技术方案几乎与我们的完全一样，并且在几个技术小环节上要高于我们，而报价又低于我们一点点。甲方当然要倾向于瑞莱卡公司啊。对比来看，显然是我们的技术方案被人泄露给瑞莱卡公司后，他们迅速做了小小的提升调整，以微弱优势暂时击败了我们。”

方睿与郭平安不知该说什么，只能面面相觑。

郑昊强继续说道：“怎么泄的密，谁是这个内鬼，老纪你给我查清楚！”

纪正和一脸想要赎罪的表情：“是，是，我一定查清楚。”

郑昊强继续说道：“现在咱们集团的大老总用他的诚意打动了尼日利亚方，争取到了甲方再给我们一次机会。研发部已经对技术进行了新的提升研发，争取夺回这个项目。我也向集团立下军令状，决不会再出现泄密事件。你们三个也要跟我签署承诺书，谁出了问题谁负责，轻者免职，重者离职。你们听明白了吗？”

方睿他们都使劲点头。

郑昊强从办公桌上拿起一份承诺书挥了挥：“一会儿走之前在我这签署。”

郑昊强将承诺书放下继续说：“现在重新调整部署。纪正和你重新回到西北项目，同时还要秘密调查泄密事件。”

纪正和很无奈地说：“好吧！”

“郭平安，你负责的华南项目交给方睿，你随我一同去尼日利亚接管非洲这个项目。我要亲自坐镇，弥补我们的过失。”

方睿心里明白，这是郑昊强再一次对他给予照顾。

郑昊强又说：“方睿，我提醒你，你的责任也很重大。”

方睿盯着郑昊强，认真地听着。

“华南这个项目现在是包括我们在内的三家公司参与竞争，表面上看都是国内公司，但出了非洲项目泄密事件后，事业发展部秘密地调查了华南项目的另外两家竞争公司背景，居然发现广东福克公司前不久正在秘密地与澳洲瑞莱卡公司洽谈并购，如果瑞莱卡公司也采用增资扩股的惯用手法，那么瑞莱卡公司很快就会以100%的控股将广东福克变成它的全资子公司。那么，我们就会再次与瑞莱卡公司竞争华南项目。你现在明白为什么派你去了吧？”

方睿恍然大悟。

* * * * *

回到办公室后方睿有一种不祥之感。纪正和一向做事谨慎，居然也出现了技术泄密事件。虽然可能是纪正和的第五分部员工中有内鬼，但是也不排除与假方睿的出现有关联。假方睿既然敢时常在锐达集团出现，必然有其不可告人的目的。原来方睿还想不明白他的目的何在，而这次听说了非洲项目技术泄密，似乎就能猜测出他的真实目的了。方睿大胆地设想，这个假方睿很可能就是瑞莱卡公司派来的经济间谍，他冒充自己的身份加以伪装，进行技术情报窃取。如果真的如此，华南项目也危在旦夕，必须想出万全之策加以防范。只是有两点方睿不解。第一，纪正和的技术方案，方睿都碰不到，假方睿是怎么得到的？第二，如果说假方睿是瑞莱卡公司的经济间谍，那么他为什么要暗害父亲？难道说父亲负责的研究项目与瑞莱卡公司也有交集吗？从业务领域上看，感觉应该没有交集啊。这两点令方睿怎么都想不明白。

强烈的防范意识是防止危机出现的第一屏障。

方睿想，有些事情即便一时弄不清楚，先加以小心也是明智之举。害人之心不可有，防人之心不可无。中国古老的人生哲学，本身也适用于今天的商业社会。可惜中国的企业及中国的商业人士，商业保护意识都极其淡薄。这包括锐达集团这样的大集团，也包括方睿这样的中层以上员工。方睿自责之心油然而起。其实他在一年前无意中看到过一些有关全球范围的商业间谍战的文章，从中了解了欧美等国诸多的商业间谍与反间谍战的案例，深深地信服于欧美企业反间谍的“沙粒原则”——没有任何信息是太小的，没有任何细节是不重要的。但是遗憾的是他看了这些文章后没有向锐达集团高层提出建议。非洲项目尽管郑昊强用了一级保密措施，但还是惨遭泄密，显然这个一级保密措施依然有漏洞。

商业窃取行为在锐达集团内部已经实实在在地出现。非洲项目初战告败，参与的华南项目看起来也危如累卵，怎么办？方睿焦虑地在办公室内来回踱步，脑子在高速运转。一个个方案出现在脑海里，又一一地被他否决。他越发感到非洲项目泄密事件可能就是假方睿所为。可是假方睿有如影子一般，看得见却触碰不到。既然如此，就先隔离自我，让影子无从下手。方睿脑海里有了点成熟想法，便走出办公室去找郑昊强。

“怎么，有些心得了？”方睿一进屋，郑昊强很老练地率先发问，显然他猜出了方睿是为华南项目的保密措施而来。

“有点体会。”方睿道。

“说说看。”郑昊强极认真地盯着方睿。

“首先研发部的技术方案不要过早地交给您或者我，最好是我在上高铁出发前直接给我本人，不倒第二手。”

“不错，接着说。”郑昊强露出满意笑容。

“还有就是研发部可以将技术方案放在一个带密码的微型保险箱内，密码由我本人设定，只有我一个人知道，输入密码后，我从微型保险箱里直接取走，放入另一个随身携带的微型保险箱。”

郑昊强扑哧一声笑了：“你是不是看谍战剧看多了，间谍接头呢？直接交到你手里，何必又要弄个保险箱呢？你还得开箱，麻烦不麻烦啊？”

“经理，你看过汤鲁·克鲁斯主演的《碟中谍》系列电影吧？”

郑昊强点了点头。

“万一竞争对手的公司派一个人戴着同我一样的人皮面具，不就能轻易地从研发部手里拿到技术方案了吗？”方睿没敢直接告诉郑昊强，现实生活中真的有一个长得跟他一模一样的人，而且这个人还会时常在锐达集团出现。

郑昊强不以为然地笑道：“你啊，电影看多了，有点着魔，想法还有点科幻。”

“经理，事前百分之一的预防，胜过事后百分之九十九的补救。保密与泄密一字之差，光荣与耻辱一念之间。我们对保密要用‘显微镜’查问题，用‘放大镜’看危害，麻痹大意是保密工作的大敌啊。”方睿认真地说。

“好，好。说得有理，这次就听你的，防微杜渐，将所有细节预判在内。”

方睿满意地笑笑，接着说：“至于技术方案，也不能一次性带走，我们要将技术方案拆分成两部分，分别带走，展示给甲方前，要始终存储在两个U盘中。”

郑昊强非常满意地点头：“这个好，即使有一部分泄密，也不至于轻易地全军覆没。”

方睿突然想起在父亲车祸前研究院为华夏铁建集团研发的IGBT核心芯片技术被泄密，使得那个几十亿元的大项目丢失。他忙迅速地说：“经理，有一点我想强调一下。”

“怎么？”

“集团首先要确保研发部内部没有内鬼，如果技术方案在源头就已经泄密，我这个下游再怎么煞费苦心地保密，也是没有用啊。”

“你说得有理，这个工作我去做，我会让研发部的洪帆他们筹划出更加严谨的保密方案。”郑昊强认真地说，“不过，我也得强调一点。”

方睿忙说："您说。"

"尽管你现在家庭情况特殊，但是为了华南项目不出任何纰漏，最好你的行程不要让任何人知道，行程无规律，才好防范窃贼，你明白了吗？"

"明白。"

*****

方睿答应郑昊强不向任何人透露工作行程，内心还是有些纠结的。他不知道应如何向景瑶解释。

自从去西北出差至今，他只与景瑶通了几次电话，也只见了景瑶一面。那还是他从西北匆匆赶回的当晚，景瑶欢快地来到方睿家，见到方睿很是兴奋，拉着他左看右看好像有几年不见，新鲜无比。景瑶询问方睿几点到的北京，方睿不假思索地实言相告是下午一点多到的集团总部。说完方睿发现景瑶用怀疑的眼光看着他。方睿迅速解释说，回来得匆忙，没来得及打电话告诉她，到家之后又听保姆说了宓潜送偏方的事，就忘记给她打电话了。方睿的一番解释，景瑶似乎接受了，没有再问什么，二人又东拉西扯了一会儿。然后景瑶告诉方睿，有个同事临时与她换班，她要赶去上夜班了。待景瑶走了，方睿才发现刚刚八点钟，景瑶提前了一个小时上夜班。其实方睿不知景瑶心里有些不悦，所以才提早走了。因为上午景瑶正好在假方睿与那媚在星巴克看到的救护车里，她与同事将心脏病突发的病人在救护车上安顿好后，无意中抬头看到了坐在星巴克里的"方睿"和那媚。

方睿很是自责。假方睿搞得他心神不宁，致使他从西北匆匆回家后，忘记与景瑶通电话，实在不应该。毕竟景瑶深深地爱着他，为他付出很多。一个女孩子，工作之余休闲娱乐的时光，都用在了照顾他父亲上，是个多么好的女孩。这样的女孩要珍惜，要用心去爱，去呵护。改天自己一定要给她个惊喜，献个大殷勤。

今天郑昊强要求行程保密，自己一定要求得景瑶的理解，要让景瑶知道，他对景瑶无比地深爱。

* * * * *

方睿踏进慈仁医院大门内心就有些隐隐悸动，这个地方他实在不想来，这里是他的伤心地。但他还是要来，因为这里有那个为他无怨无悔付出了很多的好女孩。如果说父亲是他在茫茫大海孤独前行的船，那么景瑶就是他顺风而行的帆。

方睿手捧着为景瑶精心挑选的礼物，沿着医院宽敞明亮的外挂走廊向着普外科走去。他相信手中的礼物景瑶一定喜欢，这是他煞费苦心从网上搜索比对，然后又跑到一家实体电子产品店购买的。这是一款自平衡情感交互机器人，是“智能机器人玩具”，名叫 Gemini 双子星。这个外形可爱的智能玩具，采用流畅的水滴形设计，正面为 LED 面板，侧边则有百色呼吸灯。变声功能、桌面级自平衡小车、LED 表情面板、Wi–Fi 无线音箱……这些时尚的功能全都融合在这款智能机器人上。它有两种形态玩法，普通模式和自平衡模式。在平衡模式下，机器人可以在站立状态下前后运动，并在前面板上根据自定义显示不同的“表情”，机身侧面的灯环也可以显示不同颜色，轻轻触摸其就可以“跳舞”“表情万变”。

走廊里穿梭着很多手拿体检表的人，显然是某个单位正在进行体检。方睿闪躲穿行，看见了齐琪迎面走来，她也手拿着体检表。方睿忙打了招呼。

齐琪有些惊讶：“啊，方睿，你这是？”

“我来找景瑶有点事。”

二人就这样匆匆打招呼后，向相反方向走去。

前方大概十米靠近拐角的那个屋子就是景瑶所在的普外科护士站。就要见到景瑶了，方睿居然像初恋的毛头小子，热血激荡。恰在此时，他看见侯进勇从前面拐角处走了出来，笑嘻嘻地走进了护士站。片刻之后，侯进勇和景瑶一前一后从房间走出，站在走廊落地玻璃窗前。侯进勇向景瑶低声私语着，景瑶微笑着点头答应了什么。侯进勇边说边递给景瑶一本硬皮医学辞典，然后又说了几句之后，从兜里掏出一张门票递给景瑶，景瑶很高兴地收下了。方睿站在那里看着这一幕，心里有一种酸酸的感觉。

侯进勇与景瑶说完之后美滋滋地与景瑶告别了。景瑶低头看看手里那张票，流露出期待的表情。

方睿咽了咽酸涩的唾液，打起精神快步走了过去，叫住了正欲回房间的景瑶。

景瑶看到方睿有些吃惊。

“方睿，你怎么来了？”

“我今天不忙，特意过来看看你，顺便给你买了件礼物，希望你喜欢。”

“什么礼物啊？”景瑶高兴地接过礼物，“哦，是智能机器人啊。”

“喜欢吗？”方睿问。

“喜欢。我听护士长说过这个智能机器人，她给她家孩子买了一个，很好玩的，说是老少皆宜。”

“是，是，它有很多功能，能让你解闷消遣。”方睿看着景瑶很喜欢，内心踏实多了。

“正好，我要等一个人，你把它打开给我演示一下。”

方睿高兴地拆开包装，将 Gemini 双子星放在地板上。触碰它，机器人的 LED 面板上不停地变换着喜、怒、哀、乐、悲、思、恐的表情，同时发出不同的猫叫声。

景瑶异常欣喜地蹲下身子也去试着触碰它。机器人再次变换不同表情，发出各种猫叫声。方睿又触碰另一个开关，机器人欢快地跳起了舞，如不倒翁一样，憨态可掬。忽然，两个有说有笑的中年妇女从拐角处走出，没有注意到蹲在地上的方睿和景瑶，其中一个中年妇女撞到了景瑶。景瑶被撞倒了，手中的医学辞典飞了出去。那个中年妇女惊吓得尖叫了一声。方睿赶忙扶起景瑶。

中年妇女嗔怒道：“怎么蹲在这儿啊，碰伤算谁的责任啊！”

“对不起，对不起。”方睿和景瑶诚恳地道歉。

另一个中年妇女劝说：“算了，算了，大姐，外边班车等咱们呢。”

随后那个与景瑶相撞的中年妇女极不高兴地被同伴拽走了。

方睿迅速跑过去捡起那本落在地板上的医学辞典。他无意中一翻看，惊奇地发现，这个厚厚的辞典内部正中间的纸张被挖空，内嵌了一个小小的U盘，U盘被透明胶带牢牢地粘在纸上。

景瑶见方睿拾起了那个辞典，便去将机器人拿起重新装回包装盒里。

方睿迅速将书合上，脑海里飞快想着，这显然不是普通的辞典，也不是普通的U盘，这辞典是为U盘做伪装的。难道说这里有不可告人的秘密？医生能有什么秘密呢？

“怎么了，发什么呆啊？”景瑶走了过来。

“这本医学辞典是谁的？”方睿疑惑地问。

“是侯大夫的。他说他有一个朋友要借用这个医学辞典，可是他一会儿有一个小手术，怕那个朋友来了找不到他，让我替他转交一下。”景瑶解释道。

方睿还是百思不得其解。

景瑶问：“怎么了，一本辞典你还疑神疑鬼啊？”

方睿也觉得自己有点神经过敏，无论是U盘还是医学辞典都跟自己和景瑶没有关系，人家让帮忙转交就转交啊，举手之劳嘛。

“没事，我顺口问问。”方睿微笑着把辞典递给景瑶。

“景瑶，这位先生找你。”一个护士从另一条走廊拐过来喊道。她身后跟着一个三十多岁戴眼镜的男人。那男人看到景瑶和方睿先是一愣，又迅速转向平静。

“您是景瑶护士吧？我叫丁佛海，是侯进勇大夫的朋友，他让我找您取一本辞典。”

“啊，丁先生啊。侯大夫跟我说了，给你。”景瑶将医学辞典递给那个叫丁佛海的男人。

“谢谢。”丁佛海接过医学辞典，眼镜后的一双大眼倏地扫了一眼一旁的方睿，然后转身匆匆走了。

从丁佛海第一眼见方睿的一愣，到临走时对方睿的一瞥，这两次貌似不经意的微妙表情都没有逃过方睿的双眼。

从丁佛海的眼神中，方睿感觉他似乎认出了自己，但方睿确实没有见过丁佛海。而直觉告诉方睿，丁佛海跟侯进勇之间可能有不可告人的秘密。

第九章

丁佛海的神秘让特意来向景瑶表达爱意的方睿心绪游离了。丁佛海奇怪的举止以及似有秘密隐藏的硬皮医学辞典，虽然与方睿无关，但是间接地与景瑶有关，就让方睿有些不安了。侯进勇让景瑶代为转交的这个U盘，如果真的没有什么特殊用意，不碰触法律底线或者道德底线，那是再好不过了，景瑶也不会有什么事，但是从辞典里面U盘的隐藏方式来看，这件事并不简单，U盘内容似乎是见不得人。倘若U盘内容有问题，景瑶很可能就成了替罪羔羊。不行，不能让景瑶被陷害。想到此，方睿迅速观察走廊，让方睿欣慰的是走廊的两个尽头都有监控探头，从探头角度看，完全能够拍到刚才事情的全过程。方睿长出了一口气。

“方睿，你怎么了？”一旁的景瑶已经发现方睿有些不对劲。

“啊……没事。”方睿敷衍地说，“我是看看你们医院有什么变化没。”

景瑶半信半疑地盯着方睿，片刻之后说：“你不要多心，我跟侯大夫就是同事关系。”

“我明白。”方睿平静地回答。显然天真的景瑶并未洞察方睿心绪游离的原因，方睿也不想向景瑶做过多解释，这一切还只是他的猜想。

方睿拉住景瑶的手，故作潇洒地说：“我真的明白。当初为我父亲的康复，你得到了侯大夫的很多帮助，现在帮他做点举手之劳的事，很应该啊。这点我都拎不清，我父亲就白给我起名叫睿了。”

景瑶听方睿如此一说，眼睛迅速明亮起来：“这么理解还差不多……不过……”景瑶明眸中依然透出疑惑不解。

方睿看出景瑶对自己刚才的心不在焉的解释还是有些不放心。

“唉，其实，我是不知道怎么跟你解释我工作上的事。”方睿正好提起了这个话茬。

“工作上怎么了？”

“最近公司有几个重大项目，我可能要频繁地出差。或许白天我还在北京，晚上就飞其他城市了，第二天可能又回北京了，行程会极不确定，还希望你理解。”

景瑶莞尔一笑：“你就放心吧，方叔叔有我呢。只要我不上班，我都去看护方叔叔。”

方睿异常感动。显然景瑶不仅给予了方睿充分的理解，而且还主动消除了方睿的一切后顾之忧。这让方睿一时不知说什么好。如果说父亲出事是上天为他关上了一扇门，而景瑶的爱恋与支持，就是上天又为他打开了一扇窗。

“我还会跟韦灿说一声，有事你可以找他帮忙。”片刻后方睿才笨拙地回了这样一句。

景瑶点了点头：“我知道。你这个好哥们儿前天来体检碰到我，还问起方叔叔的情况呢。”

“前天韦灿来体检了？”

“对，这周都是华夏铁建集团下属的公司在我们医院进行体检，我们各个护士站都在轮流帮忙。前天和昨天我们忙了两天，今天我们站算轮值休息，不然我这会儿还真没空和你说话呢！”

“看来我今天来得很巧啊。”方睿由衷地庆幸。

景瑶甜美地一笑，举起手中的礼物摇了摇：“这个礼物我喜欢，谢谢你。”

方睿见景瑶如此欢喜，心中涌起无限甜蜜。

“你什么时候出差，后天 5 月 28 号会走吗？”景瑶的语气流露出一丝迟疑。

“不确定，怎么了？有事吗？”方睿疑惑地看着她。

景瑶从口袋中取出一张演出票，方睿知道那是侯进勇刚刚给她的。

“后天国家大剧院有一场《贝多芬第九交响曲》音乐会。侯大夫刚刚送给我一张票，我原以为你这段时间没心情陪我去。如果你后天不出差，可不可以请我去看这一场音乐会？我就去婉拒了侯大夫。”景瑶清澈的眼睛里流露出一份嗔怪，一份期盼。

方睿读懂了景瑶那眼神，内心深深地自责。景瑶为他付出了那么多，岂是一个小礼物就可以回报的？他应该给予景瑶更多的关爱和呵护。自从那日方睿用莫扎特的音乐解开父亲邮箱密码，景瑶就对古典音乐产生了极大兴趣。她在帮方睿做家务时，口中哼唱的由流行乐转为经典的古典乐曲了。这种巨大的变化居然被方睿忽略了，他居然未能想起也可以请景瑶欣赏一场古典音乐会的。真是不应该，太不应该了。方睿暗自骂了自己两句。

“我……我不能确定后天是否出差。”此时方睿有点怨恨自己工作行程的不合时宜。他的确不敢确定后天是否就会突然接到集团的通知，秘密携带华南项目技术方案南下广州。

“对不起景瑶，我早该请你去看场音乐会的，对不起，真的对不起。”

“没关系的，就算你欠我的，以后有机会你给我补上。”景瑶看着诚恳道歉的方睿，连忙安慰他，“那这个音乐会，我是……”景瑶举着演出票为难地看着方睿。

“机会难得，你去看吧，再说这也是侯大夫送的，毕竟他帮过我们，礼节上也不好拒绝。”方睿故作大度地说。

景瑶异常专注地注视着方睿，努力想要探寻方睿的真实想法。

*****

前夜的一场透雨，使一连数日酷热的北京迅速清凉了许多，气温从33摄氏度迅速降至23摄氏度，一夜之间10摄氏度的温差，带给人们凉爽之余，也让人们对5月的北京这种反复无常的气候吁嗟不已。尽管方睿加穿了一件单衣，但是内心还是有一种清冷的感觉。其实他心里清楚，自己是一想到明天景瑶会与侯进勇同去国家大剧院欣赏音乐会，内心就涌起了酸涩的醋意。他爱恋景瑶，对追求景瑶的男性有着本能的敌意，更何况这个侯进勇像是一潭深不见底的浑水，身上隐藏着某种不可告人的秘密。与这种人接触，无异于与狼共舞。方睿的脑海里不断涌现着一个画面：一匹凶狠阴险的恶狼，正在向一只憨态可掬又丝毫不知危险将至的羔羊发起攻击。这画面令人紧张，令人不寒而栗。方睿有一种赶走恶狼的冲动，又有一种无能为力的绝望。因为28号，他极有可能携带技术方案秘密南下广州，进入竞标的准备之中。这是他无法推卸的使命。他昨晚看着窗外的绵绵细雨，忍不住给郑昊强打了电话，询问研发部对技术方案的准备情况。他期望着研发部没有准备好，这样他就可以再拖延一两日出发，即使他依然不能陪景瑶去看这场音乐会，但他人在北京心里似乎就踏实些。但是遗憾的是郑昊强告诉他，研发部对技术方案已经升级完成，27号会做最后汇总。如果没有什么大的问题，那么后天28号他就真的要携带第一批技术方案出发了。

出发就出发吧，如果总是患得患失，那就失去了人生不断前行的本来意义。方睿调整了一下心态，正了正那件单衣，刷卡走过闸口。

方睿走到电梯口正遇上从一层保卫处值班室走出来的闫建斌。

“怎么，出去了一趟？”闫建斌问道。

方睿觉得这话问得有点莫名其妙。

闫建斌没等方睿答复，便自顾冲方睿摆摆手向大堂咨询台走去了。

电梯门已开，方睿愣在那里没动。电梯里的员工催促道：“嘿，上不上啊？”方睿赶快走进电梯。

随着上升的电梯，方睿的头脑似乎也像那电梯转动的齿轮，吱吱呀呀地运转了起来。闫建斌刚刚的话分明是指自己之前已经来过一次了。这一大早，莫不是那个假方睿先自己一步进了集团大楼？没错，应该是这样。方睿断定自己的判断是正确的。

电梯停在了七层，方睿一个健步跨出电梯。他站在电梯口望着技术部的大门，心脏急速地跳动着。他攥了攥拳，有一种勇士于阵前即将擒住仇敌的感觉。方睿定了定神，脑子里闪出了几种与假方睿碰面的可能，又想出了对应的擒拿方案。他将手机从包里取出死死地攥在手里。他想象，见面后，假方睿反抗或者意欲逃窜时自己可以用手机作为投弹，击中假方睿面门，然后冲上去用挂包的长带子将其手腕捆起来。方睿边想边刷卡推开了技术部的钢化玻璃门，然后转身用力将门关上。只听“咔嚓”一声，钢化门的磁锁牢牢地咬合上了。方睿谨慎地向前走着，眼睛来回扫视着各个分部的房间。透亮的落地玻璃墙使各个房间一览无余，各分部的员工们都在有条不紊做着各自的事，有员工与方睿擦肩而过，都有礼貌地同他打招呼。一切都很平静正常，方睿并没有发现假方睿的丝毫气息。他有些失望，又有些不甘心。他向最里边的郑昊强房间走去，那是整个技术部的最后一个房间。他路过自己的分部时，常雨婷看到了方睿迎了出来。常雨婷见方睿阴沉的脸，怯怯地说：“主任，您没事吧？”方睿此时不想跟常雨婷说话，他摆了摆手，继续前行。

方睿走到郑昊强办公室门前，看到这间办公室如往常一样，落地玻璃墙被百叶窗帘遮挡着，看不到屋里情况。方睿定了定神，将手机又攥了攥，抬左手准备敲门。突然门开了，吓了方睿一跳，门口内站着的郑昊强也吓了一跳。

“你小子干吗，吓我一跳，我心脏可不好，吓坏了我，你伺候我啊。”郑昊强埋怨道。

“对不起，对不起。”方睿说着迅速向屋里窥探，但屋内空无一人，只有站在门口准备出门的郑昊强。

“我……我正打算找您问问研发部技术方案的事。”

“正好，我也正打算跟你说这事呢。”郑昊强说着反身又回到房间。方睿也随郑昊强走进办公室。

郑昊强示意方睿坐下，他坐到老板椅上，捋了捋有点谢顶的头发。

“今天上午研发部会用二至三个小时对技术方案做一个最后的汇总、审核。如果没有问题，他们要求我们及时与他们交接。就按你的建议将技术方案拆分成两部分，分别带走，具体办法你去直接跟研发部沟通。我已经跟他们打好招呼了，由你全权负责这件事。”

方睿点头。

郑昊强看了一下表，继续说：“他们这会儿正在接受研发部设计总监的审核，估计十一点多就能结束。你十一点左右去研发部先办理必要的交接手续，等会议结束，直接从研发部总监手里接收技术方案。”

方睿认真地点头应道：“是，我十一点准时去研发部。”

郑昊强轻松地说：“这事交给你，我还是比较放心的，你的这套保密方案也得到研发部的赞赏了。好好干，要是能顺利拿下华南项目，我为你庆功。”

方睿受到了鼓舞：“好，我会全力协助项目部拿下这个项目。”

郑昊强十分满意地一摆手：“好，去准备吧。”

回到自己办公室的方睿内心五味杂陈。

刚才犹如进入“一级战备状态”的那种紧张，被平静如水的氛围冲刷得只剩一种不真实的感觉。难道说假方睿根本没有进入集团大楼，是自己的神经过敏？但是技术部这种平静如水的状态，让他总感觉是一种表象，其实底下暗潮涌动。方睿走进洗手间，打开水龙头，水哗哗地流出，他手捧了一把水刚要洗脸，卫生间一个隔断间里发出了冲水的响动，方睿立刻警觉了起来。隔断间的小门开了，走出第三分部的员工姚斌。姚斌向方睿打了声招呼，冲洗了一下手后走了。方睿立刻如刑警抓犯人一般警觉地逐个查看了每一个隔断间，然而整个卫生间只有他自己。方睿回到洗漱台，疯狂地洗了几把脸。在清凉的水的刺激下，他刚才还紧绷的神经舒缓了许多。看着明亮的穿衣镜里的自己，他不禁扑哧一声笑了，笑自己神经过敏。闫建斌的意思他都没问清楚，就想当然地进入了“战备状态”。或许是闫建斌说错话，又或许是自己听错了，更有可能是闫建斌是在说自己出去了一趟。人在注意力不集中或者思虑别的事时，精神会有些恍惚。他当时不是正被景瑶准备与侯进勇看音乐会的事搅得心神不宁吗？看来假方睿今天没来，可能是他太过期盼着早日抓到这个假方睿，而有点神经过敏了。不来最好，这两天正是他负责的华南项目的准备期，他不希望出现任何纰漏。

方睿走向办公室，常雨婷已经在办公室等他了。方睿落座后常雨婷便条理清晰地向方睿汇报前两天处理的事情以及近日即将处理的事情。

听完常雨婷的汇报，方睿又叮嘱了她有关华南项目其他几件应该注意的事情。他提醒常雨婷将两个微型密码箱准备好，并让常雨婷在十点五十分提醒他去二十六层的研发部做项目交接的准备手续。常雨婷一一记录之后，退出办公室。方睿平静地开始查看华南项目的相关资料。

十点五十分，常雨婷准时来到方睿办公室提醒方睿去研发部。

“主任，用我陪您去吗？”常雨婷问道。

“不用了，我自己去就行了。研发部的方案今天也不一定就彻底敲定了。”方睿说完这句话，有点后悔。他显然把不希望研发部今天确定技术方案的内心深处的期盼表露了出来。方睿自责之余努力自醒，他重新走进洗手间再次洗了把脸，当他走出洗手间时看到常雨婷依然站在他办公室门口。她用异样的眼神注视着方睿，那眼神里有不解，也有一丝女性常有的爱怜，显然常雨婷看出了方睿魂不守舍。方睿故作轻松地向技术部大门走去。对于这样一个灵透的助手，方睿感到无比欣慰。再灵透些吧常雨婷，倘若有一日假方睿再次出现，希望她能分辨得出，方睿暗自思量着。

研发部接待方睿的是一个戴着眼镜极其文质彬彬的女孩，名叫金艳，打扮符合方睿想象中的“工科女”的形象。方睿认真填写交接的表格，在填到交接时间和交接部门签字栏时，方睿停了下来。他抬起头问金艳：“这个是不是等你们把技术方案最后交到我手里后再填写啊？”

金艳答道：“是的，方主任。一会儿我们总监开会回来会跟您详谈交接的具体方法和时间。”

方睿有些疑惑：“开会回来？什么意思啊？你们总监今天上午不正在你们部里听取技术方案的最后汇报审核吗？”

“是啊，这会儿应该正在审核中。”

“那怎么叫开会回来？”

“哦，对不起，我没说明白，审核小组没在我们研发部的会议室里开会，他们是在顶层集团的公用议事厅进行审核呢！”

“为什么？”方睿不解地问。

“早晨正准备开会时，才发现我们研发部两个会议室内部的屏蔽保护系统一启动，视听设备就被强磁干扰，无法良好使用。”

方睿忙追问："怎么回事？"

"不知道啊。唉，时间紧迫没办法才改到了顶层的公用议事厅。这会儿集团后勤部还在我们会议室排查故障原因呢。"

"你们昨天就没有对两个会议室做必要的检查准备吗？"

"检查了，昨天检查时，我还在场啊，所有设备都没有问题，但是今天上午准备开会时突然发现两个会议室设备都有问题。为这我们都挨了总监的训斥，我们也觉得很冤，也觉得莫名其妙。唉，真是奇怪……"金艳一脸冤屈，她闭上嘴不想再说下去了。

方睿突然有一种不祥的预感，这种突然被迫更改会议地点的状况透着一股古怪。

方睿迅速转身出了研发部向电梯走去，他要去顶层看一看。

顶层的集团公用议事厅是一个异常别致的会议室，它的顶棚是模仿英国圣保罗大教堂的椭圆形棚顶而建造的。据说当初锐达集团大楼的总设计师对圣保罗大教堂喜爱有加，但是他又不可能将锐达集团的现代化大楼设计成教堂形状，所以就在顶层设计了一个椭圆形棚顶的会议室。圣保罗大教堂曾以"窃窃私语的画廊"而著称，是由对几何学方面有造诣的著名建筑设计师克里斯托夫·雷恩爵士设计的，其鲜明的特点是隆起的椭圆形穹顶。在教堂内的两人无论距离远近，无论站在什么方位，即便是悄声说话彼此都可听得一清二楚。它是几何学与物理学完美结合的建筑设计。所有的椭圆都有两个"焦点"，而从椭圆上的某一点位置发出声音时，利用椭圆的性质，音波反射到顶棚之后会集中到另一个焦点上。因此，在一个焦点处轻声细语，另一个较远的焦点处的人也听得清清楚楚。因此，在这个以同样原理仿造了穹顶的议事厅开会不用使用扩音器，也不用大声喊叫，人们可以轻松听到不同距离的人的说话声。一般集团召开人员较多的会议时，才会使用这个宽大的议事厅。主讲人在前台播放 PPT 或视频资料，即便是轻声细语地讲解，也会让每个角落的人都听得清清楚楚。这个议事厅方睿只来过一次，那是集团总部召开分公司及直属十几个大部门各分部主任级以上管理层会议时。事后方睿惊奇地向父亲描述这个议事厅，父亲才详细地跟他讲了这个设计的神奇所在。

但是，凡事都有两面性，这个议事厅易传音的同时也存在一个问题，那就是隐私性差。所以，这个议事厅不适合召开保密性强的会议，不了解议事厅奥秘的人就会忽略这一点。

方睿从电梯奔出，刷卡推开钢化玻璃门进入顶层前厅，左侧为公用议事厅，右侧为开放式公共休闲区。这个休闲区有四分之三的空间是以落地玻璃相隔的内部休息区，而另外四分之一是露天的休息区。在露天休息区可以凭栏吹风眺望城市美景，而内部休息区则是品茶、喝咖啡的休息场所。它是用来供大家在会议间歇时休息的。因为不是集团总部召开的会议，此时并没有后勤服务人员，偌大的休息区空无一人。这个休息区靠近前厅的角落里摆放着饮水机和咖啡机，靠近后庭的角落里有一个小门，是通往露天观景区的。沿着露天观景区绕过议事厅南方外墙，就可以看到议事厅西侧的阳台。方睿沿着这个路线快速跑向议事厅南方外墙，隔着中间一个不高的金属栏杆向西侧阳台望去，不禁倒吸了一口凉气。议事厅外的阳台靠南边的角落里蹲着一个男人。那男人手举着一个手机自拍杆，正用一个微型摄像机透过玻璃拍摄议事厅内部情景。因为他处在角落里且微型摄像机体积很小，议事厅内部人是不会看到的。这个男人背对着方睿，所以他无法看清男人长相，而这个男人也没有发现背后十几米处的方睿。方睿刚要开口叫人，忽然想到不能喊，趁那男人还没有发现自己，悄悄过去抓住他。自己只要跨过这个两米左右高的栏杆，沿着一米左右宽的楼体外沿，走十米左右，再跨过约一米高的阳台矮墙，就可以抓住那人。方睿自信自己登山多年跳跃奔跑能力很强。于是，他做了一个深呼吸，纵身跳起双手撑住栏杆，一摆腿，准备跳过栏杆跃到楼体外沿上。万万没想到这个栏杆因为年久生锈，经方睿的用力一撑，左角处的焊接口“咔嚓”一声裂开了。栏杆晃悠了一下，方睿险些摔倒，吓了他一身冷汗。万幸的是外沿较宽，方睿用力不大，落地很稳。倘如落地不稳身子向楼体外侧摔倒的话，人就会从二十九层高楼坠下而粉身碎骨。这一声响动惊到了议事厅阳台上蹲着的那个男人，他迅速转身向方睿瞧看。十米之内四目相对，那男人正是假方睿。方睿沿着楼体外沿三步并作两步，像体操运动员跳马一样手撑阳台矮墙纵身跃到阳台上。那假方睿极麻利地放倒自拍杆用力扯下微型摄像机，沿阳台向北逃窜。跨过阳台矮墙沿楼体外沿跑十米就是北边的栏杆，翻过栏杆是北边楼体外墙与中央空调室外机之间的一条两米宽的通道，沿着这个通道就可以跑到楼体东北角防火安全通道的小门。如果人跑进安全通道从里边将门插上，外边的人不容易打开。方睿眼见假方睿也很善于奔跑，一时追不上，又担心他从防火安全通道的小门逃掉，情急之中想起了兜里的手机。他掏出手机掷向前边那人，手机正中对方头部。假方睿下意识地用手一捂头，手中的微型摄像机甩了出去，正好从楼体外墙沿巨大倾斜面滑落到了二十六层的平台上。

锐达集团的这栋大楼主楼到二十六层，从二十七层至二十九层是在主楼体基础上的梯形建筑。东、西两侧是从二十六层开始以夹角 70 度逐渐收缩至二十九层，而南、北两侧则是在二十六层楼体外墙向里留出了一个 6 米宽，近 120 平方米的露天平台。因此，站在顶层平台的东、西两侧外墙可以看到下面这个露天平台。假方睿停下脚步扶着外墙看到那滑落的微型摄像机已落到靠近方睿这一侧的平台上，方睿也同时发现了。假方睿四下张望，似乎在寻找下到二十六层平台的最佳路径。方睿此时意识到，假方睿是想拿到那个微型摄像机，因为那里面存储着华南项目的情报，而这也是方睿需要保护的内容。假方睿观察后，没有选择继续逃跑，而是爬上了巨大的中央空调的室外机。方睿立刻明白了，他是想通过中央空调室外机爬到从议事厅北侧外墙沿向二十六层平台的一个薄钢板制成的曲面形排水槽。排水槽如水上游乐设施上的戏水槽一样宽大，人躺在里边就可以滑落到二十六层平台。方睿看到在他前边十几米处还有一个沿向二十六层的排水槽，只是这个排水槽是个直面的，且距离假方睿稍近些。但是假方睿却选择了靠东侧一点，距离较远的那个曲面排水槽。两点间线段最短，方睿想着自己一定要抢先拿到微型摄像机，抓住这个浑蛋，于是他迅速爬上中央空调室外机，向直面排水槽奔去。二人几乎同时到了排水槽，但方睿滑落到三分之二处时，眼见着对方已经到达了 26 层平台，拾起那个微型摄像机并抬头向方睿做了一个冲满讥讽性的飞吻动作后，快速地逃向了平台角落里的安全通道小门。方睿滑落到地后迅速追赶过去，发现安全通道小门已经被那人从里边插死了……

*****

那人讥讽性的飞吻，方睿觉得就好像被人用淤泥涂抹了一脸，让他感到无比屈辱。假方睿就在自己的眼皮底下偷走了华南项目的情报。不，其实准确地说是抢走，抢得情报后还向他炫耀逃跑的技巧。那逃跑技巧将方睿自以为高明的追捕技巧打击得一败涂地。屈辱而愤怒的方睿回到自己办公室后，好长时间缓不过神来，他头脑里回忆整个追逃过程，意识到自己的失败就出在两个排水槽的选择上。在那个紧急时刻，方睿居然想的是两点间线段最短，他却忽略了一个问题，他乘坐的直面排水槽的确是下到二十六层的最短路径，但它不是最快路径。同等高度的情况下，其实路径的选择对速度是没有影响的。假方睿选择的曲面形排水槽就如一条摆线，物体沿这种摆线下滑会获得较高的加速度，平均速度最快、用时最短，这种摆线被称为“最速曲线”。此时方睿再将这半天发生的事件梳理一遍之后，突生无限恐惧。这个假方睿绝不是等闲之辈啊。他早晨赶在方睿之前进入集团大楼，然后潜入研发部破坏了他们两个会议室的设备，迫使研发部在时间紧迫的情况下，只能选择集团公用议事厅。而议事厅的位置则方便了假方睿的“偷窃”行为。假方睿在被追捕时又先于方睿几秒钟快速选择了“最速曲线”，逃跑之余，还戏耍了方睿。显然此人知识储备丰富，且心思缜密、反应机敏，这是一个多么强大的对手啊。最让方睿害怕的是，这个人是如何知晓研发部的技术方案就在今天汇总审核的呢?

难道是研发部有内鬼，向他通风报信?但是，如果研发部真的有内鬼还需要这么大费周章吗?直接将情报偷拿出来不就可以了吗?只有一种解释，就是研发部有人保密意识不强，无意中泄露了消息，让假方睿知晓了今天上午的华南项目的汇报审核会。

常雨婷带着金艳走进方睿办公室。

金艳说:“方主任，我们总监要我通知您，华南项目技术方案还不成熟，暂时审核未通过，让您再等三天。”

方睿点头:“好，我知道了。”

常雨婷疑惑地说:“这么久了技术方案怎么还不成熟?”

金艳解释说:“听开会的人说，不是我们技术方案设计不成熟，是有人在窗外阳台偷听，但是被保卫处的人发现了，我们总监认为技术方案已经泄露，决定更改技术方案。”

常雨婷忙问:“那人抓到了吗?”

“遗憾，没抓到。”

方睿不想听她们二人说什么了，就摆了摆手，示意她们出去。他异常沮丧地趴在桌上想休息一会儿。

“怎么了？身体不舒服？”郑昊强推门走了进来。

“啊……没有。”方睿迅速直起身。

郑昊强坐到方睿对面的椅子上一副无奈的表情。“研发部的技术方案要迟三天再交给你，这事知道了吧？”

方睿点头：“刚才研发部来人通知我了。”

“哦……刚才设计总监打电话跟我说了，也表示了歉意，是他们的保密工作做得不好。有人从阳台跑过，他们才感觉到是有人在阳台外偷听，遗憾的是偷听者没找到。”郑昊强说。

方睿盯着郑昊强不知如何接他的话。

郑昊强挠了挠有点谢顶的头，很担心地说：“最要命的是来者不善啊。这是个极其缜密的偷窃计划，先是在研发部会议室内安装了一套先进的窃听设备，等研发部启动屏蔽干扰系统时，那套窃听设备自动启动了电磁干扰，反而对会议室的视听设备进行干扰，造成设备无法使用，迫使研发部去顶层议事厅，然后又事先准备在窗外偷窥。要不是有人发现，人家偷窃了我们的情报，我们都不知道。”

方睿只是尴尬地“哦”了一声。

郑昊强有点消沉地低着头，挠着头发自顾说着：“唉，奇怪的是保卫处说今天上午没有生人进出大楼，那偷窃者怎么进来的？人又去哪儿了？不会是像好莱坞大片演的那样从下水道进出的吧？”

方睿苦笑：“经理，您不用瞎猜了。”

郑昊强抬起头：“怎么，你知道这人怎么进的大楼啊？”

方睿的内心像遭了电击，瞬间胀痛了一下，脑子也一下子机灵了一下：“啊……我怎么会知道？我只是——”方睿拉长了声音不知怎么解释下去了。

郑昊强似乎本身就是在与方睿说笑，知道他回答不上来，继续说：“算了，先不想这个了，那是保卫处的事，我们还是做好我们自己的事吧。你明天正好也走不了，我临时交给你一个任务。”

方睿不露声色地慢慢出了口长气：“什么任务啊？”

郑昊强说：“集团大老总不是说服了尼日利亚方又给咱们一次机会嘛，甲方派来两个代表与集团又谈了点附加条件。”

“什么附加条件？”

“嗨，无外乎就是要求我们技术再高一点，后期维护再好一点，价钱再低一点，大老总都答应了。两位代表这两天没事，又都喜欢高雅音乐，想听一场音乐会。明天正好国家大剧院有一场“贝多芬交响音乐会”，咱们的副总裁和项目部经理都对高雅音乐不太懂，就把这个任务推到咱们部来了。我这儿正发愁呢，我也对那高雅音乐一窍不通啊。这下好了，你代表我去吧，我知道你还是懂一点高雅音乐的。”

方睿闻听此言，心咯噔了一下，他立刻意识到明天将与景瑶和侯进勇坐在同一个音乐厅里欣赏音乐会。这既是好事又是坏事，他不知道这会不会引起景瑶的猜忌。

第十章

中国国家大剧院位于北京市中心天安门广场西侧，是一处地标性建筑，由清华大学配合法国建筑师保罗·安德鲁主持设计的。国家大剧院中心建筑为半椭圆形钢结构壳体，其表面由 18398 块钛金属板和 1226 块超白透明玻璃共同组成。两种材质经巧妙拼接呈现出唯美的曲线，营造出舞台帷幕徐徐拉开的视觉效果。壳体外围环绕着水波荡漾的人工湖，湖水如同一面清澈见底的镜子，波光与倒影交相辉映，共同托起中央巨大而晶莹的建筑。宁静清澈的水面和静谧宏大的椭球壳体下，笼罩着充满无限生机与活力的五彩斑斓的艺术世界。

方睿曾经来过两次国家大剧院。一次是与父亲一起共同欣赏了一场交响音乐会，另一次是他出钱邀请韦灿在小剧场看了一场陈佩斯的经典话剧《阳台》。尤其陪同父亲来的那次，听音乐会之余还认真参观了歌剧院、音乐厅、戏剧场、小剧场、第五空间等内部建筑，可以说方睿对国家大剧院还是比较熟悉的。在来的路上，方睿也了解到两位尼日利亚代表坚持向集团大老总提出要来国家大剧院欣赏音乐会，既是缘于对高雅音乐的欣赏，又是出于对国家大剧院精妙绝伦建筑的心驰神往。

方睿用稍显生涩的英语向两位尼日利亚客人简单介绍了国家大剧院的整

体特色和建设历程。他们三人进入大剧院主体建筑后，首先见到的是人工湖下方的北水下长廊。这条水下长廊长约八十米、宽约二十四米，顶部采用玻璃天棚搭建而成。此时正值下午六点多钟，夕阳的余晖穿过上方波光粼粼的湖水直达玻璃质地的天花板，与两侧青石板墙壁上疏密有致的气泡状小孔珠璧交辉，给人一种梦幻的感觉。两位尼日利亚客人惊奇之余，自顾讲起了尼日利亚语。方睿只好识趣地静静陪他们慢慢向前走。三人经北水下长廊来到橄榄厅，正前方是极富中国特色的嵌有铜钉的大门，它吸引着两位客人走上前去抚摩。然后他们刚要向大门里走，方睿拦住两位，解释说这里是歌剧院，往左边走才能去往音乐厅。二人又抚摩一番白玉翡翠石墙壁后，随方睿向左走乘电梯，通过公共大厅走向音乐厅。音乐厅观众席围绕在舞台四周，设有池座一层和楼座二层。为了让两位客人满意，集团购买的是最贵的席位。

因为来得比较早，两位尼日利亚客人开始参观起音乐厅，方睿也适时地向他们介绍音乐厅特点：数码墙、抽象浮雕天花板、GRC 墙面、龟背反声板以及“镇厅之宝”——拥有 94 个音栓，发声管达 6500 根的国内最大管风琴。

傍晚七点钟，陆续有观众走进音乐厅。方睿引两位客人到池座准备落座时，看到了侯进勇与景瑶走进音乐厅，他们二人坐在了二层看台上。侯进勇和景瑶也都看到了方睿，二人都有些意外。显然，方睿的出现完全出乎他们的预料。方睿内心无比忐忑，他想去找景瑶解释又觉不妥。一来，有侯进勇在，显得自己做人不宽宏、不敞亮；二来，他也觉得会有越描越黑的可能。两位尼日利亚客人不时地向方睿询问音乐厅建筑特点与音效表现的原理，方睿只好耐心讲解。

景瑶应该明白他是为工作而来的，方睿想。只不过方睿总觉得身处同一个音乐厅里的女朋友自己不能陪同，却由一个深不可测的男人陪同，这本身是件很悲催的事情，让他想起了昨日被假方睿戏耍的屈辱。

“假如生活欺骗了你，不要悲伤，不要心急！忧郁的日子里需要镇静，相信吧，快乐的日子将会来临！心儿永远向往着未来。现在却常是忧郁。一切都是瞬息，一切都将会过去。而那过去了的，就会成为亲切的怀恋。”俄国伟大诗人普希金的这首《假如生活欺骗了你》的诗句突然跃入脑海，那灵性的诗句在脑海里回荡，冲刷了方睿刚才有些阴郁的心绪。尽管如此等待音乐会开始的时间还是令方睿有一种煎熬感。

音乐会终于开始。方睿很快随着《贝多芬第九交响曲》第一乐章的舒缓温婉的前奏，进入到了一种遥远、朦胧而又平静的氛围中。音乐由弱渐强，由平稳、低沉、朦胧，渐渐发展到明朗、刚劲，节奏越发鲜明、震撼人心。音乐进入到整部作品的精髓部分第四乐章，气势如火山爆发。方睿感到自己在亢奋，在奔放，在舞动。终于千呼万唤地木管乐器徐徐地引出了“欢乐颂”的主题，好像一缕阳光突破浓密的云层洒向大地，贝多芬真正的理想王国就在眼前，象征着人类经过艰苦奋斗之后，终于找到了通往自由欢乐的道路。合唱的加入使整个音乐进入一个神圣的境界，思想和情感都升华了。合唱与乐队的演奏越来越火热，速度越来越快，乐曲被推向了新的高潮。全曲在高昂、激越的欢腾气氛中结束，那神幻的声响忽地戛然而止，一切归于沉寂。片刻，音乐厅里响起雷鸣般的掌声。

方睿从贝多芬所营造的理想境界中回落到现实生活。在演职人员最后一次谢幕后，方睿终于鼓足勇气转过头来向第二层楼座望去，景瑶和侯进勇已经不见踪影。方睿突然无比心慌，想尽快找到景瑶，向景瑶解释。他告诉两位尼日利亚代表可以在国家大剧院内自由参观，一小时后，他们在国家大剧院出口处集合。两位尼日利亚代表欣然接受，他们也确实想自由参观一番。

方睿迅速跑出音乐厅，左顾右盼一番却看不到景瑶的身影。他忽然记起位于歌剧院五层屋顶平台的花瓣厅因独特的位置和视角，可以俯瞰公共大厅，并可以透过渐开的玻璃幕墙放眼剧院内外的美景。于是他乘电梯到五层花瓣厅，透过巨大的玻璃幕墙，借着国家大剧院人工湖上的灯光，看到了景瑶和侯进勇正向大门口走去。方睿怅然若失，唯一让他欣慰的是从二人的背影来看，他们是并肩而行并无亲昵举动。

景瑶与侯进勇的身影渐渐地消失在夜幕中。方睿面对巨大而又有些空旷的玻璃穹顶，只觉得斑斓夜色，平添了无限的孤寂。

爱是考验，也唯有爱能让人经受住各种考验，方睿想着。

方睿仰头双手搓了一把脸，似乎想要甩掉一切应该甩掉的负面情绪。

方睿走到围栏边，毫无目的地俯瞰下面的公共大厅。突然，他看到楼下公共大厅内西咖啡厅的休息区，一个小圆桌前坐着齐琪的父亲齐天海，而他的对面居然坐着穿着庄重又不失淡雅的那媚。二人在聊着什么，但是齐天海一直在魂不守舍地左顾右盼。尽管如此，齐天海并没有停止说话。方睿清晰地看到那媚表情似乎极其友善，就像对待一位老朋友一样，不时地回应着，而齐天海则是时而平静、时而又有些不悦。方睿此刻意识到二人之间很是熟悉，而二人的沟通似乎又并不十分通畅。

齐天海是华夏铁建集团的工程师，像他这种中央直属大国企的工程师与那媚这种人接触，就如同父亲与那媚接触，是不允许或是犯忌讳的。方睿想，难道说齐天海也成了那媚的重要客户？倘若如此，齐天海早晚会受到不好的牵连。方睿正疑惑不解之时，眼见那媚将一本《瞭望东方周刊》杂志往齐天海面前一推。齐天海未动，只是静静地注视那杂志，二人都沉默了下来。方睿迅速拿出手机，打开摄像头调整焦距，他想看看那媚给齐天海这本杂志有什么讲究。方睿刚刚把焦距调整好，就发现齐天海忽然扯过那本杂志然后掏出一张纸迅速夹进杂志里，之后又掏出一块包装完好的德芙长条形状巧克力，将巧克力压在杂志下，一并推回给那媚。那媚则不急不慌地先将那巧克力装入她的挎包中，然后又拿起那本杂志，打开杂志将齐天海夹入的那张纸展开看了一眼，用手抚平了纸上的折痕，然后迅速地合上杂志，用手压了一下杂志，显然是为了让那张纸尽量更平整一些。那媚将杂志放入挎包中，然后起身迈着优雅的步子从容地走了，齐天海则坐在原地没动。过了片刻齐天海居然也像刚才的方睿一样用手搓了一下脸。不同的是，齐天海是用右手搓了一下，然后靠向椅背，显出一股疲惫之感。

方睿迅速躲向平台里侧，他不想让齐天海一抬头看到自己。他翻开手机相册要看一看刚才他拍摄下的那张纸里到底是什么内容，这一看不禁目瞪口呆。

那张 A4 纸上是一幅极其奇怪的图案，那图案是以纵横交织的经纬线为主体，四周布满如钢琴键般的无规则的黑白条框，经纬线中间部分也有如钢琴键般无规则分布的黑白条框（见下图）。如此简单而又纷繁的图案让方睿疑窦重重。齐天海为什么要神神秘秘地给那媚这样一个图案？这个图案肯定不是简单的涂鸦作品，它必然含有一定信息，这信息是什么呢？另外，为什么又要神秘地给她一块巧克力呢？巧克力有什么寓意吗？

方睿退出手机相册，他知道此时不是研究这张图的时候。他应另找时间解开这张图的谜题，或许从中能够找出那媚与父亲之间到底发生了什么事情。方睿谨慎地慢慢靠近围栏，他想再看看齐天海在做什么，但他探出头却发现整个公共大厅里已没有齐天海的人影。他迅速走向玻璃幕墙，借着国家大剧院人工湖上的灯光看到了齐天海向外走的背影。既然那媚和齐天海都已经走了，他也没必要躲躲藏藏了。他迅速乘电梯下楼，径直走向国家大剧院出口处，去等那两位尼日利亚客人了。

方睿接近出口处时见前边一个男人的背影很熟悉，定睛瞧看，居然是宓潜。

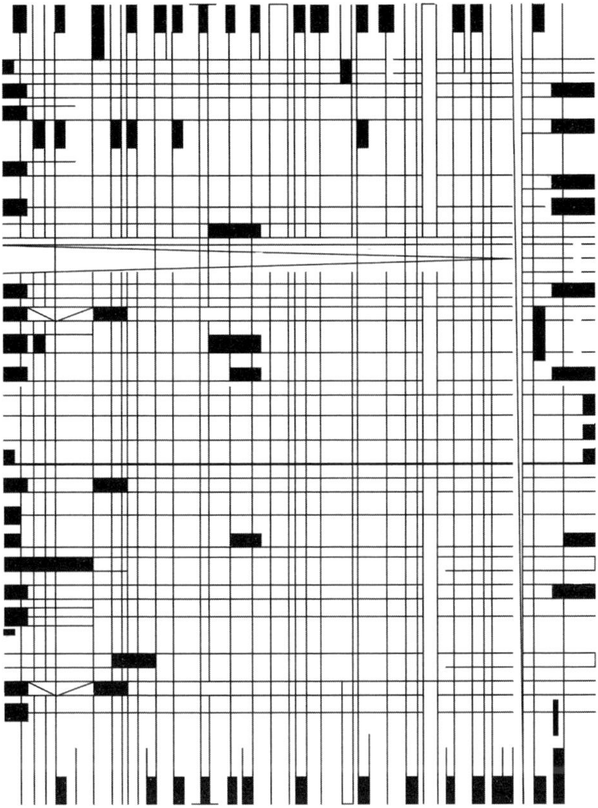

“宓老师。”方睿叫出了声。

宓潜停住脚步转回身，很惊讶地说道：“哟，是方睿啊。”

“宓老师，您这是？”

“啊，我没事，一个人闲得无聊来看一场话剧。你这是来看什么演出啊？”

“我是陪客户来看音乐会的。”

“哦……那你的客户呢？”

此时方睿看了下四周又看了看手表，刚过去四十多分钟，两位尼日利亚代表还没来。

“我的客户还没来。”

“哦，那我不等你了，我得先走一步了。”宓潜挥手道。

不等方睿回应，宓潜便匆匆地走出大门。他好像很着急。

方睿“啊”了一声立在那儿。他本想与宓潜多聊两句，借机窥探一下对方上次给父亲送杧果的缘由，同时探一探他能不能帮自己解一解父亲的邮件内容。

望着消失在夜幕里的宓潜，方睿想，这个世界真小，他来国家大剧院里听个音乐会居然就能遇到齐天海、那媚、宓潜等人。一想到那媚和宓潜，方睿忽然忆起那日那媚第二次到单位去找他时遇到了假方睿，而在同一时间里，宓潜古怪地以给父亲送杧果之名翻看家中物品。当时方睿怀疑宓潜与那媚和假方睿的其中一方有着一定联系，现在那媚与宓潜又同时出现在国家大剧院，这似乎不是巧合。难道说宓潜真的与那媚是同伙？他们二人是一起来国家大剧院的？方睿正在冥思苦想，两位尼日利亚客人走了过来。方睿收回思绪迎上两位客人。他要快些把两位客人送回酒店，然后给景瑶打个电话。

* * * * *

景瑶在音乐厅里看到方睿的一刹那着实吃惊不小，但是后来眼见有两位非洲客人不停地与方睿攀谈，并对音乐厅的建筑指指点点时，她就明白方睿是因工作需要而来音乐厅的。在音乐会开始前景瑶想去跟方睿打声招呼，当然也为确认一下方睿的确是因工作而来，但是她要起身之时被侯进勇拦住了。

“你是不是要过去跟方睿打招呼啊？”侯进勇冷静地问。

“是啊，怎么了？”

“我看不妥。”

“有什么不妥？”

“方睿看到我们一起来听音乐会，你还过去打招呼有挑衅嫌疑。”

景瑶注视着侯进勇，流露出对这句话不太认可的表情。

“即便这个理由不重要，你也不方便去。显然方睿是陪客户而来。你这时打扰他们，客户会不高兴，这就直接影响方睿的工作了。”侯进勇认真地说。

“这……”景瑶感到此话有理，打不打招呼不重要，影响方睿工作就不好了。这样一想，景瑶也就打消了跟方睿打招呼的念头。

整场音乐会听下来景瑶有一种畅快淋漓的感觉，当音乐戛然而止，景瑶准备鼓掌时才发现自己的右手被侯进勇攥着。侯进勇全神贯注地看着舞台，似乎全然不知。景瑶想抽出手来发现侯进勇攥得很紧，她只好用左手轻拍一下侯进勇。侯进勇如梦初醒般向景瑶笑笑然后松开了手，景瑶顿觉有些尴尬，侯进勇似乎像什么事都没有发生一样热烈地鼓掌。本来景瑶还在犹豫是否在音乐会结束后去跟方睿打招呼，而此时她好像做错了什么事一样心虚。她决定不去了，她担心自己的心虚会引起不自在。

“景瑶，我们得走了，要不然散场了会让方睿为难，他过来与咱们打招呼可能客户不高兴，不过来他又会觉得不礼貌。”景瑶感觉侯进勇此言是极有道理的，再加上刚才的一点心虚，促使她产生了一种逃离的欲望。她匆忙起身向外走，侯进勇迅速跟随而起。经过公共大厅时景瑶无意间看到了那日与“方睿”在星巴克见面的那个漂亮女人独自坐在咖啡厅休息区，悠闲地品着咖啡。她怎么会在这儿？景瑶有些疑惑的同时又有些心慌，她不会是在等方睿吧？上一次方睿说他是上午十一点多到北京，可是自己分明是在早晨八点半看到他与这个女人在一起。而前天方睿还说今天可能会出差，但是却突然来听音乐会，而且这个女人也在这里，这会是巧合吗？景瑶不敢再想下去了，她突然感觉到方睿有些陌生，让她有些看不懂了。

*****

方睿将两位尼日利亚客人送到酒店大厅后就迅速拨打景瑶的电话，但电话响了很久，景瑶也没有接听。方睿的心似乎提到了嗓子眼，他的呼吸有些急促。怎么回事？为什么没有接听？景瑶是真的误会自己了，还是侯进勇在跟景瑶做什么事情？方睿不敢往下想了，他连续拨打了三次电话，电话终于接通了。

“景瑶，你没什么事吧？”方睿急切地询问。

“我能有什么事，我挺好的。我刚到家，你呢？在干吗？”电话里景瑶的声音很平静。

“我刚把两位尼日利亚客人送回酒店就赶忙给你打电话了。今晚去听音乐会是我们领导临时派给我的任务。”

“就那两位非洲客人？就没有别的客人了？”电话里景瑶在探问。

“没有别人啊，就我们三个，怎么了？”方睿有些疑惑。

“没事，我是跟你开个玩笑，吓一吓你，看你是不是跟我说实话。”

“我当然跟你讲实话了，实话是咱们俩的定情物嘛。”方睿听景瑶在开玩笑，感觉景瑶听音乐会后心情不错，也就有了点小情调，耍了一句贫嘴，来调解一下刚才紧张的气氛。

“切，又耍贫。好了，不跟你讲了，我要去洗澡了，晚安。”

“晚安。”方睿听到景瑶挂断电话才不舍地将手机移开耳边，伸手拦了一辆出租车。

方睿坐在出租车里百无聊赖地看着北京的夜晚。街上霓虹灯不停闪烁，映衬得这个城市都有些光怪陆离了。他的脑海里再次浮现出齐天海给那媚的那张奇怪的图案。这个图案本来与方睿无关，但是接受者是那媚，这个女人又与父亲方荣轩之间有着所谓的合作。以方睿对父亲的了解，对这种所谓的合作，他自始至终是持怀疑态度的。但是那媚所付的三十万元又怎么解释呢？三十万元不是小数字，而这仅仅是定金。现在那媚又与齐天海接触，还从他那儿得到了这样一幅图案，这里面显然大有文章。

方睿的思绪随着出租车在斑斓夜色中疾驰着。

* * * * *

回到家中，方睿看着躺在“金字塔”里沉睡的父亲，伤感之情再次袭来。到锐达集团偷取科技情报的假方睿是撞伤父亲的罪魁祸首，而与齐天海交接奇怪的图案的那媚，又似乎与父亲有不可告人的交易。这些人和事似乎都与父亲有千丝万缕的联系。重重疑问缠绕在脑海，使得方睿睡意全无。他将手机与打印机连接上，激光打印机迅速打印出那张古怪图案。方睿翻过来调过去地看那个图案，依然一头雾水。他在看了几十遍之后终于昏昏沉沉地睡去了。

那奇怪图案逐渐变成了一张横竖交织、结结实实的蜘蛛网，牢牢地罩住了方睿，使方睿喘不过气来，憋闷之中突然惊醒，原来又做了一个梦，是那张古怪图案引起的噩梦。

方睿躺在床上静了静。阳光顺着窗帘的缝隙拼命地挤了进来，方睿伸了一下胳膊一歪头，一缕阳光正好照射在书桌上放着的那块手表上，阳光反射到方睿的眼睛上，刺得他无法睁眼。方睿猛地清醒过来，今天上午九点半郑昊强要开个部门主任碰头会，这是昨天郑昊强让他去陪客户看音乐会时顺便叮嘱他的事。他抓起那手表一看，已经八点四十了，努努力或许在九点半之前还能赶到集团大楼。方睿迅速简单地穿戴好，冲出卧室。保姆李阿姨早已到岗，正在客厅收拾房间，见方睿冲出嘟囔道："我还以为你今天不上班了。"

"我是睡过了。"方睿边穿鞋边说。

方睿急急地冲出家门。

这个时间正值北京早高峰，交通状况似乎故意在为难方睿。一路上三起剐蹭事故使方睿乘坐的出租车如蜗牛一样在路上爬行。

方睿跑进技术部的楼道时，眼见着几个部门主任从小会议室里陆续走出。他知道会议已经结束，自己将面临郑昊强的严厉训斥。他硬着头皮走进小会议室，房间内只剩第五分部主任纪正和与郑昊强了。

"行，行，今天我就布置下去。"纪正和说完站起身，郑昊强摆了摆手示意纪正和可以走了。

"对不起，经理，我……"方睿忙上前道歉。

郑昊强拉着脸严肃地走到方睿跟前，伸手拽起方睿的手，将那手腕上的表凑到方睿面前让他看。

"你自己看看几点了。"郑昊强严肃地说。

手表上时针指示到了X，分针指在表盘上的II，已经是十点十分了。

"都十点十分了，九点应该上班，你这迟到得也太离谱了吧？"

方睿瞬间激灵了一下。手表上时针所指的希腊数字II强烈冲击了方睿的瞳孔，通过视觉神经迅速传入大脑皮层与他头脑内存储的齐天海的那张古怪图案中的某一部分融合在一起。他的直觉告诉他能够破解这张古怪图案了。方睿的愣怔把郑昊强吓了一跳，停止了训斥。他再仔细一看，发现方睿眼部周围有些发黑，断定他昨夜没睡好，怜悯之心袭来，无奈地长长叹了口气。

"昨晚没睡好？"郑昊强口气缓和下来。

"嗯。"方睿答道。

“你父亲……”郑昊强试探地问。

“还是不好。”方睿苦笑了一下。他见郑昊强态度缓和了，意识到可能是认为他照顾父亲没睡好，又解释说，“对不起经理，昨天晚上我……”

郑昊强摆手打断了方睿的解释：“好了，不用解释了，下不为例。”

郑昊强是从心底里爱惜而又怜悯方睿，这不仅因为方睿为人正直、勤恳，做事稳妥而又灵活，也因为几年前在方睿还没来公司，自己还只是一个分部主任时，在一个项目运作上曾得到过方荣轩的强力技术帮助。也正是这次技术帮助使郑昊强在公司大老总那里有了一席之地，才会使他当上这个技术部经理。方睿一进公司，其自身良好品质就引起了郑昊强的关注，后来得知他是方荣轩的儿子，自然又多了许多关照。

“昨天两位尼日利亚客人对你的表现很满意，他们向集团大老总讲了不少你的好话。老总让我转达他的意思，你这次的表现代表了集团员工的良好素质和能力，展现了集团的强大实力，对你给予表扬。”郑昊强认真地说。

方睿有些不好意思地腼腆一笑。

“集团老总的这个表扬通告，本来我要在这个会上说，可是你居然迟到，还迟到得很离谱，唉……”郑昊强又严肃地说。

“对不起经理，对不起……”方睿诚恳地道歉。

“算了，这事就过去了，你现在简单汇报一下华南项目的准备情况和你们的预案。”

“是。”方睿刚才紧张又羞愧的情绪平复了下来。

* * * * *

郑昊强对方睿的工作汇报基本满意，只是对工作预案提了几条建设性意见，方睿回到办公室后关上门认真地修改了起来。因为迟到，内心有些内疚，他想在今天下班前把修改好的预案重新呈给郑昊强。因此，中午的饭他都没去餐厅吃，而是由常雨婷给他打包到办公室囫囵地吃了几嘴，就继续修改预案了。下午四点钟他终于把修改好的工作预案交给了郑昊强。

方睿从郑昊强办公室往回走时，见常雨婷在他的办公室门前等着他，显然是有事要向他汇报。

“什么事？”方睿推开办公室的门，问身后的常雨婷。

“有一位普克力公司的那总来找您，我让她在一层集团公共会客室等您，已经等了一个小时了。”常雨婷平静地说，“我不想让那总影响您修改预案，就自作主张让她等了，对不起。”

方睿转回身看着常雨婷，心想这人可真有主见也不怕耽误事，但是也恰恰是这样才得以使自己能按时把工作预案修改完。

“不用对不起，这件事你做得对。”方睿肯定道。

常雨婷一听此言微笑着说：“那您看我是让那总……”

方睿抬起手打断了常雨婷的话：“不用，我这就下楼见她。你记住，这个那总不是我们的业务客户，以后她来依然让她在一层会客室等。”

“我记住了。”

方睿从桌上拿起了手机转回身，常雨婷已经在门口外站着，显然在等着给他关门。

“你去忙吧。”方睿出来随手自己把门带上。方睿很不喜欢常雨婷这样毕恭毕敬，他觉得这会让自己有一种官员做派，把同事之间的平等、友好的关系玷污了。

进入集团的公共会客室，果然有几组人在小声说着事。那媚见方睿进来便起身迎上去。

“我们还是老地方谈吧。”那媚说完自顾走出会客室。

方睿苦笑了一下，只好跟了出去。

咖啡厅其实人也不少，只是没有方睿认识的锐达集团的人，窗边和里侧都已没座位，二人只好选了中间一桌坐下。

进门时，那媚依旧买了一杯卡布奇诺和一杯拿铁。她优雅而又礼貌地做了请的姿势，让方睿先选咖啡。方睿没动，他深知这个女人不好对付，无法预料这个女人下一个举动是什么，所以他只能以静制动，等对方出牌后，再考虑自己怎么出牌。自从父亲出事后，太多古怪的人和事使方睿逐渐学会了三思而后行，学会了细观秋毫。他越来越相信父亲曾说过的："点滴细微之处可见洞天、可窥内涵。"今天那媚让他选咖啡必有缘由。

"你今天选咖啡都绅士起来了。"那媚说。

"秉承女士优先是男人应有的风度。"方睿突然回忆起，上次假方睿应该也是在这里与那媚喝的咖啡，当时假方睿如何做的不得而知，但从那媚的这句话判断，他猜测假方睿当时应该是主动取了一种咖啡，但其他方面又很绅士。难道说假方睿与那媚不是一伙，她也不知道自己之前见的是个冒牌货？倘若如此，自己还是不要告诉她真相吧，这样她可能就会去缠着那个假方睿，能让自己安静地做事。突然，"蜥蜴"这个词跃进方睿脑海，他想到假方睿对于自己，或许正好能起到像蜥蜴变色一样的伪装作用，或许能成为对付这个女人的助力。方睿心里想着嘴角露出了得意的微笑。

"那好，我就恭敬不如从命，我先选。"那媚取过那杯卡布奇诺，方睿随后取过那杯拿铁。

那媚低头轻轻地喝了两口咖啡，然后直奔主题："事情考虑得怎么样了？"

"我还是主张把钱退给你，你与父亲的协议彻底作废，毕竟现在我父亲丝毫帮不了你们。"方睿想尽快撇清与这个女人的关系。

"我不认为这是最佳解决方案。第一，我已经向我的下游客户通告了我有方荣轩的强大技术支持，而这些下游客户都是冲着你父亲的名号才跟我合作，你这边若是退出将让我损失巨大。赔款事小，我的信誉为大。”那媚不急不慌地应着。

“可是尽管你不解除协议，我父亲也帮不了你啊，你依然不能满足下游客户的要求啊。”方睿提高了声音。

“这就是我要说的第二点。第二，你父亲方荣轩人还在，只是暂时不能为我们项目进行指导，但是我如实向下游客户说明你父亲的情况，至少我的信誉还是有的，你父亲方荣轩出的事不是我们公司所能把控的，天灾人祸，下游客户是要认的。”

“既然如此那一切就等我父亲苏醒过来再说吧，你不解除协议，那笔钱就让它在我父亲的账户上暂时待着好了。”方睿开始反击。

“方睿啊，你还真的是年轻啊，你可能没有注意这份合同里有一条是我们作为甲方给予定金后向乙方提出要求，乙方不予以配合的话视为不合作，我可以追要十倍的定金。”那媚拿出那份合同翻到第三页将那句指给方睿看。

方睿看完之后暗自叫苦，他更搞不懂父亲当初怎么会签下这份合同了。

方睿低头沉思片刻，突然说：“我对你这份合同的真实性表示怀疑，因为至今我没有在家里找到我父亲手里的那份。”

那媚微笑着说：“你没看到不代表没有，或许是你父亲藏在哪儿了，我只知道我按合同约定，已给付你父亲三十万元定金，这是事实。”

“这……”方睿一时找不到对那媚的反击点了。

“还是按照上次我说的折中办法，你跟我合作，签一份补充协议，这样我对下游客户也有了交代，你看如何？”那媚紧盯着方睿，眼神充满逼迫。

“对不起，这个折中办法我还是需要考虑。”方睿想着今天不能再说下去了，应先把这件事暂时搁置下来。

“我上次跟你说我有的是时间等，但是这次不同了，我的耐心已经没了，我再给你一个星期的考虑时间。我是诚心诚意与你父亲合作的，现在我也是诚心诚意在邀请你。”那媚伸出手来想和方睿握手。

“好吧，一个星期内我给你答复。”方睿说完起身，他不想再继续缠斗下去了，他需要重新去梳理头绪，不然他会永远被这个女人牵着鼻子走。

那媚得意地笑笑，伸出的手改做了一个请的姿势。

*****

天空像被一张浑浊无比的黑幕严密地罩着，令人压抑又窒闷。而灯火阑珊又像万千巫婆的眼，妖恶地向人挑逗着、讥讽着。方睿的心情很糟，以至于走进家门，在门厅换拖鞋时不知怎的把自己的那串钥匙顺手扔进了鞋柜里。那钥匙“当”的一声顺着斜板落到柜子的最底部，方睿才意识到自己的魂不守舍。他重新打开鞋柜将钥匙取出，做了几个深呼吸，定了定神之后走进客厅。李阿姨已经下班回家了，父亲依然静静地躺在“金字塔”内。方睿在餐桌前毫无食欲，为了有充足的体能，他还是例行公事般胡乱地吃了点李阿姨为他做的晚饭。吃完晚饭，他呆坐在父亲身边，头脑里又闪现了下午与那媚见面的情景。他不明白为什么父亲会与那媚签订这样一份难缠的合同，也不明白父亲不能为那媚工作之后，为什么那媚非要拉自己入伙。父债子还似乎说不通，因为自己若将三十万元定金退回给那媚，那媚便没什么损失，而那媚解释的那种声誉损失也极其牵强，这诸多疑问方睿慢慢地向父亲诉说着。

方睿异常困惑地说：“爸爸，你说这个那媚到底是什么人？她要干什么？为什么这么纠缠着咱们？”突然，方睿脑子里闪现了那媚与齐天海在国家大剧院见面的情景，同时想起了那幅古怪的图画，也就想起了早晨郑昊强让他看手表时，他头脑中的灵光一现。他迅速起身跑进书房，从抽屉里取出那张怪图，仔细查看。方睿看出了图形中最左一竖列的“”就是英文字母 T，而第二竖列的“”就是英文字母 H，第三竖列的“”就是英文字母 E（见下图）。一番斟酌对比之后，他惊奇地发现其他图形应该都是英文的变形。他逐个将纸张竖版的图形翻译出来：“the phase II is not yet unsolved”。方睿兴奋异常，他立刻将此英文再翻译成中文：“二期数据还未解开”。方睿突然意识到这就是一个隐蔽的信息，准确地说这就是人们常说的，但普通人

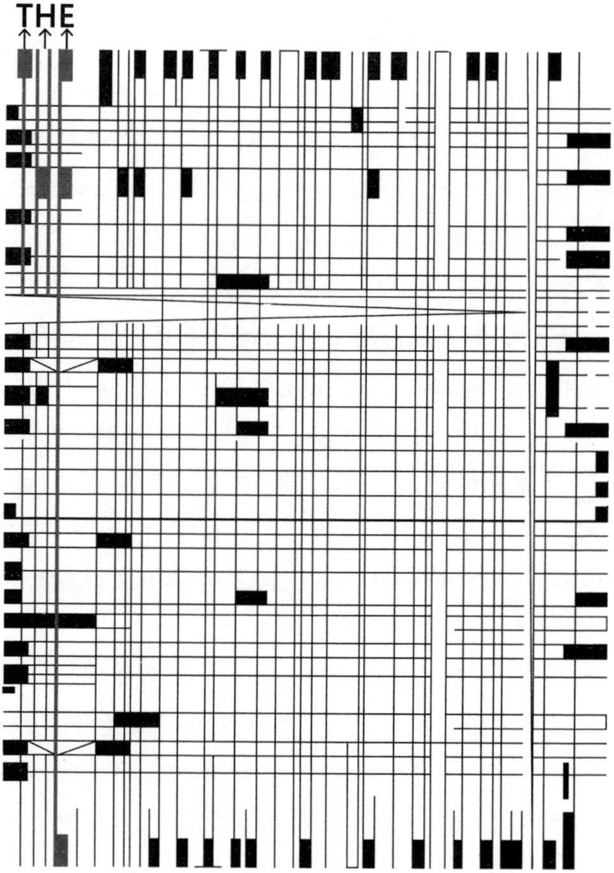

很少接触的所谓情报。方睿意识到将此纸张横过来看那些图形也必然是另一句话。他再次斟酌比对翻译出英文："try to get a clue from his son"。"尝试着从他儿子处找线索。"方睿将这段文字反复梳理之后，目瞪口呆。

第十一章

The phase Ⅱ is not yet unsolved, try to get a clue from his son. “二期数据还未解开，尝试着从他儿子处找线索。”这句话从那古怪图案中破解出来，令方睿目瞪口呆。这句话让他不得不觉得是在指他们父子。

方睿忆起研究院王副院长曾清楚地告诉他，父亲方荣轩的单位台式电脑里存有父亲负责研究的BD Ⅲ双模卫星导航系统SOC芯片技术研发的二期数据。王副院长与刘处长二人坚定地认为父亲的手提电脑里也存有这份数据。再联想父亲车祸当天，他在还清醒时最关心的就是电脑的下落。毫无疑问，父亲手提电脑里确有机密内容，应该就是这个SOC芯片技术二期数据。目前父亲单位台式电脑已被保卫处刘处长他们封存，不会有旁人接触到，而父亲的手提电脑则依然下落不明。“二期数据还未解开”，说此话之人必是拥有父亲手提电脑之人，不过令人欣慰的是父亲的心血还没有被贼人破解。“尝试着从他儿子处找线索”也再明白不过地表明就是要从方睿这里找线索。这个情报的接纳者是那媚，至此方睿彻底明白了，那媚为何对自己穷追不舍了。原来父亲车祸的制造者、父亲手提电脑的偷拿者都与那媚是一伙的。送情报的齐天海、接情报的那媚、制造车祸的假方睿这些人是让父亲受害、让自己家庭破败的罪魁祸首，是自己的仇敌。理清至此，方睿不由恨得牙根痒痒。

目标的清晰显现，为勇士吹响了冲锋的号角。

方睿迫不及待地想要见到那媚。

人生如戏，有时候还会有大的反转。昨日方睿还极不愿见到那媚，他视那媚如巫婆避之不及，而此时此刻他最想见的就是那媚。尽管在方睿心中她依然是巫婆，是个如美狄亚般的女巫，但她又是方睿找寻真相、证明父亲清白所离不开的女巫，如神话中冥界的引路人塞壬。自己只有不畏艰险，接近女巫般的那媚才能弄清父亲遇害真相。正如俗话所说，不入虎穴、焉得虎子。

真的勇士，敢于直面危险的路途。

方睿找到那媚的名片，拨通了她的电话。

“那总，明天我们还是再谈一谈吧。”

“可以啊，我们明天还是老地方见。”那媚在电话里回答。

“不，总是在我们集团总部见面，我觉得不好。”

“那你说在哪儿见面？”

“古语说，来而无往非礼也，你总是亲自来我们集团找我，无论我们是否合作，我也应该回访一下你的公司，你说对吧？”

“好，明天见面谈。”没等方睿再说下去，那媚先行挂断了电话。这正是方睿想要看到的效果。几次的交锋那媚都是有备而来，致使方睿疲于应付，而此次方睿突然主动出击，已经使那媚乱了方寸。方睿要从这种预期的效果中增加自身的心理优势，以做好与那媚智斗的准备。

“二期数据还未解开，尝试着从他儿子处找线索。”

方睿推测这个情报决不仅仅是这样单纯的告知意义。因为就这一句话而言，齐天海完全可以在咖啡桌前低声耳语给那媚，无须如此大费周章绘制一幅图来表达这句话，他一定还有别的用意。齐天海当时还假浪漫似的给那媚一块简简单单的巧克力，这个巧克力一定与这张图有着一定的关联。

接近那媚就是接近真相。

*****

那媚站在写字楼内办公室的窗前，望着楼下的北京东三环上的车水马龙，急切而又不安地等待着方睿。

普克力公司当初选择办公地点时，那媚毫不犹豫地选在了北京 CBD 商务中心区。

北京 CBD 地处北京市长安街、建国门、国贸和燕莎使馆区的中心交汇区。这里是众多世界 500 强企业中国总部所在地，也是众多金融、电信、网络服务和咨询等高端企业所在地，是金融工具的汇集之处，代表着时尚的前沿，更是无数中小企业创业和成长的摇篮。这里有着浓郁的商务气息，便捷高效的管理服务功能，良好的工作生活环境，最大限度地发挥着国际商务与国际文化的交往作用。在这个区域内办公更有利于普克力公司的业务拓展，同时也有利于普克力公司与幕后机构的秘密沟通。

昨天晚上方睿突然打她的电话，真的让她有些措手不及。白天的谈判尽管从气势上压倒了方睿，但是她越发感到这小子不好对付，沉稳中隐隐地透出反击的态势。吸纳这小子入伙本来不是她短期规划内的任务，他不属于眼前的猎物，她本想不急不慌慢慢地与其纠斗，达到拢局的目的就可以了。但是收到隐藏者 Sanke 的情报之后，局势上出现了变化。方睿不仅成了她必须搞定的猎物，而且还不容拖延。因为如果对手率先破译了二期数据密码，拿到了二期数据，那么之前她所做的一切努力就付诸东流了。

本来昨日谈判中方睿流露出的态度，让她感觉方睿还是想尽力拖延，其最后的答复也让她无法预判。但是过了几个小时之后，方睿突然主动打电话，说明这小子同意入伙了，他缴械投降了。尽管她期盼这个结果尽快到来，但是真的比她想象的还要快的时候，她有些茫然了，同时也有一种不安的感觉。难道说方睿对她的真正目的有所察觉、有所了解了？尽管她笃信今天方睿来公司再次谈判应该就是会同意入伙，但是在结果没有完全呈现在自己眼前时，她还是不能彻底地踏实下来。

“那总，一个叫方睿的来找您，说跟您约好了。”秘书卢靖敲门之后走进来向那媚报告。

“是，我是跟他约好了，让他进来吧！”那媚说，想想又补充道，“这个方先生走之前不要让任何人打扰我。”

两分钟后，方睿走进那媚办公室。那媚迎上去优雅地伸出手来要与方睿握手：“欢迎方先生莅临普克力公司。”

方睿犹豫着，他没有与那媚握手的意思。

“方先生，无论我们是否合作，必要的商务礼节还是要有的吧？”那媚说。

“对不起，我真的不太习惯与女士握手，尤其像那总这样的商业女精英，我压力会很大。”方睿说。

那媚扑哧一声笑了：“你还是第一次夸奖我为商业女精英啊。”那媚将伸出的手一摆做了一个请的姿势，化解了她的尴尬。

方睿走进办公室边缘的休息区，那媚也优雅地坐下。此时卢靖送进来两杯咖啡。

那媚礼节地让了一下：“尝尝我们自己的咖啡。”

方睿端起咖啡抿了一口，很羡慕地环顾那媚的办公室。

“哎呀，那总的办公室可比这咖啡让人羡慕啊。宽敞中透着饱满，简约中透着奢华。”方睿边说边端着咖啡杯站起身，准备参观那媚的办公室了，“欣赏一下你的办公室不反对吧？”

那媚笑着婉拒：“这是女总裁的办公室，你觉得男士观赏合适吗？”

方睿话题忽然一转：“说实话，那总，我走进你办公室之前也没想好是否跟你合作。”

“那你着急来找我？”

“因为我想尽快解决这件事，不想在是与否之间徘徊，那是浪费彼此的时间。浪费别人的时间等于谋财害命，这是谁讲的来着？”

那媚有些尴尬，她想不起是谁说的：“这个……”

方睿笑着说：“鲁迅先生说的。”

“没想到你一个理工科男，文化底蕴还挺深厚的。”

“这都是受我父亲影响，可是我的文化底蕴不及我父亲的十分之一。我父亲在我心中上知天文，下知地理，是全能型科学家，就像亚里士多德，可惜……”方睿有些哽咽。

“看来我与你父亲合作的选择是对的，只可惜合作暂时无法进行下去了。”那媚接过方睿的话，“你应该为你父亲做点什么。”

“对，你说得有道理，我的确应该为父亲做点什么。”方睿深情满满地说。

方睿开始环顾那媚办公室。

那媚不太情愿地注视着方睿，与其说是找不出拒绝方睿观赏的理由，倒不如说，此时她需要做出最大的忍耐与让步，只要方睿同意她的折中方案，其他的事情都不算什么。

“我的办公室只有我的合作者才能参观哟。”那媚半开玩笑半认真地说。

方睿转回身看了一眼那媚，微微一笑，似乎在说“我明白”。

那媚宽大的老板桌上摆放着一台苹果台式电脑和一台苹果笔记本电脑。桌子中间扔着一把雷克萨斯汽车的钥匙，那钥匙坠上挂着一张门禁卡。桌子左角处摆放着一盆枝叶圆润的绿萝，右角处摆放着一个金丝楠木制成的寓意“如愿以偿、事事如意”的如意摆件和一本纸质台历。台历上的阴历字号比较大，几乎与阳历字号相同。老板桌后留有极其充足的空间，可以自由拿取身后墙上的物品。那墙上装有宽大的多功能壁柜，壁柜左侧为书柜，摆放着一些精装书籍，中间部分是一幅长约 240 厘米、宽约 70 厘米的国画，靠近国画的地方有一幅不太大的抽象派“油画”。那“油画”不是真正的手绘图画，而是一种现代工艺制成的假油画。壁柜最右侧是个多宝阁，分上、中、下三层，摆放了一些装饰品，有精致的工艺品，也有质地良好的瓷瓶和瓷盘。

那两幅分别代表着中西不同文化的绘画作品引起了方睿的注意。他靠近那两幅画时，那媚立刻跟了过来。

“我不太懂画，也不是收藏爱好者，但我是属鸡的，又自小喜欢牡丹，在一次国际大型会议的书画展上，看上这幅画就买下来了。”那媚解释着。

那幅国画名为《紫气东来》，分四部分，最左侧低矮的岩石下有两朵盛开的牡丹，中间岩石上黄金分割处站立着大小不同一白一黑、一雄一雌两只鸡，那只大的黑色雄鸡体态丰盈，直颈鼓羽，尾巴高高翘起，红冠高耸，气势咄咄逼人。雄鸡站立的岩石末端又有三朵牡丹，最右侧则是五大朵完全绽放的牡丹，花团锦簇，颜色艳丽。整幅画作艳花墨叶相映生辉，不同的着色透着华贵与沉稳。

方睿看那落款，作者名为肖岩华。

“不是有名的画家，我是纯粹喜欢它的内容，它的构图，一见钟情的那种，看着舒心又不贵就买了。”那媚介绍着。

“那总有眼力，这画的确让人看着舒心，而且寓意也好。”方睿说。

“哦，何种寓意啊，说来听听？”那媚饶有兴致地说。

“在古人心目中，鸡是平凡却伟大的一种动物，每天准时鸣叫提醒人们新一天的开始，它代表着守信、勤奋。而牡丹是富贵吉祥的象征。两者结合起来有吉祥如意、大吉大利、富贵满堂的美好寓意。”方睿卖弄着。

“那为什么又叫紫气东来呢？”那媚显出了浓厚兴趣。她也想借此看看方睿到底有多少文化修养，如果问住了他，也好杀杀他的锐气。

“汉朝刘向《列国传》中记载，有一日，函谷关关令尹喜，见有紫气自东方浮关而来，他就感到会有圣贤之人来到关口。果然不久，老子就乘青牛游至函谷关。后来人们就用‘紫气东来’比喻吉祥的征兆。这就是这幅画作的寓意。”方睿继续卖弄。

“哦，方先生你太博学了，我对你有全新的认识了。”那媚由衷赞叹。

“因为我有一个亚里士多德式的父亲，所以才知道得繁杂一些。”方睿转身盯着那油画微笑着说，“不过你这幅油画我好像见过，但想不起来是谁画的了。”

那媚做了一个请的姿势，显然是想让方睿回坐到休息区的沙发上：“这是假的油画，就是为装饰用的，说不定是哪个大学生的习作呢！我们还是坐下来品咖啡吧。”

那媚又转身拿起电话吩咐道：“再给方先生换一杯咖啡。”

方睿站在那里没动，说：“不，不，你让我想想，这幅画我的确见过，应该不是无名小卒画的。”

方睿又向前迈了一步，想看得仔细些。

“方先生。”那媚的语气有点紧张。

方睿转回身注视着那媚。

那媚迅速做出一副无所谓的样子：“我的意思是以后有时间，方先生可以慢慢给我讲油画啊。”

“好吧，以后有机会我们再聊油画吧。”

那媚闻言松了口气。

方睿坐回到休息区的沙发上，那媚仍与他相对而坐。

“怎么样，欣赏完我的办公室，我们该谈点正事了吧？”那媚有点急不可耐。

“尽管那总的折中方案我自始至终不认为是最佳的，但是我又没能想出更好的办法，只好同意你的方案了。”

“好啊！”那媚兴奋异常，“我承认我的方案不是最佳的，但是至少能够表明我与你父亲合作的诚意，这个诚意现在又传递到了你的身上。我现在越来越感到你们父子可能是我寻找到的最佳合作伙伴。”

“事已至此，但愿我能跟你合作愉快吧！”方睿似乎很无奈。

“一定，一定。”那媚起身掩饰不住兴奋地走到老板桌前，拿起电话吩咐道，“你把公司准备跟方先生签订的合约拿进来。”很快，秘书卢靖走了进来，将一份合约递给那媚。那媚很有礼貌地双手递到方睿近前，方睿接过一页一页认真看了起来。

那媚在一旁坐着注视着方睿，初战告捷的喜悦袭遍全身。她想接下来她需要考虑如何扩大战果，从方睿身上得到她真正想要的。

* * * * *

方睿一进入家中就急不可耐地走进父亲书房，在高大的书架上费了好长时间终于找到了父亲收藏的两本书籍，一本是关于国画的，另一本是介绍西方不同时期名画的。

方睿在欣赏那媚办公室时是下了一番功夫的。他扫看每个角落每个物品时，都在努力寻找一些他认为重要的信息。那媚老板桌的抽屉他是不能翻动的，但是其他摆放在表面的物件都深深地印在方睿脑海。他的直觉告诉他那两幅画作应该是有讲究的，他认为那媚这种人不会随随便便挂两幅画作。那幅《紫气东来》的国画并非出自名家之手，如果说那媚的确不懂美术，悬挂画作只是为了装饰，那她完全可以悬挂一幅名家的赝品，但是她却选择了一位叫肖岩华的不知名画家的真迹，这是为什么？而至于那幅纯粹现代工艺伪造的油画，悬挂在那里就更为蹊跷了。在那个位置她可以要么悬挂一幅美术学院学生仿画的知名油画，要么依然做一个台架放一些摆件，但是她却在那个伸手可及的位置，不伦不类地镶上一幅工艺画，感觉有些说不通。况且这幅抽象风格的油画，虽然没有达·芬奇的《蒙娜丽莎》、毕加索的《鸽子与豌豆》《格尔尼卡》、凡·高的《向日葵》，抑或是莫奈的《日出·印象》那么出名，但是方睿依稀记得它也应该算一幅名画。他记得父亲向他介绍过这幅画，好像叫《第八乐章》，因为画作起了音乐名字，所以方睿对这幅画作

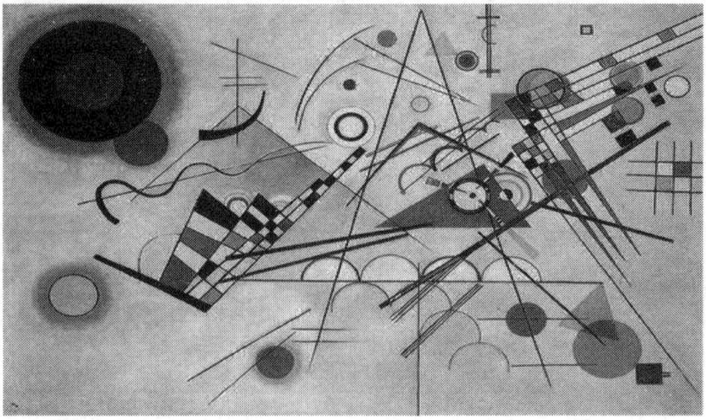

有些印象。方睿翻开父亲收藏的那本介绍西方名画的书籍，终于找到了这幅画作及其作者的介绍。

这幅画作名

叫 *Competition Ⅷ*，有人将它翻译为《第八乐章》，这是一幅极为抽象的画作。画作最鲜明的特点是错落有致的几何元素——点、线、圆、三角，以及多边形、弧环等形状和谐地交织在一起，组成了一种结构。这幅画在数学家看来像是一种函数空间，地理学家看来像是一个城市地图，生物学家看来像是一种生命体征，心理学家看来像是一种精神状态……这幅画寓意深刻，层次丰富，比古典画作有更强的表现力。这幅画作是俄裔法国画家康定斯基所画。他有知觉混合能力，可以“听见”色彩描画音乐。这种能力的运用，使他的艺术作品独具魅力。他的画大多运用各种几何元素，显现出数学与绘画的绝妙融合。康定斯基有句名言：“数是各类艺术最终的抽象表现。”此时方睿回忆起，父亲向他说起康定斯基的这句名言时，曾感慨地说：“当人们在怀疑解开哥德巴赫猜想的意义时，却不知数学在强力地改变着世界。数学是人类文明的标志，是一切自然科学的前提和先声，万事万物都与数学如影随形，数字又是解释世界的关键。”

就是这样一幅极具奇特魅力的画作，方睿相信那媚挂着它必有其他用意。依方睿推断那幅《紫气东来》的国画也必有其他用意。因为那幅画的作者肖岩华不是名家，那本介绍国画的书籍中也找不到这位画家的相关信息，方睿只好作罢。

那媚的办公室必有秘密隐藏，必有与父亲遇害相关联的信息，这一点方睿现在是完全确信的，他发誓日后一定要秘密进入那媚办公室把一切疑问查个水落石出。

* * * * *

那媚的雷克萨斯轿车缓缓地进入小区，行驶了几十米，停在刚刚走进小区的方睿身边。

方睿正诧异着，见车窗落下，露出了那媚表情和善的脸。由于今天那媚穿着职业正装，而且还戴了一副眼镜，她显得和婉中还带着几分知性美。

“方先生。”那媚柔声叫道。

“那总，这么巧，你这是去拜访谁啊？”方睿询问着。

“这个小区我谁都不认识，只认识你和你父亲。”

方睿立刻明白了，那媚是来找他和他父亲的。

“上车吧，这个小区我可是第一次来，路又不熟。”

方睿犹豫了，事情有些突然，他毫无心理准备。

“怎么，不欢迎吗？”那媚解开安全带，下了车，满脸的嗔怨，“你我是合作伙伴，可不是仇敌哟，我来看望令我敬仰的方研究员不可以吗？自古伸手不打笑脸人哟。”

那媚的话令方睿无法拒绝。

方睿笑笑，心想他们这是互相浸透、各取所需，自己又何尝不是想要线索呢？

“我没说不欢迎啊，我感激那总还来不及呢。如今这年代这么关心合作伙伴的商人可实在少见。”方睿一语双关。

“我做事的一切宗旨就是诚意二字，用诚意打动人，用诚意感化人，用诚意吸纳人。”那媚也话中有话。

商业猎手要想成功捕捉到猎物不仅需要耐性，还需要如水一般无坚不摧的“诚意”，这可是自己的制胜宝典。那媚想着，脸上露出接受方睿表扬的表情。

此时一辆别克商务车停到了二人身边，车窗落下，露出宓潜的脸。

“宓老师，您这是？”方睿疑惑地问。

“哦，这两天韦研究员开会，我负责接送。”宓潜笑着说。

后排车窗也落下来，韦建成探出头来说："方睿，刚下班回来啊？"

"哎，是，韦叔叔。"方睿应着。

"你父亲还好吧？"韦建成询问。

"还那样。"方睿继续应着。

"哎呀，最近太忙了，过段时间抽空去看看你父亲。"

"谢谢韦叔叔。"

后边进入小区的汽车在按喇叭。

"你们停在这会阻碍交通哟。"宓潜开玩笑地说。他瞥了一眼那媚，开车走了。

方睿只好坐上那媚的汽车令其驶向自家的那栋楼。

用钥匙打开房门的一瞬，方睿愣住了。景瑶正兴高采烈地从餐厅跑过来要拥抱方睿，突然看到方睿身后站着的那媚，景瑶戛然停步，她收敛了笑容，呆呆地望着方睿和那媚。

"啊……景瑶，你来了……你怎么没告诉我一声啊？"方睿异常尴尬，话一出口就后悔了。

景瑶没说话，定定地看着二人，似乎在等待着解释。

"哦，那总来看望父亲。"方睿的头脑感觉回到了正位，赶忙解释着。幸好今天那媚穿的是职业女装，如果要穿得异常性感，真不知景瑶会怎么想，方睿思忖着。

"不用猜，这是方先生的女朋友啦。"那媚大方地说，然后将手中的礼物向前递着，继续说，"麻烦女主人接一下吧！"

景瑶迎上，很勉强地笑了笑，接过那媚手中的礼物。

方睿想帮助景瑶去拿，景瑶执拗地提着礼物走进客厅，口中说着："那总，进来坐吧！"方睿的手落空，迅速摆了一下手，做了个请的姿势，以掩饰刚才的尴尬。那媚就假装什么也没看到，走进客厅，她看到了客厅正中的“金字塔”，以及躺在“金字塔”里的方荣轩，还听到了客厅里回荡着的《贝多芬命运交响曲》。

“方先生这是？”那媚一脸诧异。

“哦，这个……”方睿走到音响前迅速关掉音乐，脑子里也思考着如何回答那媚的询问。他知道今晚那媚的登门拜访和他昨日去那媚办公室的目的应该一样，都是“刺探”。

“我们敬仰的方荣轩研究员为什么躺在这里了，方研究员是以前就常在这个金字塔模型里进行科学研究吗？”那媚注视着方睿，等待着解释。

“那倒不是，这个东西是我父亲出事之后，我为他建的。”

方睿说到此，一旁的景瑶瞪着方睿，似乎在说：“这个‘金字塔能’治疗法和音乐治疗法是属于我们二人的秘密，你确定要告诉这个女人吗？”

方睿眼角的余光已经看到了景瑶的眼神，他故意停顿了。

那媚见方睿停顿了，好像很有兴趣地追问：“方先生，您为父亲建的这个有何说法吗？”

“我不是跟你说过吗，我父亲在我心中就是百科全书般的科学家，是学问集大成者，在我心中跟他匹配的伟大建筑，唯有中国的长城和古埃及的金字塔。长城模型有点繁杂，建起不易，而这金字塔模型就简单了。所以我让金字塔与父亲相伴，让父亲安心休息休息。我的想法不为过吧？”方睿调侃地说。

“方先生真会开玩笑。”那媚不太满意地说。

“我说的是真的，怎么，那总认为我这做法幼稚吗？”

“哦，没有没有，方先生的想法、做法都很奇特，符合方荣轩研究员儿子的身份啊……”那媚说完自顾笑了起来，一时屋内奇怪的气氛化解开了。

景瑶赶忙去倒了一杯水递给那媚说："那总请坐。"

"按理说外人不应随便参观主人的卧室和书房，不过呢，刚才在见到了方先生奇特的想法和做法后，作为你们父子的合作伙伴，我觉得我还是应该多了解一下你们，以便我们合作更加紧密愉快，你说是吧方先生？我参观一下方研究员的书房你不反对吧？"那媚边说边走到书房门口，只等方睿的最后应允。

方睿暗自佩服那媚随机应变的能力，她很会抓住每一个契机来达到自己的目的。方睿感到再无拒绝的理由，只好笑笑做了一个请的姿势。

那媚悠然地走进方荣轩的书房，她认真地观看着每一个角落、每一件物品。方睿在一旁静静地看着她，心想，她想找到破解二期数据的有用信息恐怕没那么容易。自己与父亲朝夕相处二十多年，现在都不能解开父亲邮件内容的深层含义，仅凭她这样随便看看又能怎样？

那媚注意到了放在书柜最显眼地方的那本《易经》，说道："《易经》这么古老的书籍，我只听说过，从来没读过，据说是用来占卜用的书籍。怎么，方研究员这种当代科学家还看这种书啊？"那媚边说边打开书柜取出那本《易经》。此时方睿有些后悔没把此书收好。为了解开父亲邮件的内容，这段时间方睿一有空闲就翻看《易经》，所以他把这本书放在了显要位置。

那媚手捏书边如点钞一般不急不慌地翻动着书籍，边翻边说："哎呀，实在晦涩难懂啊，我看这书只有方研究员才能读透。"

那媚翻完《易经》将其放回原处，方睿才注意到，那媚的一个精致手包始终不曾离手。刚刚她在取《易经》时将手包放在书架上，翻看结束，她又将手包拿了回来。方睿此时记起看到过这个手包里装有那媚挂着办公室门禁卡的车钥匙。那媚如此谨慎地保护着这张门禁卡，说明她的办公室是个禁地。

景瑶走进来笑着说道："方睿，那总不是来看方叔叔的吗？不能总是让客人在书房里待着吧，那多不礼貌啊。"

"不，不，没关系，我很想看看方研究员的书房，为的是多了解一下方研究员。"那媚依然不想出去。

方睿见那媚如此执拗，一时不知用什么更好的理由把那媚请出书房。少顷，门铃声响，景瑶走过去开门。

门口站着宓潜。

"您是？"景瑶问。

"我是方睿曾经的老师，我叫宓潜。"宓潜向景瑶自我介绍着。

景瑶将宓潜让进房内。

方睿一听是宓潜便迅速走出书房，向宓潜打招呼并灵机一动向书房内的那媚喊道："那总，您来，我来给您介绍一下。"

那媚无奈，只好走出书房。

"这位是普克力公司那总，这位是我中学时最尊敬的老师宓老师。"

宓潜很恭敬地双手合十笑道："啊呀，幸会幸会。"

那媚也客气地点头应着："你好，你好。"

方睿招呼二人坐下聊。

"哎呀，方睿，既然你家里来客人了，我就不打扰了，有机会再来看望方研究员。"那媚说。

"那我就不挽留了。"方睿微笑着将那媚送到门口。

此时景瑶已经倒了一杯水递给宓潜："宓老师，您坐。"

宓潜很客气地点头，但是没坐，只等方睿返回客厅也请他坐下，方缓缓地坐在沙发上。

景瑶从客厅拿起挂包着急地说："宓老师，你们聊，我要上夜班了。"

闻听此言，方睿看了眼手表，时间已经九点十分，看来景瑶不能坐公交，又需打车赶路了。

方睿内疚地将景瑶送到门口，景瑶匆匆地走了。

回到屋内，方睿和宓潜东拉西扯地说了几句。宓潜还特意提到上次有朋友给了个偏方，他带着偏方来看望方研究员，交代了保姆照做，也不知是否有用。方睿只好如实相告了对那个偏方的处理情况。宓潜闻听，不好意思地反复道歉。二人又东拉西扯聊了几句之后，方睿忽然想起，借此机会可以让宓潜帮他解一解父亲的邮件内容。

“宓老师，我曾经负责的西北项目一个地方负责人向我咨询了几个谜题，您帮我解一解，如何？”方睿说。

“可以啊，什么谜题，不知我能不能解呀？”宓潜流露出极大兴致。

方睿在一张纸上画出䷖，又分别单独写出“河洛”和“阿门”。

“这可能是个数字游戏，您觉得这些能用数字表示吗？”方睿问。

宓潜认真地看着，片刻后说：“严格意义上讲，任何汉字或其他字母都可以用数字来表示，只是看你利用什么方式或者用什么工具来将它们置换成数字形式。”

方睿瞪大眼睛注视着宓潜：“您说具体点。”

“比如说，过去用于军事上的摩斯电码就是用数字来表示不同国家的不同文字。现在我国很常见的四角号码查字法，也可以把汉字用‘0—9’的数字形式表示出来。但是就你书写的这图和文字，好像四角号码最不适用。因为四角号码是用数字标注单个汉字，而你这第一个显然是《易经》中的一个卦象，第二个‘河洛’又似乎是一个词，甚至是一个短语的简写，而‘阿门’就更值得玩味了，因为它的含义不属于汉语，是舶来品，是音译而来。所以这三个要用数字形式表示就用不同形式不同工具来表示。”

方睿认真地听着。

“很巧，这两天接送韦研究员时我向他讨教了一点数学方面的知识，正好在你这里试试手。”宓潜笑着说，“我现在才知道对于《易经》的研究，研究院里的研究员们比较擅长的就属你父亲和韦研究员了，尤其韦研究员对《易经》的喜好与痴迷更甚。”

“这一点我知道，我父亲原来对我说过。”方睿说。

宓潜指着䷖说：“据我最新从韦研究员那里讨教的一点易经知识，这个好像叫剥卦，卦爻里阳爻称九，阴爻称六，所以它以数字形式表示应该是初六、六二、六三、六四、六五、上九。而至于‘河洛’，如果从单个汉字来看应该用字典查五角号码，一查便知。这个就太简单了，不会有这么简单的字谜。我觉得应该将“河洛”二字放在一个词语中才好用数字表示。”

“这一点我想过，如果‘河洛’是指河图洛书，那么应该用什么数字来表示？”方睿说，“我知道《易经》就是由河图洛书演变而来。”

方睿从书房内拿出他曾专门打印出来的河图以及洛书两个图形。

宓潜指着河图上的黑白点说：“你看，河图是由四方四面，代表阴阳的黑白点组成，共 10 个数，1、3、5、7、9 称为阳数，2、4、6、8、10 称为阴数。阳数相加为 25，阴数相加为 30，阴阳相加共为 55。这是河图的数理关系。”

宓潜又拿过那张洛书指着上边的黑白点说：“洛书为八方八面，由 1—9 的 9 个数组成，阴阳数之和 45，同时九个数纵横交叉，数字之和都是 15，这是洛书的数理关系。所以要是用数字表示‘河洛’两个汉字，我们可以认为是 55 和 45，或者 55 和 15，都可以讲得通，就看出这谜题的人还有什么其他的附加条件了。”

方睿摇头：“应该没有。”

宓潜说：“其实河图洛书与天干地支都有着比较复杂不易弄懂的数理关系。咱们现代人一般理解不透，也不会解出更复杂的数字形式。所以我认为你的这个‘河洛’字谜用数字表示就是 55 和 45，或者 55 和 15 两种情况。”

方睿思忖片刻又问：“那这个‘阿门’如果用数字表示是什么呢？”

宓潜显出极其为难的表情，沉思了许久说：“对不起方睿，这个‘阿门’，我还真无从下手，不知用什么方式能把它用数字表示出来。”

* * * * *

宓潜对父亲邮件内容的解读，方睿还是比较认同的。他记得父亲不止一次跟他说过：“万事万物都与数学如影随形，数字又是解释世界的关键。”父亲曾跟他讲过一些自然界与数学的关联事例，比如丹顶鹤在迁徙时是结队排成“人”字形的，而据科学家的研究，其“人”字形的角度永远保持在 110°，“人”字夹角的一半是 54° 44′ 8″，金刚石结晶体的角度也是这个，两者居然完全一样。又如，钢琴上的键盘设计也有着神奇的数量关系。在钢琴的键盘上从一个 C 键到下一个 C 键就是音乐中的一个八度音程，这其中共包括 13 个键，有 8 个白键和 5 个黑键，而 5 个黑键又分成两组，一组有 2 个黑键而另一组有 3 个黑键。

而 2、3、5、8、13 这一列数具有奇妙的规律，这个数列从第三项开始，每一项都等于前两项之和，这个神奇数列就是大名鼎鼎的斐波那契数列中的前几个数。

现在方睿回忆起父亲曾向他介绍的这些有趣的数学知识，使他相信父亲的邮件内容“䷖ + 三可三各。+ 阿门！！！”既是指明有小人陷害，且小人与“三可三各”或“河洛”有关，也指明这里隐含着密码。他现在相信研究院王副院长的推测，这个邮件内容必然隐含着父亲台式电脑中 BD Ⅲ双模 SOC 芯片技术二期数据文件密码，也极有可能隐含着父亲手提电脑的文件密码。那媚就是为了这个密码才对方睿紧追不舍的。

方睿在认同宓潜对邮件内容的破解结果的同时，也找到了一种破解的思路，就是从文字或图形的起源去找寻与其有着关联的数理关系。方睿牢记父亲所说的“万事万物都与数学如影随形，数字又是解释世界的关键”。这个剥卦图形䷖出自《易经》，其数理关系为“初六,六二,六三,六四,六五，上九”，从中华汉字上对“初”字的解释，其中一条就是它为“开始”或“第一个”的意思。因此，“初”应为“1”，而在《易经》中，规定卦在第六位的阳爻就叫上九，因此“上九”可以破解为“69”。由此第一个邮件剥卦的数字形式就应该是“16,62,63,64,65,69”。至于“三可三各”实为“河洛”，就是应该如宓潜所破解的为“55,45”或者“55,15”。而最后的邮件“阿门！！！”依照破解思路就应该从希伯来语或者希腊语中所蕴含的数理关系中考虑，因为新约希腊文的“阿门”就是希伯来文的音译。但是，这对于方睿来说简直就是天书，他一点都不清楚，而且父亲很少与他提起希伯来语或希腊语的相关知识，他也没见过家里有什么相关藏书。但他相信，既然父亲设置了这个“阿门！！！”，自己就一定能从父亲的兴趣爱好、知识储备、收藏保存的典籍，甚至是父亲的某些读书笔记中寻找到答案，只是时间紧迫，他需要在工作之余全身心地投入其中。否则，若被那媚一伙人先破解密码就真的损失巨大了，父亲的心血就会付诸东流。他相信那媚的幕后不止齐天海一人，可能会有多个齐天海式的人物，甚至是高于齐天海的人物。想起齐天海，方睿突然涌起诸多疑问和无限愤恨，齐天海怎么跟那媚搭连上的？齐天海与父亲和韦建成叔叔同为清华大学毕业生，但是要高他们二人两届，算是他们二人的师哥。因为韦灿与齐琪恋爱，这两年齐天海与韦建成叔叔关系稍稍近些，但与父亲的关系一直保持着不远不近的状态，工作上的交集也并不太多。他因何与父亲被害扯上关系？当然现在最为清晰的是父亲被害的最大关联者就是那媚。

第十二章

那媚从方睿家回到自己的办公室后有些恐慌、担忧，又有些小惊喜。惊喜的是她发现那本放置在显要位置的《易经》必有用途，从《易经》中找寻SOC芯片技术二期数据密码，应该是一个突破口。令她担忧的是，她在方荣轩书房中的一举一动，方睿似乎很紧张，似乎极不情愿。她猜测研究院很可能与方睿联手也在秘密地破解二期数据密码。显然这是双方智力的角逐，稍有不慎将是前功尽弃。而令她恐慌的是，方睿为他父亲建造的这个金字塔模型，显然是为了唤醒他父亲，这个或许是医生的建议，也或许就是方荣轩曾经对方睿讲述过这个金字塔模型具有神奇功效。对于金字塔模型她一点都不了解，但是既然出现在了方睿家里，她还是相信这个东西时间久了可能会产生奇效，毕竟她相信方荣轩的能力。方睿说他父亲方荣轩是亚里士多德式的科学家，肯定是言过其实的，但是Sanke都对方荣轩心悦诚服，就不能不信这个人的强大能力了。倘若有一天方荣轩苏醒过来，那就真的是功亏一篑了。要抓紧，否则下次新加坡之行，自己在与上级会面时，是没法交差的。

那媚打开苹果笔记本电脑，准备查看一下摄录的内容。她在进入方睿家之前，就将留在汽车里的笔记本电脑打开，连接上了她佩戴的隐形眼镜中的摄像机。她用隐形摄像机摄录的方睿家的情形，实时传输到了汽车里的笔记本电脑上。尤其是翻开的《易经》，那本《易经》里有些书页上留有画线痕迹以及简单的读书笔记。她相信这些或许就是破解二期数据密码的可参考信息。那媚认真地看了一遍摄录的视频，她当然看不懂，她需要尽快把这个重要信息传递给 Sanke。那媚将这些视频资料复制到一个形似巧克力的 U 盘上，同时复制到一个硬盘上作为备份，然后将笔记本电脑里这段视频资料彻底删除不留痕迹。这是她与 Sanke 的共识，尽量不在电脑上留下情报痕迹，以免事情败露时，这些资料被国家安全部门轻松找到，而成为定罪的证据。但是，这些资料没有完全完成使命时，她也是需要暂时备份的，只不过备份需要隐匿起来，不能被人找到。她与 Sanke 的合作出于安全考虑，二人不通电话，不发邮件，尽量不见面。可以说任何部门都很难查到二人关系。二人传递情报的常规手段，主要靠在银行设置的私人保险箱。那媚看了一眼台历，知道明天就是农历的初九，Sanke 很可能就会去取这些资料。农历初一、初九或十五，这三个时间里的某一天到银行私人保险箱交接彼此掌握的情报信息或那媚上级的指令，这个规定是 Sanke 定的。在平常人习惯用公历记时间的情况下，这种初一、初九、十五的农历记时间不易被人查到。

那媚将备份资料的硬盘放入保险箱后，便携带巧克力外形的 U 盘驾车赶往商业银行了。

北京这种国际大都市银行多如牛毛，像渣打银行、花旗银行这种外资银行也有十几家，但是出于安全考虑，那媚与 Sanke 进行情报交易的银行没有选择外资银行，而是选择一家普通的地方商业银行。Sanke 认为，作为那媚这种商人选择什么银行都无所谓，但是对于 Sanke 本人，像他这种中国科研技术人员要是经常去外资银行必然会引人注意，所以普通商业银行是比较安全的情报交易场所。

越普通越安全。“沧海一粟，其实才是人自由与安全的外衣。”那媚很信服 Sanke 说的这句话。

那媚走进距离 Sanke 家不太远的这家商业银行。她出示身份证件后顺利进入这家银行的保险库区前厅，到达第一道门。那媚在指纹仪上录入指纹后，系统识别确认，“咔嚓”一声，门锁打开。那媚推开这道门进入库区，走到 B 区 B-15-15 自己的保险箱前，将保险箱钥匙插入钥匙孔，然后再次在指纹仪上录入指纹，银行端锁被打开。她再用钥匙一拧，打开机械端锁，保险箱门方被打开。那媚将巧克力形状的 U 盘放入空空如也的保险箱内，然后将保险箱门关闭。她四下看了看，宽大的保险库区此时寂静无人，刚才她进来时，正好一前一后有两人走出。无人之时正好是她做下一步工作的最佳时机。她尽量隐蔽地从挂包中抽出一个复制的指纹套，套在自己的食指上。这是 Sanke 的指纹，她自己的指纹也同样被复制了一个指纹套，在 Sanke 手里。那媚走到 C 区，从挂包中取出另一把保险箱钥匙，插入 C-15-09 保险箱的钥匙孔，将戴有指纹套的食指放到指纹仪上录入指纹，又配合钥匙开了这个保险箱，里面也有一个巧克力形状的 U 盘。那媚将 U 盘放入包中，将保险箱关好。她知道这是上次传递情报时，自己留给 Sanke 的，她和 Sanke 手里各有两个这样的 U 盘，既表示爱意又用来情报传递。明天初九或者过几天的十五，Sanke 会用同样的方法进入这个银行保险库区，在打开自己的保险箱放置情报的同时，再打开另一个人的保险箱取走相应情报或指令。

走出保险库区的那媚，急匆匆地穿过银行业务大厅，走近门口时突然看到在旁边填表台旁站着那天在方睿家见到过的宓潜，他似乎在填写银行单据。那媚不想被方睿的这个老师看到，遂加紧了脚步，而宓潜正巧抬头看到了那媚。

“你好，那总。”宓潜放下手中的笔向那媚打招呼。

“你好，是方睿的老师宓老师吧？”那媚只好回应。

“惭愧惭愧，是方睿曾经的老师，现在只是一个普通的后勤人员。”宓潜不好意思地解释着，“那总办完业务了？”

“啊，办完了，您这也是办点业务？”

“是，是，我刚来，这正填单子呢。”

“好，您忙。”那媚礼貌地笑笑，匆匆走出银行。

那媚从第一次在方睿家小区门口见到宓潜，就直觉上不喜欢这个人。果然不久后这个人就在方睿家扰了她的局，使她本想在方睿家多逗留一会儿的愿望化为泡影。而在这家商业银行，她极不想遇到熟悉的人时又遇到了他，她顿感晦气。

那媚选择这家商业银行是出于对 Sanke 的安全考虑，这里距离 Sanke 家很近，Sanke 时常进入这家银行不会引起别人的注意，但同时却使那媚陷入了易被人怀疑的境地。因为这里既远离那媚注册在 CBD 的咨询公司，又远离那媚居住的南五环亦庄别墅区。如果被熟悉的人看到她频繁来这家银行，必会引起对方的询问或者猜忌。但是没有办法，两害相权取其轻，所以她每次来这家银行也尽量选在下午银行快要关门时，这样一般人也大多办理完业务了。

那媚开车离开银行，行驶在大街上，忽然她感到这个宓潜极其可疑。昨日在小区门口宓潜明知道那媚是到方睿家造访，他还是去方睿家，似乎是故意搅局。而此时，在这家商业银行怎么会这么巧就碰到他呢？难道说这个宓潜是研究院保卫处的人？安全起见，应该让 Sanke 秘密调查一下。想到此，她看了看手表，离银行下班还有半小时，赶回银行还来得及。那媚立刻掉转车头。

那媚的雷克萨斯小汽车冲进商业银行停车场。尖锐的刹车声把一位在停车场准备取车的女士吓了一跳。那媚将汽车停稳后迅速从挂包中取出便笺纸和笔，写下“his teacher M？”这句话。

那媚知道，明天 Sanke 见到这句不太完整的英文，就会明白这是让他去调查方睿的老师宓潜是什么人。

＊＊＊＊＊

自从宓潜解读了父亲的邮件内容后，方睿每日回到家里就会集中精力翻看父亲书架上的书，努力寻找可能与“河洛”和“阿门”有关联的书籍。他想在破解出邮件全部内容的同时找出“河洛”所指的人。今天他忽然记起前段时间在父亲书房内写字台最下方的抽屉里看到过的那个很大的黑皮笔记本，他上次见到时随便地翻看了一下，发现那个黑皮笔记本被父亲记得满满的，内容也极其庞杂，是父亲的一个读书笔记本。方睿想着或许从那里能找到有用信息，就进到父亲卧室拉开抽屉取出了笔记本。上次他是在找那本《易经》时发现下边放置的这个笔记本，而此时他又注意到这个笔记本下方放置着一个几乎撑满整个抽屉的大桑皮纸包裹。他用手摁了摁，那桑皮纸似乎包裹着一块木板。他将其取出，拆开发现原来里面是一幅仿制的版画。方睿回忆起几年前的一天，父亲高兴地带回这幅仿制版画时，方睿好奇地欣赏了一番。这是父亲在北京大学做客座教授时，一个学生所赠。

版画画面的右下角是一个画廊入口，一场画展正在进行。画面最左方有一位年轻人正站在那里看着墙角上的一幅画。而墙上的这幅画中，他可以看见一艘船，船的上方也就是整个画面的左上角是码头沿岸上的房子。视角向右移，这排房子继续延伸到画面最右侧，右侧房子的某个窗口有个妇人正在看风景，而妇人家楼下一层有一个画廊入口，画廊里正在举办一场画展，画廊里有一个年轻人在欣赏墙上的画……画中的结构是循环式的环形膨胀和鼓凸，是个无头无尾的结构。这幅版画名叫《画廊》，是荷兰版画家埃舍尔创作的。父亲说这是埃舍尔最具智慧的画作，画作中既含有数学规则黎曼曲线，又包含哲学的悖论思想。当时方睿第一眼看到这幅画作时，却脱口而出的是卞之琳的《断章》：“你站在桥上看风景，看风景的人在楼上看你，明月装饰了你的窗子，你装饰了别人的梦。”而父亲当时笑着说：“你这是用艺术的视角、诗人的情怀和年轻人的心态来看这幅画作，其实这画作更耐人寻味的是提出了一个问题，在恒定空间状态下，时间发生变形位移扭曲，是不是过去的我能和未来的我在现在相遇？”今天方睿再次欣赏这画作又发现了新奇的地方，有了新的感悟。这画作中央的一块白色区域，本来是完全可以画实的，但是恰恰没有。埃舍尔先生只是用自己的名字加以填补，留给人无限想象，留出了一个盲点。这个盲点此时此刻在方睿看起来就是一个无底洞——黑洞，以黑洞为核心的画廊里的两个年轻人不正像现在的方睿和假方睿吗？画中左侧的方睿在凝思，因何画廊里出现了另一个“方睿”，自己如何才能捕捉到他？

方睿注意到版画外沿的木板空白处写有“SC 赠”字样，“SC”显然就是父亲的学生。有机会要是能找到这个学生或许能了解一些有关父亲的信息，为自己破解邮箱内容提供帮助，方睿想着。

方睿将此画作轻轻擦拭了一遍，然后放置在书柜里。他想通过这幅画，时刻提醒自己尽快弄清围绕他们父子所产生的“黑洞”，尽快亲手擒住那个假方睿。

“叮咚”一声，有人按门铃。方睿迅速将父亲的那个黑皮笔记本重新放回底层抽屉里，然后去开门。

门外居然站着韦建成和齐天海。

方睿见到齐天海，脑海里迅速闪出那张古怪的图形及破解后的那句话：“二期数据还未解开，尝试着从他儿子处找线索。”方睿顿感血脉贲张，一股热流涌遍全身。

“怎么，不欢迎我们俩啊？”韦建成嗔怪着。

“啊……没有没有，我……只是没想到……两位叔叔会来。”方睿迅速调整自己的心绪。

“什么两位叔叔，老齐比你父亲大，应该叫齐大伯。”韦建成提醒着。

“是，是，请进，请进。”方睿让开身请二人进门。

齐天海在前，韦建成在后，二人进入客厅，看见方荣轩静静地躺在“金字塔”里。齐天海见此情景呆住了，吃惊地回头询问方睿：“你这是？”

方睿注视着齐天海，心中的怒火如翻腾的浪花退去一浪又来一浪。方睿想，父亲躺在这里不正是与他和那媚有关？但是转念一想，造成父亲植物人的直接凶手是假方睿而非齐天海，尽管齐天海与那媚一伙，但是还没有直接证据证明父亲被害与齐天海有关。

方睿苦笑了一下：“这……”他实在不想跟齐天海多说一句话，转脸向韦建成投去求助的眼神。韦建成立刻心领神会，说道：“哎，老齐，孩子不想讲荣轩的事，咱们就不提吧。这个回头我跟你讲吧。”他说着指了指那个“金字塔”。

齐天海点了点头：“好吧。”他走到“金字塔”边缘向静躺着的方荣轩轻声道：“荣轩啊，我和老韦来看看你，希望你快点好起来。”少顷，齐天海似有无限悲戚伤感地轻声说，“你这样躺倒何尝不是一种幸事。唉，人生有时也需要喘息也需要休息，总是奔忙就将缠上世间的忧伤。”这话似对方荣轩所说，又似自言自语。

韦建成走过去拍了拍齐天海：“老齐，当着孩子的面不要说这种丧气的话，要让孩子懂得人生就是要去盼望，盼望努力能得到的，而不能得到的就要忍耐等候，盼望之心要永存啊，方睿你说对吧？”

方睿勉强地笑了笑，没有说话。他想，不表态是对情绪的一种最好的掩饰。他对齐天海此时的表现感到无比厌恶。无论齐天海的悲戚是发自内心还是虚情假意，都抹不掉他是陷害父亲的共犯的事实。而对于韦建成所说的，他还是认同的。他何尝不是盼望父亲遇害真相的彻底揭晓呢？而在这种盼望的结果降临之前，他只有忍耐等候，等候自己调查的真实结果的出现。

齐天海和韦建成二人落座之后，东拉西扯地向方睿询问了一番方荣轩的治疗康复情况。方睿有选择性地做了一番介绍。三人闲聊了一会儿之后，齐天海站起身感慨万千地说："你父亲遭遇车祸时我还在东南亚，仅仅几个月，他居然就这样躺在了这里……唉，荣轩啊，你我曾经交换过华理克《标杆人生》的阅读心得，不承想真如华理克所言，'你将受到考验，这些考验包括遇上重大变故……这些事的临到，难道真的是为了试炼我们'，唉，唉……"齐天海连声哀叹，眼圈发红，他噙住欲滴的热泪，右手掩鼻，漫不经心地环顾客厅四周，然后慢慢走向书房，而韦建成也起身向书房走去。刚才还被齐天海一番感慨有所感染，几近落泪的方睿迅速清醒过来，脑子里闪出一个念头——假慈假悲之下是一颗欲行偷窃的贼心。

齐天海在书架上随便浏览着。他看到一本英文原版盖瑞·祖卡夫的《灵魂所依》，他打开书柜取出那本书，喃喃自语道："这本书还是我向你父亲推荐的呢。"他背对方睿和韦建成翻看着，翻到某页后说道，"'当你选择了灵魂的力量，也就是选择带着爱、宽容、谦卑和清醒的意图去创造，你就得到了力量'，看，多好的观点啊。"

韦建成笑道："老齐，别发感慨了，你这样会让方睿伤感的。"

齐天海将书放回书柜，转身看着方睿说道："对不起，方睿，我……咳，不说了，你好好照顾你父亲吧，这种病还是有苏醒的可能的。"

方睿点头，一语双关地说："我会尽快让父亲苏醒过来的。"

韦建成拍了拍方睿肩头说：“你齐大伯说得对，我也相信你父亲会醒过来。”

“抽空你可以读一读这本《灵魂所依》，对人生会有启发的。”齐天海用手敲了敲那本盖瑞·祖卡夫的《灵魂所依》，然后向外走去。

齐天海和韦建成一起离开了方家，方睿出于礼貌一直将二人送到齐天海的汽车旁。方睿望着他的汽车缓缓驶离，恨恨地想，自己要尽快破解父亲邮件内容抓住假方睿，将他们这一伙统统绳之以法。

韦建成见汽车走远，转身对方睿说：“方睿啊，今晚老齐可能有点心事，说话语无伦次，你不要责怪他啊。”

“我明白。”方睿浅笑道。

“那就好……哎，咱们爷俩又有段时间不聊了吧，要不去我家聊聊？”

“哎，行。”方睿此时有一种说不出的压抑，想与人倾诉，又想聆听长者、智者的教诲。

二人来到韦建成家。

“来品一品我的工夫茶。”韦建成一进屋就笑哈哈地说。

方睿此时发现韦建成的茶几上放置了一套新的工夫茶具。

“韦叔生活很惬意啊。”方睿赞叹着。

“唉，自得其乐呗，不然我一个人道尽途穷、孤独终老，岂不是太可怜了？”

方睿从父亲那里知道韦建成年轻时一直不婚，直到三十八岁时在亲朋好友多方敦促下，他才勉强与一个二十八岁的女研究生结婚。婚后第二年有了一女。大家本以为这又是普普通通的三口之家，会波澜不惊地过日子，不承想第三年那个女人突然带着孩子出走美国，自此再无音信。其中原因无人知晓，亲朋好友不便多问，只好再为韦建成牵姻，而韦建成至此不再提婚配之事，直至今日一直孑然一身。

二人落座。韦建成边烧开水边说："想品工夫茶，先要有一套考究的茶具。茶壶以紫砂为最好。"韦建成双手托着那六方鼓型的紫砂茶壶递给方睿赏看。方睿见那壶色泽美艳，醇和诱人，三弯流壶嘴线条匀称大方，飞把造型巧妙新颖，沉稳中多一份自然，足部配有如意装饰，精美绝伦。

"这是托一位朋友买的，正宗宜兴紫砂壶。"韦建成流露出无限爱惜又自豪之色。

方睿也在艳羡之余小心翼翼地双手托还给韦建成。此时水烧开了，韦建成将开水浇于壶内壶外。

"这叫烫壶，一是为了去除壶内异味，二是热壶有助于挥发茶香。"韦建成边浇边说。

烫壶完毕，他又用壶内开水浇烫几只精巧别致、洁白如玉的小茶杯。而后他在杯中放入乌龙茶，高举水壶，水柱沿茶壶口内缘冲入。热气由壶内膨起，茶末被热水从侧面澎激迅速上扬，茶香也迅速弥漫开来。

韦建成将茶水倒掉："这叫洗茶，洗出污垢和农药残留物。"

韦建成再次高举水壶冲茶。"这一点叫高冲，能使热力直透罐底，茶香四溢。"韦建成边冲边说。高冲完毕，韦建成手握茶壶，将壶嘴靠近茶盅，缓缓倒茶水，而后再重复一次高冲后将二泡茶水与一泡茶水混于茶盅。最后，韦建成将茶盅中的茶水倒入两只茶杯中。

韦建成捧杯至鼻子前轻轻闻了闻茶香，然后将茶杯送到嘴边特别轻柔地喝了一小口，随后放下自己的杯，取另一只茶杯递给方睿。

"品一品如何。"韦建成示意方睿开始品茶。

方睿见韦建成如此庄重又有条不紊地冲泡这工夫茶，也赶快虔诚地双手捧杯学着韦建成的步骤慢慢品尝。

"品茶过程中论时政，言人性，观天文，察地理，陶冶身心，优哉怡然，这就是茶道，符合《易经》兑卦讲究的喜悦，颐卦讲究的颐养的境界。其实在泡茶时表现中庸之道，闷茶时间的拿捏精确与否，关乎茶汤味道香醇程度。奉茶与接茶合乎礼仪，品茶时讲究平和谦逊。这些都是茶道与易道吻合的地方。所以上次我对你说过，要是说起《易经》的博大精深，几天几夜都说不完。”韦建成怡然地说着。

“看来这工夫茶绝不是简单的‘喝茶’二字所能涵盖的。”方睿说。

“当然了……唉，其实你母亲是最懂得这工夫茶的，只可惜我们从前生活紧迫又奔忙，没有那个闲情雅致品这工夫茶。”韦建成遗憾地说。

方睿的母亲是福建安溪人，在他印象中见过两次母亲冲泡茶水，但是似乎没有此次韦建成这么讲究。

“要是你母亲此时能品一品我这工夫茶就好了。”韦建成似乎有些动容，赶忙低头饮茶。

“我知道我父母和您都是大学同学，你们的友谊很深。”方睿听韦建成提及自己母亲似乎内心触碰到了最为珍惜的情感，赶忙接过话。

“是啊，的确很深。本来我和你父亲就是高中同学，后来又一起考上同一所大学，同班又同宿舍，感情深厚啊。而你母亲栗慧因是我们学校的校花，多少男生追求啊。有的男生长得帅，家庭条件也好，可是你母亲就看上你父亲了。方荣轩是幸运儿，也成了公敌，多少男生恨他入骨啊。”说此话时，韦建成望着方睿略带调侃地笑笑，然后举茶杯与方睿碰了一下，“咱们爷俩以茶代酒喝一个。”小小茶杯碰撞一下，发出极其清脆的响声，也带动了方睿的情绪，他抢先取茶盅为韦建成续茶。

“你母亲漂亮又极其灵透，工科女，又有诗人气质，令多少男人迷恋啊。我看到你，就似乎看到你母亲了，你身上有很多与你母亲相同的气质。唉，古语说，红颜薄命，没想到在你母亲身上也应验了，老天不公啊，唉！”韦建成连声叹息。

方睿被韦建成的一番话带到了十多年前温暖的记忆中。

在方睿印象中，母亲的确漂亮干练。由于母亲是铁路电气化工程师，国家的快速发展使得母亲要经常出差。每次母亲出差回来就像亏欠方荣轩父子一样，以各种方式给予父子二人生活上的呵护。母亲出差时，方荣轩父子如生活在海洋中一般煎熬，而母亲回家休整时，就成了方荣轩父子在生活港湾中避风休息的时刻。那时韦建成来家中做客聊天时，就为母亲打抱不平，批评父亲的懒惰和担当缺失，母亲则一笑而过。

在方睿十三岁那年，母亲被查出癌症晚期，当时不单单是父亲显出悲痛与自责，就连韦建成也很是焦虑与悲戚。母亲去世后，很长时间韦建成不再与父亲来往，后来研究院人事大调整，濒临被解聘的韦建成得到已被提升为部门主任的父亲的维护，才得以重新恢复研究员身份，也才使得这两位老同学言归于好。这些都是方睿从韦灿那里听到的一点信息。而在父亲口中，韦建成就是一位重情重义的老同学。

“我与你父亲有时真的是志同道合，心心相印。”韦建成的话打断了方睿的思绪。

韦建成为方睿倒完茶后，起身进入书房，两分钟后拿出一本英文版的英国作家威廉·萨摩赛特·毛姆著的《刀锋》。

“这本书眼熟吗？读过吗？”韦建成问。

“眼熟，我们家也有一本英文原版，父亲推荐我读过，好像就是您赠予父亲的。”方睿记得家里那本的扉页上写着“赠予荣轩兄”，落款是“建成”。

“是啊，你看。”韦建成打开扉页让方睿看。

书的扉页上写着“赠予建成兄”，落款则是“荣轩”。

“我父亲也回赠了您一本啊？”方睿惊奇地问。

“不是回赠，是互赠。”韦建成微笑道。

“怎么回事？”方睿瞪大眼睛注视着韦建成。

“我们俩读完研究生被国家分别派往美国、英国攻读博士。我在美国期间购得这本书，读后颇为欣赏，就邮寄到英国你父亲那里。恰巧，你父亲在英国学习期间也读了这本书，也很欣赏，读后也邮寄到了美国给我，而且我们邮寄时间几乎同时，我比他早寄出一天，所以我们俩几乎同时收到对方寄来的这本书，你说这是什么？”韦建成露出甜蜜之意。

“你们的确心意相通啊。难得难得，韦灿和我都自愧不如啊。”方睿感慨道。

“我们俩在邮寄的同时都附上了一封信，都不约而同地谈了对这本书的看法。”韦建成手端茶杯送到嘴边停顿了，眼神炽热而又沧桑，显然在追忆过往难以忘怀的友情。

“韦叔叔，您与父亲的真挚友情我会铭记在心。”方睿再次受到韦建成真情的感染，主动去与韦建成碰杯。韦建成将茶一饮而尽。

“毛姆的《刀锋》清晰地暴露了每个人物的动机，表明我们都确定自己的人生标杆，并据以生活。你父亲很欣赏拉里的例子所诠释出的道理，就是我们必须下决心把光明的启示作为我们生活的目标，不在那些低级的欲望上迷失。可是讽刺的是，你父亲还是被推入了难测的命运洪流，没有能够真正地主宰自己的命运。”韦建成感伤道。

“是，父亲一直想把生活目标提得更高一些。”方睿有所感悟。

“你父亲和我可以说就是‘易其心而后语’。”

“易其心而后语？”方睿思索这句话的意味。

“这句话出自《系辞传》。”韦建成说。

“《系辞传》？这本书我没读过。”方睿说。

“你当然不会读到这本书的，这是本很古老的书籍，你父亲读过。”韦建成笑着说。

“《系辞传》是指系在《易经》整体后面的‘辞’，相传是孔子所作，是《易经》的整体概论，主要阐释了《易经》的哲学思想。这本书把原来仅用于卜筮的《易经》提升到了哲学高度，是说明《易经》思想内容的重要论著。”

“那‘易其心而后语’，是什么意思呢？”方睿急切地问。

“‘易其心’就是彼此换了心，也就是朋友与朋友之间要能交心。‘而后语’就是才能给对方出主意、提意见。你父亲和我可以说就是这样彼此知心。可惜，他现在静躺无法与人交流，我也失去了一个交心的至爱亲朋。”韦建成举了举杯，感伤道，“现在只好写茶为伴了。”

“您也不要伤心，我现在用音乐疗法和‘金字塔能’疗法双管齐下，我相信父亲有一天会醒过来。”方睿安慰着。

“好啊，我期望着这一天早日到来。”韦建成笑着说，“现在你父亲还处在昏迷中，你有什么困惑，尽管跟我说，我会尽量帮你，也免得你父亲哪天醒来埋怨我啊。”

“不会不会，父亲怎么会埋怨您呢？”方睿赶忙宽慰。

方睿为韦建成再次倒茶后说：“韦叔叔，最近我的确有些问题解不开。”

“噢，什么问题，说来听听？但愿老朽能帮到你。”韦建成放下茶杯注视着方睿，准备认真倾听。

“研究院不是一直怀疑我父亲出卖科技情报吗？”方睿此时极想将所有事情向韦建成道出，求他解惑。

“是，他们的确怀疑，我也是被怀疑的对象。你父亲好像更重一些，研究院内部禁止我们与你父亲接触，所以前段时间我没怎么去你家。”

“我理解，韦叔叔，您不必挂在心上。”

“怎么了？你想证明你父亲的清白？需要我帮你做什么？”

“对，我的确想证明我父亲的清白，所以我想方设法打开了父亲的邮箱，没有发现父亲发送情报，但是发现了这个奇怪的邮件。”方睿取来一张纸写出䷖剥卦和河洛、阿门二词。

韦建成看着那内容，脸色由平静如水逐渐变得微波荡漾，他脸上的每根神经似乎都在动。方睿见此情形也有些恐慌，问道：“怎么了，韦叔叔？这邮件内容……”方睿不敢往下想了。

“孩子，别怕，我是突然觉得这邮件太诡异了，一时心情有点乱，你容我想想。”韦建成安慰方睿，站起身在屋内来回踱步，努力地思索着。片刻后，韦建成严肃地问，“你确定邮件里就是这些内容吗？”

“这三个内容是分三天发送的，最后一天是用加号把这三个内容合起来发送的一个邮件。”方睿解释着。

“哦……为了万无一失，我还是想看看你父亲的邮箱，这样便于理解这个邮件。”韦建成边说边从书房中取出笔记本电脑，打开推给方睿。

“行，我进入父亲邮箱让您看看。”方睿立刻输入邮箱地址，进入方荣轩的邮箱。突然，方睿脸色突变。

“怎么了？”韦建成急切地问。

方睿将笔记本电脑推给韦建成：“这四天的邮件没有了，被删除了。”

韦建成看着电脑眉头紧锁：“怎么回事？有人进入了这个邮箱，把邮件内容删了？”

方睿腾地站了起来，额头上迅速渗出了细汗。片刻之后，他一拍脑袋，恍然大悟地说：“没事，不是坏人进入了邮箱。”

“不是坏人，那是什么人？”韦建成冷峻地问道。

“这个邮箱内容别人不知道，只有我和景瑶，还有研究院王副院长和刘处长看到过。景瑶不会删除邮箱内容，一定是刘处长他们出于保密而删除了。他们曾经叮嘱我不许对任何人说这个邮件内容。他们认为这个邮件既能证明父亲是否清白，也能破解文件包密码，从而进入到父亲电脑文件包中，获得我父亲研究的二期数据成果。”

“哦，原来是这样……”韦建成也恍然大悟，“应该是这样的。因为上次华夏铁路建设公司IGBT核心芯片技术被盗事件，再加上这次你父亲负责的BD Ⅲ双模卫星导航系统SOC芯片技术事件，研究院在秘密调查所有人，包括我和你父亲。他们删除邮件应该的确是出于保密。”

方睿点头表示明白：“尽管邮件删除了，但是我记得的确是这三部分内容……哦，只不过有一点需要跟您解释，剥卦和‘河洛’都是我破解的，原邮件是阴阳爻横排，阳爻在前，五个阴爻在后，另外就是‘三可三各’四个字而不是‘河洛’二字，最后‘阿门’二字是没有错的。我的这种破解，王副院长和刘处长基本认同。您看我破解得对吗？”

韦建成在纸上写出“—— — — — — — — — — — —，三可三各，阿门”，然后凝眉思考，表情极其严峻，好像如临大敌。

方睿看着韦建成的表情，内心七上八下的，心虚又惶恐。

过了一会儿，韦建成眉头舒展开，平静地说道：“你破解得没有问题，这个就应该是剥卦和‘河洛’，剥卦是指小人当道，谨慎隐忍，而这个‘三可三各’既不是词语也不代表什么概念，它就是把‘河洛’拆开写的。剥卦和‘河洛’，这两个词语都是从《易经》而来，二者可以相互验证。你父亲出的车祸似乎也印证了这个剥卦。”

“您也认为我父亲的车祸是阴谋？”

“是，我的确是这么想的，只是没有确凿证据。”

“会找到证据的。”方睿恨恨地说。

韦建成没有理会方睿的回答，而是指着剥卦和“河洛”，先是分析了一下数字含义，这同之前宓潜的解释差不多。而后，韦建成饮了口茶，接着说：“河图是由 1、3、5、7、9 的阳数和 2、4、6、8、10 的阴数 10 个数字组成。阴阳之和是 55，另外，河图还有一个特点是，河图古称‘纵横图’，河图横向上的数 7+2+5+1+6=21，纵向上的数 8+3+10+4+9=34。”

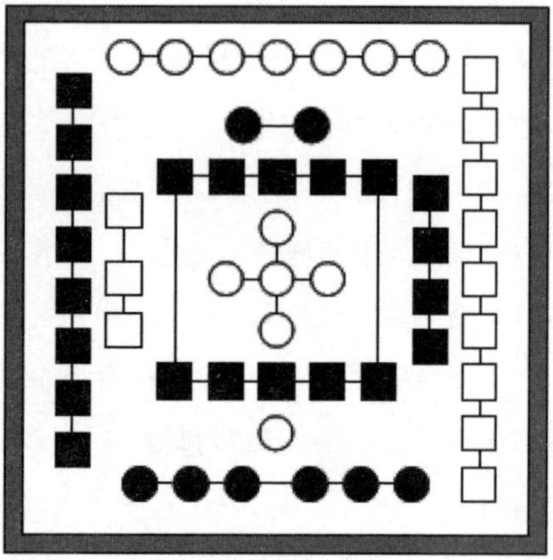

河图

韦建成再次画出河图洛书，然后接着说：“相邻两个斐氏数的平方和等于其所在项数之和对应的那一项。21 和 34 分别是斐波那契数的第 8 项与第 9 项，8+9=17，21 和 34 的平方和必然是第 17 项斐波那契数，也就是 $21^2+34^2=1597$，这 1597 正是第 17 项斐波那契数。所以说河图用简单的数字表示就是 55，深层次的数字表示就是 21、34，再深层次就是 1597。”

方睿吃惊地看着韦建成，内心无比佩服，暗想，韦叔还是比宓老师更高一筹。

韦建成再次喝了口茶，接着说：“洛书的数 1、2、3、4、5、6、7、8、

9 阴阳之和为 45。洛书又被称为九宫图，用现代的数学称谓又叫‘三阶魔方阵’，其鲜明的特点就是横、竖、斜相加都等于 15，另外还有一个特点就是把这个九宫图用行列式的方法计算，可以得到一个周天数 360。360 是中国古代历法一年的天数，也是一个圆的度数，可以解读为圆圆满满。因此说洛书用简单的数字表示就是 45，深层次表示就是 15，再深层次表示就是 360。”

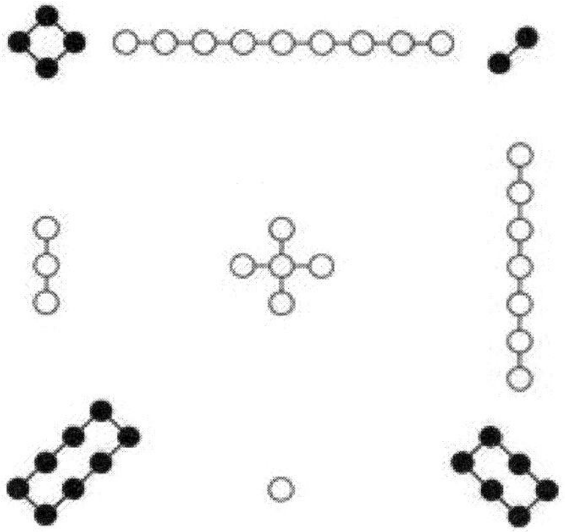

$$\begin{vmatrix} 4 & 9 & 2 \\ 3 & 5 & 7 \\ 8 & 1 & 6 \end{vmatrix}$$

洛书的行列式

洛书

听至此，方睿已经对韦建成佩服得五体投地，心想，早就应该向韦建成讲明实情，否则也不至于到今天为止，父亲的邮件还让自己一筹莫展。

“那‘阿门’呢？”方睿问。

韦建成饮着茶也正在目不转睛地盯着“阿门”两个字，过了很长一段时间，韦建成的眉头依然紧锁。

“这个‘阿门’不好破解吗？”方睿有些心慌。

“如果说起对河图洛书、《易经》的研究，我自认为比你父亲深一些，但是要论对西方文化的研究，我不如你父亲。这个‘阿门’是舶来品，好像是出自《圣经》，我对这个真的了解不多。”

方睿刚才还兴奋异常，认为韦建成会把所有邮件都破解开，而此时听韦建成这么一说，迅速蔫了下来。

“您再研究研究，您总归要比我强的。”方睿急切地说。

“我会再认真研究研究的。”韦建成将刚才的茶倒掉，重新放入一些乌龙茶，冲了两番后，端起杯品着新茶缓缓讲道，“据我现在所知道的一点知识，‘阿门’最初被用于犹太教，后来为基督教所采纳，见于《圣经》之中，作为总结和肯定之用，好像也用来表示‘诚心所愿，但愿如此，实实在在’。你父亲的邮件内容表达的意思应该是‘有小人陷害，这个小人是河洛，是实实在在、确定无疑的’。就是这样一个逻辑关系。如果说同时它还要指代什么密码，前两部分剥卦和‘河洛’我已经给你解读出来了，我觉得差不多就是我解读的内容。但是这第三部分内容‘阿门’，如果说也用数字密码表示的话，真的不好解，不知道你父亲是从什么角度设置的。”

方睿此时真的有点惶恐了：“您都解决不了，这可怎么办啊？那陷害我父亲的坏人要是请到高人把这‘阿门’解开，我父亲的心血就付诸东流了。”方睿焦躁地挠着头。

韦建成饮了口茶：“别急，孩子，慢慢来，我会帮你研究的。”

方睿用极其盼望的眼神望着韦建成，使劲地点头。

韦建成突然放下茶杯说：“嗯，我想起来一点，你回头可以试试。”

“是什么？您说。”方睿急问。

“我现在想起曾有人计算过，‘阿门’这个词在《圣经》的《旧约》中出现了 23 次，《新约》中出现了 32 次。还有一点，原文中‘实实在在’其实就是‘阿门’的意思。如果把主耶稣在《新约》中说的 25 次‘实实在在’也算在内，《新约》中就有 57 次提到‘阿门’了。57+23=80，全本《圣经》

提到‘阿门’就是80次，也就是说‘阿门’的密码数字可能是80。但是这么解读对不对，我一点把握都没有。”

* * * * *

进入了6月的北京城，已不再是花团锦簇、彩蝶飞舞、花香扑鼻的世界了，取而代之的是万木葱茏，翠绿梳妆，满眼的绿色裹挟着各种颜色的鲜花，芬芳袭人，给人一种怡情悦性之感。

方睿行走在小区里，欣赏着小区的美景，内心无比欢畅。

昨晚韦建成对父亲邮件内容的解读令他信服。他期盼，也愿意相信韦建成的解读是正确的。尽管韦建成对“阿门”的解读有些不自信，但是他认为或许父亲设置“阿门”一词的密码也就是如此吧。

昨晚很晚回到家中，他将韦建成的所有破解内容整理记录在几张纸上，放入随身携带的挂包中，才安然入睡。

他准备今天上午在锐达集团处理完工作后就赶往研究院，向王副院长他们汇报，好让王副院长他们将韦建成破解的密码输入父亲单位电脑里，打开父亲的文件包。

一想到父亲的清白与心血即将大白于天下，他感到无比神清气爽。

本来方睿坚信依靠自己认真研究《易经》，结合父亲黑皮笔记本中的读书笔记，能够破解开父亲邮件内容，但这要比有韦建成的帮助慢很多。而现在，转瞬之间就见到了结果，怎不令他兴奋异常呢？

方睿迈着兴奋的步子，进入自己的办公室，放下包正准备打电话让常雨婷过来，正巧常雨婷此时正推门进入。

“这是华南项目的甲方资料，我已经全部整理完了。”常雨婷将那厚厚的资料放到方睿的桌上。

方睿心中暗赞常雨婷做事的高效。他原打算让她今天下班前把这些资料整理完，准备明天向郑昊强汇报，然后与研发部沟通，看看何时携带技术方案南下广州，没想到她提前一天就完成了。这个极其灵透的女助理，真是让他倍感欣慰。如此，他今天上午可以踏踏实实赶往研究院去找王副院长他们了，而下午他可以认真翻看这些资料，下班前就能向郑昊强汇报了。

“很好，你上午帮我联系一下研发部，看看他们的技术方案准备得怎么样了。”方睿简单地翻看了一下这些资料说道。

“他们已经准备好了。”常雨婷回答。

“这你也提前问过了？”方睿以为常雨婷把这个工作也做到他前边了。

“不是，是早晨郑总告诉我的。早晨我刚来郑总就到了，他让我转告您，说研发部的技术方案已经准备好了，让您早晨一来就去找他商讨华南项目的事。”常雨婷不急不忙地说着。

方睿简单地翻看了一下常雨婷准备的资料。整个资料条理清晰且翔实，如果花时间仔细研读，应该能够对甲方有一个充分的了解。方睿满意地合上资料。

“好，印发给参与华南项目的各组负责人，每人一份。”说完，方睿站起身走出办公室。

进入郑昊强办公室，方睿就感觉到了气氛的神秘与压抑。

研发部主任洪帆和另外两位副主任都在郑昊强的办公室内静坐着，表情严肃。郑昊强的办公桌上放着两个精致的手机架，架上是两部机身采用红黑撞色搭配的新款全面屏手机，两部手机旁边放着两份纸质交接表。四个人没有说话，目光都投在那两部新手机上。方睿见此阵势便明白了一二，华南项目的技术方案应该就储存在这两部手机里。

“郑总，今天就做交接吗？”方睿问。

“对，这是研发部特制的两部手机，按你的要求将华南项目技术方案分两部分储存在这两部手机里。人在，手机在，技术方案也就在。”郑昊强严肃地说完，看了看研发部主任洪帆，示意他做个补充。

洪帆推了推他那嵌有厚厚镜片的眼镜，不慌不忙地说：“方主任，基于保密原则，我们在您提出分批携带技术方案的策略下，做了一点细节的补充，不采用携带硬盘或密码箱，而是采用利用常用工具携带技术方案的方式，这样不招摇，也不引人注意。”

“妙啊，这简直就是大隐隐于市，常见则不疑，安全就是在最平常中实现的。”方睿内心由衷地赞叹这一招。

方睿本来曾纠结，如果他手提密码箱，反而会引人注意而不安全。换成手机，这一担忧就不复存在了。

“这两部一模一样的手机是大容量高机密性的。它不存储其他电话，暂时只能以加密形式与我们研发部刘副主任的手机连接。另外，一会儿你将这两部手机开机密码设置为你的脸部识别。这样万一手机被盗，偷窃者也开不了机，技术方案短时间内还是安全的。”洪帆主任满意地说道。

方睿闻听至此，心里踏实了许多。

“来，方主任，现在您进行脸部识别设置吧。”一旁坐着的研发部刘副主任起身招呼方睿。

方睿在刘主任的指导下，很快将两部手机密码设置完成，然后在交接单上签了字。洪帆主任与郑昊强寒暄了两句之后，带着两位副主任走了。

“我何时出发？我带走第一部手机后，第二部放在哪儿？”郑昊强送走洪帆主任三人，刚返回屋子，方睿便急切地问。

“我已经替你想好了。早晨研发部洪主任一通知我方案已经准备妥当，我就叫办公室王秘书为你预订了今天中午十二点三十五分的高铁，为常雨婷预订了下午三点零五分的高铁。”

“常雨婷？您的意思是第二部手机让常雨婷带上与我在广州会合？”

“对，我考虑再三，你手下的人做事比较认真稳妥的，就是这个女孩子了。这几个小时你让常雨婷回家带些必备用品。女人嘛，毕竟需要的零零碎碎的东西多。而你就对不起了，这一个多小时就在集团大楼里做准备工作，需要什么东西可以吩咐王秘书临时出去为你买，或者是回你家取。十一点十五分你从我这里取走第一部手机，有人送你直接上高铁。你走后的这几个小时，第二部手机依然放在我这儿，我要寸步不离地看着直到常雨婷取走。”郑昊强认真地说道。

“好，我保证华南项目不会泄密。”方睿坚定地说。

“好，就这样，你去通知常雨婷吧。”郑昊强催促着方睿。

方睿将常雨婷叫到自己办公室说道：“我今天中午提前先走一步到广州，你乘下午三点零五分的高铁带上郑总屋里的那部手机到广州与我会合。记住那部手机存有华南项目的技术方案，是处于关机状态，只有我通过脸部识别才能开机。所以你要做到人在手机在，任何东西都可以丢失，但不能丢失这部手机。”方睿叮嘱道。

“明白，那我……”常雨婷欲言又止。

“你这几个小时可以回家取自己必备的东西，下午一点半从郑总屋里取走手机，王秘书会护送你上高铁。”

常雨婷踏实地点了点头。

“还有问题吗？”方睿问。

“没有了。”常雨婷干脆地回答。

“好，你去准备吧。”方睿吩咐道。

常雨婷一阵疾风般闪出办公室后，方睿立刻将需要准备的物品开列一个清单，刚刚写完，王秘书就推门进入了。方睿将清单交给王秘书并叮嘱了几句。待王秘书走后，方睿坐回到椅子上，收拾自己的挂包，突然看到了那几张写有破解父亲文件包密码的纸。他不无遗憾地将它们放入抽屉，暂时锁了起来。

看来去研究院找王副院长只能待从广州回来后再说了。

＊＊＊＊＊

接受了这样一项极其重要又艰巨的任务，常雨婷可以说是既兴奋又忐忑不安。她知道郑总和方主任对她工作高度认可，才给了她这样一个肩负重担的机会，也是给了她一种无形的奖励。这种机会和奖励是由巨大责任裹挟而来的。这种责任在她看来就犹如女生脚上精致的“恨天高”高跟鞋，展示优雅与自信的同时，也要冒着崴伤脚踝的风险。但是她相信自己的能力，也相信自己将这种优雅与自信展示给方睿方主任看时，必然会得到他更深的赏识与信任。在她内心深处，不知从何时起，就期望着为方睿做好一切的幕后工作。此次南下广州，如果由她来选择，她更愿意与方睿同行。但是没办法，工作的需要，方睿必须先行几个小时，或许是为了做好一切准备工作，也或许是因时间紧迫，但又不得不给她这个女生留出充足的准备时间吧。不管怎样，能够再次与方睿一同参与重大项目是她求之不得的。她所乘坐的这趟高铁正在追寻方睿的足迹，快速前行。而那个令她敬仰又有无限遐想的方主任就在广州凯德大酒店等待着她的到来。

走出广州火车站，常雨婷按照方睿给她发送的短信，很快寻找到了举着写有“常雨婷”字样牌子的男人。那男人带着常雨婷来到了停车场的黑色商务车旁。拉开车门的一瞬，常雨婷小小地吃了一惊，“方睿”微笑着坐在里边等着她呢。

“旅途辛苦了。”“方睿”率先发话并伸手接过常雨婷的行李箱。

常雨婷进入车里，“方睿”顺手推上了商务车车门。

“走吧。”“方睿”说道，顺手给了常雨婷一罐清凉的功能饮料。汽车缓缓驶离停车场。

“您不是让我到凯德酒店会合吗？怎么……”常雨婷喝了一口饮料，轻轻地问。她故意说到“怎么”后不说了。

“我还是越早看到你越踏实些。”“方睿”平静地说。

常雨婷听到此话感觉全身都无比清爽，旅途劳累顿时飘散殆尽。她情不自禁地说了一句：“谢谢方主任。”

“一路上手机一直随身携带吧？”“方睿”再次平静地问。

“当然啊，人在手机在嘛，这是您叮嘱的。”常雨婷举了举手中的一个手包。

“好，取出来我先检查一下。”“方睿”说。

常雨婷从手包中取出那个手机递给“方睿”。

“方睿”按了一下功能键，手机屏显示需要脸部识别解锁。“方睿”将手机对准自己的脸部进行扫描，脸部识别成功，手机迅速开机了。

“哦，忘了，送你一件小礼物。”“方睿”从身侧取出一个包装精美的小盒递给常雨婷。

常雨婷双手接过来眼睛放出惊喜的光芒：“您这是？”

“哦，算是对你这趟辛苦旅行的奖励吧。打开看看，希望你喜欢。”“方睿”微笑着说，示意常雨婷打开礼物，然后他转回脸认真查看起手机上的文件包。

常雨婷谨慎地打开三层包装纸，一个精致的小盒展现在眼前。她按动盒子正前方一个小小的开关按键，盒子缓缓打开，一个卡通女孩在优美的旋律中缓缓上升且翩翩起舞。常雨婷看得入神。这个礼物其实并无太大新意，但是常雨婷很喜欢看那“起舞的女生”的那份优雅、那份欢快。她觉得这正如眼下的自己，在为自己起舞，也在为她所敬仰的人起舞。

“谢谢你，这个礼物我超级喜欢。”常雨婷深情地向“方睿”表白着。

“那就好，收好吧。”待常雨婷将礼物放入包后，“方睿”把关闭的手机重新递给常雨婷，“把它收好，到了酒店再交给我吧。”

常雨婷小心翼翼地重新将手机放入手包中，然后一只手攥着手包，一只手按着装有那个音乐盒的包。她想，她要一只手攥住方睿赋予她的责任，一只手按住方睿给予她的关爱。

汽车缓缓地停在了广州凯德大酒店的大门前。“方睿”麻利地打开车门，率先下车，然后很绅士地伸手搀扶常雨婷下车。待常雨婷站稳之后，“方睿”拉着常雨婷的行李箱转身大步向酒店走去，常雨婷随后跟随而入。此时“方睿”手机响了，他接听电话“嗯嗯”两声之后，说道：“稍等。”然后转回身，对常雨婷说：“你到前台领取房卡，回到你房间简单收拾一下之后到我房间找我。”

“方睿”对常雨婷讲完之后将手中的行李箱递还给常雨婷，重新拿起电话，边听边向电梯走去。

* * * * *

严谨的时间安排和周密的保密措施，令方睿此次广州之行踏实了许多。酒店内配备的小型保险箱里放置着他带来的那部手机，这使他得以安心地小憩了两个小时，旅途的紧张劳顿也得以逐渐消退。他看了看手表，推算常雨婷应该到了，顺手拿起手机想问一问常雨婷到哪儿了，恰在此时，门铃声响，方睿从沙发上起身走到门前问道：“哪位？”

“方主任是我，常雨婷。”门外传来常雨婷的声音。

方睿打开门，只见常雨婷亭亭玉立地站在门前，手里攥着一个手包。

原来不穿职业装的常雨婷还是很惊艳的，方睿想。

“辛苦了。”方睿做了一个请的姿势。常雨婷迈着轻盈而又欢快的步子走进房间。

“现在，我可以把手机正式交给您了吗？”常雨婷微笑着问道。

“当然。”方睿回答。

常雨婷打开手包，将手机取出递给方睿。方睿接过来转身走到酒店里配备的小型保险箱前，输入密码打开保险箱，将第二部手机放入。他注视着两部一模一样的手机，心里悬着的一块石头彻底落地。他“砰”的一声将保险箱门关好，转身对常雨婷说：“谢谢你，旅途很辛苦，你还是先回房间泡个热水澡，然后睡一觉，明天我们再踏踏实实地工作。”

“好吧。”常雨婷见方睿已经去为她开门，遗憾地答道。她走到门口停顿了一下，甜蜜地说道：“方主任，谢谢你来车站接我，也谢谢你的礼物。那礼物我真的很喜欢。”

常雨婷说完有些羞涩地转身匆匆走了。

房间门慢慢地自己关上了。

站在门里的方睿只觉得从头顶到脚底像被电击了一般全身发麻。因为他清楚地知道，他自己并没有到车站接常雨婷，更没有送给常雨婷礼物……

第十三章

送给常雨婷礼物是“方睿”计划中的一个环节。当常雨婷异常惊喜地观赏那礼物时，就被成功地转移了注意力，他也就十分顺利地把手机里的商业机密复制了出来。

在广州凯德大酒店大堂里接听的电话，是“方睿”计划中的另一个环节。他借接听电话之机摆脱常雨婷，十五分钟之后他推算常雨婷已经乘电梯上楼了，便从容地从五层咖啡厅出来，走出酒店，拦了一辆出租车赶往广州火车站了。

“方睿”坐在广州至北京的高铁一等座上，回忆着窃取计划的各个环节，心情很是愉悦。他自己在暗处，方睿在明处。方睿手机里的每一个通话、每一条短信都被他随时监控着。这种游戏就像一个天才戏耍着一个傻子一样，让人倍感过瘾。从北京赶往广州时为了提前候着常雨婷，他是乘飞机而来，而此时成功窃取到了商业机密，他可以悠然自得地乘着最后一班高铁返回北京了。返程的旅途是愉悦的，但也是寂寞的。“方睿”从背包中取出随身携带的“飞越巅峰”魔方不停地把玩。

或许是这种扭曲魔方的外形有些古怪，又或许是“方睿”把玩的时间太长，他对面坐着的一位中年妇女渐渐地表现得有些心烦意乱。她时而闭目养神，时而又离开座位到两节车厢连接处的空地站着观风景。当那女人再次坐回到座位时，列车已经到了武汉车站。尽管有旅客陆续上下车，车厢里嘈杂一片，但是“方睿”依然沉浸在把玩魔方的快乐中。

“哟，这不是方睿吗？”一个如银铃般的声音飞入“方睿”耳膜。“方睿”迅速抬头，看到了风尘仆仆的齐琪。

“哦，是齐琪啊，你这是刚上车？”“方睿”起身与齐琪打招呼。

“对，我去武汉出差了，今天刚办完事。”齐琪边说边抬头寻找着座位标号。她手中的车票座位号显示的是那中年妇女身后的座位。“方睿”赶忙帮齐琪将行李箱放到座位头顶的行李架上。

“谢谢。”齐琪向“方睿”微笑了一下，然后就坐到了那个中年妇女身后的座位上，“你也是出差啊？”齐琪探身问了“方睿”一句。

“哎，去广州出差来着。”“方睿”微笑着说。

“方睿”印象中上一次见齐琪还是在锐达集团大楼里，那次是齐琪到锐达集团办事，自己为她刷卡打开闸机。那次的相见使“方睿”对齐琪有一种说不出的好感。“方睿”真的不知，是齐琪干练的气质，还是她的高挑身姿，抑或是其他什么无法言传的东西，深深地吸引了他。

情感这东西真是无法形容，“方睿”想。

休息片刻后，齐琪从包中取出保温杯，起身准备去接热水。“方睿”赶忙起身说道：“你坐，我去吧。”

“好吧，谢谢。”齐琪回坐到自己座位上。

那个中年妇女见“方睿”去打热水，转身问道：“你们认识？”

“对，认识，怎么了？”齐琪问。

“没什么，既然你们认识，咱俩换个座位吧，也方便你们说话。”中年妇女边说边起身，准备换座。

齐琪只好与中年妇女调换了座位。

中年妇女坐到齐琪的位子上，长出了一口气，然后探身对齐琪说了声："谢谢。"

齐琪闻听"谢谢"二字还在纳闷，不知何来感谢。"方睿"端着水杯走回来，见齐琪坐到了他的对面就明白了一二，低声说道："你拯救了两个人，一个摆脱了寂寞，一个摆脱了煎熬。""方睿"边说边偷偷指了指齐琪身后刚刚换了座位的那个中年妇女，又指了指放在小桌上的那个扭曲的魔方。

齐琪恍然大悟地笑道："你这魔方的确让人抓狂。我还是第一次见到这么古怪的魔方呢！"

"可不要小看这个古怪魔方，它可是在2011年的纽约魔方展览会上一亮相就引发轰动，它与大众市场的鲁比克魔方相比，称得上是一个不折不扣的巨人。""方睿"不知为什么一见到齐琪，就有说不完的话，就想卖弄自己丰富的知识储备。

齐琪听闻此言立刻有了兴趣。其实她没事时也是很喜欢摆弄魔方的，但是她还是第一次见到这样扭曲的魔方。

"这叫什么魔方？谁发明的？"齐琪问。

"这个魔方的名字叫'飞越巅峰'，它是荷兰设计师奥斯卡·冯·德芬特发明的，它是17×17×17的机械魔方，是由1539块单独的塑料块组成，创造了一项世界纪录，把玩起来是极其益智的。"

"太复杂了，一般人是玩不了这种魔方的。不过玩转起来肯定益智，不会得健忘症哦。"齐琪说。

"是啊，因为我得了健忘症，所以我要把玩它，治疗健忘症。""方睿"试图引起齐琪更多关注，那种欲望犹如地下温泉在强烈地喷涌着。

齐琪爽朗地笑了："哈哈，方睿，没想到你这么逗。我原来见你可总是一副规规矩矩很深沉的样子，看来那是装深沉，不是真深沉啊。”

“我是深沉与肤浅同在，浅薄与博雅共存啊。”“方睿”说着就做出一副一本正经的样子。

齐琪看着“方睿”再次爽朗地笑了起来，说道：“都怨你那个铁哥们儿韦灿，平时也不让咱们多聚一聚，弄得咱们很生疏。我还真没发现你有这么幽默的一面呢。”

“你看这个社会是多姿多彩的，人也要学会多姿多彩的生活嘛。”“方睿”微笑道。

此时列车乘务员推着送餐车缓缓地走过来，口中反复推销：“有需要饮料、咖啡、零食的旅客吗？”

“方睿你要喝点什么？”齐琪拦住列车乘务员，接着说，“我来一杯咖啡。”说完看着“方睿”等待他的回答。

“我也来一杯咖啡吧！”“方睿”回答完，迅速起身付了钱。

齐琪见“方睿”付了钱，粲然说道：“本来是我要请你喝点什么的，倒让你付了钱。”

“方睿”微笑道：“我是不敢确定你要自己喝咖啡还是要请我喝咖啡，或者是既要自己喝，也要请我喝。而我只能用复数模型来解这个问题。在这个模型里，男人只存在于实轴上，而女人生活在一个更为宽广的复数平面上。一个复数，男人能看见的只是实部，而女人还带有一个感性的虚部。虚部可能是正，也可能是负，而男人是看不见的，最多只能猜。更确切地说是要用心去分析，努力逼近理论上的最佳估值。所以我也要选你选过的，而且要当机立断解决不可回避的付费问题。”

齐琪闻听哈哈地笑出声来，引得旁人侧目。

“亏你能想得出这么套理论来。”

“方睿”说：“有点深奥了吧？不太像正常人说的话吧？”

齐琪说：“嗯，是不太容易懂啊。”

“那我给你讲点通俗又有营养的吧？”

“我洗耳恭听。”

“我们就说这咖啡吧。像这种速溶的咖啡饮品浓度一般低于2%，被称为非意式咖啡，是极其大众的，其技术含量不高，特色模糊，口感平淡，但老少皆宜。品这种咖啡重点不在咖啡自身品质，而在人与人聊天的内容。而与之不同的有一种被称为Espresso的意式咖啡。它有着完整的技术要求，要求粉量为7—8克，经过9个大气压与92摄氏度左右的高温热水，在15秒内，急速萃取出30毫升的咖啡。Espresso中富含咖啡因、蛋白质、咖啡油脂胶状物等600多种物质，口感复杂而均衡，香气浓郁，爽滑细腻，余味悠长，酸、苦、甜，多味俱全，又不会给品尝者带来‘苦不堪言’的感觉。一杯好的Espresso喝下去，会有纵贯血脉、直通全身的爽透之感。”说到此“方睿”轻轻地品了一口咖啡继续说，“还有一种称为单品咖啡，是优雅的、有个性的，是在一系列严谨又流畅的流程下完成冲泡萃取的。杯中物最后呈现出来的独特风味和个性令人着迷。这种咖啡一般是用各种壶具手工冲泡萃取而成，它专注于咖啡品种特色与地域风味之间的完美结合。”

齐琪已然听得入迷。

“方睿”笑着问：“怎么样，这个不深奥吧？”

齐琪感慨道：“有营养，有收获。”

“谢谢夸奖。”“方睿”说，“那我就把这个咖啡的话题，比作咖啡因，先给你提提神？”

“哈哈，你还有比作糖和蛋白质的话题？”齐琪顽皮地笑道。

“当然有了，我今天要为你奉献一顿营养文化大餐。”

“好啊。”齐琪流露出无比的期待。

“方睿”正想着那些会令齐琪感兴趣的话题，恰在此时，手机突然响起了动画《瑞克和莫蒂》中的一段插曲 For the Damaged Coda。

“对不起，我去接听个电话。”“方睿”迅速站起来离开座位，按了蓝色键后，将手机紧紧地贴到耳边。手机听筒里传来方睿与那媚的通话声音。

*****

方睿挂断电话，结束了与那媚的通话后便通过检票口快速登上摆渡车，准备登机了。他要乘这架自广州飞往北京的航班作技术方案泄密后的快速弥补。

几个小时前，方睿在听到常雨婷对“方睿”的接站和赠送礼物的行为表达感谢时，他确信常雨婷手中的那部分华南项目技术方案已经被假方睿窃得。

自责和懊恼袭遍方睿全身，他重重地扇了自己一个耳光。他恨自己的这张脸，正是这张脸骗了常雨婷，让灵透、精明又忠诚的常雨婷出现了重大失误。也正是这张脸可以打开那部智能手机，从而使假方睿轻松地将手机中的技术方案窃取了。

片刻之后，逐渐冷静下来的方睿，迅速打开酒店的保险箱。他盯着那两个一模一样的智能手机，回忆起自己携带的手机是放在保险箱内右侧，常雨婷交给他的手机是放在左侧。从郑昊强办公室取走手机时是随机的，方睿并不知道哪一部手机存储着上半部分技术方案，哪一部手机存储的是下半部分技术方案。而现在需要确认到底是哪一部分技术方案被窃取了。

方睿打开常雨婷带来的手机，发现里边存储了上半部分技术方案，这样下半部分技术方案就是安全的。他立刻用这部加密手机跟研发部的刘副主任通了电话。方睿谎称他看过上半部分技术方案后私下里已经与甲方的内线沟通过，对方建议修改数据以求更有竞争力。方睿深知这给研发部出了不小的难题，但是没有办法，为了能够使公司在华南项目上竞标成功，他也只能如此。好在最为重要的下半部分技术方案依然安全，只修改上半部分难度不大。刘副主任尽管不太满意，但是在方睿关于运营期和投产期与经济效益评价的最优化，以及项目风险分析与对策等方面的说辞中，只得应允修改。刘副主任答应方睿，研发部立刻加班加点修改，争取在十个小时之内完成。方睿则表示自己将亲自返回北京去取新方案。

方睿为了保证下半部分技术方案的安全，赶往商业银行临时开立了一个银行保险箱，将存有下半部分技术方案的智能手机秘密存锁起来。一切处理停当后，他让常雨婷在酒店静心休整，谎称自己要回北京与郑昊强沟通项目变化事宜。

方睿准备登机时接到了那媚的电话。那媚在电话中说自己有一个项目技术方案需要方睿为她把关。方睿告知那媚，自己在外地出差无法配合，婉言拒绝了。

尽管飞机舷窗外蓝天白云美不胜收，但是方睿毫无心情欣赏。他闭目思索，假方睿是何以知晓他与常雨婷分头携带技术方案赶往广州的？何以那么精准地到火车站接到常雨婷？

梳理所有细节后方睿确信，假方睿对他进行了监听。

方睿赶回锐达集团大楼，进入到自己的办公室后将房门锁好，开始细细察看每一个角落，终于在办公桌底下的一角发现了一个极其微小的窃听器。

方睿再次扇了自己一个耳光，他恨自己的麻痹大意。他早就应该想到假方睿曾多次冒充自己的身份坐在这个办公室与诸多同事谈话，而自己来上班时，他必然要继续监听到自己的一切工作安排。

方睿刚要恼怒地扯下那个窃听器，忽然想到，何不借此将计就计，斗一斗这个假方睿呢？

＊＊＊＊＊

“方睿”在北京西客站北广场出口与齐琪道别。他婉言拒绝了齐琪的好意，没有乘坐齐琪公司的接站车。他谎称锐达集团的接站车马上就到，同时告诉齐琪最近锐达集团因为一些项目比较机密，行程尽量保密，恳请她不要向任何人透露自己的行程。齐琪应允，接过“方睿”为她提拿的行李箱，乘车走了。“方睿”望着齐琪所乘的汽车消失在车流中，怀着愉悦而又不舍的心情，穿过西站来到南广场，打了一辆出租车赶往位于 CBD 商务圈的北京华贸中心。

北京华贸中心写字楼呈 45 度角面对长安街，整体由美国 KPF 建筑设计事务所设计，风格纯净、简洁、明快、凌厉，具有开阔的视野和极好的自然采光，极富纪念性和时代感。由西向东依次走高的格局，使之更显高端大气。华贸中心写字楼是为跨国公司量身定做，集奢华酒店、商业、国际公寓、商务办公楼于一体的城市综合体，这里既是国际商务交流的平台，也是各种商业情报暗流涌动的集散地。

“方睿”进入写字楼 A 座的 16 层。这一层的最里侧有一间近 100 平方米的办公室，其给人的感觉像是一个闲置荒废的房间。门口左侧镶有一块没有刻写字的铜制标牌，表面上看，像是一块废旧的单位标牌。“方睿”走到门口用手一抠那标牌，外壳被打开，标牌里显露出一个液晶显示屏。“方睿”用手轻轻触碰，液晶屏亮起，是一个脸部识别仪。“方睿”将脸向前凑了凑，识别仪迅速扫描，显示扫描成功后，液晶屏上又出现密码框。“方睿”输入密码后，“咔嚓”一声，办公室大门被打开。“方睿”拉开这道门进入房间。

几分钟后“方睿”走出房间，将门关好，也将墙上的标牌扣好。他打开手机向一个名为 DFH 的人发送了一条短信，内容是一串乱码加数字 99。这是“方睿”与这位名为“DFH”的接头者之间联系的暗语。DFH 收到这条短信就知道“方睿”又将一个新的情报放入这个“安全屋”了。

“方睿”乘电梯下到一层。电梯门打开，他跨步走出电梯向大厅走去。

“嘿，方睿。”有人喊方睿的名字。

“方睿”停下脚步，回头看去，原来是宓潜。

宓潜从后面走来，显然他是刚从另一部电梯走出来。

“哦，宓老师，您这是？”“方睿”迅速认出这位是方睿曾经的老师宓潜。

“啊，我来办点事。”宓潜答道。

还好，今天自己没有再出现碰到熟人而认不出来的尴尬局面，“方睿”暗想。

两个月前他借方睿出差在西北的机会，再次进入锐达集团大楼，在大楼一层大堂被那媚拦下，当时他并不知那媚是何许人，被奚落几句之后只好陪那媚去喝咖啡，席间他巧妙应对总算蒙混过关。事后，他来到“安全屋”通过加密视频向澳洲总部的上司史密斯先生发了火，痛斥他们工作的重大疏忽，没有及时将方睿最新接触到的人的相关信息通报给他，造成他与那媚这次的谋面险些被那媚察觉出此“方睿”非彼方睿。那次的涉险之后，“方睿”又密集收到了史密斯通过加密视频发送来的诸多方睿的人际关系资料。这些资料中就包括眼前的这位中学老师宓潜。

“你这是来办公事还是私事啊？”宓潜笑着问道。

“啊，是私事，也有公事的成分。”“方睿”解释着。

“我后来又研究了你那个谜语，里边的剥卦和‘河洛’好像还有更深层的数字表达方式，有机会我再给你讲讲啊。”

“好啊，好啊。”“方睿”继续应对着。

二人边说边走出大楼。

“你怎么过来的啊？开车吗？”宓潜问。

“不是，我是打车来的。”“方睿”回答。

“要不，我送你吧？”宓潜说道。

“不了，我还有别的事要办，就不麻烦宓老师了。”

恰在此时，一辆出租车停下来，从车上下来一个瘦高个、头发稀疏有些谢顶的中年男人。同车还下来一个极其风骚妖艳的女人。那男人一下车正好看见了宓潜和“方睿”，脸色立刻流露出无比的尴尬，他迅速掏出手机假装查看以此逃避尴尬局面。

“方睿”注意到那男人，感觉他应该认识宓潜。

宓潜拦住那男人说道：“这不是牛校长吗？”

那男人停下，装出吃惊的表情：“哎哟，我没认出来，这不是宓老师吗？”

宓潜主动与这个被称为牛校长的人握手。

“牛校长这是？”宓潜边问边瞥了一眼他身旁那个妖艳女人。

“啊，办点事，办点事。”牛校长此时的脸色已经涨得通红。

现在应该是上课时间，这个牛校长怎么出现在这种灯红酒绿、商业繁杂的地方？看这个女人就像是夜总会的小姐，这男人一定是来这里的酒店公寓约会的，而遇上熟人宓潜，就有点尴尬了。“方睿”偷偷地看着那男人的窘态，暗自发笑。

牛校长像逃一样向大楼奔去，那个散发着风骚的女人，扭着腰肢快速追赶了过去。

宓潜看着二人远去的背影，露出了一丝窃笑，显然他也明白了一二。

“宓老师，我还有事，回头再聊吧！”“方睿”想尽快离开。

“好，回头再聊。”宓潜说完，紧接着又问了一句，“哎，你不认识刚才那个人了？”

“啊，没认出来……”“方睿”头脑里迅速搜索史密斯提供给他的人际关系资料。没有，资料中没有这个人。

“这不是原来咱们学校的牛校长吗？牛玉江，你不认识了？”宓潜瞪大眼睛提醒着“方睿”。

“哦，我还真没认出来。”“方睿”装出恍然大悟的样子，“原来是他啊。”

“对啊，就是牛校长嘛，那会儿你们高中学生还给他起外号叫什么来着？”宓潜皱眉想着。

“方睿”也做出思索状。

“哦，叫‘牛棒槌’是不是？”宓潜提醒着“方睿”。

“对，对，是‘牛棒槌’。”“方睿”装作一副也想起来的样子。

此时又来了一辆空的出租车。

“对不起，宓老师，我还有点急事，我先走一步，咱们回头再聊。”“方睿”边说边拉开出租车门，上了车。

“好，回头再聊，回头我再跟你讲讲那个谜语啊。”宓潜说。

“方睿”在出租车里向宓潜挥手告别，低声催促司机：“快开车。”

出租车沿着长安街向西行驶，进入建国门后拐入一个高档社区，“方睿”吩咐司机直接开到社区 B 座大楼地下二层。待出租车驶离后，“方睿”拐到一个拐角处进入电梯间，乘电梯直达九层。

瑞莱卡公司在这里为“方睿”租了一间公寓。

“方睿”劳顿多日感觉有些乏累。他进入房间后躺在床上回忆遇到宓潜的种种细节。他深知自己在宓潜面前的表现还不如在锐达集团第一次见那媚时。这种糟糕的表现要怪罪于澳洲总部给他提供的人际关系资料的缺失。

真是一帮蠢材，“方睿”想。

他起身打开音响，边听音乐边亲手冲了一杯咖啡，这是他消除疲劳、剔除糟糕心情的方法。小提琴协奏曲《梁山伯与祝英台》(简称《梁祝》)缓缓响起。以前音乐一起，他就会陶醉其中。但是，今天他脑海里却突然闪现了齐琪的一颦一笑。他对自己在齐琪面前的表现感到满意，而齐琪所表现出的回应也是积极的。火车上几个小时的交流互动，就像这《梁祝》音乐的开端，在优美的鸟鸣声中，一幅风和日丽、春光明媚、桃红柳绿的画面展现眼前，令人神迷心醉。

看来以后需要多与齐琪谋面，“方睿”美美地想。

手机屏一亮，有短信进来。“方睿”拿起手机查看，发现是 DFH 发来的短信，内容是一串乱码带着数字 1916。“方睿”明白这也是暗语，意思是“呼唤”，是需要他去“安全屋”接收信息或指令的信号。

“方睿”再次回到“安全屋”，打开写字台上的电脑，输入 531916，这是暗语“接收呼唤”的意思。电脑上跳出脸部识别的提示，“方睿”将脸部对准电脑屏上的识别仪。扫描成功后，又是手掌纹识别，“方睿”将右手放在电脑屏上，再次扫描成功后，一段视频被打开。视频中首先出现的是“方睿”从常雨婷处窃取的技术方案的展示，快速翻页到 35 页停止，显然未完，接着露出史密斯那张不太高兴的脸。史密斯说道：“方睿先生，你拿到的技术方案仅仅是上半部分，说明你只完成了一半工作，是你的责任心出了问题还是能力出了问题？方睿先生，请记住，无论做什么都要发自内心，像是给主做的，不是给别人做的。”视频结束，电脑屏幕显示一串文字“阅后即焚”。又过了五秒钟后电脑屏幕出现了爆炸的画面，视频彻底消失。

“方睿”点开电脑对话框左上角的直播键，开始对着摄像头拍摄视频留言。“方睿”嗔怒道：“请不要质疑我的能力，我会做好我应该做的，请你们尽快提供关于方睿的老师、同学以及他所在学校的那个校长的资料。“方睿”

拍摄完后，点击左上角发送键，电脑屏上显示发送成功。

“方睿”关掉电脑，冷笑道：“好啊，方睿，居然藏头露影，摆我一道，这样的方睿，这样的游戏，我喜欢。”

*****

方睿家的那栋楼坐落在这个小区的最里边，远离街道和小区大门，显得更安静，私密性更好，但如果是初次来还真的不太好找。那媚因为已经来过一次，也就轻车熟路了。

自从与方睿签订了补充协议，她就一直想找到更多更充分的理由接近方睿。最近正好有一家公司的技术方案交到她的手上，她就立刻打电话给方睿，请他帮忙审定，以此来开启与方睿的正式合作，从而将方睿纳入到自己情报网络的人脉之中，最重要的是为了从方睿处找到有价值的信息，帮助Sanke解开BD Ⅲ双模卫星SOC芯片二期数据密码。但是方睿称自己出差在外地委婉拒绝了为她工作，这令那媚感到了潜在的压力。她确信现在的方睿是在跟她周旋，在刻意保持着不远不近的距离，在一些原则问题上不越雷池一步。这样的话她的近期目标将困难重重，不易达成。不过她转念想，如果是方睿真的出差在外地，又不失为一个最佳时机。

那媚赶到锐达集团求见方睿，得到的信息是方睿的确不在锐达总部。验证了方睿的确在外地后，那媚高兴不已，她立刻赶到方睿家，想趁其不在家时去找到有价值的信息。

保姆李阿姨听说那媚是来看方荣轩的，也就不好推辞，引客人进屋了。

那媚拉着李阿姨坐下一起喝茶聊天，趁她不注意，往李阿姨的茶杯里下了点迷药。不久，李阿姨有些瘫软，随后很快倒在沙发旁昏睡过去。

那媚估计着药效，确信李阿姨一小时内不会醒来。她戴上手套进入方荣轩书房，开始翻找自己认为有价值的书信和笔记本。她佩戴的眼镜将她翻看到的一切内容，实时摄录并传输到了汽车里存放的笔记本电脑上。

那媚首先对《易经》《系辞传》这种古书进行查找、摄录，然后又翻找到写字台最底层抽屉的那本黑皮笔记本。她相信记忆力再强的人也会对自己设置的密码留下提示，所以尽管这个笔记本很厚重，内容很繁杂，她仍然耐下心来，一页一页地翻看摄录。

除了黑皮笔记本、《易经》和《系辞传》，其他的中文版书籍，那媚都没有放过，一一摄录。但无奈方荣轩藏书量很大，花了近一个小时依然没有翻看完。那媚的手机提示铃声响起，她估计李阿姨很快就会醒来，只好停止翻看。她走出书房坐到沙发上，开始静静地喝水。过了十多分钟，李阿姨苏醒过来，她睁开双眼看着坐在一旁的那媚，有些诧异，努力回想着。

“您是不是太累了，刚才聊着聊着您就睡着了。”

“是吗？”李阿姨站起身，迷迷糊糊地思索着。

“刚才您睡着了，我没好意思走，不过也好，在您睡着时，我向方研究员倾诉了倾诉我的苦衷，也希望方研究员快快醒来，为我公司的发展助一臂之力。”

“啊呀，真是失礼，对不起，对不起。”李阿姨很是不好意思。

“本来我给方睿打电话，他说他处理完事可能会回来。”那媚看了看手表不无遗憾地说，“看来是有事缠住了，回不来了。”

“那……”李阿姨欲言又止。

“啊，对了，我没跟方睿说我一定来看方研究员，只跟他说可能会来，既然他没回来，您也就不用告诉他我来过，刚才发生了什么我也都没看到。”

“哎，哎，行，行。”保姆应承着。

那媚提起手包向外走，此时有人敲门。

那媚一怔。

“来了，来了。”保姆应声去开门。

房门打开，门口站着“方睿”。

“哟，方睿你回来了。”那媚抢先说道。

“那总，你这是？”“方睿”诧异地问。

“我就猜你是在躲我，所以我上门来堵你了。果然不出我的所料，堵你个正着啊。”那媚娇嗔道。

“方先生？”李阿姨有些疑惑。

“啊，我把钥匙落在单位了。”“方睿”向李阿姨解释。

那媚又走回客厅，重新坐在沙发上，一副得理不饶人的样子。

“方先生不够意思，我的技术方案你不帮忙审定，我也不怪你，没必要用出差搪塞我啊。”

“出差是真，没空帮你也是真。我这飞来飞去的行程极不固定，这突然回京怎么也得回家看一眼吧，我又不是大禹，没高尚到三过家门而不入。不过那总这不请自来，有点超出正常的商务礼仪吧？”“方睿”回击着。

“正常商务礼仪适用于正常人正常事。像方先生这种行程非常规之人，我也只能这么碰运气了，你看今天这运气就不错嘛。”

“你这个运气为虚，不实，不能解决实际问题，尽管我们见面了，但是今天我依然帮不了你，因为的确没空。你要想解决问题需要彻底弄清已知条件，利用常规的定理公理解出最佳的甚至是唯一的答案。当然作为已知条件的我，还是很复杂的哟。你需要智商、情商矩阵整合，方能彻底弄清对你有用的已知条件。听懂了吗，那总？”

“咳，方先生怎么学会用玄妙的理论来弄晕你的合作伙伴了？这不利于合作吧？”

“合作的前提是彼此要坦诚，要尊重。我出差在外，我是坦诚相告的。

尽管临时回家一趟也只是小憩，依然审不了你们的技术方案。而明知主人不在家，那总却突然造访，有失对主人的尊重吧。”

那媚有些哑口无言，停顿片刻矫情地说：“我突然造访就是想确定我的合作伙伴是否对我坦诚。若是坦诚的话，就会得到我加倍的尊重。”

恰在此时，大门的锁芯忽然转动。“方睿”和那媚都为之一怔。

* * * * *

门被打开，景瑶推门而入。她一眼看到了客厅里坐着的“方睿”和那媚，愣在了那儿。惊喜中掺杂着疑惑复杂的表情写满了景瑶的脸。

“哎呀，女主人回来了，我看你是彻底没兴趣帮我忙了。”那媚说完站起身就准备走。

“那总要走吗？”景瑶问。

“是啊，你回来了，我们的工作也谈不下去了。”那媚边说边向外走。

“方睿”站起身平静地说：“本来家中就不是谈工作的地方。”

那媚回转身惊诧地望着“方睿”想争辩什么，但欲言又止，讪笑了一下，拉开房门走了。

景瑶惊疑地看着“方睿”。

“方睿”见房门已关闭，微笑着走近景瑶，接过景瑶的挎包，拉起景瑶的手走向客厅。

“你今天怎么回事？”景瑶不悦地问。

“出差之余忙里偷闲，回来看一眼，结果看到了这位不请自来的那总，所以说了点不受听的话。”“方睿”向景瑶解释。

“上门就是客，不必这样的，礼貌送客也可以的啊。”景瑶一副明白了的表情，缓缓地说道。

“好，我以后注意。”

景瑶接过挎包走到厅柜前，将挎包放在音响旁，顺便打开音响，房间内响起了莫扎特音乐。景瑶把声音调低了一些，然后对李阿姨说："您下班回去吧。"

李阿姨应声后收拾自己的东西走了。

"你今天有点疲惫啊。"景瑶走回"方睿"面前，关切地注视着他。

"是，最近公司有机密项目，飞来飞去的，辛苦还紧张，压力山大啊。"

"那你坐着休息吧，我给你做点好吃的。"景瑶将"方睿"按到沙发上，在他的额头异常甜蜜地亲了一下，然后欢快地走进洗手间去洗手。

"那辛苦你了。""方睿"礼貌地说。

景瑶从洗手间走出回了他一个甜蜜的微笑，然后哼着小曲走进厨房。

"方睿"起身环顾客厅，对着"金字塔"里静躺着的方荣轩带着一种歉意的目光深深鞠了一躬，然后走进书房。

"方睿"走到写字台前坐下环顾整个书房，几千册图书让他有些艳羡。

他起身走到书柜前，上下打量着那些藏书。书柜中放置的那幅版画《画廊》吸引了"方睿"。他走过去打开书柜，取出那版画，仔细端详。

这画好像在哪里见过，"方睿"想。

这画的精妙之处就是描绘的景象于不可能之中似乎可能。它的画面是扭曲的、鼓突的，是个曲面，是个复结构，有着黎曼曲线的特点。画作传达着一种幻觉，一种悖论，它似乎在说"世界是难以自圆其说的"。图中心的盲点既像一个无底洞，又像武侠小说中所谓的死穴，是每个人身上的肚脐——它记载着你的来历，但又无法追溯，无法归约。而最为有意思的是，画中左侧的男人在观赏画展的同时，也注意到了画廊里同样正在观赏画展的另一个男人。这个左侧男人就好似自己，那画廊里另一个男人就是那个真正的方睿。如果两个长相一样的男人相向而坐，又将如何？"方睿"想着想着就笑出了声。

一双手从背后柔柔地抱住了“方睿”，是景瑶。她深情地抱着“方睿”什么也没说，就那样静静地沉浸在无以言表的甘美中……

第十四章

甘美，是一种无限的甜蜜，是两情相悦的最高境界。但有时，当你极需要体验时，却是不易追寻的奢望。

方睿站在酒店的窗前，眼前高楼大厦鳞次栉比，霓虹闪烁的广州市区夜景勾起了他对父亲、对女友景瑶的无比思念。他多么希望此时此刻有父亲相伴，畅谈夜幕苍穹，浩瀚宇宙；多么希望此时此刻有景瑶陪伴，欣赏这流光溢彩的城市夜景，娓娓畅想他们的未来；又多么希望父亲与景瑶都与他临窗而坐，酌一杯小酒，品一道清茶，体味家的温馨。但是这一切的一切都是一种期许，而此时此刻它就是奢望。他倍感煎熬的是他连一个电话都不能打，给父亲打不了，给景瑶不能打。他想要遵守保密原则，就需要克制自己思念的洪流。他怕自己听到景瑶的声音而失态，也怕景瑶因他疏忽了工作，毕竟她是护士，工作上不能出半点纰漏。

都市夜色的喧嚣会增加焦躁，同时又会消解孤独。方睿看那斑斓灯火，努力调整着情绪。

黑夜给了我幻觉，我要用幻觉幻化出美好的现实。

经过十多个小时的技术弥补，又经过十多个小时的奔波，华南项目泄密事件总算暂时告一段落。这一事件，除了方睿本人，没有任何人知晓。

方睿突然返京，尽管让郑昊强有些不解，但是研发部刘副主任给予的解释也让郑昊强认同了。方睿背负着深深的自责，没有走出锐达总部半步。家只能遥望，只能默默祝福。几个小时之后，他携带修改过的方案，直奔机场登机返回广州。再过三天竞标就要开始，与几家公司的明争暗斗也就到达最关键时刻，尤其与最大对手瑞莱卡公司的比拼就会见分晓。他盼望着这场商战的胜利。没有人知晓这场胜利对于方睿来说是多么重要。于公，他代表锐达战胜瑞莱卡；于私，意味着他本人战胜了冒牌货。

黑夜很快就会过去，黎明即将到来。三天，72 小时，是短暂的但又是漫长的，是充满希望的但又是危机四伏的，是从容自若的但又是杜微慎防的。

方睿循环地聆听莫扎特的《降 E 大调第三十九交响曲》《g 小调第四十交响曲》《C 大调第四十一交响曲》，贝多芬的《第三“英雄”交响曲》《第四交响曲》，既感悟生活的绚烂多彩、爱情的甜美，又努力使自己增强豪迈乐观的情绪。他就这样一遍一遍地聆听这些经典交响乐，挨过了 72 小时，等到了开标当日。

五家竞标方齐聚香格里拉酒店会议大厅，等待着胜与败的宣判。

锐达集团的竞标团队正好与瑞莱卡公司竞标团队相邻而坐。方睿扫视着瑞莱卡团队的每一个人，他们的表情庄重中透着平静，平静中又似乎透着自信与窃喜。阳光透过空气中的浮尘洒在他们脸上，他们的脸一半明亮一半阴暗。恍惚中方睿好像看到了浮尘在空气中聚拢，飘浮在会议大厅上空逐渐凝聚成一张脸，一张同方睿一样的脸。那脸似乎俯看着会议大厅，发出得意而又轻蔑的笑声，方睿不禁战栗起来。突然，左右两边的人站起，报以热烈掌声，空气中飘浮的那张脸似乎被惊吓到，迅速破散不见了。方睿从似梦似幻中清醒过来。原来，甲方已经宣布最后中标方是锐达集团。

方睿脑子里瞬间一片空白。

锐达集团竞标团队的每一个人都沉浸在无比欢愉之中。当天晚上所有成员在一家歌厅里欢唱、痛饮。几个月的紧张、焦虑、煎熬在声嘶力竭的歌唱中喷洒；在白酒、红酒、啤酒的觥筹交错中释放。一向矜持的常雨婷也焕发出狂放不羁的一面，她主动拉起方睿大跳迪斯科。热辣的舞姿，炙热而又迷离的眼神，令方睿有些不知所措。

狂欢庆祝之后，方睿和其他几个部门的负责人先行飞回北京总部，做汇报和投入项目建设的筹备工作。

一踏进郑昊强办公室，方睿就被郑昊强紧紧地抱住了。一番夸奖称赞之后，方睿从郑昊强的神态中读出了一些遗憾的味道。

“郑总，是不是最近集团的项目上有不顺利的？”

郑昊强点头，遗憾地说：“你参与的这个华南项目为集团争得了颜面，算是赢了一仗。但是尼日利亚项目彻底失败了，被瑞莱卡公司夺得了。”

“哦……我们跟瑞莱卡算是打了一个平手。”方睿宽慰道。

“不，还有一个所罗门群岛的海底光缆项目也丢了，而且打败我们的还是这个瑞莱卡公司。十亿美金的项目就这样被人夺走了，心不甘啊。那个项目是被集团大老总高度重视的，可以说它比尼日利亚项目更受集团重视，但最终还是丢失了。”

“是什么原因？”方睿关切地问。

“集团分析有各种原因呗。”郑昊强遗憾地挠着稀疏的头发。

“有泄密的可能吗？”方睿话一出口就有些后悔，他感觉自己像得了病，一切事情都会向那个他十分惧怕的事情上去想。

郑昊强长叹一声说道：“不排除有泄密的可能啊，而且集团有些领导认为这可能就是很重要的原因。”

方睿闻听此言，不禁打个寒战。他的脑子里又闪现出在香格里拉饭店时产生的那种幻觉，那张同他一模一样的脸发出得意而又轻蔑的笑声。

*****

一串数字的短信“7；8；300；5；10”发送到了“方睿”的手机上。“方睿”正站在居庸关云台上眺望远方，欣赏树木葱茏、翠峰重叠的雄奇美景，这条短信打破了他的畅快心情。他情不自禁地自语道：“扫兴。”他知道又有新的指令了，或许又要跟那个方睿玩耍玩耍，或许还要带上那个叫那媚的女人。

自从三天前他与那媚在方睿家相遇，他感到这种既危机重重，又刺激无比的挑战还是很有意思的。就像解数学题，有难度又令人无限期待结果。对于那媚这个女人，“方睿”真的不太喜欢，看到这女人他就联想到《魔兽世界》中的莎赫拉丝主母，狡诈恶毒。但是这女人的存在，或许能让真方睿的生活混沌不堪。如此一想，“方睿”倒觉得那媚的存在是极具价值的，似乎像食物链中不可或缺的环节。没有了这个环节，上下游都平淡无奇，没有惊心动魄，没有你死我活，适者生存的生命法则也就毫无意义。在“方睿”看来，他自己是食物链的上游，他可以自由玩弄处在中下游的那媚和那个真的方睿。

思忖至此，“方睿”刚才还有些扫兴的情绪立刻就烟消云散了。瞬间每个细胞似乎又被激活，使他重新燃起激昂的斗志。

“方睿”打开背包，几个不同颜色的“便利贴”静静地躺在背包里，这是他几次成功窃取情报的绝佳工具。

这种“便利贴”表面上看就像人们常用的一样，实际上是一款还没有量产的新概念石墨烯U盘，它让数据的存储与交换变得像书写粘贴一张便利贴那样便捷。这种外观轻薄形似便利贴的数据存储传输器名叫Candlesticks，事实上是由三层物质组成的。它上、下两层都是超轻薄的彩色塑料保护层，上面的确可以写字做笔记。中间一层则是石墨烯，能让这种“便利贴”储存电子数据，底部还粘贴具有传导功能的胶条。传统U盘需要将接口准确地插入USB插槽才能使用，所以几乎只能在电脑上使用。而使用Candlesticks时，不需要插拔和区分正反面，只需将它像便利贴一样贴在手机和电脑上，就可以进行数据传输。

当初在广州火车站“方睿”接常雨婷时，就是用这种“便利贴”轻松地将常雨婷携带的手机上的项目方案复制出来的。当然也正是这种“便利贴”，使“方睿”在真正的方睿还远在陕西时，找出空当进入郑昊强办公室，从郑昊强的电脑中复制出锐达集团所罗门群岛海底光缆项目的最初方案。瑞莱卡公司也正是凭借着这个最初方案，洞察了锐达集团的竞标技术数据和动向，从而轻松击败锐达集团，拿下了这个项目。

昨天“方睿”从“安全屋”处得知了所罗门群岛海底光缆项目竞标成功的消息，还是很有成就感的。正是这个好消息，才促使他今天来居庸关长城一游。“方睿”知道这时突然收到暗语指令，一定是又有重大信息传达。他直觉上感到这次可能不是什么好消息。

管他呢，先听听指令再说，“方睿”想。

从居庸关到东三环CBD商务区的“安全屋”，“方睿”的汽车整整行驶了三个小时。北京拥堵的交通，让“方睿”本来欢畅的心情变得灰白无比。

他进入“安全屋”，重重地将门关上，脸色阴沉地打开了电脑内视频文件，视频中史密斯的脸更加阴沉。

史密斯说道：“方睿先生，由于你的工作失误，我们丧失了中国华南项目。希望你加以弥补；我不想再丧失掉未来的喀麦隆——巴西跨大西洋海底光缆项目。”史密斯停顿片刻，将阴沉的脸色逐渐调整到平静进而又露出一点点善意的微笑，说道，“方睿先生，你要清楚，万事相互效力，你当忠实诚实办事，上主自会照料。”视频结束后，依旧自动销毁了。

“方睿”点击按钮录制回复视频，但他这次直视摄像头，什么也没说，表情平静中带着点严肃。“方睿”就这样沉默了二十秒之后点发送键，电脑屏幕上显示发送成功。

对于史密斯所言，“方睿”此时不想解释，不想强调，不想承诺，更不想发火。在“方睿”看来，他自己的工作已经尽力，至于结果会受诸多的不确定性因素左右。他极其讨厌别人怀疑他的忠诚，怀疑他的能力。他做人原则向来就是事情如果不喜欢做，就会坚决拒绝，而真的答应去做某件事，自会尽自己所能。他相信成败得失除了客观上不可为，主观因素就是要掌握在自己手里，而不能依靠“上主的照料”。

中国华南项目任务本来是“方睿”自认为做得最有把握又最有情趣的任务，它要比所罗门海底光缆项目任务有趣得多。所罗门项目任务完成得过于轻松，毫无挑战，让他事后觉得有点索然无味。而华南项目则不同。他自认为精妙地刺破了那个真正的方睿潜心制订的保密计划，从潜入研发部会议室安装窃听设备，到反窃听干扰，最终促使研发部到顶楼议事厅，这一流程近乎完美。尽管突然被追击，他还是成功逃脱了，并且戏耍了对手。一切行动像解一个多重问题的数学题一样，一问一问地解开。尤其在广州火车站从常雨婷手中复制出情报，又全身而退，堪称完美。但是这一切没能使瑞莱卡公司赢得华南项目，自然是对方又留了后手。这令“方睿”自感羞愧，似乎被人一拳击倒在地。

这是自己第一次被击倒且应该是最后一次，不会再让它出现第二次。“方睿”恨恨地想。

“方睿”走出华贸中心，正好一辆出租车在落客。他紧走几步伸手拦了一下，准备赶上这辆出租车。“方睿”刚坐进出租车里，手机又响起了熟悉的乐曲，他迅速按了蓝色键后，将手机紧紧地贴到耳边，电话里传出韦灿与方睿的对话。

出租车司机问：“先生去哪儿？”

“方睿”摆手示意司机不要说话，司机只好径直向前开。

电话里韦灿说：“方睿，后天周六有个高中同学聚会，你去不去？”

电话里方睿迟疑着：“这个……”

“怎么了？有事啊？”

“我还在广州出差，说不好什么时候能回去。”

“好吧，那我就不等你了，到时候我给你发一个位置，要是工作忙就别勉强，我要不是刚完成手头这个项目也不去了……哎，你还得几天回来，用不用我去你家看看方叔叔？”

“啊，不用，我很快就会回去，再说家里有保姆李阿姨，也有景瑶，没事，放心。”

“那好吧，这两天我正好也很忙，明天就得去规划院递交项目报告。”

“好，好，回头有机会见面再聊。”

“好，好。”

电话挂断。

“方睿”打开手机定位键，看到手机上显示，方睿所在的位置就是锐达集团大楼。

看来这个小子是有所防范了，想玩玩智力比拼啊。好啊，那咱就斗一斗。“方睿”思忖着，露出轻蔑的笑容。

* * * * *

接听韦灿的电话时，方睿正坐在自己的办公室前。

他迅速想起了办公桌底下的那个窃听器，于是他向韦灿撒谎称自己还在广州。他想，如果假方睿听到这段话，一定会再次冒充自己来锐达集团大楼。那样的话，自己可以来个守株待兔，轻松地捉到这个假方睿。一想到此，他浑身充满了干劲，期待着假方睿尽快到来。

他决定这两天不离开锐达半步，准备来一个完美的瓮中捉鳖。家是暂时不能回了，景瑶也不能见了。还有韦叔叔帮他破解的父亲研究的BD Ⅲ双模二期数据密码，也暂时不能向研究院汇报。父亲依然蒙冤，父亲的研究心血依然处在危险之中。诸多事情一股脑地涌入方睿脑中，令方睿焦躁不安。越是如此，他越是期盼假方睿尽快到来。

他决定在这里静等四十八小时。如果假方睿四十八小时之后还没有来，说明他或许是不想来，或许是根本没有窃听到他与韦灿的通话。想到此，他又给景瑶发送了一条短信："我还在广州出差，后天回家，甚是想念你和父亲。回家后见面聊。"

短信发出后，方睿陷入了无限的内疚之中。由于自己的工作性质，不但不能多陪伴景瑶，还需要景瑶帮他照顾父亲。本来自己已经回到北京，却违心地向景瑶撒谎。尽管理由是为了引假方睿上钩，看似名正言顺，实则极其虚浮。倘若假方睿不来，谁知道他自己在这里待四十八小时在干什么呢？那就真成了弥天之谎。

手机短信铃响，是景瑶的回复："出门在外，照顾好自己，方叔叔一切安好，放心，我正准备交接班。"看着景瑶的简短回复，方睿内心五味杂陈。他的谎言换来的是贴心安慰，这就加重了他对景瑶的愧疚感，他也就更加期盼假方睿的到来，好尽快解决这挥之不去的纠缠。他幻想着自己怎样抓住假方睿，将韦建成帮他解出的密码输入父亲工作电脑，打开父亲研究心血，还父亲的清白。他的幻想就这样在脑海里慢慢铺开、扩散、弥漫，直至第二天下午被那媚的电话铃声击破。

“没想到你给我的资料还真不错，很有价值。”电话里那媚语气透着惊喜、兴奋，“怎么样，晚上我请你吃饭，以示我的感谢啊？”

“啊，这个……”方睿迟疑着，大脑飞速运转，自己给她什么资料了？什么也没给啊……

方睿立刻明白了，这一定是那个假方睿给了那媚重要的资料。这会是什么重要资料竟然让那媚如此兴奋？

* * * * *

那媚打开U盘看到里面的资料时，心情岂是兴奋所能表达的。她简直不敢相信自己是真实地坐在办公室里，她怀疑是在梦境之中。她看了一眼办公桌上放着的那杯咖啡，她着了魔一样用右手端起温热的咖啡倒向左手。尽管咖啡不是很烫，但是咖啡的温度还是让那媚本能地甩了一下手。此时她才确信是身在现实而非梦境。这资料太有价值了，而更有价值的是这资料是方睿送来的。

秘书告诉她方睿约见时，她的确有些吃惊。方睿并未提前打电话，却突然登门造访，不知是喜是忧。她知道方睿始终是不愿意与自己有过多来往的。前段时间一家公司的技术方案求方睿予以把关，他都推三阻四，此时主动约见，又是为了什么？难道是来兴师问罪？几天前她本以为方睿出差在外，便混入方睿家中，却遭遇突然回来的方睿，被他奚落一番。这种被戏耍的耻辱，至今让她如鲠在喉。

秘书引“方睿”进入办公室后，那媚极力地把持着平静又不失热情的态度。

“这是哪阵香风把方睿先生吹来了？”为了避免不必要的尴尬，那媚不想与“方睿”握手，而是直接摆了一下手示意“方睿”到沙发一坐。

“方睿”似乎也的确不想与之握手，毫不客气地落座在沙发上。

那媚对向而坐，问道：“您是来一杯浓一点的咖啡还是淡一点的咖啡？”

“不必客气，我稍坐片刻就走，真的是很忙。”

“那您的意思是我的技术方案您拿回去审看吗？这可是商业机密啊。这……”

还没等那媚说完，“方睿”笑着抢白道：“我没说要帮你看什么技术方案啊。”

那媚瞬间又有被戏耍的感觉，苦笑道：“那方睿先生此来何意啊？”

“当然是来合作的啊。你那么有诚意地反复找我，我必须给予回应啊。”

“既然你想合作那为什么还不帮我审看这个技术方案呢？”

“让我只帮你看技术方案，这种活你不觉得太大材小用了吗？”

“这个……我当然希望能与方睿先生有深度合作，但是我就怕希望变成失望啊。毕竟方睿先生是极具个性的人，您这种人实在飘忽不定，让我难以把握。”

“不好把握就不要试图把握，静等接纳，方为上策。”

“那样的话我岂不太被动了？这可不像合作伙伴的合作方式啊，不平等。”

“有时被动接受会比主动出击更为有效，不然在被动的环境下主动出击，只会使自己陷入更大的被动。反之，在被动环境下，一旦接受了，可能会得到比主动得到的更有价值的东西，心情也更为畅快。”

“方睿先生不是在百忙之中跟我来讲哲学的吧。”

“我这个人有时候喜欢把要做的事讲清、讲透，不然就像是解一道只知道结果不知道过程的数学题，会更加懵懂。”

“我现在就已经很晕了，求方睿先生更通俗明白地告诉小女子，您到底想怎么合作？”

“方睿”起身从裤兜里取出一个U盘放在茶几上，说道：“这就是我合作的诚意，我相信这个比你让我看那个技术方案更有价值，告辞。”

“方睿”起身走到门口，又回身说道：“不要对任何人说这是我给你的，而且，看了这个资料不要惊叫哟。”

“连审看技术资料这种小事都不做，你能给我什么重要资料？”那媚强装笑颜送走“方睿”，瞥了一眼茶几上的那个U盘，便继续去忙自己手头上的事了。

处理完手头的事，那媚让秘书送一杯咖啡进来，然后从办公桌前移步到了宽敞的地方，做了树式和舞蹈式这两个瑜伽的基本动作。见秘书手端咖啡走了进来，那媚停止运动，舒缓着呼吸。

秘书将咖啡放在桌上，看到茶几上的U盘惊异地说道：“那总，这是？”

“啊，是方睿先生给的，我还没看。”

以往商业伙伴送来的重要东西，那媚都会第一时间收藏好，或者让秘书收藏好，而今天这个U盘依然随便地扔在茶几上，的确有违那媚的办事风格。

“如果没什么大用，我替您……”秘书征求着那媚的意见。

“啊……我还是看一眼吧。”那媚挥手示意秘书出去。

那媚将U盘插入笔记本USB插口，打开U盘里的文件夹，漫不经心地浏览着。“京新高铁地理信息系统”几个大字冲击着那媚的眼球。文件夹中存有大量的高铁施工过程中的地理信息、调度报表和安全应急管理等诸多图片、技术数据，令那媚目瞪口呆。

那媚确认这不是梦境而是现实后，一时间在办公室中竟有些不知所措。她不知方睿从何得来这个保密资料，又想不清楚方睿何以态度180度地大转弯，主动提供情报给她。做了一段时间的分析之后，她还是决定打电话约方睿吃顿晚餐，以解内心疑惑。

＊＊＊＊＊

隔窗而望，不远处那个巨大的放射着多彩光照“泡沫”的“方盒子”就是著名的国家游泳中心“水立方”。此时它在皎洁月光之下就像一个璀璨的魔方，令人产生无限遐想。这般梦幻的窗外景致更显这个酒店小包厢的奢华，也更显得那媚的请客缘由意味深长。

“那总，如此客气，让我有点受宠若惊。”方睿举起手中的红酒杯礼貌地敬了一下。

那媚举杯回敬：“方先生实在客气。要不是您总是工作繁忙，我们早就应该这样坐下来品着美酒，共叙我们的前程了。”

“不，不，那总不要误会，我们的合作是基于某种特殊情况，彼此各取所需，至于前程还真谈不上，更别说你我共同的前程。何时我父亲的事彻底了结了，我们的合作估计也就告一段落了。”方睿不冷不热地说道。

“看来方先生尽管给了我这么有价值的资料，但是还依然不能和我成为朋友，还是那样拒我于千里之外啊。”那媚表现出些许遗憾。

“资料你觉得有价值是最好不过了，只是……”方睿欲言又止。

“只是什么？”那媚追问。

“只是不知这资料价值几何，我更想让那总对这资料的价值给以一个量的评估。”方睿解释道。

“为什么非要把这份资料做一个量的评估呢？”那媚疑惑地问。

“这个嘛……恕我直言，我是考虑您给我父亲的三十万元定金是不是这次就可以一笔勾销了。”方睿一挥手，表示出要把事情做个了断。

“这恐怕不行。我们的合同可不是你给我提供一个资料就可以结束的，这一点方先生不会不懂啊。”那媚表情流露出了一丝傲慢。

“在我看来，所谓合作就是交换价值基本对等，双方各取所需之后，就可以结束。如果一方纠缠不清，就是不平等的合作了，那就不好了吧。”方睿严肃了起来。

那媚莞尔一笑：“你认为价值对等，可我认为还远远不够啊。我的合同是要最终等你父亲苏醒过来，能给我一个更大的支持才算对等。”

方睿向椅背靠了靠，略带嘲讽地说道：“果然是无商不奸啊。既然如此，那总不如先把我给你的资料还给我，我找人做个评估，我们再谈合作如何？不瞒那总，这个资料我觉得你除了从我这里能够取得，还真不能从别的途径得到，我说得没错吧？”

“这个嘛……真不好说。”那媚不急不恼地答道。

“我知道你那总神通广大，无论什么机密领域都能触碰得到，但是这个资料我认为你还是不容易接触到的，对吧？”方睿注视着那媚。

“这个嘛……还是那句话，真不好说。”那媚保持着冷静、清醒、滴水不漏的状态。

“看来我高估我的资料了，那您就把资料还给我吧。”方睿伸出手。

“方先生是真的想用这个资料换取你们父子的自由吗？”

“是，我是这么想的。”

那媚沉吟半刻：“好吧，我可以考虑，等我对这资料评估一下，再给你答复。”

此时有人敲门，方睿、那媚都望向包厢门口。

门被打开，服务生站在门口，说道：“有人找那总。”

那媚疑惑地问：“找我？”

门外出现一个快递小哥，他手捧一大束鲜花，鲜花上边很明显地插着一张留言卡片。

快递小哥站在门外谦恭地说："哪位是那总？"

"我是。"那媚坐在那里没动。

快递小哥说："有一位姓齐的先生要我给您送这束鲜花。"

"齐先生？多大年纪？"那媚问。

"六十岁左右的样子。齐先生叮嘱我务必将这鲜花送到您本人手里。"快递小哥抽出那张留言卡片晃了晃，又插回鲜花中。

那媚倏地站了起来，脸色瞬间严肃起来，她快步走到门口。

快递小哥又特意向门外一侧移步。那媚跟着走出房间，随手将门虚掩上。

方睿见门被虚掩，左手急速地从兜里掏出一个小小的读卡器放置在桌上，与此同时，伸右手取过桌子上的那媚手包，快速取出那个挂在车钥匙上的门禁卡，将门禁卡放在读卡器上。几秒钟后，读卡器绿灯亮起。方睿又迅速将门禁卡放回那媚手包中。他刚把手包推回原位，那媚就推门而入，方睿站着假装活动着脖颈。那媚没有理会方睿，径直将那束鲜花放到门口的储物柜上，然后走到座位上，拿起手包回到储物柜旁，背对方睿将那张留言卡片放入手包中，而后优雅地回坐到座位上。

"再次感谢你给我的资料。"那媚举杯敬酒。方睿微笑着回敬。

酒过三巡之后，那媚提出了告别，方睿礼貌地与她在电梯分手。

方睿刚刚踏出电梯，身后有人轻轻拍了一下他的肩头……

第十五章

有人从背后轻拍方睿肩头，方睿背对来人，不高兴地说道："不是说好了在星巴克见面吗？怎么……"待方睿转回身，他吃了一惊，站在他身后的不是要在星巴克约见的人，而是宓潜。

宓潜笑着说："把谁约在星巴克了，这态度不太友好哟，不会是你的下属吧？"

方睿尴尬地笑道："哎哟，我不知道是宓老师，我还以为……啊，以为是我约见的那个讨厌的客户呢。您这是？"

"啊，我送一个人来这酒店。"

"怎么，宓老师这都下班时间了，还……"

宓潜接过话："没办法啊，我现在是专职司机，这是我的工作啊。"

方睿竟一时语塞，不知如何安慰他，只好如老者安慰新人一样，伸右手拍了拍宓潜的肩头。

在方睿眼里，专职司机的工作与宓潜不搭调。

宓潜似乎看出方睿的情绪，笑道："我怎么感觉你像是我的老师，在鼓励我要好好学习哟？不会这么夸张吧。"

方睿苦笑道："做这个工作，我觉得您还不如去教小学生奥数呢。"

宓潜故作神秘压低声音说："不瞒你说，我没闲着，私下还真教小学生奥数，在做两份工作。"

方睿疑惑地说："为什么？全身心投入到奥数教学不可以吗？何必那么辛苦还兼职司机呢？"

宓潜笑道："长期跟小孩儿打交道的好处是可以保持童心，但是坏处呢，是会不够成熟。做研究院司机可以接触大量科学家，让我有进步的空间啊。"

"哦，那您教我们的时候是不是也有这种想法啊？"

"那不一样，你们是高中生，人生观、世界观基本成熟了，教你们不是童心未泯，而是青春永驻。"宓潜说到此，眼睛睁大了许多，似乎在向方睿展示他青春永驻的状态，随后又平静地说，"所以吧，我当初还是非常喜欢教高中数学的。"

听宓潜说到此，方睿立刻愤愤不平地说："都是那个牛玉江，"牛棒槌"害的。"

宓潜笑道："你还记得那个牛校长啊？"

"忘不了，他那时整天背着手，牛气哄哄的样子，我们看着别扭。我们当时感觉，他不背着手就不会走路。"方睿说到此突然坏坏地笑道，"哎，您说要把这个"牛棒槌"送到部队里，他会怎么样？教官见他不会摆手走路，会不会踢残了他？"

宓潜哈哈地笑了起来："亏你想得出。"

"宓老师，我还有事，咱们改天再聊。"

"好……哎，对了，上次你说的那个谜语破解得怎么样了？"

方睿迟疑了下说道："差不多了吧。"

"需要我时尽管说，别客气啊。"

"好，好，谢谢老师。"方睿边应承着边匆匆向酒店大门走去。

进入星巴克后，方睿四下张望，最里边的一个男人起身向他招手。此人正是在盘古酒店里给那媚送花的快递小哥。

方睿刚一落座，快递小哥就急不可耐地问道："怎么样朋友，我的演技不错吧？"言语中流露出自得。

"很好，超出我的预期。"方睿平静地低声表扬着。

快递小哥闻听此言更加兴奋地说道："我接到你这活，还真用心琢磨了。我就想，你要的效果是……"

"停，停。"方睿制止了快递小哥说下去，然后从兜中掏出一个信封，推给快递小哥。

快递小哥拿起信封，把里面的钱抽出，轻手捻了一下，惊讶地说："给多了，朋友，说好余款一千元，你这好像两千多元了吧。"

"是三千元，因为你的任务完成得非常好，算是奖励吧。"方睿边说边起身。

"谢谢啊，哎，朋友再聊两句呗。"快递小哥意犹未尽地说，"我给你说说我的表演设计呗。"

"不用了，我还有事，再见。"方睿说完转身快速走出咖啡馆。

今晚赴那媚的晚宴，对于方睿来说算是应急处理得当，但结果是喜忧参半。

下午方睿接到那媚宴请电话，便迅速答应下来。无论多不想与那媚过多接触，他知道这个晚宴都必须去。他要完成两项任务，以免错失良机，后悔莫及。

方睿挂断那媚电话后立刻给他的初中同学亮子打电话，让他即刻帮自己找一个机灵的男性跑龙套演员，要求一定是只演过路人甲、路人乙的那种。方睿谎称为一个朋友找的。

亮子初中毕业后，因为个人喜爱就混进了演艺圈。多年的努力使亮子终于混成了个所谓的经纪人，手头有几十个群演，每天向各剧组派遣跟组演员。亮子的性格是从不问来问去，这也省去了方睿过多解释。

亮子的确专业，两个小时之后就把一个小伙子派到了这个咖啡店与方睿见面。方睿将自己买好的一大束鲜花交给这个小伙子，交代他如何充当快递小哥，如何提及齐先生所送鲜花，如何故意展示方睿匆匆忙忙之中制作的留言卡等细节。这个小伙子在那媚走到包间门口时，还创造性地向外侧移了两步，引导那媚离开包间。

方睿笃定那媚听到是六十岁左右姓齐的先生送的鲜花，定会尽量避开自己。他更加笃定，那媚见到那张留言卡片时，定会更加躲远，因为那是一张模仿齐天海在国家大剧院交给那媚的那种古怪图形的卡片。方睿借那媚的心虚，成功复制了那媚办公室的门禁卡，但是遗憾的是方睿没有探听出假方睿给那媚的资料属于何种行业、何种领域的。

最初方睿担心假方睿给那媚的是他们锐达集团的相关资料，但是从那媚的言语中，方睿感到这些资料似乎与锐达集团关系不大。不过，方睿可以确信的是这个资料极具价值。

方睿为这家丢失资料的公司暗自叫苦。

“上天保佑，但愿不是我们锐达集团的资料。”方睿在默默祈祷中向家走去。

方睿在转动钥匙时，房门从里边被打开了，景瑶兴高采烈地站在门里。方睿有些抑制不住，刚想上前拥抱景瑶，景瑶却制止了他。

“韦灿等你半天了。”景瑶让开身，让方睿进屋。

方睿走进门厅，见韦灿面沉似水地坐在沙发上。

“韦灿，你怎么知道我今天会回来啊？”方睿笑道。

“你不回家来，你还能去哪儿？”韦灿的语气中显出不高兴。

方睿刚想开玩笑地质问韦灿，是哪根神经没搭对，说话带刺，转念一想，韦灿向来是喜怒形于色，他高兴与否都会挂在脸上，无论他的不高兴是从哪儿来的，都会向跟他说话的人发泄。

“韦灿说你今天肯定会回来，我还不信。你不是给我发短信说要明天回来吗？”

“哦，事情提前处理完了，就回来了。”方睿赶忙解释。

“好了，你们哥俩聊吧，我走了。”景瑶边收拾东西边说。

“你今天上夜班吗？”方睿问。

“不是的，要是夜班早就迟到了。”景瑶已经走到门口。

方睿看了一眼手表，已是十点零五分，要是上夜班的确已经迟到了。

“这么晚了，我送你吧？”方睿有点不舍。

“不用，打车很快到家，到家了给你发信息。”景瑶小声说，“韦灿好像有心事，你跟他聊聊。”

方睿将景瑶送上电梯，回到家中，为韦灿的茶杯里续了点茶水说道：“怎么了，谁惹着你了？”

“你还挺能装蒜。”韦灿此时的脸色极其难看。

“哎，怎么了？韦灿，吃枪药了？火力这么猛，我没惹着你啊。”方睿莫名其妙地盯着韦灿。

韦灿腾地站了起来，指着方睿生气地说道：“方睿，我原以为你出于好奇或者是有什么难言之隐才做那种事，我来找你，是想听到你真诚的解释，没想到你还在装糊涂。怪不得研究院怀疑你父亲出卖科技情报，原来你也是情报贩子。”

“住口！韦灿，如果你当我是哥们儿，请你收回刚才对我父亲的诋毁！”

方睿也恼怒了，腾地站起反驳道。

二人四目相对僵持着。

方睿此时大脑快速思考：“难道是我雇用龙套演员的事亮子告诉韦灿了？韦灿怀疑我干了见不得人的事？”

“你跟我讲清楚，你拿没拿我的项目资料？”韦灿质问。

“项目资料？什么项目资料？”方睿如堕雾中。

“就是我们俩见面喝咖啡时，我准备上交的项目资料。”

闻听此言，方睿痛心地摇了摇头，心里忽然明白了，原来假方睿窃取的是韦灿的资料啊。

“你没拿，当真没拿？”

* * * * *

韦灿打电话通知方睿有同学聚会时，随口提到了第二天要到规划院递交一个项目报告。“方睿”窃听到之后，会心地笑了。

这是让真方睿陷入困境的绝佳时机，“方睿”想到此，几乎要笑出声。

第二天“方睿”打通了韦灿电话，谎称最近很郁闷，极想跟他聊聊。

“方睿”提出在韦灿去往规划院半路上的一家咖啡馆见面，因为自己要在那附近办事，办完事等着他。

韦灿迟疑了半晌后同意了。

“方睿”进入咖啡馆后，选了一个角落里的座位，面朝门口，静静地等着韦灿。

“要不是因为你在电话里情绪那么差，我才不半路停车，听你闲聊呢……看你那怂样，跟斗败的公鸡似的，说吧，怎么了？”韦灿提着皮包落座之后便甩出这么一句。

“看来哥们儿‘还是哥们儿’啊。”“方睿”装作极为感动的样子。

“那当然，我不是说过吗，哥们儿就是没事时随便坑，有事了可以拿命撑。”韦灿慷慨地说道。

“我最近遇到了太多的麻烦事，公事、私事都有，你帮我拿拿主意，看看怎么解决。”“方睿”做出一副焦头烂额的样子。

“行，说吧。”韦灿将提包按住，一副认真倾听的架势。

“方睿”品了口咖啡，开始慢慢地向韦灿讲述公司丢失尼日利亚项目、所罗门项目导致技术部所有人都挨批的公事，以及那媚趁方睿不在家突然到家中造访，似乎有不可告人的秘密等私事。

韦灿听后对“方睿”宽慰了几句，还建议让“方睿”叮嘱保姆李阿姨以后生人来访，一律不开门。另外，韦灿还提到他叔叔韦建成说研究院没有解除对方荣轩的怀疑，建议“方睿”考虑把父亲送到高级养老中心，避开像那媚这样的人到家中造访引起的麻烦。“方睿”听后表示自己会认真考虑的。

忽然，“方睿”瞪着眼睛指着大门口说：“哎，那怎么好像是齐琪啊？”

韦灿回转身向大门口望去，门口刚好进来一个男人。

“扯淡，那不是个男的吗？”韦灿说道。

“不是这个进门的，我是看见齐琪从门口路过，刚刚走过去的。”“方睿”解释着。

“路过就路过呗，咱们聊咱们的。”韦灿似乎不在乎。

“别啊，我刚才觉得齐琪好像看见我了，我要是不让你去跟她打声招呼，那就太不好了。去，去，你快追出去，打声招呼。”“方睿”催促着。

“有那个必要吗？”韦灿犹豫着。

“很有必要，你不想让我跟齐琪产生误会吧。快去，快去。”“方睿”再次催促。

“你真够娘儿们的。”韦灿边说边起身，脸上却挂满了兴奋、焦急。韦灿转身跨出两步后又转回身叮嘱道，“看好我的包啊。”

“放心吧。”“方睿”摆手示意韦灿快去。

“方睿”见韦灿快步追出咖啡馆后，迅速从挂包中取出“便利贴”，同时打开韦灿提包，将“便利贴”贴于提包内的一张移动硬盘上。几十秒之后，“方睿”将“便利贴”取回，放入自己的挂包中，然后悠闲地喝着咖啡。

几分钟后，韦灿沮丧地走回来。

“哪有齐琪啊，你看错了吧？”韦灿抱怨着。

“啊？没有齐琪吗？我看错了吗？我分明看到齐琪从门口过去的。”

“你是不是最近遇到烦事多，脑子跟眼睛都混乱了？害得我跑到对面那条街也没看到齐琪。”

“对不起，对不起，我……我不是怕……”“方睿”故意理亏般地语无伦次。

“算了，算了，不说这个了。”韦灿坐下喝了两口咖啡，然后将提包拢到胸前说，“还有别的事吗？”

“你着急走啊？”“方睿”问。

“废话，我哪有闲工夫陪你闲聊啊，我今天务必要将资料送去规划院，要是没什么要紧的事，就改天再聊。”韦灿站起身，将杯中咖啡一饮而尽。

与韦灿在咖啡馆分手后，“方睿”立刻赶往附近的一栋楼房，那里有一家网吧。

“方睿”在大楼的公共卫生间里将预先准备好的帽子、太阳镜和防尘口罩全部戴上。看到自己的这个形象，“方睿”感觉到好笑，他突然想起俄国作家契诃夫的《装在套子里的人》中的别里科夫——那个害怕变革、苟且偷安，甚至甘心充当沙皇鹰犬的可恶可憎又可悲可怜的人。

想到了别里科夫，“方睿”内心突然无比慌乱。“我不就是史密斯的一条鹰犬吗？我不就是很可恶可憎、可悲可怜吗？”他扯下口罩对着镜子看那张脸，眼前突然闪现在锐达集团楼顶被真方睿追击的情景，也想象出真方睿坐在锐达集团办公室内，却说自己还在广州出差的情景，还闪现出了那个方睿躲避在办公室门口一副守株待兔的神情。

旁边的一个厕所隔间里发出冲水的声音，把“方睿”从短暂的幻觉中冲醒。

“方睿”血液中流淌的好斗基因再次被激活，他要奉陪到底。他迅速戴好口罩走出卫生间。

“方睿”进入网吧，选择了一个离监控探头比较远的电脑。他在电脑上浏览了一遍刚用“便利贴”复制来的资料，而后将这个资料复制到另一个随身携带的 U 盘上，便起身离开网吧。

“方睿”内心真的不想见那个那媚，但是，没有那媚又似乎缺少了射击的支点。要想精确打击真方睿，韦灿、景瑶抑或是齐琪都是绝佳的，甚至是致命的子弹。眼下这第一发子弹韦灿，就需要这个那媚做强有力的支点。他笃定从韦灿处偷取的资料会让那媚目瞪口呆，兴奋异常。凭他对那媚与真方睿关系的理解，接下来的发展要么是那媚会对方睿加以感谢，但感谢的同时无法弄清方睿是黑是白；要么是方睿莫名地接受感谢的同时，会对自己这个假“方睿”产生敬畏，产生恐惧。也或许当韦灿知晓资料被盗，就会对方睿兴师问罪，就会撕裂兄弟情义……“方睿”不想再往下想了，总之会很有意思，局面会越发混乱。

“方睿”潇洒地离开那媚公司的两个小时后，就窃听到了那媚邀请真方睿共进晚餐的电话。

几种预想已经实现了，那么就要看接下来的发展了。“方睿”真的笑出了声，他立刻赶往那个网吧附近的一个公用电话亭。

“喂，是华夏铁建集团吗？我在香河园路附近的一个网吧里怎么看见有京新高铁地理信息系统的资料啊？”“方睿”用刻意变了声调的嗓音说道。

“喂，你确定吗？那个网吧叫什么名字？”

“先锋网吧。”

“你是哪位？”电话里再次追问。

“方睿”挂断电话，不无得意地走出电话亭。

*****

华夏铁建集团保卫处接到神秘举报电话后，迅速派两名调查员赶往香河园路的先锋网吧。

两名调查员从网吧监控录像中发现有一位穿戴上包裹严密的人进入网吧，时间不长便匆匆离开。调查员找到这个奇怪男人所用的电脑，进行技术查询，果然发现有人利用这台电脑浏览并复制过“京新高铁地理信息系统”项目资料。这些资料属于集团公司二级机密“资料”。两名调查员不敢懈怠，迅速向集团保卫处领导汇报。保卫处很快查清此项目资料属于华夏铁建集团子公司华夏勘察设计公司。保卫处出动多名调查员对接触该项目的所有人员进行秘密盘问，韦灿便是被盘问的人员之一。

韦灿回想了自己接触这个项目的全过程后，不禁出了身冷汗。在他看来最容易出现泄密的环节，就是他与方睿在咖啡馆聊天的那段时间。

韦灿对调查员隐瞒了这件事，他宁愿相信人世间有鬼，也不相信方睿会偷拿他的项目资料。

韦灿一遍遍地回想与方睿喝咖啡时的所有细节，得出了三种可能。第一，是他走出咖啡馆寻找齐琪时，方睿偷取了他的项目资料。此种可能最为可怕的是所谓的“齐琪从门口路过”本身就是子虚乌有，就是方睿为偷拿资料而设计的谎言。若真的如此，方睿就已经堕落成一个情报贩子。第二种可能是他走出咖啡馆后，方睿没有看护好他的提包，而是离开了座位，这时有人趁机偷取了资料。如此只能说方睿有罪，但罪不当诛。第三种可能，是他走出咖啡馆后，方睿很好看护了提包，没有任何事情发生。真的如此，情报泄密就不是出在这个环节。韦灿默默祈祷事情的真相是第三种可能。

韦灿就是这样一遍遍地回想与分析，迷迷糊糊地来到方睿家。

韦灿终于盼到景瑶离开，可以踏踏实实地解决男人之间的事情。于是他便率先给了方睿一个下马威。他知道按方睿的性格，如果真的偷取了项目资料，方睿就会方寸大乱。

韦灿看着方睿那一脸无辜又心痛的表情，他的内心开始偏向第二种或第三种可能了。

“我出了咖啡馆后，你做什么了？”韦灿追问。

“什么也没做。”方睿答。

“我的提包你真没有动？”韦灿又问。

方睿坚定地说：“我对天发誓，我没有偷拿你的资料。你我十几年的铁哥们儿，我怎么会坑害你？”

韦灿半信半疑地盯着方睿：“可是，经我手的项目资料的确被陌生人在网吧浏览过。资料被窃是板上钉钉的事。”

“这个……或许是别的环节出的差错呢？这个资料不可能只有你一个人经手吧？”方睿违心地说。

韦灿此时意识到这样追问方睿是没有结果的。尽管他相信方睿的人品，但是直觉上又觉得在咖啡馆的这段时间，的确存在重大嫌疑。

“算了，公道自在人心，我相信事情能够查得水落石出。”韦灿扔下这句话，沮丧地出了方睿家。

韦灿不想这样毫无意义地与方睿探讨了，他要自行前往咖啡馆探个究竟。

* * * * *

咖啡馆里回响的背景音乐是 Jordan Taylor 演唱的 *Dream You To Life*，这是“方睿”特意让服务生播放的。

“方睿”与齐琪相对而坐。“方睿”将一杯焦糖玛琪朵放置在齐琪面前，然后自取了那杯铂澜地带。

“上次我去广州，项目正处在焦灼状态时偶遇你，几天之后项目就拿下了。眼下一个新项目又进入焦灼状态，又遇到你，看来我们这个项目也会拿下来的。”“方睿”微笑道。

“尽管我觉得你这话有点夸张，但还是很受用的，我愿意给你们的项目带来福音。”齐琪异常甜美地应着。

“生活多一点夸张，就是多一点疯狂，也就多一点希望。”“方睿”平静地说。

齐琪喝着咖啡颇为欣赏地望着“方睿”说：“蛮有诗意和哲理的嘛。哎，你和韦灿在一起也是这样吗？”

“哈，那要看环境啊。吃着烤串喝着啤酒，诗意和哲理就随啤酒沫消散了。但要是在这样的环境，听着这样的背景音乐，喝着这样的咖啡饮品就不一样了，你想不有诗意都难啊！”

闻听此言，齐琪认真地端详那杯咖啡，又侧耳聆听那背景音乐，细细体味其中的意味，然后用充满兴致的眼神注视着“方睿”。

“方睿”心领神会地慢慢道来：“这咖啡名为焦糖玛琪朵，是经典的意大利式咖啡饮品，在意大利语里有‘印记’‘烙印’的意思，‘玛琪朵’就是甜蜜印记。我们每一次的愉快邂逅都是一段甜蜜的印记，比如说上次我们俩在高铁上的邂逅。”

“方睿”似乎漫不经心地讲着，但丝丝温情随着咖啡的清香在空气中飘荡。齐琪有些不好意思地低下头品着咖啡，二人陷入短暂的静默。

“这歌曲好像是Jordan Taylor唱的吧？”齐琪主动转移话题，“哎，他们好像在重复播放，是哪个客人点播的吧。一般咖啡馆里不会一直重复播放一首歌曲。”

“方睿”微笑道：“对，就是客人点播的。是我让他们在这个时间段重复播放的。Jordan Taylor如水般的甜美声音配上流畅而不羁的旋律，听起来舒畅无比，很符合我现在的心境。”

“是吗？”齐琪再次认真聆听。

“哎，我好像听懂了这首歌，应该也听懂了你的心境。我相信你父亲会好起来的。”齐琪温暖地说道。

“方睿”意味深长地说：“No one wants to be all alone，没人愿意独自一人。谢谢你，齐琪，你听懂了我心境的一部分。”

“一部分？还有更多内涵吗？”齐琪问。

“方睿”品了一口咖啡说道：“有一个比较古老的笑话，说一个傻子当差役押送犯人，结果犯人趁他熟睡的机会，把囚服套在他的身上逃走了。傻子差役醒来以后，清点了半天，发现武器、包袱、囚犯都在，唯独找不到自己，于是十分纳闷，他想‘怎么我不见了’？”

齐琪听完爽朗地笑道：“这个寓言不会也是你其中的一个心境吧？”

“方睿”微笑道：“算是。”

齐琪有点不敢相信地问：“这……这寓言真的是你的一种心境吗？”

“方睿”微笑地重复道：“算是。”

“这有点深奥了吧？我没想明白。”

“只能意会，不能言传。”“方睿”说。

齐琪努力思索半晌说道：“抱歉，我还是无法理解你这种心境意味着什么，能讲讲吗？”

“这个嘛，我怕我也讲不清楚。准确地说，它只是我的一种第六感吧，是一种无法说清的意会。”“方睿”喃喃地说道。

“方叔叔的事使你有点悲观了，你要振作精神。”齐琪安慰道。

“不，不，齐琪，其实你理解错了，我的精神不消沉，我只是在做一种人生的思考。”“方睿”又愉快地说道。

“哦，好啊，但愿我理解错了……那么还有什么别的心境吗？”

“你真的想了解我的全部心境？”“方睿”饶有兴致地问道。

齐琪点头：“当然啊，除非你不想说。”

“方睿”从口袋里掏出一张纸片说道：“这是自从你我上次在高铁上相遇至今，我内心深处的一点点说不清道不明的思绪，都记录在这纸上了。这是我的第三个也是最后一个心境，我原来想深藏于心。今天既然你想了解我的全部心境，就交给你，希望你能读懂。”

“方睿”将那个纸片推到齐琪面前。

那张纸上写的竟是一堆符号：

★★★★—/★————/————★/★★★★—/★★★★—/★————/———★★/★————/★★★★—/★————/—★★★★/★★★——/★★★★—/★———— /————★/★★———/—★★★★/★★———/★★———/★★★——/——★★★/★★★★—/

齐琪见到纸片上的符号完全蒙掉了。

第十六章

一张灰蒙蒙的幔帐从西边的天空压过来，东边的天空也由浅蓝向灰白褪落。道路两边的树枝拼命地摇曳，热浪似乎被清风推行着渐渐消去。上午还浅蓝透亮的天空，以午时为分界线开始被乌云侵袭，渐渐地天空完全被乌云罩住。乌云奔袭之势似乎就是在尾随方睿东行的汽车而来。

方睿下了出租车刚刚踏进电子研究院的主楼，雨点就如断线珍珠，啪啪地落地。不久，雨珠彻底连成一片，倾泻垂落，就如从天而降的雨瀑。

看来还是来得及时，不然就浇成落汤鸡了，方睿想。

方睿是上午处理完手头事情后，电话联系王副院长，告之下午要去研究院汇报破解的密码。

自从昨晚韦灿登门“兴师问罪”，方睿感觉围绕他们父子发生的事，越发混乱不堪。抓住假方睿以及尽快将密码送到研究院来证明父亲的清白，变得越发紧迫。前段时间忙于华南项目，促使他无暇顾及父亲的事情。而假方睿破坏活动非但没有收敛，反而变本加厉，令方睿十分恼火。但他一想到韦建成帮忙破解的 BD Ⅲ双模二期数据密码就要还父亲清白，心情就好了很多，脚下的步伐也就轻快了很多。

破解父亲密码的事情解决完，他就可以腾出精力追回韦灿丢失的资料，然后将假方睿诱捕。方睿这样盘算着推开了王副院长的办公室门。

王副院长和刘处长如约在办公室里等着方睿。方荣轩的电脑已经提前被搬到了这里，主机也已经打开，只等方睿带来的密码。

方睿和他们打过招呼之后，急不可耐地坐到方荣轩电脑前输入破解的剥卦密码“16、62、63、64、65、69”，再输入“河洛”密码“55、45”，最后输入破解的“阿门”密码“80”。方睿看了一眼那些密码，果断地敲下回车键，电脑屏幕上却显示密码错误。方睿、王副院长、刘处长三人面面相觑。

方睿重新输入破解的剥卦密码“16、62、63、64、65、69”，再输入“河洛”的另一种密码解法“21、34、15”，最后输入破解的阿门密码“80”。方睿深呼吸之后再次敲下回车键，电脑屏幕依然显示密码错误。

方睿尴尬一笑：“看来我父亲设置的是最深层次的密码。”

方睿再次输入剥卦密码之后，又输入韦建成破解的最深层次的“河洛”密码“1597、360”，然后将“阿门”密码“80”输入后，深吸一口气，再长长地呼出，敲下了回车键。可电脑屏幕上仍旧显示密码错误。

此时，细密的汗珠从方睿的额头渗出。他又将三种密码重新输入了一遍，依然没有打开电脑里的文件夹。

王副院长将一条毛巾递给了方睿，示意他擦擦汗。方睿此时方知自己已然是大汗淋漓。

“怎么会这样，哪里出了问题？”方睿自言自语道。

“方睿，你这套密码是自己破解的吗？”王副院长问道。

“啊……是，怎么了？”方睿支支吾吾地说道。

他不能说是韦建成帮助破译的。因为韦建成叮嘱过他，不要跟研究院任何人讲他帮忙破解密码的事。而王副院长、刘处长又曾经叮嘱他，父亲邮件的内容不得向任何人透露。

“我觉得你可能没有完全了解你父亲，你肯定是某一个环节没有弄清楚，所以解出的密码是错误的。但是我们坚信任何人设计一组密码，必然会留下相应的提示。你还得从你父亲的书籍、笔记以及思维习惯来找寻密码规律。”王副院长既认真又宽慰地说道。

方睿无比颓丧地走出研究院主楼大厅。此时天空依然下着淅淅沥沥的小雨，他毫不犹豫地踏出主楼檐廊，任由冰冷的雨滴袭打全身。

从主楼地下车库里驶出一辆商务车，“吱”的一声停在了方睿身边。车窗落下，宓潜坐在驾驶室里喊道：“方睿，上车！”

方睿迟疑着。

“快上车啊，王副院长让我送你，上车！”宓潜催促道。

方睿坐在副驾驶的座位上，头靠着玻璃窗，陷入迷离恍惚之中。

他原本笃定韦建成帮他破解的密码是没有问题的，但结果却是错的。他的巨大希望变成了彻底的失望。一时间他仿佛进入了冬眠状态，失去了思维与运动的概念。

“怎么了，情绪那么差？”宓潜问道。

“啊……”半晌，方睿回过神消沉地说道，“我感到自己很没用，不能还我父亲的清白。”

“别那么悲观嘛！你是我教的学生里比较优秀的了。”

方睿苦笑了一下：“优秀是相对的，对比我父亲这样真正优秀的人，我就是一个小学生，还是个很蠢笨的小学生。”

“你误解我所指的优秀了。”宓潜说。

方睿转过脸，望着宓潜惊异道：“哦，您说的优秀是什么意思？”

“我认为优秀一词适用的范围有两种。一种是综合考量的，一种是单品质的。综合是指一个人的德、能、勤、技等几大类别的集合。这种综合性的优秀，一般是人与人之间的横向对比，它的确是一山更比一山高，是没有绝对的最优秀，只有相对的更加优秀。但是如果就某一品质来说，对某个人所说的优秀，就是一种纵向对比，只与自己对比。比如说意志品质，如果某一时期你达到了优秀的标准，你就可以称为优秀。你是我的学生，以我对你的了解，你的意志品质称得上优秀了。剩下的问题，就是你做事时，如何利用你自身具备的优秀品质。”宓潜郑重地说道。

方睿听罢，突然间感到一股暖流贯通肺腑，激活了他体内即将休眠的细胞，这些细胞迅速奔腾活跃起来。

方睿本能地坐直了身躯，目视前方。雨滴啪啪地拍打在玻璃窗上，发出清脆的响声，也敲击着方睿重新澎湃的内心。

“不经风雨，何以见彩虹。”这句话突然跃入方睿脑海。

“谢谢您，宓老师。”方睿诚恳地说道。

宓潜有些不好意思地说道：“你看我又情不自禁地教育人了。唉，当老师的通病啊。”

“每个人的成长是离不开老师的指引的。”方睿肯定地说。

*****

“方睿啊方睿，你到底是一个怎样的人呢？”齐琪手拿“方睿”给她的那张写满摩斯密码的卡片，陷入疑惑之中。

卡片上的那些星星点点在齐琪看来就如曼陀罗花，绚丽艳美，精灵诡异。

齐琪对曼陀罗花的了解还是姐姐齐妙出事前告诉她的。那是齐妙出事前三个月的一天傍晚，姐妹二人闲聊起带有魔幻色彩的花卉时提及的。当时齐琪在聆听齐妙对曼陀罗花的讲述时陷入了惊恐又着迷的矛盾情绪中。

曼陀罗花，花色妖艳无比。其花开时则无叶，有叶时则花不开，诡异造型，在古今中外的传说中都被赋予了魔幻色彩，是世界上最神秘的花卉之一。其不同颜色被赋予的不同寓意，也让人爱恨交加。白色曼陀罗被认为是上天开的花，会净化掉心中的恶性；绿色曼陀罗代表着生生不息的希望，代表着对生活的期许，对生命的渴望；红色曼陀罗代表着血腥的爱意，为了得到一份爱可以不择手段，是一种过激偏执的狂爱；黑色曼陀罗最为凄美诡异，它被赋予爱和复仇的寓意，代表不可预知的死亡和爱；而金色曼陀罗最为艳丽端庄，代表着拥有永不止息的幸福，寓意着生活圆满。

方睿用摩斯密码写成的心境会是哪一种曼陀罗呢？齐琪冥思苦想，努力搜索对方睿过往的记忆，试图找到破解这奇异密码的钥匙，弄清方睿的心境。

方睿父亲出事前，由于韦灿的大男子主义，齐琪与方睿接触不多，彼此不太熟悉。那时的方睿在齐琪心中就似一幅简笔画，线条流畅，简单清晰，既无嫌弃之意，也无探究兴趣，轻轻一瞥就过去了，不会在内心深处留下什么记忆。

方睿父亲出事后，齐琪礼节上去看望过方睿。那时方睿因突如其来的灾难而失魂落魄，整个人是一种欲哭无泪的状态，让齐琪陡然想起出事的姐姐。那种毫无心理准备突然痛失亲人的悲恸是无法言说的，那种痛只有经历过的人才会懂得。因此，齐琪对方睿多了一份留意，多了一份怜悯，也多了一份担心，她默默祝福方睿尽快走出阴霾。在广州至北京高铁上的相遇，使齐琪的担心放下了，她似乎看到了一个走出阴霾的方睿。尤其令齐琪惊讶的是，原来不太熟知的方睿，与简单无趣、粗心大意的韦灿全然不同，他竟然如此幽默风趣、博学多才。此次咖啡馆的小聚更让齐琪感到方睿不仅博学而且深邃无比。他复杂的心境，令齐琪着迷。她突然感到方睿简直就是一幅抽象画，简单的线条，丰富的油彩，勾勒的却是神秘无比的艺术世界。他让人有一种不懂其内涵但又无法释怀，想要努力去探寻的冲动。

“我们每一次的愉快邂逅都是一段甜蜜的印记，比如说上次我们俩在高铁上的邂逅。”

“这是自从你我上次在高铁上相遇至今，我内心深处的一点点说不清道不明的思绪……”

方睿的这两句话重新回响在齐琪耳畔，闪现在她的记忆中。这两句话令齐琪突然有种莫名的燥热，一种无以言状的紧张。

“什么意思？难道说他的心境与我有关……为什么？”齐琪的眼前有些迷离，耳畔似响起了诸多嘈杂不明的声响，而脑海中又似乎注入了迷雾，有一种喘不过气来的压迫感。

“不行，这摩斯密码卡片要尽快破解。”齐琪产生了立刻要知晓答案的冲动。

齐琪走进父亲齐天海的房间。摩斯密码对于齐琪来说，近乎是天书，以她的能力恐怕是几个月也破解不了。要想尽快知晓答案，她只有求助于父亲。

“爸，你就帮帮我吧！”齐琪撒娇地说。

齐天海瞥了一眼那卡片，不屑地说：“这是哪个小子耍的恶作剧，捉弄我闺女啊？依我看，不用理他。”齐天海继续眼盯电脑，审看着技术资料。

“那不行，这个卡片的内容我必须知道。”

“那就等我空闲了再研究吧！”齐天海不为所动。

“等你有空闲了，我的心就被这卡片折磨碎了，稀碎稀碎的。”齐琪夸张地说。

“哦，这么严重，看来是韦灿那小子出的恶作剧，看我怎么收拾他。”

“韦灿？您认为是韦灿？您了解的韦灿有这智商吗？他会这种让人惊掉下巴的炫酷方式吗？”

齐天海闻听此言，轻描淡写地说：“不是韦灿就更不用劳那个神去破解它了。你何苦自寻烦恼呢？”

“哎呀，爸，我现在就想知道这卡片上的答案。”

“为什么呀？跟你有关？”

“当然有关系了。”

齐天海转过脸注视着齐琪疑惑地说道：“怎么个关系？这是谁给你的？”

“嗯……”齐琪犹豫着。

“你不说清，我怎么帮你呀？”

“你不用管是谁给我的，你就把它作为一道高等数学题来解就行了。”

“那不行啊，闺女，这个……这个万一是个不利于你的情报密码，你轻易接手破解了，可能会给你带来预想不到的麻烦。”齐天海严肃地说。

“咳，爸，看你一本正经的样子，还情报，还密码，你扯得太远了。咱们都是普通老百姓，虽然这是摩斯密码写的，但它的内容只是一个人的心境。”

“心境？一个心境如此大费周章？这是谁啊？”

“这个……”

“这个人是谁有什么不可以让爸爸知道的吗？”

“这个……”

“如果你不告诉我实情，我的意见就是你把这个卡片如实地退给这个人。”

“好吧，告诉你……这个摩斯密码卡片是方睿写的。”

“啊，方睿？！”齐天海瞪大了眼睛，“他会用摩斯密码设计暗语？哦，方荣轩的儿子有可能，有可能……”齐天海絮絮叨叨地自言自语道。

“方睿为什么给你这样一张奇怪的卡片，他有什么异常反应吗？”齐天海疑惑地问。

齐琪迟疑片刻，如实向父亲讲述了她与“方睿”在高铁上相遇以及在咖啡馆小聚的事。

“我觉得方睿可能是因为他父亲出事而陷入了宿命论，他认为我给他带来了一定的工作上的福音。他父亲出事或多或少对他内心产生了影响。他既想摆脱阴霾，又被阴霾笼罩；他既想笑对人生，又被人生摔打。所以我很想知道他在这张卡片里到底表达了什么样的心境。”齐琪认真地说着。但是，她没有告诉父亲，“方睿”隐隐约约说这张卡片的内容是与她有关，因为“方睿”的话语让她不敢确定，只能有一种极其模糊、若有若无的感觉。

齐天海听着齐琪的解释，思虑良久说道：“好吧，爸爸帮你解出这个卡片的谜底。”

齐天海取过卡片陷入深思。

* * * * *

疑团就像夏季里讨厌的蚊虫，无法彻底驱散，除非用强力驱蚊剂将自己浸泡起来。但是真的那样的话，蚊虫被驱散的同时，自身也将深受杀虫剂的毒害。韦灿此时此刻就是这种心情，他已经在这家咖啡馆门前徘徊了半个多小时了。他昨天还在这里为方睿指点迷津，但是现在这里却成了他一切疑团的根源所在，成了令他进退两难的地方。他既想进入咖啡馆看看监控视频以证方睿清白，又怕看到视频后就会验证了方睿偷拿他的项目资料的行为。

糊里糊涂全然不知或许更好，那样自己与方睿之间的兄弟情谊就不会割裂。就这样，去他的，爱怎么着就怎么着吧，让保卫处自己去查吧。想到此，韦灿毅然转身离开咖啡馆，向熙熙攘攘的人流走去。

韦灿哼唱着歌曲努力调整着纠结的情绪。此时电话铃声响起，是韦灿公司办公室的小曹打来的。这几天，小曹就负责与集团保卫处的人接洽调查取证的工作。看到是小曹的电话，韦灿有些纠结的内心突然不安起来。他颤颤巍巍地接通了电话。

“小曹，有什么事吗？”话一出口，韦灿就意识到了自己的微小变化。他平时对小曹惯用的称呼和语气可没这么客气。

“灿哥，你说话方便吗？”小曹在电话里还是如往常一样称呼韦灿为“灿哥”。

“方便，方便，你说吧。”韦灿的心怦怦地跳。

“灿哥，我告你啊，现在所有接触过这个项目资料的人都在主动向调查组提供自己详细的路线图，详细到一个小时内的行为路线，都在努力澄清这个项目资料在自己手上时没有脱离安全管控范围。”

“哦……是这样啊。不过项目资料在我手里时也是在安全管控范围内啊。”韦灿说这话时内心有些发虚。

“灿哥，我相信你，但是你得提供给调查组证明自己清白的证据啊。比如说你送项目资料时，本来从公司到规划院路程最多花费一个小时，但是你却用了两个小时才把项目资料送达规划院。”

“这些调查组都清楚啊。”韦灿有些吃惊。

“你认为调查组是干什么的？他们是指着这技能吃饭的，这是他们本行。”

“啊……”韦灿有些哑口，不知如何回答了。

“行了灿哥，就跟你透露这么多啊，抓紧证明自己清白啊。”电话随后挂断。

小曹是个北漂，也算是韦灿的小兄弟，二人关系不错。当初小曹刚留北京时，找不到价格合适的房子租住，是韦灿仗义相助，找到初中同学亮子，把亮子家东四美术馆后街的一间平房低价租给小曹，小曹这才有了暂时的栖身之地。

“积善之家，必有余庆”，这句《易经》里的话当初还是方荣轩对方睿和韦灿小哥俩讲述的呢。韦灿的一点点仗义，现在要福泽自己了。讽刺的是，他现在要做的事恰恰与方睿有关，这不得不让他感到有些头痛。

韦灿平复了一下心情，下定决心走回咖啡馆。

韦灿花了三百元，才使得咖啡馆老板同意他调取他与“方睿”喝咖啡时的视频录像。

视频呈现在韦灿眼前，韦灿便有些崩溃。尽管摄像头离方睿、韦灿坐的那个座位比较远，尽管方睿也是背对着摄像头，但是在视频里可以清晰地看到韦灿跑出咖啡馆后，方睿的手伸进了韦灿的皮包。尽管韦灿没有看到方睿取出那存有项目资料的移动硬盘，不能彻底确定方睿偷拿了他的资料，但是这与方睿坚称自己从来没有动过他的皮包的说法完全不符。越是不符，越说明方睿在心虚。此时，韦灿倒是真想时间倒转到昨天，方睿会对他解释说：“我摸了摸你皮包里有无零食。”是，事实是相反的。方睿说他从来没有动过那皮包。现在韦灿回忆当时自己回来所看到的，是方睿一副若无其事的样子。此时，韦灿的心情有如冷水倒入热油一般，冰火两重天。

韦灿走出咖啡馆后迅速拐进一个胡同，见前后无人，便仰天大笑，笑着笑着开始掩面而泣。他为自己刚刚看到的那段视频而笑，又为那段视频而泣。在他看完视频后趁咖啡馆不注意，毅然决然地将那个时间段的视频删除了。他为自己删除视频证据而惨笑，为视频中让他无法理解的方睿的偷窃行为而哭泣。他感到自己流出的不是泪而是血。他怎么也想不明白，方睿为什么设这样一个局，来偷窃他的项目资料，坑害他这个无话不谈、吃喝不分的铁哥们儿。

韦灿犹如雕塑一般在一个街心公园里坐了一个多小时。他的内心翻江倒海，无比凄苦。他脑子里想了很多很多，但又什么都没有留下。就如沙画一般，用灵巧的手指描绘一番后，亭台楼阁、小桥流水的美景以及动植物的美妙风姿，都将跃然于细白的沙土上，令人赏心悦目，但用手掌轻轻一抹，瞬间什么都没有了，只留下茫茫一片。

人的喜、怒、哀、乐好比四条大江，它的重要出口就是倾诉，无处倾诉，就将天翻地覆。可以说，解救崩溃的救命稻草就是倾诉。韦灿头脑里拼命搜索最为合适的倾诉对象，最终想到了未来岳父齐天海。

自从韦灿与齐琪确定恋爱关系后，韦灿便时常到齐琪家帮忙做家务。尤其齐琪姐姐齐妙出事期间，韦灿就像齐家的儿子一样跑前跑后帮忙处理各种事情，赢得了齐琪父母的好感。齐天海对韦灿也就像对待亲儿子一样，既疼爱关心又耐心教导。韦灿对齐天海的每一次指摘也都感到受益匪浅，现在这件不为人知的事，韦灿也只能向齐天海倾诉，求齐天海指点迷津。

韦灿将方睿与他在咖啡馆见面、集团发现项目资料泄密以及他到咖啡馆查看视频的经过，如实向齐天海讲述了。述说完毕，韦灿突然感到无比干渴，他将齐天海为他倒的那杯茶水一饮而尽，然后紧紧地握着那茶杯凝视着面无表情的齐天海。

“你确定他没有拿出你皮包里的硬盘？”齐天海问。

“确定没有，但是他的手确实伸进皮包里了。”韦灿肯定地答道。

“方睿最近有什么反常行为吗？”齐天海再问。

韦灿思忖片刻道：“最近我们俩各自在忙，有段时间没见了，感觉不出他有什么不一样。如果说有点反常的话，就是这次咖啡馆见面，他向我倾诉苦闷，这是以前没有过的。我们以前见面都是说笑，不吐苦水的。但是最近他父亲出事，他负责的项目也出问题，向我诉苦也是可以理解的啊。”

齐天海没有再问，半眯着眼沉思片刻说道："这件事，我认为有两点是需要注意的。"

韦灿放下手中的茶杯，专注地注视着齐天海。

"第一，尽管方睿把手伸进你的皮包，但是没有取出硬盘这就不能完全确定就是他偷了项目资料。所以在没有确凿的证据时，不要质问方睿，更不要指证方睿。"

韦灿认真地点头，表示接受。

"第二，你说方睿没什么异常变化，可是按你所说的你们俩喝咖啡时方睿的举动，在我看来有点反常。结合他给齐琪这张卡片的行为，就更说明有些反常。"齐天海边说边走到办公桌前取出那张摩斯密码写成的卡片递给韦灿。

韦灿看到那卡片一脸茫然："这，这是什么啊？您说这是方睿给齐琪的？什么时候给的？他为什么要给齐琪这么一张古怪的卡片？"

"就是昨天下午方睿给齐琪的，说是表示他的一个心境。我正在努力破译。现在结合你这件事来看，我怀疑方睿的身上缠绕着什么巨大隐情。他到底拿没拿项目资料？如果拿了，他为什么会这么做？他把项目资料给谁了？或许这张卡片能帮我们找到蛛丝马迹。"

"他如果真的拿了项目资料，多半也是给那个叫那媚的女人了。"韦灿猜测道。

"什么？那媚？"齐天海的身子轻轻地战栗了一下，死死地盯着韦灿。

"哦，就是一个什么公司的老总，是干什么的我不太清楚。方睿与我喝咖啡时诉苦，就包括这个女人的事。这个女人曾经趁方睿不在家突然造访方家，令方睿反感。"

"别的没了？你就知道这么多？"齐天海责问。

“没了，方睿跟我讲得不多，我因为最近忙，也没多问。”

“哦……”齐天海若有所思。

韦灿见齐天海不再询问了，就取出手机对着那张卡片拍照。

“你也懂摩斯密码吗？”齐天海疑惑地问。

“不懂，但是我想研究研究。”

“研究研究可以，但是这张卡片不要给任何人看。咱们还不知道它的内容对你、对齐琪是否有害。”齐天海严肃地说。

“我明白。”韦灿盯着那张摩斯密码卡片应道，他的脸上充满了失落与疑惑。

经过一夜的内心挣扎，韦灿的精神备受折磨。

他一夜未眠几乎翻遍了自己所有的藏书。他用电脑搜索摩斯密码的各种解释想要破解那张卡片，依然毫无头绪。他既恨自己平时不用功，也嫉妒、怨恨方睿的良好出身。他相信这摩斯密码的技能定是方荣轩传授给方睿的。但是方睿为什么要给齐琪这样一张卡片，他实在想不明白。他几次想打电话问一问齐琪，思虑之后还是觉得不妥。他想这件事既然齐琪没有对他说就不能问。

恋人间的隐私是不能轻易触碰的，它就像人与采蜜的工蜂。当人们一旦触碰到工蜂，它会本能地蜇人，使人中毒的同时，自己也会因天生的机能而死去，可谓两败俱伤。

度日如年——韦灿这一天真正地体会到了这个词语的含义。

一夜未眠的韦灿，大脑已经处在浑浑噩噩的状态了，偏偏还要继续接受集团保卫处的盘问。他为了不使自己说错话，只能让大脑高速运转。他避开那些对他自己以及对方睿可能不利的细节，承认送项目资料中途停顿于咖啡馆是工作失当，但坚称皮包始终不离身，不可能在他这个环节出现泄密。应付这种盘问使韦灿感到精疲力竭，期盼时间飞逝，尽快下班，结束内心与头脑的煎熬。夕阳西下时分，这种煎熬终于结束。他犹如觅到食物迫切归巢哺育幼鸟的燕子，急切地向韦建成家狂奔。

韦灿早晨上班时，就已经打定主意要去求助叔叔韦建成了，他已经没有耐心更没有信心去亲自破译这张卡片了。他知道以前方睿与齐琪来往不多，更没有过这种背着他私下给齐琪什么东西的情况。这种事情太诡异了，他做梦也想不到会这样。齐天海分析得很有道理，这两件事情对于方睿都太反常了，他要尽快揭晓答案。

尽管来之前，韦灿已经将理由梳理了无数遍，但是见到韦建成那一刻还是有些忐忑不安。他从小就对这位叔叔有一种说不出的敬畏，况且这件事又关乎方睿，因为方睿在韦建成心中是极重要的。在韦建成心中，他三个韦灿也不及一个方睿，所以韦灿平时极少来韦建成家。可是韦灿清楚，叔叔韦建成的能力要高于未来岳父齐天海，他太想知道这个卡片的谜底了。

韦灿接过韦建成递过来的茶杯，说道："叔叔，您最近身体还好吧？忙吗？"话一出口，韦灿就觉自己有点语无伦次。

韦建成努力做出和善的姿态，似笑非笑道："找我有事吧？有事你就直说。"

韦灿心想，对，有事就直说，别绕圈子了。

韦灿从兜里掏出那张由摩斯密码写成的卡片，这是他将拍的照片直接打印的。

韦建成接过卡片，看了看，依然带着似笑非笑的表情说道："这是要我帮你破解吗？"

"是，是。"韦灿答道。他不等韦建成追问，继续说道："这是方睿写给我的。他最近情绪低落、心事重重的，我就开导他。您也知道我这人说话又直又粗，就劝他别娘儿们似的，有心事说出来，我帮他分担。他就写了这么一个卡片，让我破解，说这就是他最近的一个心境，能解开就是帮他分忧了。您最了解我了，我要是慢慢地学着破解，估计得猴年马月了。但是我又想帮方睿解忧，所以只能私下求您帮我破解。”

韦灿心里清楚但凡涉及方睿的事，一般韦建成不会推辞。果然，韦建成开心地说道：“没想到，方睿这小子还有这种奇思怪想呢。一个心境都能玩出这么神奇的东西来，不愧是栗慧因的儿子啊。”

韦建成态度的转变，使韦灿庆幸自己编织的理由很完美。

“叔叔，那您就费费心越快越好，我想尽早知道方睿的心境，尽早为他做些力所能及的事。”韦灿适时说道。

“哎，这才是铁哥们儿的做法嘛。要想朋友之所想，急朋友之所急啊。”韦建成主动起身为韦灿倒茶。

韦灿连忙双手捧杯接那茶水，内心却是五味杂陈。

* * * * *

因方睿而内心五味杂陈的韦灿，此时此刻却不知方睿正忧心如焚，立于“金字塔”旁边，凝视着父亲。

那天方睿信心满满地赶往研究院，将韦建成帮忙解开的密码输入父亲电脑后，方知事情远没有他想象的那么顺利。尽管当天宓潜开导他，使他异常糟糕的情绪有所稳定，但这次密码破解失败，还是一度令他心如死灰。

昨天他跪在父亲身边，紧握父亲右手，倾诉自己的无能与无助，还因自己不能为父亲洗清冤情而一度哽咽。当他泣不成声时，突然感觉到父亲的右手再次微微颤动。他立刻抬头望向父亲，惊奇地发现父亲右眼角处有泪滴流出。方睿激动地扑到父亲身上，大声呼唤父亲：“爸爸，爸爸，爸爸！”方睿的声音在房间内回荡。方荣轩的手也随着那一声声的“爸爸”而微微颤动。他眼角的泪滴也似乎变得顽强起来，它流淌到耳畔时停顿，好像等待着被空气蒸发，以便留下泪痕，让这滴泪成为永恒的符号。

方睿抹去自己脸上的泪水，长出一口气，坚毅地说道：“爸爸，我明白您的意思了，您不让我放弃，无论多难多苦，您都会陪伴着我。”

一天一夜的自我调整让方睿重拾斗志，但是破解父亲的密码绝不是只有斗志就行的。方睿将韦建成帮他破解的密码进行梳理，感觉到父亲邮箱暗语中前两部分䷖剥卦和“河洛”的破解应该不会有大问题。无论是他自己的思考还是宓潜的一点点提示，都是围绕中国传统文化特质与数学间的关联进行解密的，而韦建成的破解更说明他们的思考方向是对的。他相信以韦建成对《易经》的研究，破解出的这几种密码形式应该没有问题。他认为父亲对《易经》的研究不会超过韦建成，也就是说父亲设置的密码应该在韦建成可破解的范围内。完整的密码依然不对，问题必然出在暗语中的最后部分“阿门”上。方睿清楚地记得韦建成对“阿门”一词的理解程度是不够的。对于“阿门”这个体现欧美文化特质的词汇的研究深度，父亲应当是高于韦建成的。

方睿再次对父亲的书柜进行搜索，努力找寻对“阿门”一词解读有益的书籍。但经一番搜索，他却一无所获。

焦虑情绪犹如万千蚂蚁上身，再度侵袭方睿。方睿为了不使情绪失控，只好立于“金字塔”旁边整理思绪，祈求有灵感迸发。

一个小时后，方睿情绪渐渐平复。他安顿好了父亲，然后走出家门。方睿直奔韦建成家，他想将自己思索的看似没有什么价值的信息与韦建成交流交流，希望能够给韦建成以启发，助韦建成破解“阿门”一词的密码含义。

一走进房间，方睿就感到韦建成今晚气场与平日不同，他原有的那种沉稳、不苟言笑中掺杂了少有的稚气与纯真。

“怎么了，韦叔叔？是有什么喜事，还是有什么可笑的故事？”方睿落座后问道。

韦建成不紧不慢地洗杯、润茶、冲水、泡茶，当他把第一杯茶水奉给方睿后，才微笑道："我是为韦灿和你哥俩儿的这份友谊而感到欣慰。"

方睿满腹狐疑地问道："您怎么突然说这个？"

韦建成轻轻呷了口茶说道："你情绪低落时，那个粗小子还知道要帮你解忧啊。"

方睿不知如何接这句话，只好勉强地笑笑。

"当然，我觉得最有意思的是，你居然会用这种奇思怪想表达自己的心境，让他去猜，你们哥俩儿这互动方式也太让我惊讶了。"

方睿大脑立刻高速运转起来，他快速地想着该如何应对这件他并不知情的事。

"唉，这个韦灿啊，我们俩的事，怎么……"方睿故意欲言又止。

"你不要责怪他，他也是没办法了。"韦建成边说边走进书房。

方睿紧张地等待着。

韦建成从书房出来，将那张摩斯密码卡片放在茶几上，笑道："你这心境的表达方式也太诡异了，他哪儿破解得了啊。"

方睿拿过那个卡片假装轻松地说："哦，这个啊。"他尽量掩饰着自己的惊诧。

"你小子编的这个密码还是有点意思的。"韦建成又呷了口茶。

"是吗？"方睿应着。

"小子，不要给你韦叔任何提示哟，你看看我能不能在两天内把你这个密码破解了啊。"韦建成饶有兴致地说道。

方睿脊背发凉，因为他知道他自己根本就没给过韦灿这样一张古怪的摩斯密码卡片。

第十七章

“方睿”送给齐琪摩斯密码卡片时原本是心如止水的，但是他回到自己的住所后渐渐地有些心旌摇曳了。最初他编写那摩斯密码时本有些戏谑意味，当然最为重要的目的是让真方睿完全陷入不忠不义、离心离德的困境中。但是那摩斯密码卡片递到齐琪手中后，他分明从齐琪的明眸中看到了关切、信任和感伤。齐琪收起那摩斯密码卡片后的认真回复，显然是完全为他的所谓心境而揪心了。

齐琪的这种表现犹如春风拂柳，在“方睿”内心荡起无法止息的回味。

齐琪的一颦一笑，一举手一投足，在“方睿”看来都是恰到好处令人怡悦的。

“方睿”曾梦到过齐琪。那梦境里齐琪一袭白衣，如翩翩仙女一样走向他。他也试图迎接，但她却忽地不见了。“方睿”多次再度进入那梦境，梦境无法复现，他的内心只能不断回味过往的现实，以期触碰到内心深处的柔软，这是此时“方睿”最想做的。当齐琪与“方睿”接触的所有细节在“方睿”头脑中被多遍回味之后，“方睿”陷入了自责与快慰的矛盾情绪中。他痛恨自己最初接触齐琪的目的灰暗、卑鄙，但是他又陶醉于与齐琪相处的所有细节。那些细节温暖了他，感化了他，也埋葬了他之前所有灰暗的目的。

他醉心于与齐琪的接触，期盼与齐琪更多地往来。他现在觉得自己不应该为了搅局而给齐琪那张卡片，但是对于自己现在的情感，那卡片上的内容似乎很是恰当。如此一来，他更加期盼齐琪能尽快破解密码。

她能破解吗？她有这种能力吗？“方睿”居然有些焦虑。当他逐渐冷静下来之后，又感到齐琪一定能破解，因为她可以求助她的父亲齐天海。他相信齐天海能破解。但是齐天海知道谜底之后，又将是何种局面呢？他不敢想下去了，惶恐情绪慢慢袭来。他想着这种极其混乱的局面，感觉战栗不止，又像吃了苍蝇一样恶心到了自己。他开始一次一次干呕。间歇中他快速打开音响，小提琴协奏曲《梁山伯与祝英台》响起来，他的干呕才停止。“方睿”缓缓地将自己埋在沙发里，努力使自己进入《梁山伯与祝英台》营造的梦幻境界。此时手机屏一亮，有短信进来，又是DFH发来的，内容是一串数字：“7；8；300；5；10”。“方睿”明白这是“呼唤”的意思，他今天可能会接到“呼唤”。原本他不打算听命，想像第一次接受任务时那样，按着自己的意愿行事。但是刚才突然袭来的恐慌情绪使他改变主意，他还是要去一趟“安全屋”接收信息，以便改变策略，将他制造的混乱局面进行一番调整。

“方睿”进入“安全屋”后死死地盯着那台电脑，没有急于进行脸部和手掌识别。他知道识别之后就会看到视频中史密斯的那张脸。他现在越来越厌恶见到史密斯，那张脸面对他时就意味着指令，而他现在厌恶那一次次的指令，他不知道这些指令什么时候才是个头。他厌恶无结局的东西，就像没有解的数学题。陡然间他生出了一个想法，这次接收的指令将是他最后接收的指令。无论是什么任务，完成之后他都会告一个段落，为自己放一个长假，完全按照自己的喜好去生活。

“方睿”进行脸部和手掌识别后打开了视频文件。史密斯严肃地正对镜头：“方睿先生，我相信你没有忘记上次的任务失败，我一直在等待你的弥补。现在弥补的机会来了。锐达集团正在全力筹备大西洋海底光缆项目，希望你尽快投入工作，获得相关情报。另外，上一次任务失败是由你的任性造成的。你如果再不能尽早解决掉那个方睿，你这次的新任务依然会有麻烦。我奉劝你不要再玩猫鼠游戏，这个游戏该结束了。”视频结束，依旧被自动销毁。

“方睿”点下了直播键，对着摄像头意味深长地笑了笑，然后点击了发送。电脑上显示发送成功后，他毅然关掉了电脑。

史密斯的话深深地刺痛了“方睿”。上次华南项目失手的确是自己低估了那个真方睿。尽管事后他偷韦灿资料给那媚的做法，相信很快会让真方睿陷入混乱不堪的局面，但是这仅仅是一种报复，于华南项目的失败是无补的。

单纯地报复是无能之人的一种慰藉，它不能使无能之人达到涅槃重生。反省至此，“方睿”意识到他与真方睿的斗争也像在解数学题，他无视了一些已知条件，造成解出的答案是错误的，是偏离预知航线的。

“猫鼠游戏”真的应该结束了吗？“方睿”有些不甘心。当初他进入真方睿家看到那幅版画《画廊》时，颇有感触。他从那版画中感悟到的就是这样一场“猫鼠游戏”。在“方睿”看来，那就像是同一时空下完全一样的两个人的相遇，或者说是自己与自己影子的相遇。无论是自己戏弄影子，还是被影子戏弄，都是一场绝无仅有的体验。那种体验像绚烂无比的梦境，曾令他着迷。

其实他自认为头脑是清醒的。第一次见到史密斯，他被称呼为“方睿先生”，他就知道自己被认为是方睿了。但是在慈仁街北口，他驾驶大货车见到那个方睿之后，方知这个世界中还有一个方睿。在那一刻他清醒地意识到那个才是真正的方睿，而自己到底是谁连自己都说不清。

“我不是真正的方睿，那我是谁呢？”这个问题“方睿”在闲暇时刻常常会思考。撞车事件后，史密斯依然称他为方睿。当时“方睿”就想，“史密斯在说鬼话”。同一个世界出现了两个方睿，曾令“方睿”如注射了吗啡一般兴奋。他拒绝了史密斯要求迅速解决那个真方睿的指令，他想玩玩猫鼠游戏。但是游戏到现在为止确实有了麻烦，确实不是他想象的那么好玩。

游戏是该结束了吗？一向做事决断的“方睿”不知怎的，居然犹豫了起来。

“方睿”刚刚走出电梯，准备离开北京华贸中心写字楼，手机铃声再次响起，他知道这是窃听电话，他迅速接听。电话里传出真方睿与那媚的通话。

“你好那总，我有点事情需要跟你沟通，明天上午九点钟在我们公司对面的星巴克见面，如何？”

“可以啊。”

“谢谢那总，明天见面聊。”

双方手机挂断。

“方睿”思忖着：“真方睿主动邀那媚会做什么？”

“方睿”刚刚进入自己的寓所，手机铃声再次响起，“方睿”再次窃听，原来是真方睿给助手常雨婷打了电话。

“小常，明天上午九点钟我约了普克力公司那总到咱们公司对面星巴克谈点事情。但是我明天早晨临时有事，可能会晚些到。你先替我陪那总喝咖啡，随便聊聊。就聊你们女人的话题，不要聊工作啊！”

“好的，方主任，您放心我一定陪好那总。”

“谢谢！”

手机挂断，通话再次结束。

“方睿”情不自禁地笑了，自语道：“呵呵，方睿呀方睿，你可真能配合我的行动啊！”

“方睿”拿着窃听电话真诚地说：“谢谢你方睿先生。”

*****

方睿约见那媚是他从韦建成处得知摩斯密码卡片一事的应急处理。他一时无从知晓假方睿设计的这个摩斯密码卡片的谜底是什么，他也不知道假方睿为什么要给韦灿这样一张卡片。但是他认为这或许跟韦灿的项目资料有关，而现在项目资料就在那媚手里。所以想要解开那摩斯密码，目前只能从那媚入手。梳理这混乱迷局后方睿便向那媚发出了邀请。

上午八点半方睿戴着口罩，穿着这栋大厦保洁员的衣服进入大厅时，刚好一部电梯打开，那媚匆匆走出。方睿在角落里假装擦拭着大厅的一个装饰品，他用眼角的余光目送那媚离开写字楼。这是方睿计划的第一个环节。

他昨天电话邀请那媚见面的事情敲定后，便马不停蹄地做了三件事。首先他谎称急用保洁服作为拍戏戏服，从这栋写字楼中一个与他身高差不多的保洁员手中花五百元租借了这套工作服。然后他到自由市场宠物店购买了一条长约三十厘米的活蜥蜴。他还从自由市场一个配钥匙的小摊处配置了一把与那媚一样的门禁卡。

方睿推算那媚如果早晨来公司处理完事情再去赴他的邀约的话，就必须在早晨八点半前从公司出发，否则那媚就不能在九点钟赶到锐达集团与自己会面。那媚是一个极为守时的人，这一点方睿是笃信的。果然，那媚在八点半准时走出她公司所在的写字楼。

方睿身背工具包乘电梯直达13层那媚的公司。公司里有个别职员已经上班，但是他们都没有留意这位“保洁员”。方睿镇定自若地穿过秘书吧台，用配制的门禁卡趁人不备进入到那媚办公室。

方睿环顾房间确定没有监控摄像头后，走到那媚的写字台前。那媚的办公室比较简单，右侧靠窗有几盆绿植，左侧是对向两组沙发。房间能够放东西的就只有宽大的老板台和老板台后墙上的多用途壁柜。

方睿轻轻地查看老板台的各个抽屉，居然所有抽屉都没有上锁，但里面也无特殊的东西。他打开老板台上的台式电脑和笔记本电脑，两台电脑都需要输入密码。方睿尝试用那媚的手机号和那媚的姓名全拼作为电脑的密码，但是没有成功。他坐在老板椅上闭目回忆上一次来这里见那媚的所有细节。突然他忆起当初他在靠近壁柜上的那幅中国画时，那媚的细微表情是有些紧张的。

难道说这幅中国画暗含着什么玄机？方睿起身仔细观察那幅名叫《紫气东来》的中国画。他粗略观赏整体轮廓后走到近前，眼睛如放大镜一般扫视画作细节。以他对绘画的了解，有些画家会把一些暗语或者数字绘制在画作不易察觉的地方。而那媚会不会就利用这种暗语或者数字来提示什么呢？

他用画作上标注的绘画时间和画家名字肖岩华的姓名全拼作为电脑密码也没能打开电脑。方睿再次审视画作，那雄鸡的硕大鸡冠引起了他的注意。仔细观察那鸡冠部位有些突出，好像西方油画一般立体。他上前伸手一摸，手感的确突出。他忽然发现这鸡冠对比画作的其他处有些脏，好像被人抚摩过多遍。鸡冠，鸡冠，难道它借代中文谐音机关？方睿大胆地用力按了一下那个有点突出的鸡冠，只听“咔嚓”一声，吓了方睿一跳。他定睛一看壁柜右下角处那幅名叫 *Competition Ⅷ*的油画居然被弹开了，出现了一个小小的暗门。方睿打开暗门，一个小型的保险柜映入眼帘。果然有玄机。方睿注视着那电子保险柜，琢磨着它的密码设置。依他看来这个保险柜还是比较普通的，密码应该为四位数字，相对电脑密码好破解。方睿输入了几种他认为有些规律性的数字，比如斐波那契数列组合而成的密码 1、1、2、3、2、3、

5、8；1、2、5、8等都没有成功。方睿回忆起自己曾经对这幅《紫气东来》的中国画进行过分析。这幅画作构图技法是主从取势法和分段取势法完美结合。此画作鲜明地分为四段，从左至右第一段为两大朵牡丹；第二段为一雌一雄两只鸡；第三段为大小不一的三朵牡丹；第四段为大小不一的五朵牡丹。难道是说这幅画作四段数字2、2、3、5是保险柜密码？方睿头脑里突然有了这个大胆的猜测。他立刻尝试输入了2、2、3、5。只听“咯吱”一声，似乎保险柜的端锁打开了，与此同时保险柜的电子屏闪亮，屏幕上出现了读秒数字：1、2、3、4……方睿在第5秒的时候拉那保险箱，“咔”的一声似乎又一层端锁被锁住，保险箱没有打开。方睿断定他输入的密码2、2、3、5是正确的，只是没有在恰当的秒数时段打开第二层端锁。方睿又尝试了3、6两个秒数去拉保险箱都没有成功。方睿不敢轻易尝试了。他怕多次强拉会触发保险箱的反盗模式，那样就彻底打不开保险箱了。他深呼吸再度思索。他再次仔细观察这幅作为暗门的油画，那错落有致的几何元素配以跳跃的色彩，给予方睿强烈的冲击。他忆起这幅康定斯基的油画，有人将它翻译称作《第八乐章》。方睿头脑里一个念头就如流星划过，灵感迸发。他再度输入密码2、2、3、5，保险箱“咯吱”一声响过后电子屏闪亮，再度进入读秒状态，数字开始变换。1、2、3、4、5、6、7……方睿在读到第8秒时快速去拉保险箱，“咯吱”一声保险箱被打开了。

方睿平复了一下紧张而又兴奋的心情，仔细看那保险箱里的东西，是两张绘有奇怪图案的纸片。方睿认出，一张是当初齐天海在国家大剧院偷偷递给那媚的，内容是“二期数据还未解开，尝试着从他儿子处找线索”。另一张则是方睿自己仿照这张图片制作的，是他与那媚在酒店见面时让人假冒快递小哥交给那媚的，其内容是方睿自己编制的——“还从他儿子处找寻线索”。

保险箱里还有一个移动硬盘和一块“巧克力”，方睿发现这块“巧克力”是一个形似巧克力的U盘。这个“巧克力”好像就是齐天海给那媚的那个。方睿推测这U盘里必有重要资料，说不定就有当初韦灿丢失的项目资料。

保险箱里还有一张用塑料套装着的卡片，上面是手写英文“Our love Cannot be measured by Common Sense”。方睿翻译出这句的中文意思是“我们的爱情不能用常识衡量”，落款是Sanke，显然是一位名叫Sanke的人手写的这句话。写有这样一句既像表白又似谚语语句的卡片，为什么这么庄重、极富仪式感地放在保险箱里呢？看来这位Sanke与那媚的关系非同一般。

方睿取出随身携带的小型平板电脑，先将那个形似“巧克力”的U盘插在他的电脑上。U盘里果然是韦灿公司的高铁地理信息系统项目资料。方睿明白，将U盘内的资料全部删除或者将U盘偷走都是不行的，那样会打草惊蛇。他灵机一动，将韦灿丢失的这个资料个别部分删改了一下。

方睿再将移动硬盘插在他的电脑上。令方睿吃惊的是，移动硬盘里有诸多机密资料。这些资料涵盖了某国家军事基地的图文资料；某国航天建设方面数据统计和图文资料信息。方睿的额头渗出了细密的汗珠。他知道这些资料是涉及国家机密的，而有些资料似乎跟父亲的研究院承接的项目有关联，他不知道这些资料的来源是否会牵扯到父亲。他思忖片刻决定还是暂时不要再删改这些资料，以免打草惊蛇，只能先拍照取证，待父亲清白得以证明后，可以向有关部门举报。

“那媚啊那媚，你的确是个可恶又可怕的女人。”方睿边擦汗边想。

方睿用手机将Sanke写的那张卡片也拍照下来，然后小心翼翼地将所有物品按原样放回保险箱。他自认为一切处理妥当后关掉那媚的两台电脑，然后用自带的手套擦拭了一下老板台和老板椅，然后轻手轻脚地走到门口。

方睿轻轻将门打开一条缝向外观察，见不远处的办公室大门敞开，那媚的秘书卢靖坐在电脑桌前，无所事事地随便浏览着电脑。方睿清楚，此时贸然出去必然会被她看到，还好他来之前做了准备，装在工具包里的那只活蜥蜴应该派上用场了，用这只活蜥蜴吓走秘书卢靖自己就可以全身而退了。

方睿将蜥蜴取出，将门打开一条缝，先将蜥蜴放出后，再把两条蚯蚓用弹弓弹射到秘书房门口处。方睿关上门静等那蜥蜴爬过去惊吓到秘书卢靖。等她尖叫逃走之后，他再溜出房间。

方睿等了片刻，房间外并未传来尖叫声。他疑惑地轻轻打开房门，见不远处秘书卢靖正在愉快地把玩那蜥蜴。这景象也着实让方睿吃了一惊。他原来也听说过有些女孩子对诸如蛇、蜥蜴类的爬行动物不仅不怕，反而很喜爱，现在真是大开眼界了。趁卢靖专注于把玩蜥蜴，方睿如愿溜出那媚办公室。

方睿刚走出电梯，一眼看到宓潜匆匆向电梯走来。方睿迅速躲闪到一旁。宓潜似乎根本没有看到方睿，匆匆上了电梯。此时方睿意识到自己是身穿保洁服，戴着口罩和帽子包裹严密，宓潜根本认不出他来。

宓潜来这栋大楼干什么？又是来接送人的吗？方睿思考着便有意地注视着电梯的楼层显示牌，电梯竟然停在了那媚公司所在的十三层。

看来还是要对宓潜也加以防范。

方睿下了出租车匆匆赶往锐达集团大楼对面的星巴克。一路上，他头脑里反复设计与那媚爽约的理由，力图天衣无缝，尽量不使那媚恼怒。方睿想，必要时可以放低姿态说点讨好的话，毕竟他达到了挽救资料的目的，也发现了这个女人的重大秘密。

但方睿到了星巴克左右查看，并未看到那媚。

是那媚生气走了，还是常雨婷把那媚哄劝走了？方睿疑惑地乘电梯回到技术部。他进入自己的办公室便迅速用内部电话把常雨婷叫来。

“方主任，您还有什么事需要我去处理吗？”常雨婷进屋便问。

“那总没为难你吧？”方睿试探着问道。

“没有，那总听我解释说您有急事要处理，很是理解，就一直等您，直到您从咱们公司出来。”常雨婷轻描淡写地说着。

方睿闻听此言，只觉得后背一丝寒风袭来。他明白了，他偷偷摸进那媚办公室时，那个假方睿却大摇大摆地来锐达集团总部了。

*****

“方睿”窃听完真方睿与那媚和常雨婷通话后，脑中迅速想到了一段交响诗的旋律。他快速打开音响找到了那首交响诗，德国作曲家理查·施特劳斯创作的《英雄的生涯》在屋内响起。“方睿”迷醉般地聆听，他努力去体会一种感受，那种感受是沉寂在一抹孤寂和遗憾中逐渐达到发狂的境界，并借以取得精神上的解脱和升华。他一遍遍地聆听，直至在不知不觉中睡去。

第二天上午八点四十五分，“方睿”乘出租车到达锐达集团大楼。他脑海中回荡着《英雄的生涯》的旋律，乘电梯直接赶往研发部。研发部一些年轻的员工陆续上班，大家都在忙忙碌碌地做着准备工作，依然是那个叫金艳的“工科女”接待“方睿”。“方睿”谎称有技术问题要与研发部总监交流交流，金艳告知他总监出差不在，有事的话只能等刘副主任来了再交流。“方睿”在会客室里耐心地等着，大概九点半金艳引着“方睿”去见刘副主任了。“方睿”与刘副主任简单地沟通了一下华南项目的事情，主要感谢了研发部对华南项目的巨大支持。刘副主任也表示二次修改技术参数的不易，还询问了对于二次修改技术参数，技术部在工程进度中的感受。“方睿”基本应对过去了，来之前他还是做了一些必要的准备的。二人攀谈了一会儿，

“方睿”便直截了当地询问大西洋海底光缆项目的研发情况，表达自己的分部希望参与这个项目的意愿。刘副主任毫不隐瞒地告诉“方睿”，恰好昨天下午下班前，总监已经按程序将方案先行交给技术部总监郑昊强了。刘副主任表示这只是初步方案，研发部的总监是想先行听取郑昊强反馈意见后再作调整。

走出研发部后“方睿”脑海中《英雄的生涯》的旋律似乎更加清晰。这个项目方案已经出了研发部到了技术部，窃取起来更容易了。“方睿”想着想着情不自禁地笑出了声，好在电梯里没人。

电梯打开，“方睿”恢复淡定，他跨步走进技术部。他进入真方睿的办公室查看了一番，尤其是他放在桌子底下的窃听器依然还在。他坐在椅子上梳理了一下准备与郑昊强谈话的内容，又看了看手中准备的一个U盘，这是他用来转移视线的道具，当然需要沟通的内容也在这里。这是他从“安全屋”取来的，是他从未见过面的下线DFH提前放在安全屋里的。这份资料是华南项目的甲方内部人士在竞标结束后低价卖给瑞莱卡公司的。刚才他应对研发部的刘副主任就是靠的这份资料。

“方睿”准备妥当后走出办公室，他径直走向最里边的郑昊强办公室。百叶窗帘处于放下状态，里边是什么情况不得而知。“方睿”敲门，没有动静，他轻推房门，发现没有上锁，但是里边没人。

“方睿”心想，这真是一路绿灯！这都省去与郑昊强沟通的麻烦了。

“方睿”迅速进屋，快速走到郑昊强办公桌前，掏出“便利贴”贴于郑昊强电脑的主机上，几十秒之后他确认电脑中的资料都复制过来了，便取下“便利贴”，快步走到门口。他伸手刚要拉那房门，房门顿开，吓了“方睿”一跳，同时也吓了门口的郑昊强一跳。

“小子，你想吓死我呀！”

“对不起，对不起郑总。”“方睿”迅速道歉。

“你可不止一次这么吓唬老朽了。”郑昊强嗔怨道，“怎么着，有事啊？”

“嗯，嗯，跟您汇报下工作。见您没在但房门没锁，估计您没走远。”

“啊，是，我去十一分部聊点事。行了，坐下吧。”郑昊强示意“方睿”坐下。

“方睿”将提前准备述说的事情简单地说了一遍。

“华南项目交给你我是放心的，有什么事情多跟研发部沟通。”

“是，是……现在不知道集团的大西洋海底光缆项目怎么样了？我们分部是不是也参与参与啊？”

“你小子挺贪，给别的分部留点活路吧。”

“是，是，给别人一条活路，自己留条后路。”“方睿”傻笑道。

“嗯，这就对了。你呀，有时候还得多跟你父亲学习……哦，对不起，方睿，我……”郑昊强为他的一时口快而感到抱歉。

“啊，没事，您说得对，我的确应该跟父亲多学点。现在不能直接学习，可以回忆性地学习，也可以从家中父亲的藏书和读书笔记上学习。”

“对，对。”郑昊强肯定道。

郑昊强顺势跟“方睿”分享了他曾经与方荣轩接触的点滴事情。

“方睿”倾听之余准备借机脱身，恰好郑昊强的手机响起，“方睿”便退出房间。

“方睿”没有回办公室，径直出了技术部。尽管他从用来监听的手机中查询到真方睿现在所处位置依然是那媚的公司，但是他需要留出充足的时间，躲避来自那个方睿的麻烦。他现在有所体会，这种猫鼠游戏的确不太好玩。

“看来还真得找机会结束了。”“方睿”边想边走出锐达集团大楼。他站在大楼门口刚准备乘坐出租车，那媚从对面的星巴克里走了出来。那媚站在那儿，用极不友好的眼神看着“方睿”。紧接着常雨婷也从星巴克跑了出来，她径直跑到“方睿”跟前。

“方主任你回来了？那总她……”常雨婷边说边回头看对面站着的那媚。

“好了，你的任务完成了，你回去吧，谢谢你。”“方睿”望着对面的那媚，平静地说道。

“好的。”常雨婷担心地看了一眼“方睿”，又看了一眼对面的那媚。

“方睿”微笑着走向那媚。

“男人的爽约纵使有千万个理由也是错的。”“方睿”与那媚又返回星巴克，落座后说道。

“明白就好。”那媚冷冷地说。

“方睿”从包中掏出一张纸快速地写下一段文字：“理由：我本打算从我们这里拿到宝贵的资料给你，但是事情有变，我被缠身，日后再弥补你，望谅。”

“方睿”将纸推向那媚，那媚仔细看过那段话，阴沉的脸色逐渐转晴。

“方睿”见那媚看完又将纸片收回，然后故作幽默地说：“不要说原谅我哟，那样会造成我有错不能彻底改正的。”

那媚微微一笑说道：“好，听你的，我什么也不说了。”

“方睿”起身深深鞠躬：“很抱歉，我还有要事缠身，我们以后再约。”

那媚大度地挥挥手。

“方睿”做了个请的姿势，那媚缓缓站起，二人一前一后走出星巴克。

第十八章

6 月下旬的北京，在火辣辣太阳的炙烤下犹如一个熔炉，它在烧灼每一个人外表的同时也在灼烧着人的内心。糟糕的事情发生在这种酷热的气候里就会加重人内心的焦躁。

方睿初步判定，假方睿趁他不在的时候进入锐达集团意欲偷窃某些商业机密。方睿只能祈祷他没拿到什么资料，只是来探路踩点。焦躁了一段时间后，他思忖着用什么合适的理由去郑昊强处求证。他担心在这之前假方睿已经与郑昊强碰过面。汇报华南项目的进展是一个理由，但理由不充分，因为目前华南项目进展顺利，没什么问题可探讨。他突然记起抽屉里有一盒咖啡，那是前段时间一位病人为了感谢景瑶的贴心护理而赠送的，景瑶又转送给了他。

他取出那盒咖啡，走出办公室。

郑昊强正在办公室里盯着电脑。方睿敲门得到允许后推门进入。

“方睿啊，还有什么事吗？”郑昊强直截了当地询问。

方睿的脑子嗡的一下好像被人打了一闷棍。果真如他猜测的一般，假方睿来过。

“啊……跟您说的事……”方睿说到此故意轻拍脸颊，好像被蚊虫叮咬打断了话，其实他是留给郑昊强接话的。现在他还不想让郑昊强起猜疑。

“大西洋项目你小子还不死心啊，你刚才自己都说给别人一条活路就是给自己留条后路，这么会儿就改主意了？”郑昊强微笑着说道。

“啊，没有。”方睿苦笑了一下。

“我这有一盒上好的咖啡送给您品尝一下。”方睿把话题岔开。

无须过多询问了，他已经弄清楚假方睿是为大西洋海底光缆项目而来的。

“大西洋海底光缆项目方案还在初稿阶段，由哪个分部参与以后再定。”郑昊强解释了一句。

“是，是。”方睿微笑着将那盒咖啡递给郑昊强，“这是圣赫勒拿岛咖啡，想给您尝尝，是我女朋友景瑶给我的。”

“什么口味？”郑昊强边看边问。

“有一点柑橘味的花香。”方睿介绍着。

“哦，好，我收下了。”郑昊强将咖啡放入抽屉后说，“哎，你一说起景瑶，我想起一件事。”

“什么事？”方睿问。

“我记得你说过景瑶是在慈仁医院工作？”

“是，怎么，您有事要她帮忙？”

“我昨天身体不舒服，去慈仁医院医生让我做了一个全面检查，今天应该拿检查报告。可我这会儿有个项目资料要审，没空去拿，你打个电话让景瑶先帮我拿一下如何？”

“行……哎，郑总，我这会儿正好没什么事，要不我跑一趟医院吧，让景瑶引荐个好大夫帮您顺便看看这个检查报告如何？”方睿问道。

“小子，想借机见女朋友啊？”郑昊强说笑道。

方睿憨笑了一下。

“行，那就麻烦你跑一趟，先听听大夫怎么说，改天我再去拿药。”郑昊强挥手示意方睿快去。

方睿告别郑昊强赶往慈仁医院，内心翻江倒海。他确认假方睿意欲偷窃重要商业机密后，顿感恐慌与愧疚。他正在不知如何是好时，郑昊强提及景瑶，使他陡然生起想见景瑶的念头。即便不能跟景瑶说出心中的郁闷，但是见见心爱之人或许可以缓解内心的忧恐。当然最为重要的是他认为这样可以弥补对郑昊强心理上的愧疚。倘若集团商业机密真的被窃，他方睿是有责任的。

走进慈仁医院，方睿内心别样情绪再次泛起。好在他手中捧了一大束鲜花，香气浓郁，浓烈的花香强烈地刺激了他的嗅觉，消解了他想来又怕来慈仁医院的纠结心绪。

方睿的突然而至很是令景瑶惊喜，她接过那大束鲜花时甜蜜地说道：“我喜欢，只要是你送的我都喜欢。”

“你喜欢就好。”方睿心里有了些许安慰。

“我知道你忙。”景瑶轻轻凑到方睿耳边小声说，“你心里有我，我就开心。”

方睿有些不好意思，脸颊顿时泛起红晕，他腼腆地拉着景瑶一只手不忍放下。护士站里出出进进的护士艳羡地偷看他们二人。

方睿与景瑶说了几句悄悄话后，便提到了郑昊强的事，景瑶爽快地答应了。她向护士长临时告了假，便带着方睿到一楼大厅取到了郑昊强所有的体检表，然后又带着方睿去二层咨询了一名心内科专家。

方睿认真聆听专家对体检表反映出的病理情况的分析，同时他还录了音。他是要详细向郑昊强汇报的。专家夸奖方睿是个心细负责的下属，但也叮嘱方睿，要让郑昊强尽快来医院拿药调理，以免耽误病情。

方睿与景瑶满意地走出专家室。二人特意选择走楼梯，手牵手往回走。行至四层时，景瑶的电话响起，她简单回应几句之后便挂断了电话。

“咱们跑两步吧，有人在护士站等我呢！”景瑶说。

景瑶拉着方睿小跑上楼，二人跑至六层时，惊动了站在拐角的一个男子。男人转回身，方睿认出是宓潜。

“宓老师，您这是？”方睿惊奇地问道。

“哦，方睿啊，我是来医院接个人。”宓潜举起手中电话继续说道，“我在这儿打个私人电话，你这是？”宓潜转移话题询问方睿。

“我是帮上司取体检表。”方睿说。

宓潜礼貌地与景瑶打招呼后便说道：“你们先忙。”方睿见如此也不便多说，挥挥手与宓潜告别，同景瑶一起推门进入六层楼道。

方睿与景瑶并肩向护士站快步走去，远远地看到护士站门口站着一个男人。方睿走近后认出是丁佛海。

方睿注视着丁佛海，脑海里快速回忆上次见到他时的情形。

“你好，景护士，非常抱歉，我有事耽误了。”丁佛海直视景瑶微笑着说。

“没关系，稍等，我现在拿给您。”景瑶走进护士站。

方睿有意跟丁佛海打了下招呼，但是丁佛海转过身去看景瑶的背影了，方睿只好站在一旁偷偷观察着丁佛海的一举一动。

景瑶拿着一本厚厚的《中国医学大辞典》走出护士站递给丁佛海。

方睿注意到那辞典并不是新书，但是却用塑料纸包裹得很严密，完全不像上次景瑶转交给丁佛海的另一本医学辞典那样随意。

丁佛海接过辞典礼貌地寒暄两句后匆匆走了。

“这本辞典不会又是侯大夫让转交的吧？”方睿试探着问道。

“是，还是侯大夫求我帮忙转交的。侯大夫今天又有大手术，怕他这个朋友来取时等时间长了。”景瑶眨着大眼睛说道。

景瑶瞥了一眼护士站然后拉着方睿的手向窗边走去：“这会儿不忙，我再陪你待会儿。”

二人刚走到窗前，方睿看到丁佛海匆匆走出主楼行至大门口准备打出租车，而宓潜也正慢悠悠从主楼走向医院大门。当丁佛海上了一辆出租车后，宓潜却突然快速拦截了另一辆出租车，两辆出租车一前一后驶离医院大门，上了主路。

怎么回事？宓潜不是说来接人的吗？怎么不开车而是坐出租车，还明显是在尾随丁佛海？方睿注意到楼下的这些细节，大脑快速思考着。

“对不起，景瑶，我刚才看到宓老师忽然想起有事要问他，我得去找他一下。”方睿拉了一下景瑶的手，抱歉地说道。

“行吧，你先办正事吧。”景瑶流露出了一丝不舍。

方睿拥抱了一下景瑶转身快速地走了。

方睿赶到医院门口租了一辆共享单车快速追了过去。

北京城拥堵的交通是方睿内心的强大支撑。果然二十分钟后，方睿就赶上了尾号 278 的出租车和尾号 171 的出租车，这分别是丁佛海和宓潜乘坐的出租车。果然宓潜是在跟踪丁佛海。两辆出租车一前一后驶进了北京华贸中心写字楼。

方睿谎称自己钱包被偷，到大厦保安处查看了大厅和电梯视频监控。他清晰地看到了丁佛海在十六层下电梯进入到这层最里面的某个房间，而宓潜却进入了大厦九层的物业总经理室。

难道说宓潜不是在尾随丁佛海？这只是一种巧合，二人正巧同时来此大厦？方睿有些疑惑。

不久后，丁佛海手拿那本拆了塑料封装的辞典又乘电梯下楼，匆匆离开了华贸中心写字楼。而宓潜也同时从九层物业总经理室出来，下电梯离开了写字楼。

看来宓潜还是有尾随丁佛海的嫌疑的，方睿想。

方睿乘电梯赶往十六层。他猜测那本辞典很有可能还像上次他看到的那样，里边夹带着U盘。从丁佛海只拆开塑料封装并未将辞典留在这里来判断，他可能就是把里边夹带的东西留在这里了。

方睿仔细观察这间形似无人居住的房间门口，更加确定了自己的判断，丁佛海就是把某些东西放置在这里了。

这个门口标牌的放置高度有点奇怪，会不会是也像那媚房间的暗门那样？方睿大胆猜测后，果断抠那标牌。他用力不大，那标牌被打开了，标牌里露出了液晶显示屏。方睿用手轻轻触碰液晶屏，屏幕亮起，显示出一个脸部识别仪。他凑过去想研究研究，没想到那识别仪迅速扫描，而且很快扫描成功，出现了密码框。

原来这个房间也跟假方睿有关啊！方睿的脸部识别成功让他立刻想到了这一点。

方睿尝试了输入几种密码没有成功，便静心思考起来。他发现这是六位密码框，不容易猜出密码。但是，液晶屏上面能够隐隐看出有的按键洁净，有的按键有些污浊，显然按键部位使用频率不同，污浊的程度也就不同。

方睿观察了整个楼道，发现四墙洁白，落一只苍蝇都能看到。他思考片刻，迅速想到了一个办法。

方睿匆匆离开这栋写字楼赶往附近一家超市，购买了超级薄膜，然后再次返回到这个房间门口，用超级薄膜在这个液晶屏的密码框上多次取样后小心包好，然后又赶往慈仁医院。

方睿是在景瑶正准备下班时赶到慈仁医院的。他请求景瑶帮他将这几张超级薄膜做细菌培养，以取得实验数据。

方睿最初追求景瑶时曾经读了一点医学书籍。他了解到物品在自然环境下被细菌污染后可以通过培养皿确定菌群数量，从而确定物品感染细菌程度的强弱。他想根据不同按键细菌污染程度来推断使用频率，再利用数学排列组合推算出这个房间的密码。这个方法显然耗时耗力，不如在房间门口安装微型摄像头来得容易。但是，方睿担心安装摄像头极易被丁佛海、假方睿发现，那样会打草惊蛇。用细菌培养加数学推算才是最隐蔽的破解密码的方法。

景瑶尽管对方睿的要求有些疑惑，但是没有多问，她带着方睿的超级薄膜去求化验室的李大夫帮忙。李大夫说要两天后才能出具实验数据。方睿只好匆匆赶回锐达集团向郑昊强汇报他的体检报告结果了。

* * * * *

咖啡馆里重复回荡着《此情永不移》，浓浓的咖啡香气伴随着歌声，让人有种置身恬静郊外，品味悠闲人生的味道。

“方睿”与齐琪相对而坐。还没到下班时间，咖啡馆里人不多，齐琪左顾右盼的有点不适应。

“方睿”见状开玩笑道：“怎么了？你不是得了静谧恐惧症吧？”

齐琪浅笑道：“这环境配上这歌声，让人有种穿越到 20 世纪的错觉，这感觉有点虚幻。”

“方睿”掩笑道：“虚幻好啊，一般虚幻都是美好的，能够让人在残酷的现实搏击中喘口气，放松神经，得到灵魂净化。”

齐琪品了一口咖啡不置可否。

歌曲正好播放到了“我按你的方式爱你，所以来我身边分享风景，我将帮你看得更远更多”这段，“方睿”低头轻搅咖啡，用英语轻声随唱。他用眼角的余光看到齐琪听他哼唱时脸颊有些微微泛红。

“方睿”是谎称来齐琪公司办事，顺路看看齐琪的。恰好齐琪手头不忙便接受了“方睿”邀请来品这午后咖啡。

“方睿”得到锐达集团大西洋海底光缆项目初步方案后着实兴奋，他一时兴起就想见见齐琪，内心想让齐琪与他共同分享这胜利的快感。

“哎，对了，你那张代表心境的卡片，我还没破译开。”齐琪打破沉默。

“啊，不急，你不要把它作为负担，那样就失去我把心境说给你的意义了。再过些天破解或许才是在对的时间解开对的谜题。”

“你最近是不是因为方叔叔的事看了一些哲学、神学方面的书啊？”齐琪问道。

“为什么这么说呢？”“方睿”有些疑惑了。

“我觉得你最近的状态就像是在不停地进行着人生思考，你的话语中偶尔会迸出那种有灵性的觉悟和扩展的意识。”齐琪认真地说。

“方睿”惊奇地直视着齐琪，颇为欣赏地微微点头说道：“你的话让我想起了乔布斯。乔布斯接触了东方禅宗后，认为直觉是非常强大的，比思维更加强大。乔布斯就承认直觉对他的工作有很大影响。我现在的确是在进行人生思考，不但在思考未来的路，还在思考现在的我为什么会这样，或许说应该怎样做才是最好的我。有些思考才刚刚开始，还没有得出满意答案，所以我现在也不便跟你讲得太多。时间的脚步或许某一天能敲开我心灵顿悟的大门。”

齐琪聆听着，她的表情从新奇转为同情、怜悯再到莫名地忧虑，渐渐变化着。

“我觉得你可以平静地思考，但不要深陷，以致最后反而迷失。”

“方睿”讪笑道：“放心，我只是进行人生思考，不会精神崩溃的。”

齐琪听后长出了一口气，回归了舒缓的神态。

此时“方睿”的手机响起了歌曲《寂静之声》的变奏铃音，这是 DFH 发来的真方睿行动轨迹的提示音。

“对不起，我去打个电话。”

“方睿”起身走进卫生间打开手机软件查看真方睿的行动轨迹，手机上显示此时他居然在北京华贸中心写字楼的“安全屋”附近。

“方睿”不禁倒吸了一口凉气。

看来麻烦真的逼近了。

“方睿”平复一下情绪后回到齐琪身边继续品咖啡。

“是不是工作上的事啊？”齐琪问。

“嗯，是，不过不太急，有时间处理。”“方睿”平静地说。

齐琪看了下手表说道：“我出来的时间也不短了，应该回单位了，我们改天再聊。”

* * * * *

“方睿”与齐琪一前一后走出咖啡馆，恰好有一辆出租车驶来，“方睿”拦下后向齐琪挥手告别，上了出租车。

齐琪转身向公司方向走，迎面走来了韦灿。

“韦灿？你这是？”

“我心情郁闷，想找你聊聊，他们说你出来了，我猜你是来这个咖啡馆了，刚才走的那个人好像是方睿？”

“对，是方睿，他来我们公司办事，顺便约我喝了杯咖啡。”

“哦……”韦灿伸手拉齐琪向咖啡馆迈步。

齐琪僵直着身子说道："韦灿，我出来时间不短了，要回单位照个面了，你等我下班咱俩再约个地方吃饭吧。"

韦灿松开手，用一种陌生的目光注视着齐琪。

*****

今天处理完工作的事应该去找韦灿，可以委婉地告诉他，他们公司丢失的项目资料暂时是安全的。方睿坐在出租车里想着。

昨天无意间发现的北京华贸中心写字楼里的那间隐蔽房间，令方睿兴奋了一夜。他断定这里是假方睿时常要来的地方，同时他推断这里是假方睿交易或藏匿窃来的机密资料的场所。

"如果说丁佛海与假方睿有关联，那么丁佛海与慈仁医院的侯进勇是什么关系？难道说侯进勇直接或间接地也与假方睿有关联？"这一点方睿无法想通。

看来要尽快让景瑶拿到细菌培养数据，好运用数学方法推算出这个房间密码。进入房间或许很多事情就明白了，到那时再设计如何在那个房间擒住假方睿。想到此，方睿有些血脉贲张。

出租车下了四环主路进入辅路，前方是红灯，出租车停下，有行人走过斑马线。方睿坐在副驾驶座位上，注视着鱼贯而过的行人。突然，一个男人推着一辆共享单车行至出租车前。那人转过脸向出租车内张望。一样的两张脸四目相对，眼睛都似碰撞出了火花。方睿认出那人正是假方睿。

方睿头脑里瞬间响了一颗炸雷，仇恨的火花四处乱窜。他动作麻利地打开车门，假方睿则骑上单车迅速穿过马路沿辅路逃行。

方睿甩开大步狂追，二人距离越来越远。方睿见街边也有停放的共享单车，他迅速扫码打开一辆单车，继续狂追上去。两辆疯狂的单车一前一后穿街走巷，偶尔有行人注意到二人，便瞪大眼睛看着二人疾风般的身影。

这个浑蛋既然今天被自己碰到了，自己就不会放过他，一定要抓住他。方睿的头脑里此时只有这样一个念头。

前面的“方睿”逃入一家废旧的工厂。这里曾是一家机械厂，因为高耗能已经搬离北京，正在转型为文化创意园。因为是刚刚起步，厂内还一派空寂萧条。

方睿眼见假方睿扔下单车跑进一个异常巨大的厂房，他很快追到厂房门口，扔下单车冲了进去。

进入厂房，映入方睿眼帘的是一个空旷的大厅。三面墙壁还是厂房原有的红砖墙面，但已经显得斑驳不堪。正前方则是一堵画有各种大小不一的数学元素符号与图形的手绘涂鸦墙。由于这堵墙比较宽大，涂鸦画只在中间，两侧留出了白色墙体，似乎是涂鸦未完，又似乎是留下悬挂广告用的。在墙体正中位置有一扇钕铁硼强力磁铁门。

方睿正在谨慎地观察整个大厅情况，正前方的那扇磁铁门开了，露出同样一张脸，是假方睿。

“站住，浑蛋！”方睿大吼。

假方睿转回身跑进了门内。方睿三步并作两步冲到门口，推开磁铁门冲了进去。

厂房内光线暗淡，从光线耀眼的室外突然进入，方睿一时还无法适应这种昏暗。他深呼吸想尽快调整状态。此时，身后的房门自动回弹“哐当”一声关死了。方睿迅速回身去拉房门，已然拉不开了。方睿的心怦怦地狂跳不止。过了一会儿，方睿渐渐适应了厂房内昏暗的光线。他分辨出这是一间开放性房间，左侧、左前、右侧、右前四个方向分别有四条通道。他屏住呼吸，隐隐地听到有跑步声渐行渐远。突然黑暗中响起如方睿一样的声音：“哈哈，小子有本事你来抓我呀。”这声音在空旷的厂房里回荡着。

假方睿在挑衅。方睿的血脉重新贲张起来，紧张情绪一扫而光。他迅速辨识声音的方向，似乎是在左侧，方睿毅然向左侧通道冲去。几十米之后又进入了一间开放性房间，依然是一个四点放射状结构的空间。

走哪一条通道呢？方睿稍有迟疑，而后再度向左侧通道冲去，紧接着又是一个四点放射状结构房间。紧张情绪再度侵袭着方睿。此时，他注意到刚刚走过的这两个开放性房间都没有磁力门。

难道说最终的出口和入口都是第一个开放性房间？若真的如此，自己何必跟假方睿追逐，就直接回到原点，在第一个房间的磁力门前守株待兔多好。想到这他准备往回走，就在此时，他隐隐听到了第一个房间磁力门开启的声音，随着一声“再见”，磁力门“咣当”一声关上了。

坏了，那个浑蛋跑了。方睿只感觉大脑“嗡”的一声，关门声在耳中重重地回响。他意识到上当了。

他跑回第一个房间用力拉磁力门，但门纹丝不动。方睿拍打那门，大声喊叫，也没有任何动静。他打开手机准备借助手电筒把房间查看仔细些，以便想出脱身办法，突然他注意到手机没有信号了。

原来这里的手机信号被屏蔽了。他猜测这定是假方睿动的手脚，打开了此处的手机屏蔽系统，让他无法与外界联系。

事已至此，方睿只有期望另有出口。他振作精神向左前方出发。为了能够记住每一个开放性房间，他每进入一个房间都用随身携带的钥匙在房间墙壁上标下记号。

方睿就像一只无头苍蝇一样在这个巨大封闭的厂房里转来转去。有些开放性房间他已经不止一次进入，而有些房间还不只是四点放射状，有的是三点放射状，还有六点放射状。共有多少条通道，他已经记不清了。在不停地寻找中，他渐渐意识到这是一个巨大的迷宫，走不对就会永远地困在这里。

无水可喝、无饭可食并不可怕，可怕的是他感到空气越发稀薄，呼吸有些困难了。他猜测假方睿把这个全封闭迷宫的通风设施也关闭了。即便一天一夜不吃不喝，他也无生命危险，但是氧气不足，他就会有窒息死亡的可能。

十几个小时后方睿疲惫又绝望地瘫倒在地上……

*****

“方睿”哼唱着《英雄的生涯》的曲调，用钥匙打开了房门，进入真方睿家。这把钥匙还是上次他来这里时找到家中备用钥匙配制的。他一想到自己即将成为这个家真正的主人，真的成为实实在在的方睿时，内心却是生出了一种莫名的酸楚与感伤。他是在为那个即将死亡的真方睿而感伤吗？他自己也说不清。

昨天他与齐琪喝午后咖啡时，知晓了那个方睿已经找到了“安全屋”，他的确有些害怕了。他发现自己真的低估了那个真方睿的能力。他意识到再这样缠斗下去，他会毁在自己的傲慢与自负中。他决定结束这场“猫鼠游戏”。恰好 DFH 发来信息，一串数字“200；20；200；300；800；200；60；300；70；50”。他明白这是暗语，意思是“干掉他”。

他不想采用引诱真方睿到僻静处用毒针将其毙命的方法。他接受不了用那种方法结束一个与自己长得一模一样的生命，那样他会感觉像是干掉了自己。他不知怎的，第一眼见到那个真方睿时就产生了一种特殊情感。或许是因为他们长得一模一样，又或许不是，总之说不清道不明。所以在慈仁街北口见到那个方睿后史密斯大发雷霆，指责他没有完成任务，让他再找机会干掉那个方睿时，他断然拒绝了。他解释说要玩儿一个“影子游戏”。他强调“影子游戏”依然可以让他轻松窃得锐达集团的各种机密资料。其实他当时的内心是想玩儿一个刺激的“猫鼠游戏”。但是到昨天为止，他已经搞不清究竟谁是猫谁是鼠了。

当他决定要做一个了断后开始绞尽脑汁设计方案。他努力想找到一个既不残忍又不血腥，形式上还像一场意外的方式来结束真方睿的生命。他拒绝了 DFH 提出的帮助，他想这是他们两个男人之间的事情，不需要别人插手。到午夜时分，他头脑中呈现了一个厂房图景。第二天早晨，他早早地赶往那个厂房进行现场勘验后，才给 DFH 回复，让他两天后来这里处理善后的事宜。

事情的确是按他的设计方案发展的。他在路上成功引起真方睿的注意后，引着真方睿一步步进入他设计的圈套中。最终他如愿把真方睿困在那个巨大厂房里。他启动手机屏蔽系统，关闭通风系统后，才在一种怅然若失中离开那个厂房。他相信十多个小时可以让人窒息而死。

他在自己的住所百无聊赖地待了几个小时后，决定去真方睿家提前熟悉环境。

“方睿”走进屋里，保姆李阿姨站在客厅里说道：“方先生今天怎么回来得这么早啊？”

“方睿”微笑道：“啊，今天的事情处理完了，有点累，想早点回来休息休息。”

景瑶从厨房里跑出来，她欢快地跑到“方睿”面前轻声说：“我正担心，好好的怎么突然有点心跳加速呢，就赶过来看看，见方叔叔没事，原来是你破天荒地早下班了。”

“方睿”不知如何回答，只能笑了笑。

“那我是不是……”李阿姨试探着问。

“您下班回家吧，这里有我们俩呢。”景瑶欢快地说道。

李阿姨应了一声，高兴地收拾东西走了。

景瑶看了看手表说道：“我还有半小时就要去交接班了，我们一起陪方叔叔听会儿古典音乐吧。”

景瑶亲昵地拉着“方睿”坐到沙发上。

景瑶用遥控器打开音响，莫扎特的音乐响起，她温柔地靠着“方睿”陶醉着……

第十九章

雨珠如豆"啪啪"地拍打着窗户，打破了莫扎特音乐优美的旋律，似乎在有意打破音乐营造的欢愉畅快气氛。景瑶望着窗外突然而至的暴雨，面露难色。她看了看手表，不悦地自语道："真讨厌，这么快就半小时了，该上班了，还下大雨。"

"方睿"望了望窗外倾泻而下的骤雨说道："我送你吧？"

"真的？"景瑶像欢快的小鸟跳了起来，迅速在"方睿"脸颊上来了一个响亮的香吻，然后便收拾自己的东西去了。

在楼下，"方睿"手撑大大的雨伞，迎合着景瑶的亲昵倚靠，等待着出租车的停靠。

二人上了出租车后倚靠在一起什么都没说，就那样静静地看着车外的瓢泼大雨。

汽车不快不慢地向慈仁医院行驶，车外的闪电和隆隆雷声似乎追随着汽车渐趋渐近。汽车接近慈仁医院时，闪电越发明亮了，雷声也越发清晰震耳了。景瑶有些胆怯地紧紧倚靠着"方睿"。而此时"方睿"的神态并不比景瑶轻松，他也紧紧倚靠着景瑶，二人颇有些共赴险境的意味。

出租车缓缓进入慈仁医院大院，突然上空亮起一道刺眼的闪电，那闪电似乎从天垂直而下，有如一把利剑劈下，三秒钟后“咔嚓”一个巨大的响雷似乎是在出租车顶炸响。

景瑶本能地向“方睿”怀里一钻，而“方睿”也被吓得蜷缩着，浑身颤抖。雷声过后，景瑶缓缓直起身发现此时的“方睿”眼睛呆滞，面色土灰，像失了魂一样僵在那儿。

“方睿！你没事吧？”景瑶惊讶地喊道。

“我……我……我没事。”“方睿”吞吞吐吐地说着。

景瑶伸手抚摩了一下“方睿”的额头：“哎呀，你出了好多汗啊。”

“没事，没事。”此时的“方睿”逐渐恢复了平静。

景瑶再度伸手抚摩“方睿”额头说道：“倒是没发烧。”

“我真的没事，刚才那个雷太突然了，也吓我一跳，你快交接班去吧！”“方睿”说完已然下车撑起雨伞，从车后转到出租车的另一侧为景瑶打开车门。

“你真的没事？”景瑶满腹狐疑地问道。

“真的没事。”“方睿”将景瑶送到慈仁医院主楼大厅微笑道。

景瑶站在电梯里用担心、疑惑的眼神注视着电梯外的“方睿”，直至电梯门关闭。

*****

方睿如无头苍蝇一般，瘫坐在地上。他仰面朝天望着灰暗的“迷宫”棚顶，眼神流露出绝望与不甘。

“真的就这样困死在这里了吗？父亲怎么办？景瑶怎么办？那个浑蛋的假方睿会不会完全替代我成为方荣轩的儿子，成为景瑶的男朋友，成为郑昊强的下属，成为锐达集团员工……”方睿懊悔地用拳头捶打地面，后悔自己之前的不冷静。突然，他感到拳头所捶的地面并不是坚硬的水泥地，也不是软软的黄土地，而是一种类似金属网格栅的材质。以他对这些特殊材质的了解，他认为它应该有一定的传感性。

难道说自己踩在这上面会传感到终端系统上？他突然意识到这个大门是磁力门，它很有可能是与终端系统连接的。方睿强打精神重新站起，他打开手机手电筒再次观察这个大门的上下左右，发现脚下踩着的这种“网格栅地面”大部分是灰色的，只有门把手处0.5平方米大小的地面是绿色的。

或许正确走完网格栅地面路径，踏上这块绿色网格栅就可以打开磁力门。

那么这个迷宫般的封闭厂房如何行走才是正确的路线呢？这个迷宫是什么结构呢？方睿冥思苦想。他凭借着自己对所走过的开放性房间的记忆，开始在手机上描制结构图。在他无数次的修正后，头脑中的结构图逐渐清晰。突然，他灵感迸发，大胆地猜测出，这个迷宫可能就是哈密顿回路结构。

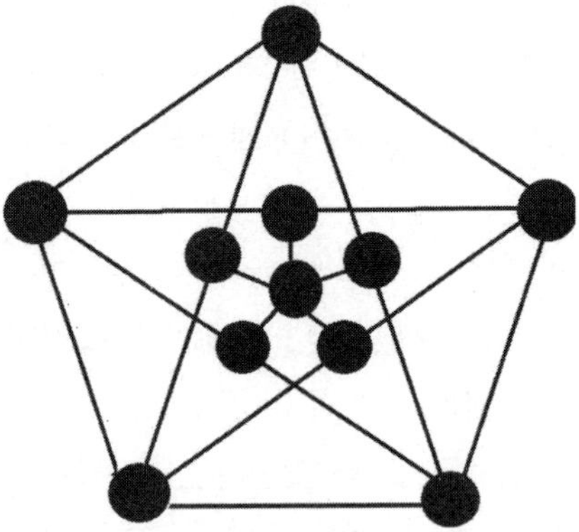

哈密顿回路

父亲方荣轩曾向他介绍过哈密顿回路。它是爱尔兰数学家、物理学家、天文学家哈密顿提出的。它是一个无向图，是由指定的起点前往指定的终点，途中经过所有其他节点且只经过一次。闭合的哈密顿路径就叫哈密顿回路。而这个迷宫式厂房正是起点与终点为同一个点。

方睿陡然间像打了鸡血般兴奋了起来，干渴、饥饿、疲惫一扫而光。空气越发稀薄，他深呼吸多次，努力让更多氧气供应到大脑，以便倾注所能，研究手机上绘制的结构图，寻找破解这个“哈密顿回路”的途径。

方睿反复斟酌确定答案后，起身向左前方第二个开放性房间出发，随后继续向正前方前进，到达第三个房间后，走中间通道，向接近中心位置的第四个房间前进……方睿谨慎地走完了十一个开放性房间，他从大门右侧的第十一个开放性房间走出后冲向磁力门，一脚踏上那个 0.5 平方米大小的“绿色网格栅地面”，伸手用力拉磁力门，“咯吱”一声磁力门真的被打开了。

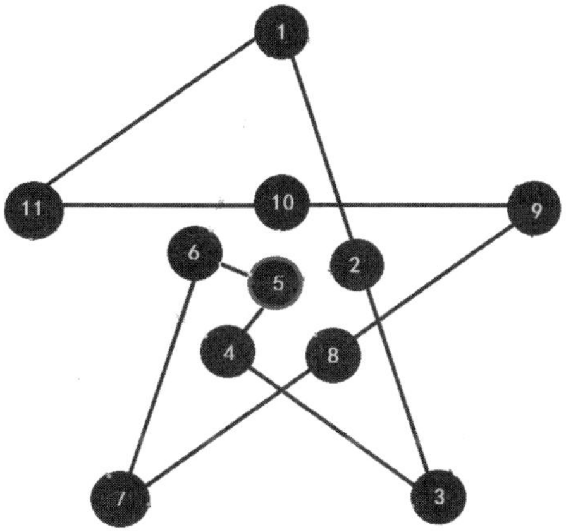

房间行走路线图

闯出迷宫式厂房后的方睿精疲力竭，瘫倒在地上。他仰卧在冰凉的水泥地上，大口喘气，好一会儿才缓过神来。他强打精神重新站起，忍着干渴饥饿，冲出厂房的大门。他闭着眼睛任由从天而降的暴雨浇灌全身。他有一种从地狱回到人间的别样感受。

方睿拖着疲惫的身躯走出厂区，拦截了一辆出租车，令司机向自家驶去。

*****

景瑶换好护士服情不自禁地走到玻璃窗前向医院大院张望。天色漆黑，车灯闪烁，医院大院里不断有车辆出入。景瑶的心随着那绵绵不绝的大雨快速地跳跃着。她的心情似乎如这大雨一般湿漉迷茫。

难道说方睿病了吗？景瑶思忖着。她感到今天的方睿破天荒地早下班，以及在那个霹雷炸响时那副惊恐失魂的状态，都不似以前的方睿。她所熟悉的方睿不但不惧怕隆隆雷声反而有些喜欢闪电霹雷。他们俩在一起时曾遇到过两次闪电霹雷，当时都是景瑶惊恐万状，而方睿则借机紧紧搂抱她，甚至雷声过后不久，方睿又突然恐吓她说："又打雷了！"吓得景瑶再扑到他怀里。而今天方睿的表现不同往常。

方睿真的病了吗？他得了什么病？

景瑶掏出手机正准备给方睿拨打电话，询问其是否回到家，恰在此时，窗外又是一个刺眼的闪电，几秒钟后又是一个巨大的响雷，只是这个雷声似乎是在慈仁医院旁边的一个小区炸响的。尽管景瑶也本能地战栗了一下，但是因为满脑子都是方睿，她反而没有过多地惧怕。

"下雨打雷的时候不能接打手机。"这个安全提示跳入景瑶的脑海里，她只好收回手机先处理手头工作。

半小时后景瑶处理完手头工作，立刻拿起护士站电话拨通外线后拨打方睿家里的电话。

几声嘀音之后，景瑶就有些担心了。怎么方睿还没到家？他不会有事吧？就在电话嘀音即将结束，下一秒就将自动挂断时，电话被接通了。

“喂，喂，方睿你到家了？”景瑶急切地问道。

“我到家了，对不起，刚刚冲了一个热水澡，接电话慢了。”电话里方睿说。

“没事，没事，你安全到家就好，我有点担心你。”景瑶依然心绪不平。

“我没事，你不用担心，安心上班吧……哎，对了，那个细菌培养数据明天能出来吗？”电话里方睿问。

“差不多，我刚才来交接班，正好碰到化验室的李大夫，他说明天差不多数据能出来。”

“好，我明天抽空去取。”电话里方睿说。

“好的，方睿你早点休息吧！晚安。”景瑶挂断电话，那种担忧的情绪这才消解了。

* * * * *

方睿如落汤鸡一般，疲惫地进入家中。他顾不得脱掉湿透的衣服，一口气喝了两大杯白开水，又狼吞虎咽地吃了几大片留作早餐的面包后，体能才感觉到了些许的恢复。他脱掉湿衣服，走进洗手间痛快地冲起了热水澡。他刚关掉水龙头，听到了客厅里的电话铃响，便快速走出洗手间，看见来电显示的号码是慈仁医院的，知道是景瑶打来的，立刻接听了。

方睿与景瑶通完电话换上干净的睡衣，看到静躺在“金字塔”里的父亲，眼泪夺眶而出。他“扑通”一声跪在父亲近前，握住父亲的右手自责道：“爸爸，对不起，对不起，儿子无能，没能抓住害您的那个魔鬼，还险些被那魔鬼困住，见不到您。对不起，对不起，对不起……”方睿深深地自责。

方睿意识到形势越发严峻，假方睿已经不单是像影子一样地搅乱他的工作和生活，还要除掉他，彻底取代他。令方睿恼火的是，假方睿真的犹如他的影子一样，自己能够感知到他的存在，却无法实实在在地捕捉到他。他知道这不是说假方睿多么高明，也不是说假方睿就真的如空气一样无法追索、无法掌控，只是自己无能。如何使自己强大起来让方睿困顿不已。

“爸爸，我该怎么办，我该怎么办……”方睿喃喃自语。

方荣轩眼角再次流出一滴眼泪。

“我一定要走出这种困境。”方睿望着父亲的泪痕咬紧牙关发誓。

*****

“方睿”将景瑶送到慈仁医院后，是带着胆怯心理逃回自己的住所的。那些不间断的隆隆雷声，在“方睿”听来就是催命符。每一次的雷声都使他颤抖，都像一把斧头在劈砍他的内心。他的内心似乎在一次次地痉挛，他意识到这是听到雷声的一种本能反应，一种应激反应。

为什么会这样？自己这样的堂堂七尺男儿听到雷声居然像几岁的女童，怕得要死。“方睿”内心无比羞愧，他知道他在景瑶面前出丑了。他进入自己住所瘫倒在沙发上良久，那种胆怯、羞愧情绪才稍稍平复。

从景瑶的反应中，他意识到了真方睿遇到雷声时绝不是这种反应，甚至是与他完全相反的反应，是喜欢隆隆雷声的。

此时“方睿”的思绪似乎冲破了重重迷雾瞬间明朗清晰了起来。

“我肯定不是方睿，但是我到底是谁啊？我是谁啊？”“方睿”从内心深处骂了出来，喊了出来。他在茶几上重重地拍了一掌，一种莫名的恐惧袭上心来。

“我真的成了那个傻子差役了。自己看似什么都有，但就是没有真实的自我。我是谁？我到底是谁？”“方睿”喋喋不休。他翻看着所有物品，试图从自己寓所里找到线索，彻底弄清自己是谁。

屋里的物品他都认真查看了，甚至卫生间里的洗漱用品都没有放过，但是他依然不知道自己是谁，来自何方。

“方睿”用冷水疯狂地冲洗自己的脸，渐渐地冷静了下来。

看来要想知道自己到底是谁，需要从真正的方睿入手，要从 DFH 入手。他意识到这个世界上目前有助于他找到自我的人，除了那个远在万里之外的史密斯和从未谋过面的 DFH，就剩下真正的方睿了。

* * * * *

大雨过后的北京清新洁净，楼宇、街道、树木、花草都似经过了一次庄严而又神圣的洗礼。空气中淡淡的潮湿混合着花草清香，沁人心脾。

尽管昨天经历了生死劫难，度过了一段黑暗时刻，但是经过了一夜的休整，方睿又重燃斗志。他八点五十踏入了自己的办公室，迅速把刚刚上班的常雨婷唤过来布置一天的工作。昨天积压的工作，常雨婷也一一向方睿汇报，请求定夺。方睿有条不紊地处理着积压的工作，十一点零五方睿处理完最后一项工作，长出一口气。他看了看手表便背上背包走出锐达集团大楼赶往慈仁医院了。

景瑶如约在护士站里等着方睿。一见到方睿，景瑶还是不放心地反复询问方睿身体情况，方睿拍着胸脯说自己壮得像头牛。景瑶上下打量一番后才愁眉舒展，带着方睿到化验室找李大夫了。虽然李大夫已然下夜班回家，但是细菌培养的数据都完好地由交接班的王大夫交到了方睿手里。

劳累了一夜的景瑶在方睿的劝慰下，依依不舍地打车回家睡觉了。方睿见景瑶乘坐的出租车驶远，立刻拦截了另一辆出租车赶往北京华贸中心写字楼。

方睿从电梯走出，小心翼翼地观察了 16 层楼道的情况，见无异常，便走到最里间的那个房间门口。他抠开标牌触碰液晶屏，脸部识别成功后，准备输入推演出的多套数字组合密码。

从细菌培养数据来看，这个密码不符合斐波那契数列形式。他发现数字 0、1、4、8、9 五个按键显示的细菌数量极少，显然不常被触碰。而数字 2 键细菌数量尤其多，显然这个按键被重复使用。方睿反复输入密码失败后，头脑逐渐清晰。他猜测假方睿和丁佛海他们是利用质数形式设计的密码。但是因为按键是 0—9，没有双位数字，那么第五个质数 11，第六个质数 13，都无法显现在液晶屏上。他只能是变通性地组合质数，再加上数字 2 按键的重复使用，来推测出就是质数 11、13 进行拆开求和的密码形式，即：1+1=2，1+3=4。所以密码就是“235724”。方睿输完六位数字，再次按 # 号键后“咯吱”一声大门端锁终于打开了。

方睿走进这个空旷的房间，只见摆设极其简单。房间右侧有一个长沙发和茶几，最里侧一张桌子上有一台比较大的电脑，角落处还有一个形似壁炉的装饰柜。柜子下方放着一个保险柜，而上方放置着一幅油画。那油画显然是幅临摹作品，因为方睿认出那是法国画家米勒的《雏菊》。方睿清楚米勒这幅《雏菊》是色粉笔画成的，真品收藏在巴黎罗浮宫。据传这幅《雏菊》给凡·高的《向日葵》带来了灵感。这幅画作简洁淡雅，为这个空旷稍显冰冷的房间带来一丝温暖的气息。

这样一个极简的房间有必要用这样一幅画作来做装饰吗？方睿对这幅画作的用意有所怀疑。

它不会也是指代下方的这个保险柜的密码吧？方睿思忖片刻，觉得很有可能。因为这个房间至少是假方睿和丁佛海两个人来，他们用这种特殊的提示方法，来提醒保险柜密码是完全可能的。

方睿俯下身看那保险柜。他轻轻一拉保险柜第一道门，一个触屏面板显露出来，他轻轻地触碰，发现还是一个脸部识别仪。方睿用自己这张脸迅速扫描成功，出现了密码框，是一个八位密码。方睿开始尝试用前八位质数组合输入密码，没有成功。然后又试了前八位的斐波那契数列组合输入密码，也没有成功。方睿感觉这次可能遇到麻烦了，密码为八位实在不易猜测。

方睿继续认真端详这幅《雏菊》，他把这幅画作的相关信息在头脑中梳理了一遍，想到了两个可能是密码的数字组合，就是这幅画作有一种说法是米勒画于 1869 年，另一种说法是画于 1874 年。方睿将 1869、1874 作为密码输入后依然没有打开保险柜。

难道密码跟这幅画作没有关系？这就是一个纯粹的装饰？方睿思量着，片刻后，方睿还是认为密码必然与这幅画作有关联。

雏菊，雏菊……方睿头脑中反复思考雏菊的相关信息，突然，他回忆起父亲曾跟他讲的动植物与数学的有趣关联。父亲曾告诉方睿，植物学家发现在自然界中有两种螺旋结构植物，比如向日葵，它们的结构中含有某些神奇的数字组合，它们都符合斐波那契数列。而雏菊花盘的蜗形排列中，也有类似的数字组合模式。一般蜗形向右转的是 21 条，向左转的必是 34 条。方睿大胆输入“2、1、3、4、1、8、6、9”，按 # 号键，保险箱依然没有打开。他再输入“2、1、3、4、1、8、7、4”，按 # 号键，保险箱的端锁“咔嚓”一声神奇地打开了。

保险柜里没有其他东西，只有一个 U 盘。方睿见那个 U 盘与第一次见到丁佛海时，景瑶替侯进勇转送的医学辞典中夹带的 U 盘一样。方睿取出 U 盘插入随身携带的小型电脑上。U 盘中显示的文件居然是韦灿所在的华夏铁建集团所有员工的体检资料，重要的是这些体检资料详细到不仅仅有每个员工的血型血样，而且还有血液大生化检验出的 30 多项血样数据，其中还包括 DNA 和基因检测数据。可以说对华夏铁建集团所有员工身体情况一览无余。方睿甚至怀疑有这些数据，某些生物科学家都可以进行人体的克隆了。显然这是个人生命体质的机密资料。令方睿倍感恐怖的是，自己所在的锐达集团也是在慈仁医院体检，只是今年锐达集团的员工体检要早于华夏铁建集团员工一个多月。方睿大胆猜测自己所在的锐达集团员工的体检机密资料，也曾经放置在这里过，只是没在这个 U 盘里而已。

方睿将这些资料复制到自己的电脑上，同时他将复制过程拍摄了下来，留为证据。

方睿猜测，这些机密资料可能是侯进勇倒卖给了丁佛海。至于丁佛海背后是什么组织，他就不得而知了。总之，他认为侯进勇这是利用职务之便进行的犯罪。

方睿复制完毕，将 U 盘放回原处，关闭保险箱，重新审视了整个房间两遍。他确信房间里没有其他有价值的东西后，轻手轻脚地打开房门，迅速离开了这个房间。

方睿离开北京华贸中心写字楼后，找了一个公用电话厅。他用公用电话向公安部门举报了慈仁医院侯进勇涉嫌倒卖公民医学体检资料。

尽管没有找到有关假方睿的有价值的东西，但是发现了侯进勇与丁佛海之间的丑恶交易，也让他得到一些安慰。

难道说假方睿还没有偷取到大西洋海底光缆项目资料？若真的如此，自己还来得及拯救锐达集团。方睿心存侥幸。

方睿上了出租车，准备回锐达集团。此时电话铃响，是韦灿的电话，方睿迅速接听。

“你在哪儿呢？”电话里韦灿冷冷地说。

“我在去单位的路上。哎，韦灿，正好我想跟你见面说点事。”方睿迅速想起了韦灿项目资料丢失的事情，便改变主意决定立刻见到韦灿，好委婉地告诉他资料已经安全。

“我也正好想问你点儿事儿，一小时后咱们就在明城墙遗址公园见吧。”韦灿说。

说完他就将电话先行挂断了。

明城墙遗址公园是方睿与韦灿上中学时时常游玩的地方，那里有太多他们少年时的记忆。

韦灿选在这里见面是有意义的，显然他的内心是怨恨自己的。他可能还是认为是自己偷了他的资料。自己要跟他解释清楚。方睿坐在出租车里愧疚地想着。

韦灿先于方睿到了明城墙遗址公园。他戳在古城墙下，仰望着东南角城垣转角角楼，残垣斑驳的古迹与韦灿孤单的背影，勾勒出了一幅意味深远的图景。方睿见那残垣与孤影的图景，油然感到他与韦灿二人，在这段时间里都经历了猝不及防的沧桑。

“韦灿，对不起，有点堵车，到晚了。”方睿走到韦灿身后抱歉地说道。

韦灿没有说话，慢慢转回身，二人四目相对。方睿惊奇地发现，韦灿似乎哭泣过，眼圈微红，眼角还隐隐有泪痕。但是他面对方睿的表情却是充满冰冷敌意的，这与原来见面就嬉皮笑脸、亲近无比的韦灿判若两人。

“怎么了，韦灿？”方睿关切地问道。

“怎么了？我现在工作被停职，爱情触礁石，难道这不就是你想要看到的吗？”韦灿冷冷说道。

“你什么意思？你我是兄弟，我怎么会对你这样恶毒？”方睿不解。他突然意识到韦灿这几天，可能也经历了人生的一段黑暗时刻。

“为什么被停职？你与齐琪发生什么了？”方睿再度关切地问。

“为什么被停职？我经手的项目资料被盗，你不知道吗？你是不是还要说你没拿那资料？”韦灿质问。

“这个……我现在知道你的资料被盗了，但是我现在只能告诉你：第一，我没拿你的资料；第二，以我现在知道的来看，那份资料没有被完全泄露出去，还暂时相对安全。”方睿自感有点儿语无伦次，但他也只能说这么多了。

“哈哈，被盗还安全。方睿啊方睿，我越来越看不懂你了，你也越来越高明了，你居然开始跟我玩儿悖论了。”韦灿的脸色越发难看了。

“韦灿，我没有骗你，我说的这两点都是真的。至于这两点间的矛盾怎么解释，我现在还不太方便说。”方睿说道。

“你当然不方便解释，因为有些事你没办法解释，或者说你无须解释，你是在为自己的利益做事，事情结果只要对你有利就行了。”

“韦灿，你我十几年的兄弟，我是那种自私自利的人吗？”

“原来的方睿不是，但是方荣轩出事后的方睿已经不是我认识的那个方睿了，已经从一个智慧友善、重情重义的方睿变成阴险狡诈、男盗女娼的人了。”

“韦灿，你不要侮辱我的人格。”

“你敢说你没有勾引齐琪吗？”

“没有，我怎么可能跟齐琪有瓜葛？”

韦灿突然打了方睿一拳，吼道：“你居然拿我当傻子，跟我玩阴阳两面啊！”

方睿被打得倒退几步，差一点摔倒。他突然意识到假方睿很可能与齐琪有接触了，甚至可能对齐琪说了不轨的言辞，不然韦灿绝不会如此愤怒。看来问题真的严重了，事情至此不能再向韦灿隐瞒了。

“韦灿，看来我有一件事儿，不能再向你隐瞒了。我……我还是向你讲清楚吧！”

“你说吧。”韦灿余怒未消。

方睿向韦灿讲述了现实中有一个与他长得一模一样的假方睿。他讲述了这个假方睿撞了他的父亲，偷窃了锐达集团部分机密资料，窃取了韦灿项目资料，以及他又是如何巧妙进入那媚办公室删改这些资料等一系列事件。最后方睿强调，至于假方睿是否与齐琪有过接触，他就不得而知了。

韦灿面色阴沉地听着方睿的讲述，未作任何回应。

“韦灿，你要相信我说的这些都是真的。但是在我没有抓到假方睿之前，你先不要对任何人讲这些事情，可以吗？”方睿见韦灿没有过多反应，有些忐忑地叮嘱道。

韦灿对方睿的叮嘱依然没有做出回应。他犹如雕塑一般立在那儿，眼盯方睿半晌，突然说道：“我累了，我要回去休息，我要回去思考。”韦灿说完转身踉踉跄跄地向残破城墙的另一端走去。

方睿望着韦灿的背影心中五味杂陈。

方睿见韦灿背影消失在公园尽头的那片小树林里，转身向东南角的角楼走去。他准备从那里走出这个遗址公园，打车回锐达集团。他刚走了几十米，就听到身后韦灿喊他。他停下脚步，见韦灿跑到他跟前说道：“方睿，我刚才想了想，你遇到的这个奇葩的事情，我要帮你求证一下。”

“求证？怎么求证？”方睿疑惑地问。

“你如果还认我这个兄弟，你就跟我走，我带你去见个人。”韦灿说完拉起方睿的手，向公园的另一个出口走去。

方睿满腹狐疑地跟着韦灿走出了遗址公园，二人站在路边等待着。过了好长时间，方睿终于忍不住问道：“韦灿，你到底带我见什么人，能求证假方睿的事情？”

“你如果还认我这个兄弟，你就耐心待会儿。我相信这个人能够弄清一切疑团，解决你我之间的误会。”韦灿认真地说。

尽管方睿看出韦灿对他刚才说的话处在半信半疑中，一想到他们二人十几年的兄弟情义，他想还是配合韦灿，化解他们之间的误会吧。

此时一辆依维柯汽车停在他们面前。汽车上走下了四个男人，其中一个男人问道：“哪位是韦灿先生？”

韦灿向前迈了一步，说道：“我是。”

那个男人看着方睿问道：“那这位就是方先生了？”

“对，他就是方睿先生。”韦灿回答。

四个男人迅速冲到方睿跟前将他控制住了。

“怎么回事？”方睿大惊失色。

四个男人架着方睿向依维柯车走去。方睿努力挣扎：“干什么，干什么？你们是什么人？”此时方睿有种不祥的预感。

“我们是京北安康医院的，您放心，您到了我们医院接受治疗后很快就会好起来的。”其中一个男人说道。

方睿立刻明白了，是韦灿认为他精神出问题了。

方睿挣扎着大喊：“韦灿，你浑蛋，我跟你说的都是真的，我精神没有问题。”

方睿被四个男人强硬地塞进了汽车，汽车迅速起动开走了。

韦灿站在那里泪流满面。

第二十章

韦灿尽管有被停职的思想准备，但真的正式被通知停职反省，还是郁闷至极的。集团保卫处到咖啡馆调取录像时，虽然没有找到他与“方睿”喝咖啡的视频，但是从咖啡馆视频资料中发现韦灿曾来查看过视频。因此，韦灿彻底解释不清了。他想找齐琪倾诉自己的苦闷，却看到齐琪与“方睿”接触，这促使他想立刻知道方睿给齐琪的摩斯密码卡片上到底写了什么，于是他去找叔叔韦建成，不承想韦建成休息两天，去香港游玩了。万般无奈，他只好去找未来岳父齐天海了。

韦灿一进入齐天海办公室就发现齐天海满脸愁云。

“怎么了齐叔叔？”韦灿小心翼翼地询问。

“啊……这个……没什么，我在琢磨点事儿。”齐天海有点吞吞吐吐。

韦灿落座后齐天海才询问道：“哎，这上班时间，你怎么有空上我这儿来？”

韦灿苦笑：“对不起，齐叔叔，我暂时被停职了。”

“停职，为什么？”

“还不是因为项目资料丢失的事儿。”韦灿消沉地说道。

“哦……”齐天海仰天看着房顶思索良久，突然问道，“你和方睿有矛盾了吗？”

韦灿摇头道：“我没觉得跟他有什么矛盾，但是项目资料丢失，方睿他……”韦灿说不下去了。

“你确定他拿了你的资料？”齐天海问道。

“差不多能确定。”韦灿苦着脸说道。

齐天海盯着自己的办公桌，脸色更加难看。他似乎有些憋闷，努力地深呼吸，眼睛却不离那办公桌。

韦灿有一种不祥的预感。他起身走向办公桌，一眼看到了办公桌上放着一张 A4 纸，上边正是方睿写给齐琪的摩斯密码。纸张的下半部分，写着一句中文和一句英文。英文是“I love you too”，而中文则是“我也爱你”。

韦灿拿起那张 A4 纸，诧异地问道：“齐叔叔，这不会就是方睿写给齐琪的摩斯密码谜底吧？”

齐天海不置可否。

“这不可能，这不可能。”韦灿大惊失色。

“从这个摩斯密码来说，我破译的应该没有问题。”

“我不相信，我不相信。”韦灿喃喃地说。

齐天海站起身，从办公桌的抽屉里取出了三张 A4 纸。上边写满了推演文字，显然这是破译这个摩斯密码的手稿。

“事已至此，我告诉你破译的根据。根据摩斯密码对照表，这些摩斯密码对应的数字是‘41、94、41、81、41、63、41、92、62、23、74’，再用这些数字转换成传统手机键盘字母，以 41 为例，是 4 的第一个字母，以 94 为例，9 的第 4 个字母，由此得出答案为‘GZGTGOGXNCS’。再将这些字母转换成电脑键盘打出来的字母。电脑上键盘字母是从 Q 开始的，顺序是 Q、W、E、R、T、Y……而正确字母顺序是 A、B、C、D……这叫

QWE 格式码表，由此推出 G=O、Z=T、T=E、Q=I 等，这样，这组字母又成了‘OTOEOIOUYVL’，第三步会发现只有以栅栏形式排列这些字母才能读得通，如此，便成了‘OTOEOI ’‘OUYVL’两排，然后对插重组，得出第四步字母‘OOTUOYEVOLI’。最后第五步，就是将这组字母倒序排列，即得出‘I love you too’。这样，这个被方睿进行了五层加密的摩斯密码谜底就是‘I love you too’。对于这个谜底，我也无法理解。”

齐天海一口气讲完后，似乎精疲力竭，他靠在沙发上不再说话了。

韦灿浑浑噩噩地走出齐天海办公室便打电话约方睿在明城墙遗址公园见面了……

韦灿目送京北安康医院的汽车走远后，擦了擦眼泪，伸手拦截了一辆出租车，向方睿家赶去。

不管方睿是出于什么原因这样害自己，自己还是会尽一点朋友之谊去看望方荣轩叔叔的。韦灿坐在出租车上如此想着。

出租车驶入方睿家的小区，韦灿正好看到韦建成背着包走进小区。他迅速走下出租车叫住了韦建成。

“二叔，您回来了。”韦灿说道。

“哎，回来了，你这是找我，还是找方睿？”韦建成问。

“我本来是想去看望方叔叔，既然看到您回来了，我就突然想问一问，方睿写的那个摩斯密码卡片，您破译了吗？”

“破译了。”韦建成点头。

“谜底是什么？”韦灿问这句话时，有些心跳加速。

“我不知道你们哥俩儿在玩什么游戏，但是谜底我可以告诉你是‘I love you too’。”韦建成平静地说。

“果然如此。”韦灿无力地说道。

“怎么，你已经知道谜底了？”

韦灿点头。

韦建成沉思片刻说道：“这样吧，今天晚上你叫上方睿一起来我家里吃饭，咱们爷儿仨聊聊。”

“方睿他……方睿他……”韦灿欲言又止。

“方睿他怎么了？他出什么事了？”韦建成盯着韦灿严肃地问道。

“方睿被送到京北安康医院了。”韦灿怯怯地说。

“京北安康医院？谁把他当精神病了？”韦建成虎目圆睁。

韦灿低下头没有回答。

“是你？！”韦建成盯着韦灿，突然他抬起手重重地扇了韦灿一个耳光。

＊＊＊＊＊

打开房门，“方睿”再度进入方睿家时，昨天刚刚建立起来的那种虚幻的归属感彻底消失了。他感觉现在自己既像一个胆怯心虚的窃贼，又像一个悲悯可怜、无家可归的孤儿。他昨天还想，无论自己是不是真实的方睿，都要完全取代他，但是现在逐渐清晰的头绪，已经没有办法再让他继续欺骗自己了。他原本以为自己与方睿一个是N极、一个是S极，轻轻一碰可以粘连在一起，但是现在他完全清楚，他与方睿分明是两个N极，无论如何碰撞都无法粘连在一起。

他进入客厅后照例让保姆李阿姨收拾东西回家了，他想一个人从这个家中仔细查找到自己真实身份的线索。

既然自己与方睿长得一模一样，就应该能够从真实的方睿这里找到原本的自己。他这样想着。

此时有人敲门，“方睿”犹豫是否去开门。他现在不想让任何人打扰，但执着的敲门声让“方睿”感到厌烦。

“方睿，我是宓潜，我是顺路来看看方研究员的。”门外传来宓潜的声音。“方睿”无奈只好打开房门迎宓潜进门。

“我来小区送了个人，正好碰见保姆李阿姨，知道你在家。”宓潜解释道。

“方睿”礼貌地为宓潜倒了一杯白开水，说道：“我今天有点累，所以早下班，想休息休息。”

“是吗？对不起啊，我坐一小会儿就走。”宓潜抱歉道。

“方睿”笑了笑。

“哎，你上次问我的那个谜底解得怎么样了？”宓潜问。

“啊……快解开了。”

“有需要我的地方，你尽管说啊。咱们曾经是师生，现在是朋友嘛！”宓潜说道。

“好，好，有需要一定找您。”“方睿”礼貌地回应着。

宓潜站起身，伸出手打算与“方睿”握手，口中说道：“那我就不打搅了，改日你状态好时咱俩再聊。”

“方睿”也起身礼貌地握住宓潜的手，说道：“行，今天有点抱歉。”

宓潜握着“方睿”的手轻轻地抖了一下笑道：“来日方长。”

“来日方长。”“方睿”回应着，然后做了一个请的姿势。宓潜微笑着走向大门。

送走宓潜，“方睿”回到客厅，上下左右打量着客厅的各个角落，考虑从何处入手找寻线索。他的眼睛落在了“金字塔”里的方荣轩身上。突然，他的脑海里多次闪现出了方荣轩的音容笑貌，他感觉与这位长者并非生疏，自己似乎与之有过接触。

自己不是真的方睿，为什么现在却感觉到方荣轩曾在自己的生活里出现过，而且似乎是有过多次接触，好像曾和睦相处过？“方睿”努力回忆着自己的过往，他一边追寻记忆一边走进方荣轩的书房。

“既然我与方荣轩接触过，就应该能够从他的书房中找到线索。”

“方睿”在巨大的书架前搜寻着书籍。有些书籍感觉非常熟悉，应该是阅读过，但他知道这不能说明什么。突然，他想起了那幅版画《画廊》，那《画廊》自己在隐约的记忆中似乎更加熟悉，也似乎有着他与真实方睿的某种隐喻。他取出那版画《画廊》仔细查看的同时，努力搜索自己的过往记忆。他记忆中自己好像接触过这幅《画廊》，但绝不是在某个画展或者某艺术品商店见过那么简单，他似乎多次触碰过这幅版画。他用手摸了摸版画外沿空白处的字样“SC 赠”，这是这幅画作上唯一由他人留下的线索。他继续深挖着与之有关的记忆。

突然，他脑海里闪现了一些重要信息，他努力想留住那些信息。那些信息复现、叠加，逐渐形成较为清晰的记忆后，他几乎灵魂出窍，“扑通”一声瘫坐在地上……

* * * * *

方睿醒过来时已经是第二天早晨六点钟，太阳已然高高悬于天上。他从玻璃窗看到楼下大院里已经有工作人员在忙忙碌碌，偶尔也有身穿病号服的人在院子里悠闲散步。他记起昨天下午一点多钟，他被四个男人强行塞入依维柯的汽车时，他抗拒地坚称自己不是精神病。抗拒中他感觉到被注射了一针镇静剂，时间不长就昏睡过去了。

同屋的一个五十多岁的男人也已经醒来，那男人死死地盯住方睿不说话。方睿从他的眼神中没有看出敌意，稍稍放松了下来。方睿向那男人笑了笑，说道：“你好。”那男人立刻警觉了起来，迅速从枕头底下拽出一个黑色笔记本死死地抱在怀里，口中低声叨叨着：“这是我的一切，这是我的一切。”此时方睿才清醒地意识到自己现在身处京北安康医院。

方睿知道这是北京北部地区唯一的一家精神病专科医院。两年前郑昊强的一位大学同学曾得了精神病，就被送到这里来了。当时郑昊强提及此事时，唏嘘不已。他的那个同学曾是一位学霸，但因感情问题逐渐得了精神性疾病。

方睿在床上和床头柜里找寻自己的手机却没找到，苦笑了一下，他意识到手机已经被医院没收了。这次虽没有那个“哈密顿回路式”厂房恐怖，但是自己暂时也是与外界失去了联系。

方睿向房门走去，恰在此时，房门打开，门口站着四名医生，两名中年，两名青年。方睿本能地后退两步。

“方先生，你睡了十多个小时，感觉好些了吗？”一个中年医生问道。

“好多了，好多了，其实我没有精神病，真的没事，我能回家吗？”

两位中年医生相视一笑。

“不急，您就在我们医院多休养一段时间吧！”

“不，不，我不想休养，我还有很多事情要做，我要回家。”

一名青年医生低声向一名中年医生问道：“师父，这是不是就是初期的狂躁？”中年医生没有回答，只是轻声咳嗽了一下，表情上表现出了不悦，显然青年医生问询的时机不对。那青年医生的问话方睿的确听到了，方睿立刻意识到自己要注意言行了，否则一旦被确诊为精神病，自己一时半会儿就走不出这家医院了。

“好吧医生，我一切听从医院安排。”方睿赶忙表白。

“很好，方先生，病人配合医生的治疗才会康复得快。”

“我看外边阳光很好，我想到院子里沐浴阳光，可以吗？”方睿不失时机地提出了请求。

两位中年医生对视了一下。

“可以。”其中一个说道，然后转身对两位青年医生叮嘱，“方先生是新来的，不熟悉环境，你们陪好了。”他用眼神强调了一下。

“是。”两位青年医生异口同声。

方睿在两位青年医生的贴身陪伴下，在医院的大院里溜达。转了一大圈之后，他有些泄气，也有些抓狂。从医院高墙铁门的环境到医生贴身陪伴的“人文关怀”，他想寻机逃脱看来是痴心妄想。

“怎么办？怎么办？韦灿啊韦灿，你这个大笨蛋，你这是在助纣为虐。我在这里多耽搁一天，假方睿就会多猖狂一日，我在这里多停留一分，事情就会更恶化一步。”方睿烦躁不已。

在食堂里与众多举止怪异的病人共进早餐，让方睿感到心跳加速，汗毛直立，脊背发凉。他没吃几口饭就逃出了餐厅，回到自己房间。他在床上躺了好长时间，那种恐惧情绪才稍稍平复。

过了一会儿，同屋的那个中年男人回到房间，见方睿先于他回房间了便惊慌地跑到床边，从枕头底下抽出那个黑皮笔记本紧紧地抱在怀里，蜷缩在床上盯着方睿。

不知为什么方睿看到这个中年男人后，自己的恐惧情绪便彻底消散了。他就像一个旁观者，不带任何主观情绪地看着中年男人。

“你这个笔记本里有什么啊？”方睿对这个人手中的黑色笔记本产生了浓厚兴趣。这个黑色笔记本与自家写字台抽屉里父亲的那个黑色笔记本形状几乎一样，只是父亲的笔记本比这个男人的笔记本要大一圈。

“我不告诉你……我的一切都在我身上。”那中年男人说完，把那笔记本抱得更紧了，他的身体蜷缩得也更厉害了。

“还是不要再吓唬他了，他比我可怜。看来他生命中所有的挚爱应该都在这个黑色笔记本里，这个笔记本就是他的生命。”方睿如此想着，便躺下来不再看那男人了。他闭目思考如何能够逃离这家精神病医院。

* * * * *

“方睿”重新站在厂房的前厅，看着墙上那些大小不一的数学符号，恍如隔世。他的头脑里已经逐渐记起这个迷宫式厂房是他本人设计的。他采用经典“哈密顿回路”的结构设计的这个体验式迷宫密室。他记得墙上画的这些数学符号在施工时，他曾一直亲自监工的。他怕那些普通装饰工不能很好地表达他对数学的敬畏之心。

他现在彻底明白了，他在思考如何不露声色地除掉真实的方睿时，脑子里第一时间就蹦出了这个地方，是因为这里倾注了他的心血，展现了他的才华。虽然这里还没有竣工，但他相信这里完全投付使用后，会让很多人体验到破解迷宫后酣畅淋漓的成就感。

“我是一个浑蛋，这样一个富有魔力的娱乐体验场所居然让我借用为杀人的场所，真是无法原谅的罪孽。”“方睿”如此自责着。他推开磁力门大声喊道：“方睿，方睿，我对不起你。”迷宫式厂房回荡着他的声音。他知道这句话既是对真方睿说，也是对自己说。尽管他已经完全确认自己不是方睿而是另外一个人，但在没有确认自己的真实姓名之前，他还想称自己为“方睿”。他觉得这样或许是对方荣轩道歉的另一种方式。

他的直觉告诉他，方睿已经逃离这里了。他在迷宫里走了一圈儿，果然没有真方睿的身影。他彻底安心了，也更加想确认自己的身份了。

一会儿再由别人帮自己彻底确认自我吧。“方睿”想到此，便躲到厂房外不易被人察觉的中控室，等待人来。

一小时后，果然有人进入了迷宫式厂房。“方睿”手提事先准备的渔网站在磁力门后等待着。大约过了二十分钟，磁力门“吱呀”一声被拉开，进来的男人立足未稳，“方睿”便将渔网套在那男人身上，手里用劲儿一拉网口，将男人完全套住并放倒在地。那男人惊恐过后，见是“方睿”便苦笑道：“方先生，您这是干什么？”

“我问你几个问题，你要如实回答。”“方睿”蹲下身对躺在地上的男人说。

“第一，你叫什么？第二，我不是方睿。你告诉我，我是谁？”

“方先生，我叫丁佛海，咱们在慈仁医院见过两次面，我只是从您女朋友那里拿过两次医学辞典，我没有做什么啊。”丁佛海显得有点委屈。

“方睿”掏出手机向DFH发了一个数字148，丁佛海口袋里响起了手机短信声。“方睿”强行掏出丁佛海的手机，让他看了看，笑道：“知道我是谁了吧？不要再跟我打哑谜，如实回答我的问题，如果还不配合我，想必你知道这个迷宫式厂房的特点。我可以把你困死在这里。真正的方睿能够脱离这个险境，是因为我没有在这里盯守。而对你，我可以耐心蹲守两天，直至你彻底窒息而死。”

“您是另一个方睿。”丁佛海怯怯地说。

“屁话，那是虚假身份，我现在问你我本来的真实身份。”

丁佛海眼盯着“方睿”不做回答。

“丁佛海，你听好，我现在是知道$2\sqrt{5}-\sqrt{45}=-\sqrt{5}$的。我需要你对这道题打对钩确认是正确的，然后再给我重新讲解一遍解题过程。我的意思你明白了吗？”“方睿”满脸杀气地说道。

丁佛海怯怯地点头。

“我提醒你，对我的真实身份不要试图有所隐瞒，要如实说。提醒你几个关键词：长城、隐蔽医院、方睿、史密斯、方荣轩，还有很多关键词，就不需要再给你列举了吧？”

丁佛海怯怯地说道："不需要，不需要，但是我……"

"我明白你担心出卖组织，你的下场可能也会很悲惨。但是我为你想好了对策。今天咱们俩说完话，你向史密斯汇报说，我突然消失了，找不到我了。甚至你都可以说，你怀疑我被真方睿反杀了，这样我的事情就跟你一点儿关系都没有了。"

丁佛海没有说话，眼神中依然流露着迟疑。

"方睿"冷笑了一下，站起身，拉着渔网，把丁佛海向迷宫室里拖拽，口中说道："好吧，既然你不愿意把我解出的数学题做一下确认，那就不用了。反正我知道这道题是完全正确的。"

丁佛海惊恐地大叫："石川先生，石川先生，您饶了我吧，知道的我都说。"

"好，非常好，说说我石川的经历吧。"此时"方睿"为确认了自己的真实身份是石川而感到轻松。

"你原本叫石川，是北京大学的数学博士，两年前瑞莱卡公司看中你，曾经向你发出邀请，被你拒绝了。他们有意把你培养成经济间谍的愿望暂时搁置，但又没有完全放弃。因为瑞莱卡公司一直视中国锐达集团为全球最大的商业对手。两家公司在多个领域的商业竞争都是非常残酷的，所以瑞莱卡公司从慈仁医院的侯进勇手里，买到了锐达集团所有员工连续两年体检的详细资料，意在研究锐达集团的所有员工特质，找出突破口。恰好在去年7月，你和你女朋友齐妙到北京北部山区攀爬野长城，遇到暴雨，你和齐妙都遭到雷击。瑞莱卡公司一直关注着你的活动轨迹，所以第一时间就把你秘密救了回来。他们试图用这种方式打动你，迫使你加入瑞莱卡公司。巧合的是你因为受到雷击而失忆了，瑞莱卡公司便决定把你整容成锐达集团研发部的某个员工。瑞莱卡公司经过对锐达集团所有员工体检资料的研究，最终发现技术部的方睿在体形与血型、血样等很多方面都与你非常相似。瑞莱卡公司经过几个月对你进行康复训练、技术培训和记忆植入，让你基本相信自己就是方睿。然后我们配合你制造车祸，准备干掉方睿，让你取而代之，进入锐达集团。没想到你行动失败后，还拒绝执行再次除掉方睿的指令。你完成了尼日利亚项目的机密资料窃取后，史密斯才任你去玩‘影子游戏’，直到现在终于让你玩出了麻烦。唉……”

丁佛海一口气说完，最后不无遗憾地唉声叹气。

“那我与方荣轩的关系呢？”石川追问。

“我只知道你是数学硕士时，方荣轩给你上过几门数学课，至于你们的关系如何，我就不知道了。”

“那齐妙现在何处？”石川着急地追问。

“齐妙是死是活，我也不知道。我只负责你的事情，对你才会有更多的了解。”

石川紧紧盯着丁佛海，从他的眼神去确认他是否说的假话。

“我就知道这些了，石川先生，求你放了我吧。我只是一个配合你工作的棋子啊。”丁佛海怯怯地说。

“你走吧，记住你我的约定。”石川解开渔网，放丁佛海出来。

丁佛海向石川鞠了一躬，转身逃离厂房。

石川无力地瘫坐在地上，过往的很多事情开始浮现，自责、懊悔如洪水一般淹没了他。

“我是石川，一个家境贫寒的数学博士。强烈的自尊，让我一路走向求学的高峰，让我遇到方荣轩教授。他教授的《拓扑学》和《数论》让我对数学更加痴迷。他欣赏我的才华，亲自写推荐信，才使我的论文能够分别在《数学学报》和《应用数学学报》期刊上发表。他又亲自写推荐信，助我考上数学博士。他还给了我一笔钱，谎称是国外某公司采用我的数学理论，研究出了新的文娱产品而付给的所谓版权费，其实是他在自掏腰包资助我这个贫寒学子。这个哈密顿式厂房的设计工作也是他推荐的，我因此得到一笔设计费。后来他说，他欣赏我的才华，且我与他的儿子方睿六分形似，四分神似，所以他对我有一种长者对晚辈的关爱情感。我读了博士以后便找画家临摹了埃舍尔的版画《画廊》送予他，以表我的感谢与敬仰。因为我们都喜欢埃舍尔的作品，我们都认为埃舍尔的作品是艺术与数学的完美结合。如今我伤害了恩师方荣轩，搅乱了方睿的生活，让他陷入混乱不堪的局面，我还意图干掉方睿。幸亏方睿是方荣轩的儿子，能力出众，能够化险为夷，否则我将罪孽深重地走向地狱。我是石川，我是齐妙的男朋友，我与齐妙相爱，我却又浑蛋地向齐琪释放暧昧信息。我何以面对还不知生死的齐妙呢？我是中国人，我却为澳洲瑞莱卡公司做事，出卖自己的祖国，出卖自己的良知。我愧对我的父母。对不起方荣轩，对不起方睿，对不起齐妙，也对不起齐琪。我曾经是地狱的魔鬼，我现在要重回人间。”

*****

“还我儿子，还我儿子！”楼道里传来了一个女人声嘶力竭的喊声。紧接着是嘈杂的脚步声以及医生的劝慰声。“你把刀放下，把刀放下，你的儿子马上就到了。”

方睿闻讯打开了房门，见楼道里几乎站满了医护人员。楼道尽头站着一个披头散发的中年女人，她手持一把切菜刀挟持着一个年轻的护士喊叫着。

几位中年医生在不停地劝说着。

方睿观察了楼道情况，突然灵机一动。他趁着所有的医护人员都在关注着那疯狂的女人，小心翼翼地从另一端的楼梯逃离。

方睿出了楼门拔腿向二百米外大门左侧不远处的那棵大树跑去。他知道逃离的唯一办法就是爬上那棵大树，然后冒险跃到距离大树不远的高墙上，再从高墙上跳到医院大院外。

方睿刚跑出几十米，身后就传来了呐喊声：“方先生，站住！方先生，站住！”方睿边跑边回头看，见两个青年医生向他追来，其中一人手中持有一个形似电棍的东西。方睿惊恐万状加速狂奔。这时从大门口传达室也冲出了一个男人，斜着奔向方睿逃窜的那棵大树方向，显然意图在前边堵截方睿的去路。方睿急忙原地打了一转，迅速察看是否还有其他可以逃跑的路径。恰在此时，从传达室里走出了两人，前边的人看见了方睿大喊：“方睿。”方睿闻声望去，原来走在前边的人是韦建成，后边跟着韦灿。

方睿跑向韦建成高喊：“韦叔救我！”

冲到韦建成跟前的方睿已然泪流满面。

韦建成拦住了冲过来的医护人员，他简单说明情况之后，带着方睿和韦灿随两名医护人员走向主楼。

在医院办公室办理完所有手续后，韦建成拉着方睿的手走出了京北安康医院的大门。

方睿仰望天空，长出一口气。

“对不起，方睿。”韦灿站在一旁愧疚地说道。

方睿转过脸看了看韦灿，苦笑了一下，没有说话。

“方睿，有什么事儿回家再说吧。”韦建成说道。

方睿点了点头。

三人向韦建成的汽车走去。此时，一辆汽车驶入停车场，径直向他们驶来。

三人不约而同地看那汽车。汽车停在三人跟前。

“韦研究员，方睿，韦灿，你们好。”宓潜边下车边打招呼。

“宓老师，你这是？”方睿疑惑地问。

“我是按研究院要求来接你啊。”宓潜微笑道。

“研究院怎么知道方睿被关到精神病医院来了？”韦建成疑惑地问道。

“这个嘛，我也不知道，我是司机，听从调度就行了。”

“方睿，你是坐我们的车呢，还是坐宓司机的车？”韦建成问道。

方睿犹豫了一下。

“方睿，你坐谁的车都可以，只是需要直接去研究院，我才好交差啊。”宓潜强调着。

“宓老师，我还是坐韦叔的车吧。”

“可以，我在后面跟着，咱们直接去研究院。”宓潜再次强调。

第二十一章

浅蓝色的天空配着成片的白云，虽谈不上清澈无比，但也还算天气晴朗。石川追忆所有过往，怀着复杂的心情走出废旧厂区。他伸手拦截了一辆出租车，赶向齐琪公司的大楼。他本想去方睿家，但他已经没有勇气去面对方荣轩了。愧疚犹如一座大山，牢牢地压住了他。他不知道能否有机会搬开这座山，能否有颜面向方荣轩说一句“对不起”。而对齐琪他有着别样的心情，记忆中他还是石川时曾与齐琪见过两次面，但是并没有过多攀谈，谈不上熟悉。如今，他尽管曾以方睿的身份释放了一点儿暧昧信息，但好在没有做到不可收拾的地步。作为年轻人，未来姐夫与小姨子的小玩笑没有越出道德底线，还有回旋的余地。即使他那张摩斯密码卡片写得很露骨，他也可以把爱解释为关爱、疼爱。

出租车接近齐琪公司大楼时，石川一眼就看到了齐琪正在主楼前与一位女人谈话。

“停车。”石川瞬间产生了愧疚心理。他从齐琪说话时一举手一投足中都仿佛看到了齐妙的身影，瞬间愧疚裹挟着胆怯袭遍石川的全身。

自己无脸面见方荣轩，难道就有脸面见齐琪吗？自己身为一位数学博士，怎么能像市井俗人一样，戏耍小姨子，这分明是文化人底线尽失啊！如果齐琪解开了摩斯密码卡片里的暧昧信息，那么自己当初卑鄙无耻的目的就昭然若揭了。石川思忖至此，自觉颜面扫地。

“掉头到别处去。”石川对司机说。

司机转方向掉头，汽车再次驶入主街。

“先生，到底去哪儿？”司机问。

“去华夏铁建集团总部。”石川决定去找齐天海。

还是如实地向齐天海讲明自己的这场劫难吧，从长者那里得到谅解，或许是最好的出路。石川做好了被齐天海训斥的思想准备。

石川下了出租车走进华夏铁建集团大楼，向大堂询问清楚后，乘电梯直奔十七层。齐天海作为技术副总监在那层有一个独立的工作室。

石川下了电梯，走到工作室前台。

“先生，您找哪位？”前台秘书问道。

“我找齐总监，齐天海。”石川回答。

“对不起先生，很不巧，齐总监刚刚出去了。”秘书说。

“出去了？什么时候回来？”石川问道。

“这个我不清楚，您先预约吧。”

石川填写电话号码后，在姓名的一栏犹豫了。自己要写谁？写石川，会不会吓到老人家？他们应该认为自己和齐妙已经不在人世了。还是先写方睿吧。石川想到此提笔写上方睿的名字。

石川在前台徘徊了一会儿，感觉实在不好推测何时能等到齐天海，他决定先离开。

“齐总监回来后跟他说，我有要事找他，尽快通知我来见他。”石川对秘书强调道。

“好的，您放心。”秘书答道。

石川乘电梯下楼，刚到一楼大厅就发现有人惊慌地跑向大楼外。石川毫无兴趣地向大门走去。

“好像是齐总监。”一个女人的声音冲进石川的耳中。

“为什么呀？有什么想不开的呀？”另一个声音则如一把锋利的小刀一样刺入石川耳中，令他瞬间耳鸣了。

石川随惊慌的人群奔向楼外。他拨开围观的人群一眼看到了一个男人趴在水泥地上，一汪鲜血在他身下染红了地面，他已经气绝身亡了。

“啊！”石川不禁喊出声。他从那男人的背影已经认出来，就是未来岳父齐天海。

*****

方睿与韦建成、韦灿一同走下汽车，向研究院主楼走去。宓潜见他们走进主楼便开车进了地下车库。主楼大厅里站着甘鹏。

“你好，方睿先生，王副院长在等你。”甘鹏说完又对韦建成说道，“韦研究员，谢谢您啊。方先生交给我，您就放心吧。”

“好吧，我的侄子就交给你了。”韦建成笑着说，然后又对方睿说道，“方睿，你跟王副院长说完事儿，给我打电话，我把你送回家。”

还没容方睿答应，甘鹏抢先说道：“不用了，韦研究员，王副院长说完事儿会派车把方睿送回家的，您就放心吧。”

韦建成尴尬地笑了笑，然后摆手让甘鹏和方睿先走。

方睿有些不悦，瞪了一眼甘鹏说道：“我如何回家应该由自己说了算吧，你是不是干涉得太多了？”

甘鹏苦笑一下，没有说话，摆手请方睿上电梯。

韦建成和韦灿知趣地选择了另外一部电梯。

方睿随着甘鹏进入到王副院长办公室，王副院长和刘处长都起身相迎。

王副院长还抱了抱方睿，口中说道：“孩子，事情我们知道得有点儿晚，让你受惊了。”

“谢谢王副院长还关注着我。”方睿说道。

待方睿落座，甘鹏将茶水递给他。方睿也的确有些渴了，一口将这杯茶喝光，然后问道：“王副院长今天特意把我叫来，有什么事吗？”

“方睿，你父亲的邮件暗语你破解得怎么样了？”

“对不起，王副院长，我最近经历了很多事情，没有足够精力解开我父亲的邮件暗语，我知道你们还在怀疑我父亲。”方睿说到此鼻子有些发酸，做了一个深呼吸，把眼泪咽了回去。

“方睿，在没有清晰的证据之前，我们既不能说你父亲没问题，也不能说你父亲有问题，那样都是对你父亲的不负责。我们一直在做大量的调查工作，努力解开你父亲是否清白的谜题，同时也在努力破解你父亲的邮件暗语。”

“那你们有结果了吗？”方睿问道。

“很遗憾，还没有满意的答案，我们还需要你积极配合。”

“只要能还我父亲清白，我一定配合。”

此时门被推开，宓潜走了进来。

“宓老师请坐。”王副院长十分客气地说，一旁的甘鹏也立刻将茶水递给了宓潜。

方睿疑惑地注视着这些细节。他看了看王副院长，又看了看刘处长，二人的表情都流露出了对宓潜的尊敬。

“方睿，我现在正式向你介绍宓潜，宓老师。他曾经是你的老师，现在表面身份是我们研究院的后勤部司机，实际上宓老师是国家安全局的秘密调查员，就负责你父亲的这个案子。”

方睿闻听此言大吃一惊。他重新上下打量宓潜。

宓潜笑道："别这样看我，我没什么奇怪的，我还是宓潜。我说过，我曾经是你的老师，现在是你的朋友。我在尽全力搜集证据，想要证明你父亲的清白，这需要你的配合。"

方睿说不出话，使劲儿点头。

宓潜接着说道："第一，我先说你父亲的邮件暗语，目前我们还没有完全解开，还需要你按照你父亲的生活习惯或者兴趣爱好去思考暗语的设置形式，还需要你从你父亲的藏书或者读书笔记去找线索。第二，我们在调查中发现普克力公司的那媚有问题，而且普克力公司曾通过银行转账给你父亲三十万元。这笔钱到现在你没有动，这很好。这笔钱可能说明你父亲与普克力公司的确有交易，但也可能是普克力公司在栽赃你父亲，还可能是普克力公司在强行拉你父亲下水，但没想到你父亲会出车祸。"说到此，宓潜停下喝了口茶，然后继续说，"我们发现你也在秘密调查那媚，你是不是已经成功进入那媚办公室了？"

方睿异常吃惊："这一点你也知道！"

宓潜微笑道："我们一直监视着那媚，怕打草惊蛇，没敢强行进入那媚办公室，却被你抢了先。我现在想知道你拿到了什么资料吗？希望你如实交给我们，也好尽早还你父亲清白。"

方睿点头："我拿到了，这些资料放在我单位办公室保险柜里了。"

"很好。"宓潜肯定地说，"第三，我们秘密调查时发现有一个与你长得一模一样的人，在这段时间十分活跃，最开始我都无法判断你们俩之间哪个是真方睿，哪个是假方睿。重要的一点是我们都不知道有这样一个人的存在，但好像你却知道，是怎么回事儿？"

方睿至此便如实说出逃逸司机就是那假方睿，以及自己由于最初的各种顾虑，未能向警方说出实情等情况。

宓潜听方睿解释后继续说道："由于你的顾虑，我们的调查工作走了很多弯路，我们曾经感到谜团重重，有时我们都怀疑你与普克力公司也进行了交易，后来发现事情很复杂，好像这个假方睿并不是与普克力公司一伙的。也就是说，他与你父亲这起涉及国家安全的案子没有关系，他好像针对的是你们锐达集团。我们初步认定开车撞击你父亲的是假方睿，但拿走你父亲手提电脑的是另一伙人，这伙人很可能就是那媚的人。"

"起初我也以为这个浑蛋和那媚是一伙的，后来我也发现他们不是一伙的，他就是冲我们锐达集团来的。"方睿说道。

"这也是极其万幸的，他不止一次以你的身份进入你家。如果他与你父亲的案子有关联的话，破解你父亲邮件暗语的线索恐怕早就被他搜集到了。他最后一次去你家，是你被困在精神病医院的时候。我借机也进入你家与他打了照面，确认当时在你们家的是假的，在精神病医院的才是真的。"

"咳！假的真不了。"方睿愤怒地说。

"此人不可小觑，他与你让人很难区分，我还是通过与他握手，发现他的右手腕没有黑痣，才确认他是假的。"宓潜举起了自己手臂，指了指右手腕，向方睿示意了一下手臂上距离手掌大概三指内关穴的位置。

方睿惊奇地说："您怎么知道我这里有颗黑痣呢？"

"你忘了，当初我做你的数学老师时，跟你玩过掰手腕的游戏。当时你可是输了。我把你的手腕彻底掰倒后，就看到了那个米粒大小的黑痣。"宓潜微笑着说。

方睿真是被宓潜的精细和超强的记忆力折服了。

"方睿，我很佩服你，你跟踪我和丁佛海后，居然很快就想办法进入了华贸中心大厦的那个神秘房间，是不是你又找到什么宝贵资料了？"宓潜伸出手，做了一个要东西的姿势。

“哈哈，宓老师，其实我也一直怀疑你是不是跟那媚和假方睿有关呢。”方睿说到此看了一眼王副院长和刘处长，继续说道，“王副院长和刘处长最初是不是也发现我怀疑他？”

王副院长笑道：“发现了，但是那时候情况不明，我们必须对你保密。”

“不过正是因为我怀疑你，才促使我从慈仁医院尾随了你和丁佛海，才发现了丁佛海和假方睿的秘密房间。虽然我找到了一点东西，但是假方睿窃取的我们公司的机密资料我没有找到。”方睿说道。

恰在此时有人敲门，王副院长说道：“请进。”

李洁匆匆走进，他表情严肃地走到宓潜跟前耳语着。

方睿有些诧异地看了一眼王副院长。

王副院长轻声说道：“现在李洁和甘鹏临时受宓老师调遣。”

宓潜听着李洁的低声汇报，眉头紧锁，待李洁说完，长叹一声。显然有不好的消息。

“那个……”王副院长欲言又止，明显是想过问一句但还是把话咽了回去。

宓潜直了一下身子说道：“这件事你们可以知道，与那媚有重大关联的齐天海坠楼身亡了。”

“啊！”大家几乎同时发出了惊诧声。

“公安人员在他的上衣口袋里发现了一封简短的遗书，目前怀疑是自杀。”

“咳，跟普力克公司最明显的一个线索，就这么断了。”刘处长哀叹道。

宓潜不置可否。

房间里陷入了暂时的沉寂中。

“好了，方睿，刚才跟你说的已经不少了，我们现在需要你全身心找到破解你父亲邮件内容的线索，我来全程配合你。至于你的工作，我们已经秘密地跟你们集团大老总沟通过了。你们公司的员工目前只知道你临时被抽调，做别的工作了，就连你的上司郑昊强都不知道你现在的任务，你明白了吗？”

“明白，我听从您的安排。”方睿表态。

门外又有人敲门。

“请进。”王副院长应声后，传达室的李师傅走了进来。

李师傅刚进屋，正要说话，一眼看到坐在沙发上的方睿，惊讶地张大嘴巴说道：“你，你，你不是让我送这个字条吗？怎么你又进来了？你什么时候进来的？”

“怎么回事？”王副院长诧异地问道。

“刚才有一个人到传达室，让我送一张字条给您，说需要这张字条的人现在就在您办公室里。他叮嘱不要耽误时间要立刻送到，我就赶忙给您送来了，可是……可是……”李师傅看着方睿继续说，“那人就是他呀，他在这儿，干吗还让我送字条啊？再说了，你是怎么进来的？”

“是假方睿。”方睿脱口而出。

“好了，李师傅，把字条给我吧，送字条的是跟这个人长得一样，但不是同一个人。你做自己的事儿去吧！”

李师傅将字条递给王副院长转身出去了。

“甘鹏，你立刻去帮方睿换一部手机。”宓潜严肃地说道。

“怎么回事？”王副院长问。

“我怀疑假方睿能定位到方睿的具体位置，甚至是能够窃听到方睿的手机通话。我们原来还疑惑为什么真假方睿总是巧合地碰不到一起，现在想应该是方睿的手机被定位和监听了。”宓潜分析道。

“这个浑蛋不但窃听了我办公室电话，还窃听了我的手机，定位了我的位置，怪不得他要得我团团转。”方睿掏出手机刚要摔掉，被甘鹏一把抢了过去。

王副院长将字条递给宓潜。只见字条上写：建内大街木厂胡同 6 号 3-1-1301。

“建内大街木厂胡同 6 号应该是个高档小区吧？”宓潜问道。

“对，是个高档小区，有三栋楼。我的一个同学就在那里买的房。”刘处长说道。

“显然这是个房间地址，假方睿给方睿这个地址有何用意？”宓潜自言自语道。

“这会不会又是一个圈套？我上次就上了这个浑蛋的当，差点就……”提及此，方睿仍心有余悸。

“现在不是你一个人了。”宓潜说完站起身继续说道，“明知山有虎，偏向虎山行。”

*****

宓潜和方睿等人乘商务车很快赶到了建内大街木厂胡同 6 号院 3 号楼 1 单元。

几个人刚踏进楼门就见电梯打开，出来了几个人。其中有三名穿警服的人押解着一男一女。方睿一眼认出走在前边的是韦灿的初中同学——户籍警察付志刚。付志刚也认出了方睿。

方睿主动与付志刚握手问道：“付警官，你这是又干刑警了啊？”

“啊！帮忙跑跑外勤，我这性格在户籍资料室里憋闷得慌。”付志刚笑道。

方睿瞥了一眼戴着手铐的一男一女。尽管那对男女低着头，但方睿还是认出了那男人竟然是曾经的校长牛玉江。牛玉江似乎也看到了方睿和宓潜，他把头低得更深了，面色通红就像刚刚被蒸熟的螃蟹。

“牛棒槌。”方睿惊讶地脱口而出，他睁大眼睛问付志刚，“他们犯了什么事儿啊？”

“本来我们接到群众举报，说有租客在这里卖淫嫖娼，没想到还从这哥们儿兜里翻到了毒品，这是嫖娼和持有毒品两项罪啊！这趟外勤任务出得比较值，回去审审，或许能牵出毒品交易的线索呢……哎，你这是干吗来了？”

“啊，我们来找个人。”方睿说道。

“好，回头再聊。”付志刚随一行人走出门厅。

“教育界的败类。”方睿见付志刚他们走了，脱口而出。他转脸对宓潜说，“以后不要跟人说牛玉江是我老师啊！”

“他也没教过你啊。我教过你，我才是你的老师，我没让你丢脸就行了。”宓潜开玩笑道，随后收回笑容，“行了，我们还是干正事儿吧。”

几个人迅速上了电梯。

出了电梯，大家立即戒备了起来。李洁在前，轻手轻脚地走到了1301房门口。

防盗门是面部识别系统的。

“用不用通知开锁专家？”李洁问宓潜。

“可以。”宓潜回答。

“等等，我试试。”方睿想起了华贸中心的那个房间的面部识别系统。

方睿触碰感应屏后站在那里对准屏幕刷脸，果然扫描成功，“咔嚓”一声之后，方睿用手拉门把手，防盗门真的被打开了。

几个人小心翼翼地走进房间。这是一间大两居室，陈设有如高档宾馆一样奢华，但没有烟火气，显然主人不常做饭。

宓潜等人戴上手套，仔细查看各种物品，没有什么特殊的东西，让人注意的只有放在角落的一个家用保险柜和写字台上放着的一台笔记本电脑。奇怪的是笔记本电脑是处于打开状态，屏保界面显示等待输入密码口令。方睿轻碰电脑鼠标，屏保界面从绿色草原变成了一幅画，密码输入处出现了一个口令问题："问：从此画作中你看到了什么？"下边是等待填写答案的一个长长的空格。

"这是谁的画啊？叫什么名字呀？"李洁奇怪地问。

甘鹏摇头，宓潜也紧锁眉头。

"我现在查查。"李洁掏出手机，准备查找。

"不用，我知道这幅画，这是荷兰画家埃舍尔的版画《蜥蜴》，我现在是在考虑怎么回答电脑的口令。"方睿半眯着眼说道。他的头脑迅速思考着。突然，他回忆起父亲出事的那个早晨，他向父亲讲述那噩梦时，父亲宽慰他道："蜥蜴又如何？……有些艺术家还借它来表达生命轮回再生呢！"父亲的这句话不正是指埃舍尔的这幅画吗？

方睿毅然走上前输入汉字"看到了生命轮回再生"，然后敲下回车键，电脑真的解锁了。电脑的桌面上只有一个名叫"柜"的文件。方睿双击打开这个文件，是 Word 文档，内容只有一行字：秘钥《梁祝》交叉返序质数。

"什么意思？"李洁问甘鹏，甘鹏思索着没有说话。

宓潜笑道："方睿啊，如果这个房间是假方睿的，我怎么感觉他是在出简单的题让你作答，如果答对了，他就有礼物送你啊！"

"就像你们当老师的，不断鼓励，又不断提升题目难度是吧？"方睿问宓潜。

"有点那意思。"宓潜笑道。

"假方睿有那么好心吗？"方睿有些怀疑。

“你先做做看，大不了当成是个升级打怪兽的游戏。”宓潜说完又转身对李洁和甘鹏说，“你们俩找找有没有《梁祝》CD 盘盒？如果我没猜错，保险柜钥匙应该在里边。密码就交给方睿了，他能轻松搞定。”

李洁快速地从 CD 盘架上找到了《梁祝》的 CD 盘盒，打开盘盒果然有一把钥匙放在里边。李洁递给宓潜，宓潜蹲下身将钥匙插到保险柜的钥匙孔上，显示屏显示等待输入密码。

方睿输入密码 7、3、5、2，按 # 号键，“咯吱”一声响起后，宓潜一拧钥匙，保险箱打开了。

保险柜里只有一个移动硬盘和一封信。宓潜将移动硬盘交给李洁，示意他插入笔记本电脑查看。

移动硬盘里是两个大的文件，一个是锐达集团大西洋海底光缆项目的竞标方案初稿，另一个就是石川曾用假方睿身份窃取的韦灿的项目资料。

“我猜对了，假方睿这是把资料还给你了，他为什么会这样？”宓潜对方睿问道。

方睿摇头：“我也不知道，难道他良心发现了？”

宓潜打开那封信，递给方睿，二人共同看那封信。

“方睿你好，我困住你的那个雨夜也是我重生的雨夜。你被带到精神病医院的时刻，也是我精神几乎分裂的时刻。你走出精神病医院的时候，也是我彻底从地狱走回人间的时候。你和我注定如同虚幻的轮回，注定如《画廊》里的两人相遇不相见。对不起，欠你和其他人的东西，我会努力赎还。”落款是“罪孽深重的人”。

宓潜与方睿看过信后面面相觑。

* * * * *

方睿把从华贸中心取得的机密资料和从那媚办公室取得的机密资料全

部交到宓潜手里后，感到轻松了许多。同时他将举报侯进勇的事也告知了宓潜。

“不知道侯进勇是否被拘押了？”方睿问道。

“据我们所知，他的确受到了拘押，案件正在审理中。”宓潜回答。

“那就好，我应该把这件事告诉景瑶。如果你方便，现在能送我去慈仁医院吗？”方睿问宓潜。

“这个……”宓潜犹豫着。

“你要是不方便，我自己打车去吧，看完景瑶，我就回家全身心查找破解我父亲邮件暗语的线索。”方睿说完准备向外走。

宓潜伸手拉住了他，说道：“能不能先不去看景瑶？我们先全力破解你父亲的邮件暗语。景瑶也是慈仁医院的，她应该知道侯进勇被拘押了。”

“我还是想亲自告诉她。再说了，我经历完迷宫困局又经历了精神病医院劫难，我感觉自己的生活太波澜诡异了。一旦有空，我还是多关心一下我的挚爱吧。”方睿开玩笑道。

“既然你坚持要去看景瑶，我就带你去吧。不过我必须告诉你，我们不是去慈仁医院看景瑶，是要去公安局的拘留所。”宓潜严肃地说。

“什么？你说什么？”方睿以为自己听错了，反复追问宓潜。

“是去公安局拘留所看景瑶，因为侯进勇的案子景瑶也牵扯其中。”

“啊！”方睿闻听此言，目瞪口呆。

第二十二章

仅仅两日不见，景瑶似乎苍老了许多。景瑶冰凉冰凉的手被方睿握住的瞬间，泪水淹没了她那副原本天真稚嫩的脸。“我没有，我没有出卖医学机密资料啊，我是无辜的。”景瑶抽泣不止，她向方睿和一旁站立的宓潜表白着。

方睿的心如刀割一样疼，他感觉到嗓子腥咸无比，似乎有鲜血要吐出来。他强忍着撕心裂肺般的折磨，不停地安慰景瑶：“我知道，我知道，我会为你证明，宓老师也会为你证明的。”

景瑶被侯进勇案件牵连，正是源于方睿的举报。方睿揭发侯进勇犯罪的义举也让不谙世事的景瑶牵连在其中。尽管方睿极力为景瑶辩解，但是警方掌握的医院的视频资料证据都对景瑶不利。第二次传递医学辞典的过程，没有证据能证明景瑶是不知情的，糟糕的是丁佛海还在潜逃并未归案。而侯进勇竟然说景瑶是知情的，就是协助他传递医学机密资料的。警方讲出这一点的那一刻，方睿暴怒无比，强烈要求见侯进勇。他几乎产生了杀了侯进勇的念头。

“你要相信公安人员的侦破能力，他们会调查取证，假的真不了。景瑶如果真的不知情，自然会有证据还景瑶清白。”宓潜严厉又不失柔和的话语，使方睿平复了失控的情绪。

方睿叮嘱景瑶要坚强起来，才会理智起来，才会厘清所有头绪向警方陈述，才会证明自己是在完全不知内情的情况下传递的医学辞典。在公安人员反复催促下，方睿才依依不舍地告别景瑶，离开会见室。

走出拘留所，方睿突然对宓潜说："我要先找侯进勇的师父张主任。我想请他出面劝说那个浑蛋侯进勇，让他如实交代自己的罪行，不得像疯狗一样乱咬人。"

宓潜看着眼冒血丝的方睿说道："好吧，既然如此，你就去吧。另外，你自己去也没什么把握，我再给你请上王副院长一同前往。"

方睿闻听此言，感激道："谢谢，谢谢，谢谢宓老师。"

宓潜拍了拍方睿的肩膀说道："要相信法律，你前边做了你应该做的，后边还要继续做下去。"

方睿深知宓潜此话的用意，忙用力点头。

* * * * *

深明大义的张主任走进拘留所，去约见侯进勇的那一刻，方睿轻松了许多。他相信景瑶的事情过不了几日，就会有一个比较圆满的结果。但是父亲的事情还需要自己全身心的投入。

方睿在自家先是翻看父亲收藏的所有西方著作。他依然坚信前半部分的剥卦和"三可三各"的破译没有问题。最终的问题就在后半部分"阿门"上。当方睿看到那本盖瑞·祖卡夫的《灵魂所依》时，突然想起了齐天海。尽管齐天海与那媚有牵连，令方睿厌恶，但是父亲出车祸期间他出差国外，感觉与车祸不会有关联。尤其他与父亲没有工作上的太多交集，应该不是父亲所提到的那个小人。现在齐天海已经不在人世，对于他的厌恶，也应该放下。突然，他回忆起当初齐天海来家里看望父亲时，言语举止怪诞。他向方睿推荐这本《灵魂所依》时还用手敲击此书，似乎在强调什么。方睿立刻打开这本书。他发现在中间的某页里夹着一张窄小的字条，上写：建成 = 贝内迪克特·阿诺德。

看到此句，方睿倒吸一口凉气，他心中反复确认这句话的真实性。方睿再度回忆那日齐天海的古怪行为，他感觉齐天海的确在有意提醒自己。显然“建成”所指的就是韦建成。而方睿知道，贝内迪克特·阿诺德是美国独立革命时期臭名昭著的美军叛徒。他虽然在军事上才华横溢，但是由于出身卑微，未能得到美军足够的赏识，一直怀才不遇，这让他心生怨恨。后来他为了个人私利叛变美军。他暗通英军，事情败露后，则彻底投靠了英国殖民军队。美国独立战争结束后，他逃到英国，后来葬身伦敦，而后遗臭万年。

韦建成，韦叔叔，怎么可能是叛徒？难道说他就是父亲所指的小人？甚至说父亲的车祸跟他也有关联？不可能，不可能，这绝对不可能，这一定是齐天海在栽赃韦建成。如此说来，父亲的手提电脑很可能就是齐天海找人拿的。对，对，一定是这样。

方睿开始焦躁不安，他不想相信齐天海字条上的内容是真的。但是韦建成与父亲有着密集的工作交集以及其对河图洛书和《易经》的痴迷，又不得不让方睿怀疑韦建成就是那个小人。方睿相信父亲邮件内容所表达的意思，就是通过剥卦指代有小人要陷害他。“三可三各”合起来就是河洛，就是指代的这个小人与“河洛”有关联。而河图洛书是韦建成最为痴迷的古代学说。“阿门”分明就是指代事物的结束或者事物的确定认可的意思，父亲最终确定小人就是与“河洛”有关。

方睿异常迷茫地跪坐在父亲身边，将自己的这种推测向父亲表述，希望父亲能给予启示。方荣轩的眼角再次惊奇地流出一串热泪。方睿愣住了，显然他的分析父亲认同了。

“给我一个理由，‘三可三各’就是‘河洛’，就是韦建成。我要理由，我要证据。三可三各，河洛，韦建成。”方睿在客厅里焦虑无比地来回踱步。他挣扎在确认与否定的矛盾情绪中。他想找到充分理由说服自己，那小人不是韦建成。突然，三可三各的汉语拼音蹦入脑海。他立刻拿笔写下 sanke sange。拼音写完，他的心和手都颤抖了。“sanke”分明与英语 Sanke 形似啊，难道说韦建成的英文名字就叫 Sanke？

*****

“剥卦＋三可三各＋阿门”白纸上的这句暗语韦建成不知看了多少遍。他推演了无数种方案，经过了好几个不眠之夜，最终他确定这个方案应该是正确的。他完全确认之后就于农历初九将约见的信息放入了那家商业银行的个人保险柜里。一周之后他向研究院请了年假，假借观光旅游的名头飞往香港，在香港逗留一整日后又乘夜班飞机飞往新加坡，在新加坡的希尔顿饭店与那媚会面了。在酒店豪华客房里见到那媚的那一刻，他的热血几乎沸腾起来。与那媚两月未见，几乎使韦建成回归到了那种二十多岁的精神状态，找回了初次与女人亲吻、爱抚，最终交融的状态。

他的每一根神经几乎都在颤动，他的每一根血管中的血液几乎都在加速流淌，他的每根毛孔几乎都完全打开，喷洒出汹涌的热浪。他对那媚白皙柔软滚烫而又香气怡人的胴体，没有任何的抵抗力。他感觉自己进入到了一处草长莺飞、鲜花烂漫、鸟语花香的仙境。他用尽了自己所有能想到的方式，迷醉于仙境中……

温存过后那媚侧卧在韦建成怀中温柔地说道：“老韦，那个密码破解出来了吗？”

韦建成又喘了两口气，笑道：“当然了，小宝贝儿，不然我也不会约见你呀。”

“那就好，这次我也不用去舍脸见方睿那小子了，那小子比他父亲还难搞。一会儿不配合，一会儿又突然主动送给我一份大礼，真搞不懂他葫芦里卖的什么药。”

“你要是能够轻松地把他搞定了，他也就不是我喜欢的方睿了。我看着他长大，看着他眉宇间流露出栗慧因的气韵，我就喜爱得无法自制。”韦建成说道。

“唉！又是栗慧因，看来要不是栗慧因已经不在人世，恐怕我都搞不定你。”那媚嗔怨道。

“咳！一兴奋话又多了。”韦建成自感言过语失。

那媚起身说道：“哈哈，老东西，你先自醒吧，我去冲个澡。”

韦建成望着那媚妖娆的背影陷入了对往事的追忆中。

他喜欢栗慧因，就是从见到栗慧因的背影开始的。当时，韦建成走在大学校园里的林荫道上，突然看到从前方另一条小路走出一个身材匀称的女孩儿。那女孩儿莲步轻移如弱柳扶风。韦建成禁不住加快脚步追上女孩儿，侧脸一看也是端庄秀丽、优雅娴静，瞬间令他爱得无法自拔。后来他才知道这个女孩儿叫栗慧因。韦建成义无反顾地加入了众多追求者的行列，最终却被同宿舍的方荣轩抱得美人归。至此，韦建成失去了他心中值得挚爱一生的女人，他的爱情大门彻底关闭。他心甘情愿远远地相望栗慧因，他为栗慧因的欢乐而欢乐，为栗慧因的幸福而幸福，为栗慧因的悲伤而悲伤。方睿的降生让韦建成感觉就像是自己的儿子出生了。韦建成认为方荣轩就是自己的替身，他代替着自己疼爱呵护着栗慧因，抚养着方睿。当栗慧因被查出癌症晚期的那一刻，他崩溃了，他几乎产生了与栗慧因共赴黄泉的念头。他怨恨方荣轩的粗心大意，怨恨方荣轩不懂怜香惜玉。这种怨恨深埋于心，扩散到了工作中，他怨恨研究院对他的不公。终于，他在美国做学术访问期间中了那媚的美人计。后来他才知道这位美女是东亚岛国的间谍。连续几日与那媚的交合，让他彻底迷醉于那媚的胴体了。他感觉那媚的胴体就像他沉醉的河洛图书一般，奇美而又充满着探索不完的谜题。他不断地体验由探索带来的无法言说的美妙感受。那媚让他用英文写下那句“我们的爱情不能用常识衡量”时，他明知道有留下把柄的嫌疑，但他也心甘情愿。他知道已经没有回头路，只能继续走下去，无论前方是仙境还是泥潭，甚至是夺命的万丈深渊。他想他的一生中所有的意义已经随着栗慧因去往另一个世界了，留下来的只有麻木地享受当下空虚的快感！当那媚提出想要华夏铁建集团竞标的东南亚高铁项目时，他毫不犹豫地协助那媚把齐天海拉下水，让齐天海糊里糊涂地走出了出卖国家高铁建设项目机密资料的第一步，也走上了无法回头的经济间谍之路。

他与那媚曾经在这家酒店温存时，无意中透露出研究院承接的BD Ⅲ双模卫星导航系统研究项目。那媚立刻软硬兼施地要求他弄到手。这个研究项目涉及国家安全，机密等级较高。他也因此提出做完这次情报偷窃就收手不干了。为了能够全身而退，他甚至向那媚提出要协助他，事情结束后让他以失踪的形式彻底淡出这个繁杂的社会，与那媚赴大西洋小国过双宿双栖的隐居生活。当他窃到部分机密资料后，意识到方荣轩已对他有所怀疑时，他同意了那媚制造车祸的计划，想以此封住方荣轩的口舌，顺便取得方荣轩的手提电脑。当他发现方荣轩的手提电脑密码设置极其复杂难以破解时，他有些退缩了。而他看到方睿失魂落魄的样子时，他的内心开始愧疚了。为了消除那种愧疚感，他不断地去怨恨方荣轩对栗慧因的照顾不周。那媚的急迫使他不得不从方睿入手。当他从方睿处得知方荣轩的邮件暗语时，惊恐万状。方荣轩利用邮件暗语既指明他就是坏人，又设置了电脑密码。现在他终于破解了，他要尽快拿到二期数据，然后按计划消失。

那媚打开方荣轩的手提电脑请韦建成输入破解的密码。代表剥卦的

“16、62、63、64、65、69”，代表“河洛”的“55、45”，代表“阿门”的“1、40、8、50”，但没有成功。他又输入第二套密码组合，代表剥卦的密码不变，代表“河洛”的数改为“21、34、15”，代表“阿门”的密码也不变，手提电脑依然没有打开。他输入第三套密码组合，代表剥卦的依然不变，代表河洛的改为“1597、360”，代表“阿门”的也不变，手提电脑坚强锁死着。数次的失败使韦建成也不知所措了。

万般无奈，韦建成与那媚分别乘不同班次飞机飞回了北京。他们想做最后的努力。

韦建成回来的当日就见到了将方睿送至精神病院的韦灿，听完韦灿的描述，经过一夜思考他确认方睿没有得精神病，第二天便要求韦灿与他共同接方睿出院。在赶往研究院的汽车上，韦建成委婉地询问方睿，方荣轩邮件内容破解的进展情况以及是否邮件内容记错了。方睿因为刚从精神病医院出来还有些惊魂未定，再加上韦灿在场，他就只说待合适时间再研究邮件内容。但是现在方睿的家门口已经被甘鹏、李洁与另外两个陌生男人二十四小时监控起来了，韦建成已经无法再接近方睿了。

* * * * *

方睿在客厅徘徊，口中反复重复着“韦建成，Sanke，Sanke，韦建成”，他既想证明两个名字没有关联，又想找到两个名字关联着的证据。他不断地告诫自己不可感情用事，要用事实说话，用证据回答。突然，他想起了那本英文版威廉·萨摩赛特·毛姆的《刀锋》。那本书曾是父亲与韦建成友谊的见证，他们二人曾神奇地在同一时间互赠此书。家里的这本《刀锋》应该就是韦建成买的。方睿从书架上取下那本书，认真查看，书中没有留下英文字迹，只有在一些优美语句下有画线痕迹。方睿清晰地记起韦建成曾说，他们俩邮寄此书的同时还附有信件，他们不约而同地谈了对此书的观后感。方睿迅速从书房角落里拽出一个满是灰尘的箱子，里边是家中所有信件。父亲方荣轩与母亲栗慧因的共同点就是生活有条不紊，物品都会分门别类放置。方睿费了很长时间终于找到那封信。那信是英文书写的，那英文笔迹与那媚保险柜的那张字条太像了。当方睿看到最后一页落款 Sanke 时彻底惊呆了。他不愿意相信的残酷事实就这样出现了。与那媚有着非同寻常关系的 Sanke 居然是自己一直敬重的韦建成。方睿无力地瘫坐在椅子上。

“坏了，我居然把父亲的邮件内容告诉韦建成了。”方睿突然记起这件事，瞬间出了一身虚汗。那是父亲的心血，是父亲的清白，甚至是父亲的生命啊。此时方睿追悔不及。他没有听从王副院长的叮嘱，不要把邮件内容泄露给他人。他不但泄露，而且恰恰泄露给了韦建成，泄露给了邮件中“三可三各”所指的“河洛”，也就是 Sanke。

“怎么办？怎么办？”方睿在书房里手足无措。

韦建成的学术水平、知识视野比父亲还差一些，他或许还没有破解。方睿自我安慰着。

方睿回到客厅，跪在父亲身边自责道：“爸爸，对不起，对不起，我认贼为友，把邮件内容泄露给了贼人，您告诉我您到底是怎么设计的密码啊？您帮帮我，帮帮我，我不能让您含冤，不能让您的心血付诸东流。我知道那是您现在生命中最重要的东西，我要抢在贼人之前为您拿回来啊！”方睿潸然泪下。方荣轩的眼角再次淌出热泪。

突然，方睿想起了精神病医院里的那个中年男人，那男人死死守住视如生命的黑皮笔记本。方睿连滚带爬地冲进书房。他从父亲写字台抽屉里取出父亲的那个大大的黑皮笔记本。他跑回父亲身边，声音沙哑地说道：“爸爸，您告诉我，那密码的线索是不是在这个黑皮笔记本里，就是这个黑皮笔记本？”方睿边流泪边将手里的笔记本举到父亲脸前，然后用手唰唰地翻那笔记本。那“唰啦啦”纸张被翻动的声音，在寂静的房间内犹如洪钟之声回响着。

方荣轩的眼角不停地流淌出热泪。

方睿彻底明白了。他重新跪坐下来，哽咽地说道：“爸爸，谢谢您，谢谢您给我提示，给我力量，相信我一定还您清白，一定抢回您的研究心血。”

方睿顾不得擦泪，开始翻看父亲的笔记本。

不知过了多长时间，笔记本中间某页的内容引起了方睿的注意。那页纸上是父亲抄写的 Gematria① 图表，内容是希腊语字母对应的相关数字。方睿的头脑灵光一闪，他迅速写出“阿门”的英文 Amen，然后立刻用手机查找 Amen 对应的希腊字母 α 、μ 、ή、 ν 。他又重新看那数字解经法图表，α (alpha)=1， μ (mu)=40，ή (eta)=8， ν (nu)=50。

“爸爸，把阿门的英文换成希腊语，再对照 Gematria 图表写出数字密码，对吗？”

方荣轩的眼泪已如涓涓流淌的小溪了。

* * * * *

方睿在甘鹏的陪同下走进王副院长的办公室。王副院长和刘处长已经等待多时了。

“宓老师呢？”方睿问。

王副院长说道：“他带着国家安全局的人去执行任务了，他答应很快赶回来。”

“好吧，等他来了，我再向他核实一些情况。”方睿说。话音未落，大门被推开，宓潜风尘仆仆地走进办公室。

“方睿，我来晚了，对不起，我不想错过见证奇迹的一刻。”宓潜走到方睿面前拥抱了他一下。

---

① 希伯来字母代码。

“宓老师，既然您来了，我还是想向您核实一些信息。”

“是关于那媚和韦建成的吗？”宓潜问。

方睿惊奇地点点头：“对，对。”

宓潜微笑着将方睿拉到沙发上坐下，说道：“方睿，你听我说，我们一直相信在你家里，在你父亲的所有物品中，必然能留下关于邮件暗语的线索。我们猜你也找到了‘三可三各’与韦建成有联系的蛛丝马迹，我们也在找寻相关证据。你提供给我的那媚保险柜的资料至关重要。知道韦建成在国外读博士时用过 Sanke 这个名字的人不多，只有你父亲、王副院长和乔院长几个人。我们也将韦建成留给那媚的那句英文便条的笔记与韦建成在研究院留下的英文笔记对比了，韦建成就是那媚保险柜里提到的那个 Sanke。而且我们另一组人马也拿到了其他有利证据。就在你入精神病院的前两日，那媚直飞新加坡，而韦建成假称香港旅游也转机去了新加坡。新加坡警方协助我们拿到了他们二人下榻在希尔顿酒店的证据。因此，韦建成就是你父亲所指的那个小人，已经确定无误了。更为宝贵的是我们在公安人员协助下秘密搜查齐天海的办公室时，发现他的写字台底下有一个用胶带暗藏的 U 盘，U 盘里居然有韦建成迫使齐天海出卖华夏铁建集团机密资料的视频，还有齐天海与那媚在国家大剧院见面时，他被迫无奈替韦建成转送给那媚一张画有奇怪图形的纸和 U 盘的视频。有了这些证据，我们才能将那媚和韦建成抓捕归案。一切都已经过去了，现在只待我们破解你父亲留下的密码，让 BD Ⅲ 双模导航系统研究数据回到研究院手里。你明白了吗？”

宓潜说完恭敬地将一杯茶水双手捧给方睿。方睿异常激动地喝下那杯茶水。他跨步走到桌子上父亲的电脑旁，毫不犹豫地输入密码“16、62、63、64、65、69、1597、360、1、40、8、50”，然后敲下回车键，电脑显示密码错误。所有人期待的神态，瞬间变成了惊讶。

“怎么还不对？”刘处长脱口而出。

王副院长眉头紧锁，宓潜右手攥成拳头反复摩擦着嘴唇，方睿则目瞪口呆地瘫坐在椅子上。

“方睿，讲讲你这个密码破解原则吧，大家共同分析一下。”宓潜拍了拍方睿的肩头。

“对，对，孩子，说说你的破解方法，或许我们能找到问题所在。”王副院长边说边从写字台抽屉里取出一张 A4 纸，上边清楚地写有方荣轩的邮件内容。

方睿强打精神慢慢地向大家描述了密码的破解原则。大家听完之后，都陷入了思索。整个房间寂静得几乎能听到宓潜用拳头摩擦干涩嘴唇的嗞嗞声。

突然，宓潜一拍双手，说道：“方睿，我觉得你的破解原则没有错。”

大家奇怪地看着宓潜。

“那为什么还不对？”方睿沮丧地问。

“宓老师，你发现什么问题了？”王副院长问。

“如果我没猜错，你父亲就是用河图洛书和《易经》的数理关系设置的前半段，而‘阿门’是西方文化元素，也就是用 Gematria 这个西方的文字与数理关系来设置的，只是我们大家忽略了重要的一环，最后的标点符号三个叹号。你父亲用三个叹号既是对阿门的强调注解，也是让我们打开邮件内容的最后一把钥匙，电脑键盘叹号与 1 为同一个键，三个叹号就是三个 1。”

方睿闻听此言，刚才的萎靡不振一扫而光。他再次输入密码“16、62、63、64、65、69、1597、360、1、40、8、50、1、1、1”，然后按下回车键。

文件包真的被打开了。

尾　声

方睿站在拘留所大门前等待着景瑶。此时，一辆出租车进入停车场，从车上走下来护士长和另一位护士。

方睿走过来问道："你们怎么也知道景瑶今天自由了？"

护士长说道："是景瑶让拘留所给我们打的电话。"

方睿闻听此言感到有些奇怪，心想："景瑶为什么不通知我来接她？要不是宓老师告诉我，我都不知道侯进勇终于承认了他做的坏事景瑶不知情。景瑶才得以今天无罪释放。"

此时大门打开，景瑶疲惫地走出来，她显得很是憔悴。

方睿、护士长和那个护士三人都迎上前去。

景瑶与护士长和另一个护士拥抱后，转回身异常伤感地说道："方睿，你举报侯进勇是对的，是为民除害，但是你居然不告诉我，这世间曾经还有一个跟你一模一样的假方睿。你让我……你让我……"景瑶哽咽了。

"对不起，景瑶，我……"方睿想解释。

景瑶抬手制止了他，然后对护士长说："护士长，我们走吧，我累了，我要回家休息……"

护士长和那个护士搀扶景瑶上了出租车。

方睿望着远去的出租车怅然若失。

*****

北京首都国际机场的国际出境口，石川手拿护照排队等待安检。

“再见了方睿。”他心中默念。他笃信方睿已经拿到了他放在保险柜里的机密资料。因为方荣轩的儿子一定能够解答出他设置的保险柜密码。他想，用这样的方式把机密资料还给方睿，他们双方都是体面的。

当安检员检查完毕，石川从传送带上取到提包，再次回头看了看安检大门方向，然后转身走向登机口。

与此同时，北京首都国际机场的国际入境口，一位身材颀长的年轻女士将护照递到安检员手里。安检员仔细对比本人之后盖章，年轻女士取过护照迈开如运动员一样的大长腿走入候机大厅。

同一时刻，澳洲的瑞莱卡公司总部，史密斯对着电脑中石川的那张与方睿一模一样的脸，阴毒地说道：“背叛是要付出代价的。”

当日夜间，方睿又做了一个噩梦。

图书在版编目（CIP）数据

蜥蜴 / 杨涛著. -- 北京 : 中国工人出版社, 2020.7
ISBN 978-7-5008-7438-6

Ⅰ. ①蜥… Ⅱ. ①杨… Ⅲ. ①长篇小说－中国－当代 Ⅳ. ①I247.5

中国版本图书馆CIP数据核字(2020)第101327号

蜥 蜴

出 版 人	王娇萍
责任编辑	姚 宁
责任印制	黄 丽
出版发行	中国工人出版社
地 址	北京市东城区鼓楼外大街45号 邮编：100120
网 址	http://www.wp-china.com
电 话	（010）62005043（总编室） （010）62005039（印制管理中心） （010）62379038（社科文艺分社）
发行热线	（010）62005996 82029051
经 销	各地书店
印 刷	天津中印联印务有限公司
开 本	880毫米×1230毫米 1/32
印 张	11
字 数	277千字
版 次	2020年7月第1版 2022年1月第3次印刷
定 价	48.00元